伊恩吉·阿拉尔
İnci Aral

橘黄色情人

SAFRAN SARI

（土）伊恩吉·阿拉尔 著

İnci Aral

银珊 译

SPM

南方出版传媒

花城出版社

中国·广州

图书在版编目（CIP）数据

橘黄色情人 /（土）伊恩吉·阿拉尔著；银珊译
. -- 广州：花城出版社，2016.8
（现代土耳其女性小说系列）
书名原文：SAFRAN SARI
ISBN 978-7-5360-8012-6

Ⅰ. ①橘… Ⅱ. ①伊… ②银… Ⅲ. ①长篇小说－土
耳其－现代 Ⅳ. ①I374.45

中国版本图书馆CIP数据核字(2016)第166217号

合同登记号：图字19－2015－031

Copyright © 2011 by İnci Aral
Published in agreement with Kalem Agency through The Grayhawk Agency.

出 版 人：詹秀敏
责任编辑：揭莉琳
技术编辑：凌春梅
装帧设计：李咏瑶

书　　名	橘黄色情人
	JUHUANGSE QINGREN
出版发行	花城出版社
	（广州市环市东路水荫路 11 号）
经　　销	全国新华书店
印　　刷	佛山市浩文彩色印刷有限公司
	（广东省佛山市南海区狮山科技工业园 A 区）
开　　本	880 毫米×1230 毫米　32 开
印　　张	10.5　2 插页
字　　数	260,000 字
版　　次	2016 年 8 月第 1 版　2016 年 8 月第 1 次印刷
定　　价	39.00 元

如发现印装质量问题，请直接与印刷厂联系调换。
购书热线：020－37604658　37602954
花城出版社网站：http://www.fcph.com.cn

_____ SAFRAN SARI

在 1994 年出版的《虚伪的新时代》一书中，我已将我的视角和写作兴趣直指我国人民的真实经历以及他们因为失去正确的价值观而经受的迷茫和蜕变。在 2003 年出版的《紫色》一书中，我进一步探讨了这些问题。《橘黄色情人》作为该系列中的第三部作品，与前两部作品组成了一套完整的三部曲（编注：每一部都是独立的故事）。当我开始创作《橘黄色情人》时，我意识到作为一名意在见证其所生活的时代的作家，我对过去这些年的印象和感悟在许多方面形成了一个必不可少的整体。因此我将第一本书改名为《绿色》，并将这个三部曲系列命名为《虚伪的新时代》。

伊恩吉·阿拉尔

有时，刚吐出的水汽会变得浓密厚重，盘旋在嘴边，呈现出别样的景象；如同聚集在各大城市上空浓烟和恶臭，混浊的烟雾经久难散，沥青街道上的有毒气味久久盘旋。这既非记忆漂浮的迷雾，也非风干而透明的记忆；它是燃烧后的生命留下的焦黑残骸，它覆盖在城市上空如同伤口上的一条痂；又如吸饱了不再流动的生命物质的海绵。过去、现在和未来挤在一起，冻结了所有僵死在运动假象中的存在体。

—— 伊塔罗·卡尔维诺
《看不见的城市》

CONTENTS
目录

Güz
秋天

1.

那天傍晚，他从伦敦回到家。直到深夜，他才打开自己的行李箱，却发现拿回家的行李箱不是他的。尽管他近乎变态般急切地把箱子翻了个底朝天，却仍然找不出跟这箱子主人有关的丝毫线索。

很显然，这些东西属于一个年轻女人。样式朴素却质地精良的外套与性感挑逗的内衣对比鲜明。箱子里有一条三十八码的深棕色法兰绒裤子，粉色和白色的衬衫各一件，一套淡紫色的蕾丝内衣和丁字裤，还有两套款式相近、分别为黑色和白色的内衣，几双长筒丝袜，一条灰粉相间的丝质围巾，一条皮带，一条黑色小短裙，一个带塑料内衬的鞋袋，里面装着一双样式典雅的低跟黑皮鞋——也是三十八码。裤长显示出箱子的主人身高约一米七左右。一个小巧的化妆包里盛放着的化妆品价格不菲，品质出众；装在天鹅绒袋子中的银首饰漂亮精致。他还找到两枚沉甸甸的金戒指，做工精巧，分别镶嵌着一颗蓝宝石和一颗红宝石。

他把袋子里的银首饰一件件摆在床上，又听到袋子里还有些东西在叮当作响。他拎起袋子往床单上一倒，掉出来一大把古旧的硬币，足足有十六枚之多。

这事不是有点蹊跷吗？沃尔坎有点纳闷。不过，他猜得出来两枚戒指和这些硬币的价值不菲。人们只能从摆在博物馆的古董中才看到与此相似的物品。显然，行李箱不适合装着这样的东西到处跑。

然而，它们也可能只是赝品。假如真有历史价值，它们——尤其是那些硬币——就显示出这是段非同寻常的旅程。也许它们曾被带出国境等待出售，又因某种原因被带回国内；也可能当时流出国境的钱币数量比现在这些更多。不管何种原因，把这些古董装在行李箱里倒是个相当大胆的举动。不过比起手提箱，大件的行李箱反而不那么打眼，倒更实用。

他满脑子都是这个女人，这个心不在焉的女人竟然把自己藏起来的财宝都弄丢了。她是个什么样的人呢？

他总是在自己的行李箱外的暗格里放上一张带公司信头的笺纸，以防错拿行李。他想，在向航空公司提出索赔之前，最好多等几天，直到那女人打电话过来。他现在仍难定夺——这个箱子可能就是个麻烦，何必自寻烦恼，让自己陷入困境呢？

他觉得眼前这一切就像一个马上会被写进剧本的侦探故事，正悄悄地拉开序幕。他独自待在自己的办公室，与往日此时心烦意乱相比，今天下午他却神清气爽。他的办公室位于五楼，装潢高雅，像个巨大的起居室，巧妙地跟外界隔离开来，自成一体。站在窗边，他能远远地看到楼下驶过的汽车、行人、公交车站、交叉路口和红绿灯。这些流动嘈杂的街景常使他头晕目眩。曾经好多次他突然心生恐惧，只想赶快逃下楼，混入到大街上川流不息的人群中去。但在这个房间里，他又感觉到一种优越和权力，那就是凌驾于楼下的那些蝼蚁般渺渺众人的虚幻的权力和优越感。

他把身子斜倚在扶手椅中，双眼盯着电脑屏幕上显示的不断变动的股市涨跌曲线，良久没有移开。他从事的是金融交易的工作，为股票交易和跨国公司的基金交易提供咨询，买卖并管理大规模的资产和不动产；苦心积虑地销售私人房地产以及即将被私有化的公共房地产；这些服务总是而且也必然能创造出巨额的利润——可他自己却认为，他所从事的事业是最庸俗的，面临的处境是最险恶的……

第二天他还要完成一项重要的交易，有关细节仍需仔细斟酌。某些受人敬重的绅士会被他说服，随后双方会签署协定，接下来他们会讨论向谁行贿以及贿金的数目。整个交易过程会顺利圆满地结束。这就是沃尔坎的日常工作。在过去五年里，他一直假借他人的名义重复地做着相同的事情，并不断地扩大自己的影响。他从不反思自己干过的事，而是忙于盘算以后的计划。这让他变得鲁莽而又大胆。当他还是公司里的新手时，他总把自己视为促成每桩交易成功的数学奇才。他擅长根据报告和数据图表去谈判，为公司创造出乎意料的优势，能迅速完成公司董事会要求的报告。然而，他最大的成功之处在于，与人交往时他态度热情而富有说服力。除了要求经验丰富、头脑敏锐之外，在这个行业想要一举成名，最重要的就是在工作中对他人表现出貌似真挚的热情，让人愿意信赖你。尽管从事这行的人彼此都缺乏信任，但人们仍觉得有必要装得相互信任，而且不言而喻的是，一个人须得富有同情心还得老于世故。沃尔坎相信自己天赋异禀，对他而言，专心致志并礼貌十足地倾听他人的谈话，同时保持必要的耐心和镇静绝不成问题。

附近街道上有台压气泵在嗡嗡作响，歇歇停停。他起身走到窗前，俯瞰楼下。窗外零星飘着几点小雨，天色迷蒙；这是秋日的蒙蒙细雨。马路对面的花园里，湿漉漉的树梢在雨中隐隐闪烁微光。他的目光落在楼下的花园里，那里错落有致地排列着茂密的灌木丛和形似雕塑的天然岩石。他突然间觉得头晕目眩。他努力腾空思绪，让自己只关注窗外的细雨、树木和微风。可压气泵还在不停地嗡鸣，市政公司又在挖掘街道了。

前一天晚上他没怎么睡着。他现在越发依赖安眠药或酒精才能入眠。有时就在他快睡着时，他突然会感觉自己像摔了一跤，马上就要跌落深谷；或是觉得自己必须保持清醒。这样的幻觉常使他惊了一跳，然后睡意全消。白日里他几乎不会在意的一个话题，一个字眼或是一件事，此时会重现心中，仿佛午夜幽灵，占据着他的思绪，萦绕不散；所有的细枝末节和无关紧要的东西，仿佛都变得极其重要；愤怒、仇恨和各种复杂的感情也因此特别清晰。

昨天晚上他又产生了这种感觉。而他索性借这次失眠的机会，花了整晚去想象，哪种女人会拥有如此挑逗的内衣，会在行李箱中的衣服上留下挥之不去的体香呢？在黑暗的房间里，他躺在床上辗转反侧却无法入睡，头昏脑涨，神思恍惚。

他已经很久没做过梦了，有时他服了安眠药就会出现幻象。他恍惚间又看到那些令人疲惫的谈判，人们夸夸其谈，无数的数字，在证交所里那些难缠的破产公司董事会的成员。他还看到没带卫生间的肮脏的酒店客房，自己光着脚、赤身裸体地站在人潮汹涌的大街上，带有病菌的各种碎片钻进了他的皮肤。这时他总在拼命挣扎，仓皇奔逃，情绪焦躁。有一次他梦见自己的阴茎变成了电动的；正当他准备跟某个不认识的女人做爱时，他的电动阴茎却突然溅出火花然后短路了。真是令人扫兴，他已经很久都没跟哪个女人在一起过了。

电话铃声突然响起。秘书告诉他是一位女士打来电话，说到了"拿错的行李箱"。

"好的，把她的电话接进来吧。"

"是沃尔坎·拜伊吗？我是麦丽开·伊达。我拿错了您的手提箱，希望我的手提箱也在您那儿。"

"我手里确实有个手提箱，上面没有显示姓名标签牌。我一直在等您的电话呢。"

"我是不是还要说说我箱子里装的东西，这样您才能确定呢？"电话那头传来了戏谑的笑声。

"您是觉得可能还会有第三个拿错的箱子，对吗？这样岂非乱套了？"

"您说的没错，这样就太乱了。不过我还是会告诉您，我有些首饰装在一个天鹅绒的袋子里。"

"没错。为了找出箱子的主人，我不得不把箱子翻了个遍。"

"那我们怎么交换呢？您想让我把您的箱子送过去，还是我们在哪见一面呢？"

电话那头的声音就像空谷回音，近在耳边，活泼轻快，悦耳动听，极其诱人。见面？好啊，干吗不见呢？司机本就可以处理好这件事，但这甜美的声音口气愉悦得像在悄悄地向他发出见面的邀请。他努力在脑中描摹她的样子，却想不出来。

"随您吧。当然，要是我们见面的话，就能直接解决问题了。您说我们该怎么办才好呢？"

"您说吧，沃尔坎·拜伊。"

"您在哪？"

"我现在在安纳托利亚①这边，不过，今天我打算前往东色雷斯。我顺路去您那儿，把您的箱子给送过去。您是在宇宙广场，对吗？今天下午您会在办公室吗？"

"我在此恭候您大驾光临了。"

他放下听筒，觉得浑身抖得厉害。这女人的声音好像一股强劲的电流，环绕着他，顺着他的身体盘旋而上，最终落在他身上。叫一个女人来找他是种粗鲁无礼的行为，可这话就是这么自

---

① 安纳托利亚：伊斯坦布尔位于亚洲的部分，而其位于欧洲的部分则是东色雷斯。

然而然地说了出来。或许这个女人故意把对话往那个方向引导。她这么做没错。这可是个神秘的箱子，价值昂贵得足以令人担忧。她在追寻那笔不能不提的财富，因而她的声音里才会充满着这种兴奋和热切的意味。

希望她本人跟她的声音一样甜美，他这么想着：我需要一位天使从天堂降临到我的身边。

在数学方面他堪称天才。他做起梦来净是些不断变换的数字和图像，一个简单的符号或数字就能让他大脑飞快地运转起来，一幅小小的影像也足以令他魂牵梦萦；每当他觉得自己就要经历新鲜事儿时，心中总是喜惧交织，他总感到一种孩童般的雀跃，兴奋得仿佛自己即将启航前往一片未知的水域。然而，他相信自己的直觉，电话那头的女人无疑漂亮又迷人。当然，失望的可能性总会存在，但这概率仅有一半。因为他已经掌握了有关她的足够重要的信息，譬如她的身高，三围，甚至她的内衣。一想到这，他不由得开怀大笑。

女人的箱子放在他家里。他派自己的司机前往他位于贝贝克①的家去取箱子。这会他盯着靠门口的镜子中映出的自己，将手指穿过发丛轻轻地来回拂动。他深邃的琥珀色大眼睛目光惺忪，仿佛他才从午睡中醒来。这副表情能让女人们怦然心动。没错，他有点胖，但至少他不是秃头。他有一头浓密卷曲的浅棕色头发。

电话铃又响了。他急切地拎起话筒，这次的电话却是尼罕打来的。

"怎么哪儿都见不到你呢？我一直都惦记着你呢！"

"我们哪能碰得上面呢？哎，时间过得太快了。你夏天过得

---

① 贝贝克：伊斯坦布尔的最高档街区之一。

怎么样呢?"

"哦,我最近去希腊群岛转了一圈,又在博德鲁姆①待了几天。九月还去了趟纽约。那阵子我恋爱了,因此对自己有个非常重要的发现,这会让你很吃惊的。不过现在我可有点别的事要同你商量。"

尼罕是一家美国大银行驻土耳其分行的总经理。她是个真正的金融专家,银行事务的天才。不过作为一名女人,她是盲目的。她对男人的看法总是变幻不定。尽管她已年近五十,却常常陷入痛苦的恋情中,不过很快她又会对这份爱情心生厌倦。

她告诉沃尔坎,自己在一桩外汇交易中遇上了麻烦。

"这没什么大不了的,"沃尔坎安慰她,"我会告诉哈伦,您要相信,这件事儿我们能帮您解决好的。"

"你明天晚上有空吗?有什么安排吗?"

"明晚我会在挪威。尼罕,见面的事我们下周再说吧。"

啊!尼罕!过去的情感早已结束了。他们共同经历过的那些性爱恋情,现在已然模糊不清,说不清也道不明。但每次沃尔坎一听到她的声音,就会想起他们最初的相识。要在平时,只有当他独自一人,且不会为当年那不符合两人年龄地位的性爱而感到羞愧不安时,他才会想念她的胴体。初识尼罕时他才二十四岁,刚从安卡拉的中东技术大学数学系毕业,拿着一份奖学金前往美国纽约的一所大学参加一个硕士研究生的交流项目,攻读经济学。那时他住在学校的公寓里,雄心勃勃,觉得整个世界仿佛都在他的脚下。在同尼罕的交往中,他才逐渐成长为一个成熟的男人。尽管他们自认为彼此相爱,他们之间的感情实则更似友谊。这种亲密关系持续了三年之久;维持它的并非激情,而是肉欲和彼此间的好感。他们关系的特殊之处就在于,他们都不要求对方

---

① 博德鲁姆:土耳其穆拉省的港口城市,位于爱琴海地区的西南部。

对这份感情始终专一，全心投入。

跟尼罕做爱是一种意识抽离身体的过程。在高潮的刹那，他觉得灵魂仿佛脱离了肉体。他记得他们在火奴鲁鲁①那栋房子的卧室里度过的无数个周末。他们不顾一切地纵身欲海，就像失去缆绳的小船，驶入了狂风激荡的汪洋大海；他们如饥似渴地疯狂做爱，仿佛这是他们的第一次缠绵，此前他们素未谋面一样。

现在，他早已忘却了两人共同度过的那些销魂之夜，那些数不清的夜晚仿佛湮没在时间的荒漠中；他也忘却了两人一起睡过的房间，醒后的窃窃私语，漂浮在潮湿的空气里的淫荡情话。他早就忘记了这一切；可是，这些炽烈如火的性爱却仍然残留在他努力遗忘的记忆深处。

爱情若非深入心中，终究难以继续。长久以来，他们彼此只有种亲切感。分手后的这些年里，他们都换了不少情人，为着别的事情焦虑，过着不同的生活。他们俩都变了不少，而尼罕的变化尤其非同一般。

在被遣往伊斯坦布尔担任所在银行驻土耳其的代表之前，尼罕在美国接受了一次从头到脚的彻底整形。这个丰乳肥臀的女人完全变成了一个无可挑剔的美人。她身上多余的脂肪被抽走了，专家还按照理想的尺寸重塑了她的颧骨、鼻子和下巴，让这些部位美得浑然天成，精致无瑕。沃尔坎现在只能借由她的眼睛才能认出她来。虽然她年岁已长，但风韵犹存。谈起自己的情人时，她竟会像情窦初开的少女一般面泛潮红，即便如此，她仍不失优雅端庄。身居高位带给她的自信使她变得孤傲冷漠，不易取悦。然而，常会有不少比她年轻的男子被她吸引，为她驻留，即使缘分短暂。不可否认的是，这一切都得归功于她那姣好的身段。

在伊斯坦布尔生活不久之后，她就成功跻身于上流社会。这

---

① 火奴鲁鲁：美国夏威夷州首府和港口城市。华人称之为檀香山。

并非她有意谋求，而是水到渠成的结果。她出入于许多高级聚会的场合；住在位于耶尼柯伊海滨的一套豪宅里，有自己的男管家和保镖，出行则豪车代步；经常乘坐知名实业家们的游艇游玩世界。然而在风光背后，她私下里的生活却是百无聊赖，孤独寂寞。那座巨大的豪宅很可能是她为自己精心打造的一所监狱；在那些富丽堂皇的房间里，寂寞正静静地等候着伺机出动，要将她一口吞噬。

她智慧敏锐，她锦衣玉食，然而她的内心却是死一般的孤寂！多么甜蜜的安慰啊！多么可怕的绝望啊！突然之间，沃尔坎似乎闻到了一丝恐怖的气息，感受到那孤寂的痛苦。他一心渴望涤净自己身上的罪恶。早在春天里，当他意识到自己用全然陌生的眼光打量自己的生活时，就萌生了这个念头。带着批判的眼神，他像个陌生人一样去接近自己的工作、生活环境和生活中的每件琐事，却感觉一切全都无聊透顶。除非他能弄清楚自己存在的理由和他对未来的期望；否则，这种感觉将会一直存在。他很清楚，纠缠于这些无法回答的问题而无法自拔将会发生什么；黑暗会在他内心盘踞，越变越浓，然后突然爆发，遮蔽万物。

他看着靠门的那面镜子中自己的影像。他身穿宽大的浅色西服，就像一个身形魁梧的翻版威廉·赫特①，跟威廉·赫特一样地带点孩子气的迷人笑容，一样的白皙皮肤，但他更显粗犷、自负。

在别人眼中他是个怎样的人呢？

一个忘记自己出身，经历复杂、前途叵测的人？抑或是一个富有魅力的年轻人，脚踏实地取得了无数成功，生活惬意满足，相应地拥有引人注目的神秘形象？

满足？不过是笼统的定义，外人的一种假设。

---

① 威廉·赫特：美国演员。美国八十年代期间相当重要的男演员。

成功？这种想法太抽象，你从来都不敢确定。

在无数个清晨，当他醒来时，却发现愈难想起自己到底是谁。在所谓的幸福假象背后，却是强烈的不满，一种他无法摆脱，难以言喻的失败感。他感到生活仿佛被玷污一般了无生机，一种无法控制的孤独感在他心中日日滋长。

门突然开了，哈伦走了进来。他宽阔的脸庞上长着一双魅惑的蓝色大眼睛，眼含笑意生机勃勃。他向沃尔坎伸出手去，跟他一个击掌，然后一屁股坐进桌前的那张扶手椅中。此刻，沃尔坎觉得自己就像某个大型神秘组织中的成员。这种熟悉的感觉虽不能让他远离世界的混乱、疯狂和肮脏，倒也让他心中略感安慰。

"太好了，你又干了件大事！"哈伦赞道，"弗兰克尔打电话来了。他心情极好。这桩买卖落实了。"

哈伦是宇宙投资股份公司的创始人、决策者，也是最大的股东和老板。他比沃尔坎更加壮硕，身材却不如他匀称，可他不以为意。一有机会，他就会说自己生来个头就大，孩提时代就已经是个大块头了。

"其他人有消息吗？伦敦有什么动静呢？"

"跟我在电话里对你说的一样。他们说还要好好想想，不过是换着法子讨价还价罢了。其实他们心里都乐开花了。这桩买卖要价便宜，价值却不菲。他们很清楚，要不是因为我们的操作，这桩生意就会以三倍的价格落到其他人手里。"

"我们得小心点。要是媒体或其他人也插手此事，可能会有意想不到的麻烦呢！这些人真聪明，他们考虑跟我们合作，是因为他们能得到长期的特许经营权。"

"对他们来说，找个当地的搭档，就能确保这笔生意万无一失。这么做对我们也有好处。我们要承担的风险低了，胜算却大了。此外，我们还能像卖家一样决定合作的细节。"

"所以呢，你有什么好担心的?"

"可这笔生意成交之后，会引起许多骚动的。"

"别担心，我会处理好的。让我们这么想，我们是生意人，让那些卖掉国家财产的人去考虑怎样才能有利于这个国家吧!"

哈伦一脸冷漠地看着沃尔坎，脸上再没有其他表情。只有笃定自己能凭借无可指责的冷漠和智慧保护自己远离一切风险的人，才会露出这种暗藏讥讽的表情。他那不屑一顾的笑容像在说，"没人能让我放慢速度"。而许多人，不管是那些恨他的人或是爱他的人，都曾见识过这种冷冷的笑容。

一些极"左"的保守派和一些落伍的所谓爱国者，都把哈伦看成是一个诈骗犯，一个没有原则、嗜血如命、爱耍阴谋的人，一个满眼里只有金钱的卑鄙小人。然而在自由的资本市场，那些利用资本套利的人都明白，哪怕是他最不起眼的一个暗示都会价值千金。在面对第一次金融危机时，他所展现的智慧和他取得的成功，让他年纪轻轻就成了金融界一名叱咤风云的人物。过去几年里，宇宙投资公司在国际上已声名鹊起，并凭借它为客户，尤其是那些重要的中东客户们，成功完成的那些商业谈判，引起了众人的关注。对这家公司热忱周密的服务而展现出莫大信赖的，正是那些投机分子和金融玩家;他们不但跟政府打交道，也跟那些正贪婪地关注着土耳其国内私有化狂潮的外国投资者们讨价还价。哈伦的手伸得很远，涉及的业务相当广泛;他搜集情报、完成交易的手法跟他的行动一样，高明至极，卓有成效。

"我要去证券交易所开个会，"他看看手表说，"外汇交易正处于一个关键时期。下午我还有个高雅的私人约会。"这话的意思是"我会待在我的单身公寓里"。女人是哈伦的软肋。但是，他也能将女人玩弄于股掌之间;如有必要，为了保持头脑清醒，他能毫不留情地将她们抛诸脑后。他从不给对手以可乘之机。

他的眼睛像极了他母亲的眼睛，它们同样都闪烁着狡黠的光芒；他那排列整齐的五官也跟她母亲的一模一样。这个丰满白皙的女人原本是个忸怩作态的小妇人，她的丈夫是个个头矮小、毛发浓密的放贷人，一直在伊斯坦布尔的塔赫塔卡勒①从事非法的外币兑换。现在，她却摇身一变，成了个贵妇。成日里披着让她显得更加臃肿的裘皮大衣，好像皇太后一般，趾高气扬地走过她儿子公司的走廊。不幸的是，她那金发碧眼的样貌传给儿子却显得过于阴柔。不过哈伦在做了商人之后，学会了用异常凌厉的气势和令人生畏的冷酷来掩盖他那温柔的外表——在生意场上，温柔的外表有时是会让人产生误解的。

尽管他身形庞大，在生活中却经常步履匆匆。五年来，沃尔坎也一直与他携手同行，向着某个未知的终点奋力奔跑。沃尔坎从美国学成归来后，尼罕便赞不绝口地把他推荐给哈伦，而他也确实没令他的前度情人失望。

这些年，法律和正义的概念已经失效，虚言妄语变得更加不切实际，流言蜚语甚嚣尘上，遮天蔽日，令万物为之失色，世界迷失于这片灰暗之中。而哈伦却趁势而起，平步青云。就连沃尔坎也无需发奋努力；傍着他，两人就这样一同扶摇直上。

他刚出办公室，就听见哈伦在走道里冲着谁大声咆哮。哈伦很擅长摆出一副轻蔑而威严的表情，令员工们望之生畏而不敢近前。尽管他的学历毫不出奇，但年纪轻轻就在金融界青云直上、功成名就，早已让哈伦变得肆无忌惮。如有必要，他也明白该如何表现使自己像个真正的街头小贩。要是他觉得有人跟他打交道时越过底线，他会突然做出粗鲁无礼的举动，让得罪他的人措手不及、下不来台。

沃尔坎始终支持他。即便有时这么做有悖他的本性或信仰，

---

① 塔赫塔卡勒：伊斯坦布尔的一家露天集市，为著名的购物点。

他也不会流露出丝毫的愤怒和犹豫。他从不当面批评哈伦，也避免表露他对哈伦的真实看法。

想到这里，他就像个被痛苦吓坏的人，全身僵硬。为什么呢？是因为他想不惜一切代价去取得成功，想讨他人欢心，想变成有钱的富人，想要让自己相信他是个幸运儿吗？这会儿正是三点钟。要是没有会面或开会这些重要事情，这个点他是不喜欢待在办公室里的。为了快点打发时间，他开始翻阅起秘书送来的那一摞厚厚的邮件。他就这样一边竖起耳朵期待着电话铃响，一边心不在焉地看着邮件，直到五点半。他既没有别的约会，也不用赶去哪里，过一会他就要下班回家了，可不知怎的，他心中烦闷。突然，他想起自己刚刚忘记跟哈伦提起尼罕遇到的麻烦了。这件事情既复杂又棘手。尽管如此，他还是给尼罕发了封邮件，告诉她，明天他们会把这件事处理好的。

天色越来越暗。他看着香烟燃烧的烟雾袅袅升起，盘旋而上，想起了遥远的海那边的一片沙滩。他甚至看见海上那片云团在昏暗的天色中慢慢地模糊了轮廓，而后变成耀眼的金色；他好像听见阵阵涛声穿过喧嚣的人声不断传来。他恍惚间觉得尼罕正一丝不挂地躺在他身上，用她那柔软润滑的胴体轻轻地磨蹭着他赤裸的肌肤。

麦丽开·伊达款款地停在他办公室的门口，面带微笑地望着他。沃尔坎发现，正如他所希望的那样，她很漂亮，甚至比他想象的更诱人。他迅速站起身，看着这个年轻女子步履轻盈地走进来，她走得摇曳多姿，脸上笑意盈盈。她身材高挑，苗条匀称；穿了一条洗得有点褪色的牛仔裤，一件 V 领的棕色毛衣，露出深深的乳沟，脖子上带着一条可爱的彩珠项链。她落落大方，坦率自然。她走近沃尔坎，伸出手来与他相握。

"我还是不坐了。我已经迟到了，可不能再耽误您了。"年轻女子客气地说。

"喔，不会。请吧，请坐吧！"

他引她入座。两人面对面坐在靠窗的扶手椅上，麦丽开凑向摆在咖啡桌上的鲜花，深情地闻了闻那五彩斑斓的菊花。刚才她为了拉近两人的距离而故意说的那些玩笑话，他听着心里很是欢喜。她用这个法子来争取时间是再巧妙高明不过了。

"它们真美啊！我很喜欢这些花。"麦丽开甜甜地说。她的目光离开那些鲜花，落在沃尔坎身上，像是试图看清他的为人。她那副认真的表情让沃尔坎也转移了视线，对上他的眼睛。他觉得她那表情似乎带着爱慕，让他感到全身有说不出的舒坦，他为自己这感觉困惑起来。

"我还以为您很老呢，"麦丽开开口了，"我刚看到您时吓了一跳。您太年轻了。"

她眼中闪烁着诚恳友善的光芒。沃尔坎情不自禁地想着；最近，别人任何一种情感的流露，似乎都能轻易地影响到他。面对这女子迷人的微笑，他竟神思恍惚，不知如何作答。

"恰恰相反，您跟我想的可是一模一样呢。"

"是吗？那您一定是个很有先见之明的人。"

"您的声音很好听，能引人遐思。"

"谢谢。我为这次弄错了箱子而道歉。我不想耽误您的时间，您一定很忙，"麦丽开收敛笑容，认真地说，"我的箱子在这儿吗？"

她那一头长长的深棕色鬈发垂落在肩头，其中有几处做了挑染。虽然她迷离地竭力地掩饰，可她那双如梦似幻的黑色大眼睛仍隐约露出一丝羞涩；如希腊人一般高挺的鼻梁为她的面庞又增添了几分尊贵。

"我愿意为公事以外的事留在办公室里，"沃尔坎开玩笑地说，"别担心您的箱子，它原先放在我家里，现在已经取来了。

在那儿呢！您看。"他朝房间一角点点头。他的箱子也被麦丽开拿过来，摆在他的办公桌旁。两个箱子看上去还真是一模一样。

有一阵子，他们争先恐后把错误往自己身上揽，并讨论起究竟是谁先拿错了箱子。

"我昨天完全心不在焉。因为害怕坐飞机，我提前吃了一片药。我几乎是神志恍惚，相信我，"年轻女人说，"您不会因此对我很恼火吧，有吗？"

"不，不会。这是我的错，我当时筋疲力尽，心烦意乱的。不过，这并不算什么。不管怎样，倒是这个错误才促成使我们见面。我们都挑了同款箱子，您觉得这仅仅是巧合吗？"

"有的时候，我也相信这不仅仅是巧合。您呢？"

"我也是。"

光是看着她，就会心中欢喜，感到甜蜜的喜悦。她不是个胆小的女人；她头脑肯定也不会呆头呆脑，或笨手笨脚。她应该是个坦率真诚的女人，却绝不容小觑的人。沃尔坎心中思忖。

她长着标准的鹅蛋脸。她的微笑，让人感觉到她既充满自信又自然纯真。她涂着淡淡的唇彩，小巧秀气的嘴唇弧线优美。这样的嘴唇吻上去就像水一样柔软润滑。虽然她说话时字斟句酌，可她激情的声音却让他想到这是一个不失快乐天性的小女孩。她不停地往后甩头，仰起细长的脖颈，试图甩开一缕遮住脸庞的头发。这时，她红色的刘海就会滑落下来遮住前额，反射出微光与她熠熠生辉的专注眼神交相辉映。

"你知道我是谁，也知道我是干什么的；可除了你的名字，我对你却一无所知。"沃尔坎说道。

"我在卡德柯伊有家商店。我从事古董生意，也设计珠宝。"麦丽开答道。她飞快地瞟了他一眼，又加了一句，"我买卖古董，也会根据这些古董设计首饰。您对这一行感兴趣吗？"

"是的，有点兴趣。但我真不敢说我很懂行。我真正喜欢的是绘画艺术。"

"我一度也曾常常作画，其实我毕业于美术学院。不过自从我开始做珠宝生意后，就没法继续画画了。"

沃尔坎决定闭口不提在她包里找到的那些物件。如果她不问，他不想谈起这个话题。但是，他得找个法子让她安心，向她保证，她的东西还毫发无损待在原地呢。他问她想喝点什么。

"我得坦白，为了找到跟您身份有关的线索，我翻了您的东西。不过我后来把它们都放回原处了，"他这么说像是为了安抚她。他停了停，又开口道，"说实话，您有些不同寻常的珠宝。我相信其中大部分都是古董。您真幸运，您的箱子没有落在坏人手里。"

"您看到的全都不是真品，不过您说得一点也没错。"

秘书送上茶又退了出去。

沃尔坎猜她在撒谎。他微微地笑。他很清楚自己笑起来的样子，看上去尤为耐心却又略带忧郁，还透出一股令人信赖的睿智。相较那些气势咄咄逼人的帅气男子，真诚睿智、值得信赖的男人更被女人中意。他们的目光再次相遇，顿时他感觉好像有股微弱的电流在轻轻地穿过他的身体！瞬间，麦丽开垂下头来，盯着眼前的茶杯。

她大概才三十出头。她黑眼睛的瞳孔中，时不时地会闪现出被她小心隐藏的睿智光芒，那是她饱经世事而磨炼出的洞达通透。当她开怀大笑时，嘴角会露出丝丝细细的皱纹。她的全身立刻散发出成熟女性特有的神情风韵。她用略带渴望的眼神看着沃尔坎，像是在发出邀约，"如果您来我的工作室，我想给您看点您意想不到的东西。"

"您太客气了，这将是我的荣幸。"

"要是您不介意，现在我得走了。我得赶去市区的另一边，我最好赶在交通变得拥堵之前动身。"

"您开车了吗?"

"开了，没问题的。"她站起身，往自己的箱子走过去。

"我希望这次不会再弄错了，否则我们又得见面了，"沃尔坎说道，"能再见您是我的荣幸，但我不想让您担心。"

他刚说完，就觉得这话说得不妥，但话已出口，不能挽回。麦丽开笑出了声。

"没必要为再次相见而把我们的箱子搞混，沃尔坎·贝伊。"她笑着说。

"您说得不错，友谊可以这么得来。您什么时候方便，我们再见面吧。"

麦丽开稍一思索便干脆地说："当然，有何不可呢?"她望着他，像在打量一个调皮的小孩，然后又大笑起来。

沃尔坎发现，她比自己想的还要热情大胆。这倒让他尴尬得脸红了。这个年轻女人在这极不寻常的时刻闯入他的生活，以致他一想到自己可能错过她，便不由心生恐惧，觉得自己正要跌进一张由疲倦绝望织成的巨网中。他早已习惯抛开真情，游戏人间，可他又时刻怀念青春年少时的奔放激情，这段消逝的时光是废墟中的一片乐土，隐藏在他记忆深处。他心中升起一股急切之情。

"哦，我怎么忘了这件事。十天之后，我将为我设计的珠宝举办一场展览，"麦丽开说，"如果您能来，我将非常高兴。"她从包里掏出一张名片和一张请柬，一齐递给他。她骄傲的语气中显出一分生疏感。

"如果我在城里，一定会尽力赶去的。"沃尔坎说。

"好的，我已经给您添了不少麻烦，那就再见吧。"

"恰恰相反，这是我的荣幸。要是有什么我能为您效劳的，请随时给我电话!"

他在一张卡上写下自己的手机号，递给麦丽开。这时他内心涌起一股冲动，他好想摸摸她如丝一般柔滑的皮肤，抚摸从她敞开领口处露出的肌肤上的那条被日光晒出的若隐若现的浅色印迹，亲亲她脖子上那个微微凹陷的小窝。

这股激情并非突如其来；它更像是一段深藏于记忆中的感情，因为注入了一股强烈的爱慕之情而重获新生。对她送还自己的箱子，他几乎感激涕零。他按响了铃，让属下拎着箱子送她上车。

他送她穿过走廊。她身材丰腴圆润，浑圆的臀部高高翘起，令人想入非非。

然而这些性感的外表在他眼中不过是平常之物。

他早就学会不再相信眼睛见到的女人身上那些她们自己也非常在意的部位。现在最让他震惊的是，他这个情场老手竟然完全看不透这个女人。他曾与许多上流社会的女人谈过恋爱。尽管这些女人表现感情的方式各异，却拥有一个共同特点，那就是她们从未暴露过自身的缺点，总让自己显得完美高贵；在经历过这些感情之后，他竟见到这样一个女人，他反倒迷惑了……

他走回房间，坐在桌旁，拿起麦丽开的名片仔细端详。

库勒潘提克——麦丽开·伊达·西泽——电话……网址……地址……二手交易商，他沉吟着，二手交易商。很配我，真的很配我！

2.

出门之前，麦丽开细细端详摆放在起居室入口的那面金框大镜子中映出的自己。她抿抿嘴涂匀唇彩。她如同厄运缠身一般面色苍白而阴郁，但她看上去依然美丽。她漫不经心地披散着头发，目光柔和润泽。近来很长一段时间，她一直纵情享受成年人的舒适安逸。然而，透过她的黑色天鹅绒夹克，能看见里面那件浅蓝色 T 恤前面印着的几个字："只是想象"，这几个字几乎与她的生活自相矛盾。她正要往门口走去，电话铃却响了。她犹豫了片刻，然后走过去拎起了话筒。这是撒罕的电话，他语气激动像要报告一桩令人意外的消息似的。

"我们得谈谈，伊达。"

"我正要出门。你怎么了，有什么事？"

"我得跟你说件事，你给我五分钟时间，行吗？"

再一次，麦丽开觉得他既可气又可怜。三个月前，他们初遇时，她如此迫切地需要忘掉自我，找个人约会，于是她毫不犹豫地投入了这个男人的怀抱。撒罕是个性格复杂的普通人，从未被人爱过。

起初，他一次又一次地试图隐藏自己的无能，他的这些举动惹恼了麦丽开。然而不久之后，这股恼怒又被怜悯所取代。他是个非常乏味的人，有时光是看着他的脸都让她烦躁。在上次跟他吵架时，麦丽开曾怒气冲冲地跑出他那庸俗凌乱的房间，摔门而去。打那以后，他们有两周没说过话。

"你看，宝贝，我要对你坦白。我是个笨蛋，我现在感觉糟透了。我们今晚能见面吗？"

"不用了。我们之间已经完了。"麦丽开回答道。

"我们当时并没做出这个决定啊？你只是站在你的角度……"

"拜托，撒罕，我现在要赶时间！"

"好吧。你看，我们必须再见一面，我跟你在电话里说不清楚。"

麦丽开不耐烦地想，他总爱旧话重提，老调重弹。

"我要挂了。不管你要说什么，快点告诉我！"

"我和一个女人上床了，她知道要怎么做那事。"

麦丽开一屁股坐在离她最近的椅子里。她早上没喝完的咖啡还摆在小茶几上。她端起冷咖啡，想都没想就抿了一口。

"好，我为你高兴。"

"我爱你，伊达。我觉得和她不会持久的。她是个傻姑娘，一个学生。你知道这事是怎么发生的吗？"

两人一阵沉默。这一刻她感觉很受伤。她试着去想象那女孩的样子：她一定是个愚蠢的小贱人；跟那些下贱的女孩子一样，骨瘦如柴，披着长长的黑头发，耳朵上垂着大大的金属耳环，穿着紧身裤，露出肚脐……愚蠢的笨蛋，她这么想着，只觉得心头烦闷难清，是从何时起，诚实在他那里变成了鲁莽和愚蠢的意思呢？当时她脑子到底是哪不对劲，竟当他是个人呢？

"你是想让我吃醋吗？我才不在乎呢，别替我担心，好吗？"

"你别生气，我立马就和她断绝来往！"

"这个跟我有什么关系？我希望你的爱情生活愉快。好好享受吧！"

"请等等！这只是个意外。我希望你理解。自从上周跟你通了电话之后，我很压抑，我当时只是想发泄这些糟糕的情绪，我真的不知道怎么了。要是，要是我们的关系能再次好转……这得都看你的了……"

"首先，"不等他说完，麦丽开就开口了，"我不喜欢'关系'这个词，这个词既空洞又没意义。其次，一次意外会导致所有的航班被取消。再者，我并不爱你，因为你是个彻头彻尾的……"

"傻瓜，"她吞下最后这个字，"砰"的一声挂断了电话。她心中的沮丧远胜于遗憾。这个男人是一家公司的部门经理。他最初能打动麦丽开的芳心，是因为麦丽开误以为他是个真正的男子汉。可是在麦丽开对他的第一次测试中，他就不及格。她发现他的良好表现只是伪装出来的，他太要面子，又太过自信。就在第一次跟他上床的那个晚上，他勃起不到一分钟就早泄了，使她失去了与他做爱的兴趣。只要跟他在一起时，麦丽开便讨厌性生活，她认为这不是爱情生活的必需。每次和他在一起，她从头到尾都不自在，更没想过要跟他怎样去享受鱼水之欢！她也从未想过要尝试去改变这个男人的肤浅。因为他没有什么优点值得她为此努力。

九月初他们一起去度假一周，结果从他穿的内裤甚至到他跳的舞，她都看出这个人就是个十足小气的乡巴佬。结账的时候他就不大高兴，满脸涨得通红。可见他是一个十足的吝啬鬼，压根儿就不想掏钱。像这样的事数不胜数，一旦被提起，只会让她恶心。诚然，有些女人可以容忍男人的某些缺点，依然爱他。她可以不讲道理、疯狂地爱他。虽然他穿着肮脏的拖鞋，睡觉打呼噜，带着假牙，而且思想狭隘，但她仍然会因为他就是他，因为真正的那个他，因为他的本质，而爱他；因为他就是这个样子。况且个人的本质并非是对方要拥为己有的，它只是我们关心的。

突然之间，她感觉到一种强烈的孤独和无助。因为她不知道要如何回答他并且该用什么样的词语来正确地为自己辩解。像普通人一样干脆利索地给两人来个了断。这样结束倒也平常、合适、干脆。反正，她每次试图接近他人时，总会这么戛然而止。她无论如何也没想到，经此一事，后来当她试图接近其他男人并和他们谈恋爱时，也会像同这个男人一样，戛然而止。

自从十岁起，她就一直这样：每当生活出现一点小小的起色，紧接着就会迎来一次巨大的劫难。之后，她明白了：沦落，如同消失一样，也意味着逃离了他人的肤浅评价和判断；它代表拯救和解放。这么想至少令人有点慰藉。

走向停车场时，她后悔没带雨衣。天色暗沉，空中还飘着细雨。草坪中央的花圃里种植的无子葡萄看上去依然生机盎然，似乎并未受到前一晚暴风雨的摧残。

车行至阿尔图尼扎德①，她调转车头驶向贝尔贝伊②。愤怒似

---

① 阿尔图尼扎德：伊斯坦布尔的一个地名。
② 贝尔贝伊：同上。

乎削弱了她的视力，她先是眨了好几下眼睛。然后努力睁大眼睛，把车慢慢地开上主道。幸运的是，一路上交通都很顺畅。挡风玻璃上的雨刷来回擦拭，发出轻轻的嘎吱声，而她的思绪也在不停地跳跃。能同时产生好多种想法，但你没法理清思路，将这些想法同时说出来。她的胡思乱想归结为一点：那就是，事实上没太多东西能永远维系男女之间的感情。

她经历过多次的艳遇，也曾有过不少浅薄的情缘，她的生活从不缺乏狂喜、痛苦、热情和冷漠。她的眼睛不时地看向自己握着方向盘的双手，忽然她觉得自己有种好像飞驶在崇山峻岭的上空，似乎瞬间即将跌落云端的恐怖。她曾经遭遇过多次悲伤痛苦的生离死别。每一次离别进一步地证明这个世界是凄凉的，因此她的痛苦就变得可以理解了。对自己内心伤痛的审视让她不至于丧失理智，多少能让她保持心理平衡。六年前，她唯一爱过的男人自杀了，此事成为她人生的一个转折点。这次悲剧之后，她对自己进行了长时期的反思，最后得出一个结论：和内蒂姆在一起时，她感到绝望无助，她的生活错得一塌糊涂。至今她仍未摆脱心结，她总觉得是自己加重了内蒂姆的心病。要是内蒂姆对这个世界能抱有一丝希望，要是他能稍稍敞开自己的心扉，他一定能与她走下去。可这并未实现。他们的爱情无可避免地陷入了困境，远远谈不上情真意切。

那个年轻人让一个混乱迷失的爱情之梦至今仍栩栩如生，这个梦并不和谐，而梦境本该是和谐的。面对天边飘过的一片云彩，或是一扇开着的窗户，一只飞翔的燕子，他都能给你创造出一个个令人激动的时刻。他曾在绘制月球沙漠的地图，曾在探测一个新的星球，只有在这种时刻，他的生活才跟其他一切都毫无瓜葛。他并不相信他对麦丽开的爱情会有未来，也不相信他自己或是这个世界会有将来。麦丽开在对内蒂姆的回忆中又一次感觉到了微妙的痛苦，即便是流失的时间也不能完全带走这种痛苦，积在心中，随着时间沉淀。内蒂姆是对的，他是个失败者。当他说起失败者的数量将会以令人难以置信的速度成倍增加时，他又是现实的。他是个思想深邃的失败者，而许多人却变成了碌碌无为的庸人，他们沉默软弱，唯唯诺诺，甚至足不出户。内蒂姆头脑敏锐，善于冷嘲热讽，他像个敏锐的评论家，点燃了麦丽开思想的火花。他像个爱挑剔的长官，对麦丽开的痛苦评头论足。或许他们之间的依恋变成爱情是因为他们只有在争论暂停的时候，或是在迸发出电光火石般激情的时刻才达成妥协。那时，麦丽开感觉自己就像只有签了一个名的白纸，而这个签名竟然还不属于她自己。每每当她想起与内蒂姆的这段遥远的时光，她就有种绝望的挫折感。

　　她先去了位于卡迪柯伊①的铸造厂。厂里的一切都按部就班地进行着，负责生产管理的那个人干得很出色。尽管还有一两件展品需要浇铸，但他能在展览开始前把所有的展品赶出来。

　　最初，麦丽开一直仿制古董。她的作品相当逼真，真假难辨。后来她开始厌倦这项工作。因为制作仿品的过程总是一成不变，单调异常，可又是件细致的活。传统化为不同的形式，得到多种诠释，因此必须从传统出发，让其成为艺术创造的结实基础。创造的过程艰辛重要，她得搜肠刮肚，绞尽脑汁，但也正是创作的过程才真正吸引了她。艺术因此诞生。这是一个发自内心的、天真质朴的、激动人心的创作过程……

　　不知从何时起，她沉迷于赋予她头脑中的艺术形式以生命，让它们成为真实的物品，独立存在而又生机勃勃。她将无生命的物质世界和有生命的物质世界看成是纵横交织、形形色色的抽象形式。安托那利亚文明中的抽象人像就精确无误地抓住了人物的

----

① 卡迪柯伊：位于伊斯坦布尔的郊区。

本质，地毯的装饰图案中却含有丰富的内涵，奥斯曼建筑的简洁却加强了其本身的存在感，这些都是从具体走向抽象所不可缺少的第一手资料。然而，真正创造了奇迹的是将那些古老的观念移植于新的物质形态之中，使她创作的艺术品具有了生命的活力。

她在理发店前找不到停车的地方，于是她把车停在旁边的一条小巷里，再走过去。她只修修头发。她的指甲状态很差。但她得工作到展览开幕，所以她决定最后一天再来做次美甲。

理发师们刚帮她弄好头发，她就匆匆离开了理发店。她先要去买点东西，然后去她舅舅的海滨豪宅喝茶，虽然现在并不是用茶点来放松心情的最佳时刻。她打算去跟舅舅谈谈她上次旅程的一些事，还得问问他有关展品陈列的意见。

尼牙孜·贝伊是个著名的古董鉴定专家，也是个古董商人。是他带她进入古董行业，教她鉴赏艺术，甚至指导她从事珠宝制作。她正处于人生失意的紧要关头时，帮她脱离了困境；让她重新振作。给她机会去忘记过去，重新生活。她欠他的人情这辈子都还不清。

麦丽开很快在超市买完东西。她买了点脱脂牛奶、酸奶、果蔬燕麦粥和水果。昨晚她没睡好觉，现在觉得头在隐隐作痛。

凌晨一阵心悸让她从梦中惊醒。小区花园里的树木在风中飒飒作响。窗户上反复传来轻轻叩击声，就像有人在轻轻地敲击窗户玻璃。她起身前去查看，只见卧室外那株椴树折断了一根树枝。断枝垂靠在窗户上，一阵风来，吹动着树枝就不断拍击着玻璃。此时，一轮圆月高悬天空，将清辉洒在庭院里葱绿的草坪上，照映着被庭院路灯点缀的朦胧夜景；在流泻而下的月光中，一切都显得分外柔和。她拉开窗帘，让月光照进房间，转身又躺回床上。

梦见自己正在商店中。回味着刚才的梦境，不是在向来来往往的人们推销她的古董和珠宝，而是试图去推销寄托于这些物品中的梦。据她所了解的，值钱的并非珠宝，而是它们所代表的古人的梦想和历史的秘密。那些或好或坏，或积极或消极的梦……毫无疑问，光看这些古董的外表无法辨识其内部装盛的梦想，这让人们的选择变得艰难。要猜出每件珠宝或古董里承载着哪种秘密也很困难，因此人们在购买时既费劲又耗时。有时，一块石头、一抹色彩、一种外形抑或一款设计都隐藏前人某种难以言喻的感觉。但这种感觉又不会完全消失，其中的隐情并不为人知晓。不可得知，唯有期盼……

一辆的士鸣着喇叭从她身边而过，她吓得一跳，不禁冲它破口大骂。不过她很快又陷入自己梦中。她想道，其实我是买者还是卖者并不清楚，因为店里的顾客当时也在坚持向她推销一些看不见的东西。这个梦又累又长，好似一项艰难的任务，持续了好几个小时。这个梦更多的是关于知而不觉而非实在有形的事情。在梦的结尾，她离开商店，骑上了站在店外的一匹怪马。说它奇怪是因为这是一匹木马，刷成朴素的颜色，装饰着朴素的流苏和串珠；它虽是匹木马，却又活了。它甚至还有个名字，叫做"奴役"！这是只天性温顺，心肠柔软的木制动物，面部表情似哭非笑。它俯下身子，让麦丽骑到它背上。她们像是身处于一个远离家乡的陌生城市，她骑着马儿四处漫游，为她和它寻找一个栖身之所。她们好像在挤满了女人的肮脏旅馆里或病房里寻找庇护。这些地方要么太吵，太脏，实在让人待不下去；要么就是没有马厩。

她总是会做些这样奇怪的梦。也许这些梦代表着她没有寄出去的信，或是她无意识中练习寻找自我；因为她的记忆由一些神秘信息组成。通常她从不尝试去破解这些密码；因为她不能将自己视为盗墓贼。不知从何时起，她遥远的过去已经遗失；而她更愿意相信，她对自己过去的了解并不比一个陌生人对此了解的多。然而在梦中，她麻木的记忆会被唤醒，除了那些还算甜蜜的回忆，所有的经历——特别是羞辱和悔恨，会再次涌上心头。

某个小城的一座房子里吱嘎作响的楼梯，色彩灰暗的日子，一个陌生人奇怪、愤怒疯狂的面容，仿佛饱受蹂躏的天空，这一切都涌进她的脑海……几乎是一切……

几乎全都想起来了……那些夜晚、那些房间、那些尖叫、那些寒冷、那些床还有那些躯体，已是久远的记忆，远到你绝不能确定它们是否真正存在过。现在，当年的一切——感觉、爱好、她所犯过的错误、所经历过的残忍、心中的仇恨、宽恕——甚至是死是活都无法确定。

"怜悯比仇恨容易做到！"内蒂姆曾经这样写道。但这是个草率的看法。有些感情是说不清道不明的。它们被尘埃深埋，最好别去理会，并将它们忘记。然而梦的眼睛在黑暗中仍能看清一切，而真相在消失于彻底的黑暗之前也会闪现短暂的光芒。

正如在她童年时期，她有时会梦见自己跟许多架飞机中坐着的正在咆哮、嚎哭并燃烧着的骷髅一起，向群山之间坠落；烈火、罪恶和哀悼，无情地吞噬掉她的身体和灵魂。她童年的经历如此恐怖，以致它都称不上童年，她对此也始终抗拒。这样的童年绝不能激起她的任何悲喜……正因为如此，她内心连续的记忆断裂了，而早在很久之前，她所有的记忆都成为对未来现实的感觉。

或许这才是确保活着的最佳方式：扼杀一切有关过去和将来的幻想。

她从桥底一路往下，开往贝尔贝伊。她的舅舅和他的情人一起住在一栋占地甚广的海滨宅邸里，受到一群持枪的男警卫的保护。他的情人哈亚利是个三十五岁到四十岁左右的男人；据她所知，他之前学过医。他是个赫赫有名的历史文物专家，常常有业内人士向他请教。

他的真名叫哈亚蒂。此人热衷于收集哈希瓦特和卡拉格兹①皮影戏中的古老人像，自己也动手制作这些皮影人物，并以此为乐。这座宅子的底层有间他的工作室，兼做他的书房。

麦丽开第一眼看见他，就恨上了他。这其实不是真正的恨，而是一种恐惧或者畏惧。当时，哈亚利用一种粗俗下流的眼光盯着她看，像是因为她是个女人而鄙视她，瞧不起她。你可能会因此联想到，他是在垂涎她的美貌，而且立刻觉得他这个念头真恶心。他这副表情令麦丽开心中大为恼火。后来她得出这么个结论，那就是他受一种顽固的自卫心理驱使，瞧不起任何人，哪怕是她的舅舅。

虽然她不想撞见哈亚利，但不知为何故，她每次看到这个年轻人，心中总会涌起一股荒谬的兴奋。这感觉或许来自于两人之间的秘密争斗。对于哈亚利在她面前隐隐流露出的憎恨、激愤和怀疑，麦丽开针锋相对，不甘示弱。似乎他们俩同时都看到了对方潜藏的感情和恐惧，都想摧毁对方。

不过，在隐藏感情方面，哈亚利比麦丽开要技高一筹。他像女性一样拥有自然的做戏能力。他狡猾地扮演着她舅舅的那个美丽、高雅、体贴、宽容、礼貌、热爱艺术、睿智、杰出、稳重、沉着的情人。他似乎在竭尽所能地让这个老人挑剔苛刻灵魂沉静下来，克服两人之间二十五岁的年龄差距以及社会地位不同带来的差别，并且融化、瓦解他的意志力。

不久前，他带回一个他所谓的亲戚做秘书。这个纤弱的女孩叫乌西克，她的身体没有任何曲线，看着就像个还在发育期的小

---

① 哈瓦西特和卡拉格兹均是土耳其的传统皮影戏，源于奥图曼时期，至今仍广受欢迎。其中的皮影形象是用骆驼皮或牛皮制成的人或物的形状，用杆子支撑起来，在光源前面的幕布上投下影子来表演。

男孩。扁平的臀部，尚未发育的胸部，细长的脖子，神情倨傲，淡黄色的头发剪得极短，她的性别看上去雌雄难辨。因此麦丽开会对她生出一股似怜悯又似欣赏的奇怪的情感。

麦丽开有点担心她舅舅会受到这两个人的伤害。虽然三人未曾说起这个话题。你能毫不费劲地猜出：住在一起的这三个人之间，必定有一种频繁而又平衡的性关系。麦丽开还未看到明显的迹象，这只是她的一种敏感而已。她总是不知疲倦地猜想他们三人的暧昧关系，并在脑中构造出丰富的画面；而她憎恨哈亚利的一个原因是她觉得后者已经有可能意识到她脑子里一直装着的这些事，即关于这三人之间的令人厌恶的性含义以及对它的丰富想象。有时，当她看到他故意露出那副表情——像是在暗示他已知道她在想什么；或者当她看到他嘴角那丝嘲讽却又性感的微笑，她总会陷入沉思。

她从大路转进通往那座大宅的小巷。一个警卫打开大门，领她停好车。她把钥匙留在发动机上，起身下了车。哈亚利的四轮车还停在老地方，他一定在家。麦丽开不由一颤，心中生出几丝厌恶。

沐浴在雨中的秋日玫瑰让花园依旧呈现出一片生机。屋子侧墙上攀爬着的常青藤和遮蔽露台的那些开满紫色花朵的西番莲，还在享受着它们凋敝之前的最后辉煌。淡紫色的天空下，灰蓝色的大海发出一声声迟疑的哀叹。这一切共同营造出了一种孤独忧伤的气氛。

在一阵狗吠声中，麦丽开·伊达向屋后头走去，只见撒旦·哈尼曼正敞开着门在等着她。两人相互行礼问候。

"伊达·哈尼曼，你运气真差。今天天气不好，你们得挪到室内喝茶了。你舅舅在楼上；他正在他的房间里等你呢。"

通向长方形门厅的那一大片区域空空荡荡，四处房门紧闭。

原来的石板地面现在铺上了红木地板。一年前，在哈亚利的监督下，整座房子进行了一次大翻修。外墙重新翻新后被刷成橄榄绿色；出于实用的考虑，房子的内部也做了一些整修。

哈亚利的书房门关着，从房间里传出绷圈发出的尖锐啸音，还飘出一丝皮革、苯胺染料和蜡的气味。麦丽开喜欢手工作坊，她想进去看看他在做什么，也呼吸一会儿那里面的浑浊空气。但她很快就改变主意，压下了心中的欲望。她向楼梯走去。四周的墙面架着用典雅精致的木柱支撑起的架子，上面摆满了珍贵的恰纳卡莱陶器、水罐和盘子。墙壁被漆成淡淡的米黄色。两张长形的皮沙发，面对面的摆在用来隔开阳台和起居室的玻璃门的前面。阳台上那张柚木扶手椅和几张躺椅本来是在夏天用的，但现在还没搬走。

她向楼上走去。楼上的大厅通向露台，而在连接大厅的一个侧厅里，摆放着一张八人座的古董饭桌，另一间侧厅摆着一架华丽的黑色钢琴。金碧辉煌的枝形水晶吊灯从钢琴上方垂下来，闪烁着粉色和金色的光芒，与倒映在墙壁和屋顶的海水的粼粼波光交相辉映，光影闪动着投落在侧厅里摆设的镜子上，落在铺在地上的古老的设拉子①地毯上。

麦丽开敲敲门，面带微笑地走进去。尼牙孜喜不自禁地从书桌旁起身拥抱她。他们一同坐了下来。黑猫阿瑞斯从刚刚一直躺着的垫子上站起来，走到麦丽开身边轻轻磨蹭着她的双腿，殷勤地"招呼"她。

"我们有阵子没见面了，不是吗？"尼牙孜·贝伊笑眯眯地说。

"有十五天了，我亲爱的舅舅！"

"啊！久得人要老一岁了……变老是件伤人自信的事，麦丽

---

① 设拉子：设拉子位于伊朗南部，是著名的地毯之乡。

开。对于一个会总是想起旧日的高贵和美丽的抽象大脑，这是个痛苦的悖论。"

"您不老，舅舅。再说了，对女人来说，这事更难过。看看我，不知不觉我都已经三十四了。"

尽管麦丽开看上去总是青春靓丽，她早就因时光飞逝而感到忧心忡忡了。再过一阵子，抗皱霜、防衰凝胶、胶原面膜这些东西都会不起作用。但对于一个从不痴迷于自身美貌的女人来说，这算是杞人忧天。虽然如此，她也不可能对此毫不理会，装得一无所知任何。自然，她跟其他人一样都想永葆青春，但她真正担心失去的，是青春的欢乐、叛逆和期望。对于那些从未拥有过这些东西的人来说，这才是庸人自扰啊！

"三十四岁是个好年纪，"尼牙孜·贝伊无限渴望地说，"这个年纪激情往往会冲昏人的头脑。"

"我很愿意听听您的意见！"

"我不知道，我的宝贝！我只能猜出你的生活中缺少什么。我认为这个问题来源于你的过去带给你的心理疾患与你的理想之间的冲突。"

"我周围充斥着太多的自私、懒惰、庸俗和原教旨主义的现象。在一个男性种群如此恶化的时代，我不知往何处落脚。"

"你的期望太高。这样没法谈情说爱的，麦丽开！"

"爱情？太难了，舅舅。一个人成熟时……"

"你会爱得更加清醒。自然，到了一定的年纪，你感觉越发悲伤无助，你会变得越发疑神疑鬼，闷闷不乐，但是……"

这是舅舅第一次和我谈论爱情的话题，麦丽开心想。此前她从未见过他如此悲观。他一定会提起哈亚利，因为是他提起了这个话题，他一定会说点什么。

"你不能投资爱情，"尼牙孜·贝伊接着说，"它是自生自灭的。你不想它结束，可它就是会结束。"

"这是个沉着冷静的做法。我们是在说哈亚利吗?"

"我正试着保持逻辑性。至于哈亚利,他是个年轻人。迟早,他会过自己想要的生活。他为我做了不少事,最近他也干了些大事。我会尊重他的选择。"

舅舅正在袒露心迹,一定是有什么事伤了他的心。麦丽开这么想着。她隐隐感到一种希望。要是舅舅和哈亚利的关系能快点结束就好了。不,它看上去可不像很快就会结束的样子。听呐,听啊!哈亚利干了些大事!尼牙孜·贝伊很可能说的是克尔白圣殿①里的神圣门帘。但是伦敦的一位专家断言,那张卖了几十万美元的门帘是件赝品。很可能它真是个冒牌货,那么,他们很快就会有麻烦了。

"问题是这房子有一半是属于哈亚利的。如果分手已成事实,我们俩都将会陷入困境。"

麦丽开惊得目瞪口呆。八年前难道不是她舅舅出资购买了这栋房子里所有的一切吗?

"去年我转移了一部分财产给他。我们的合作关系需要有经济上的考虑,当然也有个人原因。"尼牙孜·贝伊解释道。

麦丽开心中燃起熊熊的怒火,火苗直逼她的喉头。作为未来的财产继承人,这栋宅子对她并没有太多的意义。她生气是因为这种情况太不近人情。尼牙孜·贝伊把哈亚利引进到这个特殊的家庭;他始终支持哈亚利,并对他倾注了深厚的感情。现在,哈亚利一直在追逐的目标是什么再明白不过了。她舅舅,一个经验如此丰富的商人,一个可以用尽一切手段去对付那些他不喜欢的人,现在怎会上了一个忘恩负义的骗子的当呢?

"我知道您对那些想利用您的慷慨的人总是小心翼翼。但不

_____

① 克尔白圣殿:克尔白,阿拉伯语意为"方形房屋"或称卡巴天房、天房等。沙特阿拉伯麦加城禁寺中央的立方体高大石殿,为世界穆斯林做礼拜时的正向,又称"天房"。原为始建于公元前18世纪的宗教建筑物。

知道为什么这次您好像毫无戒心？"麦丽开说。

"我们的关系非比寻常。我信任哈亚利。但一个人一定不能把爱情和生意混为一谈。我担心的是，我对这里的感情太深，要是丢了它我将会非常伤心的。"

麦丽开盯着房门。哈亚利这家伙，他现在为什么要躲起来，他为什么不站出来呢？他是要密谋筹划一切吗？像他这么虚伪的一个人，是否更容易愚弄一位充满弱点的老人呢？

从她舅舅的表情里，从他嘴唇的弧线上，隐隐透出一股愤怒，一丝邪恶，看着又像是一种善良和自私的悲伤。突然，麦丽开觉得自己和舅舅的关系又开始发生一丝微妙的变化了。她舅舅之前一直把她看成是自己唯一的女儿，他天然的伙伴，也是他唯一信任的人。然而哈亚利却出人意料地在他们中间插进来，阻隔了她和舅舅天然的亲密关系。这个自命不凡、贪得无厌、胆大包天的同性恋者！

"您跟他谈了吗？"她问道。

"没什么可谈的；我只是觉得我们俩渐行渐远了。"

他们现在所处的这间房更像是间书房或书斋。你可能会觉得这房间的装潢毫无过人之处，其实是因为它随意地堆满了基本的家具和各式各样的东西。墙角摆着一台留声机，地上随意地散落着一堆唱片和杂志。靠近房门的橱柜上摆满了高档的酒瓶，倒让这房间有点办公室的味道。不过，当你看到橱柜架子上的那些充分展现了奥斯曼玻璃工艺的杰出作品时，这感觉马上就烟消云散了。房间的一整面墙完全被书柜占据，玻璃柜门内凌乱地堆放着装帧精美的珍贵书籍。有那么一瞬，麦丽开觉得自己好像被关在一个旧货商的老箱子里。

有段时期——那是在二十世纪九十年代——尼牙孜·贝伊一直在大规模地倒卖历史文物，靠这个赚了一大笔钱。现在他只靠接点小活来打发时间，这个已经变成了他的爱好。也许这才是他力所能及的事。与此同时，哈亚利一直打着他的幌子，利用他的老关系在干这种买卖。毫无疑问，暗地里他的羽翼渐丰。麦丽开以前始终保持沉默，装作一无所知；因为她觉得这是她舅舅的私生活，而且她也感觉自己被冷落了。现在她头一次为这件事担忧。

这些年来，为了她舅舅，麦丽开努力拼搏，事业蒸蒸日上。但她对自己的个人生活她却毫无目标，放任自流。不到二十岁她就结婚了，当时她还是个学生。她的婚姻早已结束，现在形单影只，总在不停地寻寻觅觅。许多次，她睁开眼发现自己躺在一张陌生的床上，身畔是她不熟识的男人。她也不知道自己究竟要走向何方。

当时，她舅舅帮她完成了学业。后来，他将自己位于秘书地①的一座二层小楼修缮一新，把它变成麦丽开生活和工作的居所。这座房子有间装旧家具的储物室，一楼还有间店铺。再后来，他把这座房子的产权转给了麦丽开。他们变成了工作伙伴，而不到一年，麦丽开便学会独自打理店铺，并成为她舅舅的得力助手。至今，他们一起合作已近十年。他们很了解对方，也能通过密码和信号相互交流。起初，麦丽开安心地严格按照她舅舅定下的规矩、工作方式和计划来做事。可当她跟和她舅舅共事的摄影师梅京好上之后，她才发现自己卷进了走私生意中。她干的就是充当信使、运送某些古董之类的服务工作。自然，她对自己这样游走于法律边缘而心怀不安和愧疚，但她又不能违抗梅京，只得默认。

在某种角度上，她已经变成她舅舅的保护伞，代表了他的正面形象。我要做的就是承认这个圈子，并且放弃我之前被灌输的

---

① 秘书地：伊斯坦布尔的一个地名。

一切信条，她想。她舅舅过去常常辩称，只有当法律毫无特例地用于任何人时，才必须要遵守法律。现行的法律若只用在弱者身上，那就不可避免会有人逍遥法外。大多数人会遭到迫害，他们势必会违反法律。尼牙孜·贝伊常常说，要在这个依靠一切种类的走私行为才获得独立自主的国家活下去，一个人多少得变得残忍。这一点人人都懂，这个圈子正是这样才生存下来并发展壮大的。要是国家不允许，你连最小的一步恐怕都迈不开。他是这么说的。

为了做样子，尼牙孜·贝伊每做几笔生意就要上一次法庭，甚至过几个月就要去监狱里蹲一段时间。但是，真正的危险并非来自法律而是来自利益的争夺。两年前，他就受到当地的一个走私黑手党的袭击，被打中了脚。对那些人来说，干掉一个老头似乎轻而易举。在这个节骨眼上，哈亚利挺身而出，他站在老人旁支持他，保护他。

突然之间，麦丽开觉得自己如此渺小，天真，还非常愚钝。

她之所以进入珠宝界，一部分原因是想要逃离她所处的环境。她一心渴望能躲开危险，变得独立自主。那时，当哈亚利突然闯进她的世界，接手走私生意时，她松了口气。不管是有意或无意，能从那老人身边抽身而退，她觉得无比欣慰。

她想，舅舅需要她。他一定是看穿了别人对他耍的花招。没错，楼下那个男人，那个一边听着经典的土耳其音乐，一边沉迷于卡拉格兹—哈希瓦特皮影戏人物的男人，早就用他独特的光彩、魅力和骄傲俘获了她舅舅的心，并在过去两年里一直占据了老人的生活。但现在，一切似乎都将结束。麦丽开觉得她会一直都是舅舅必需的、不可或缺的人，而哈亚利却能轻易被他人取代。没错，可她能做点什么呢？在意识到这一切之后，她并不想放下身段去乞求哈亚利的原谅，即使是假借别人的名义。

舅舅……他从未这样伤心无助过。他已经六十五岁了。他那凸起的宽阔前额上的皱纹已经多了不少；他绿色的眼睛仍然炯炯有神，但他的眼睑却已布满皱褶，变得松弛下垂；他的身材变得更加削瘦。但他两条长长的腿站直时的挺拔姿态，以及他特有的女人般的优雅和挑剔，仍然一如既往。

暮色四合，铺展在博斯普鲁斯海峡海面上的蓝色光影从窗缝中漏了进来，迅速的暗淡深沉下去。尼牙孜·贝伊起身站立在大厅里，透过露台，凝望着海峡对岸和夜色中亮起的点点灯光。夜色渐浓，一艘俄罗斯邮轮从窗外的海面上缓缓驶过，近得仿佛触手可及。他瞥了那邮轮一眼，按响铃，唤人送上茶点。

"哈亚利在哪？他为什么要躲着我？"麦丽开问道，"我来这从来都看不到他。"

"我觉得你们俩相互都看对方不顺眼。"尼牙孜·贝伊答道。

"我对他的印象就是，这个人虚情假意，诡计多端。"

"不，他挺好的。他只是也有缺点。再者，他还很自恋。但他并不是不好相处的人。"

麦丽开一言不发。尼牙孜·贝伊面带酸楚，微笑着看向窗外，似乎陷入了沉思。

"即便是仇恨，也暗含深情。"他开口道。

这话是什么意思啊！麦丽开往后缩了一下，她舅舅想要说什么呢？

"你从未爱过谁，我的宝贝，或许表露爱意有违你的天性吧！"

"可能我一直没能表现出来，但我确实爱过别人，舅舅！"

"那不是爱。你那会儿还是个孩子。而且不管怎么说，那人是个疯子。哦，好吧，都是过去的事了……本质上，内蒂姆是个诚实正直的人。这种事也时有发生，命运之神对那个可怜的孩子穷追不舍，终于让他付出了代价。"

真是个商业化的说法，麦丽开心想。

撒旦·哈尼曼将一些自制的姜饼和橄榄馅饼连同茶一并送了进来。她喝完茶，起身准备离开。

"我希望那些硬币没出什么问题。"

"有点问题，"麦丽开接过话头，"买家只买了其中的三十枚，还有十八枚被退回来了，因为它们是赝品。"

尼牙孜·贝伊沉默了一会儿。

"有可能。我有可能搞错了，但我觉得它们不是假的，"他突然开口，接着他又加了一句，"问题是在我们这个时代，天才们总是对一切持怀疑态度。"

麦丽开有点生气地告诉他，她当时极为尴尬，而那个买古董的人气得对她的戒指甚至连看都不看一眼。不管怎样，这是她最后的一桩买卖；她不想再继续下去了。她舅舅若有所思地听她说着。好吧，她说得不错。不管怎样，大部分硬币还是真的，还算不赖；因为仿造者的手法还是很好辨认的。

麦丽开心想，"我不知道舅舅到底有多真诚。这不过是他惯用的伎俩。"她确定他自始至终都知道一切。"不管怎样，这是最后一次了，我已经还清了债。"她暗暗思忖。她从包里掏出一个小麻袋，放在桌上。她觉得不用告诉他弄错箱子的事。

回家的路上，她思考着刚刚跟舅舅关于依恋和爱情的对话。

当她重新安排自己的生活时，她已经成功地在她对性的期望和她漫无目的的漂泊之间找到了平衡。尽管如此，她仍未解开有关生死这一激烈冲突的谜底。她完全不明白为何性爱的各种不同的体现会被称为爱情。她相信性爱，但她觉得性爱不过是一项简单、有趣又平常的活动。指责这种自然的性爱有什么意义呢？所谓爱情，无非是那些泪眼婆娑的甜蜜跟多愁善感交织在一起的无知，是毫无意义的承诺和痛苦而短暂的私情。

她反对用传统观点来看待这个私密而封闭的性爱问题。对性爱的传统看法无非是对性爱的虚伪、卑劣而不公的偏见。而传统社会依据这种偏见对性行为所作出的判断和惩罚，尤其是加之于女性的那种不公的判断和惩罚，让这种偏见显得更加不可理喻。

或许在今后的一百年内，性行为会得到社会的保障。这样，所有的性行为都可能变成一件纯技巧性的活动；那么，性行为将会毫无新意、一成不变，虽有助健康，但必然会缺少乐趣，丧失新的意义。这样，男女之间前所未有的独立、松散、平庸的关系才可能一直维持下去。即使，现在人们关于爱情和性的梦想已开始堕落。

但是果真如此吗？她不禁想起沃尔坎。他虽然有点超重，但仍不失为一个迷人的男子。他虽地位显赫，却还带着点孩子气。如此年轻就已是一家大型股份公司的副总裁，显示他成就不凡。然而，他并不自以为是，他已经坦诚地表露对麦丽开的迷恋。虽然他试图掩饰，但他对她的爱慕是那么显而易见，令麦丽开为此而兴奋不已。纵然最近这种事出现的不多，但有这样一位杰出男子对她表现出礼貌的关注和隐隐的欲望，她对此甘之如饴。其实，这也是她第一次对一个男人主动敞开心扉。无论他是美或丑，胖或瘦，长或幼，此刻一点儿都不重要了。

有一会儿，她心里充满着愉悦的期盼，可紧接着她的心又陷入了失望。她不过是前天才见到那个男人的。她也曾经历过许多短暂的感情，它们都是这么开始的。现在她从第一眼就能感觉出她和这个男人的关系将会——或者更确切地说，将不会——变成什么样子。虽然这个男人真挚而坦诚，但她明白，在她看来，这一切很快就会变成装模作样、虚情假意的无聊游戏。

真的会变成这样吗？她怎会有如此大的偏见？离她的展览还有些时日，如果那个年轻人真的来参加开幕式，他们两人之间就能生出几分亲近之情。她想让他来，因为这个一流的经纪人看上去倒像是个能陪伴她左右的好人选。

麦丽开回到阿尔图尼扎德。她住在一个保护森严的小区中的一套宽敞通风的公寓里。早在三年前，她就搬到了这里，然后把位于秘书地的那栋老房子改成一间库房和一家商店。那条街上开了很多家商店；那栋房子已然不适合作为住所了。现在，她还得继续给这套公寓还贷，但贷款很快就能还清。在生活中，比起她孤独寂寞的内心世界，她的经济环境要丰裕多彩得多。

她一回到家，就脱下外衣换上家居服。她在浴室的灯光下仔细打量着自己的素颜，灯光让她的五官变得硬朗冷峻。有那么一瞬，她觉得自己在镜子里依次看到的是她舅舅、父亲和继父的脸；其中，第三个男人曾一度掌控了她的生活，他的眼神流露出的欲望是她无法满足的。她似乎看见躺在阁楼地板上的那个小女孩，被坚硬的地板硌得屁股生痛而翻了个身，却发现她舅舅双眼发出森森蓝光，激动地牢牢盯住她，小女孩不禁吓得蜷成一团。

没错，但是为什么，为什么她现在会想起这一切呢？

每当她被人吸引，特别是被男人吸引时，她总觉得自己像是被困住了一般。她会猛然生出一股强烈的冲动，要惩罚自己的肉体，然后将体内所有的怨恨倾泻出去。她想抹灭过去，但她越使劲，过去的回忆反而变得越鲜活。她在自己眼中寻找童年时代的天真无邪，却发现她已坦然接受了自己的罪恶。

他早就不在那了，她心想，却不太明白自己到底说的是谁。他已经死了。在她的记忆里，他已变成了超越痛苦、不再存在的形态。

这个没有儿女的继父从来都不是她的父亲，也绝不可能成为她的父亲。她一直因为他而感到骇人的悲伤和无助，也一直不顾一切地试图努力拯救他。而他也常常提醒她，人类的皮肉之躯终究难逃一死，而粗野放肆的激情是反复无常而又短暂易逝的。

她热了两只鸡腿，伴着沙拉把它们全吃光了。她每天大部分时间都待在工作室和商店里，每周去三次健身房，晚餐时常常吃点肉和蔬菜。没什么东西能保证跟一个独身男人生活一辈子——以及这种生活带来的各种负担——会更加开心快乐。不，她不能承受这样一种生活，她没法忍受。她期望会有一个更精彩有趣的世界向她敞开，但要怎样才会有呢？

她想起撒罕，于是打开手机。不出所料，那个笨蛋给她发来了三条短信。第一条说的是他爱她，而接下来两条，他不是胡言乱语就是指责她是个冷酷无情的婊子。好吧，这很正常，自由的代价就是带来这种伤心的副作用。这真的没关系，她心想。

她支起双肘立在饭桌上，盯着眼前一干二净的餐盘发呆。她从来都很羡慕别人家拥挤热闹的饭桌，全家老小开开心心地围坐一起进餐。突然之间，她眼中泛起泪花。当她四十岁、五十岁或者六十岁时，要做点什么呢？我应该有了一个孩子，更确切点，我应该有个孩子，她想。我必须得跟一个男人生个孩子，这个男人或许不是个安全的港湾，但他至少得是艘船。她几乎能想起那模糊不清的幸福的样子。她无声地大哭起来，似乎是要让自己挣脱所有不快的回忆、故作清高的做作、对孤单的恐惧、以及跟数不清的男人做爱时的孤独寂寞。

她试图用阅读来驱赶睡意，可困得连手里的书都抓不住，滑落了下来。她轻轻地抚摸着早已跳上床的小猫帕蒂。她想，一到下周，就要给沃尔坎打个电话，再次邀请他参加她举办的珠宝展览。她不得不碰碰运气。这是次机会，是能将她带回现实的一丝微弱的希望……暂时是这样的。

3.

沃尔坎踏着音乐的节拍，沿着走廊前行，一直走进俱乐部昏暗、嘈杂的最深处。一路上，灯光透过走廊两侧污浊的玻璃门射进来，落在他身上，形成一团团带着花边的圆点，就像五颜六色的印花。

为了对付不期而至的冷空气、暴雨和强风，俱乐部早已做好了各种准备。夏时，为了让这里显得既宽畅豁亮，又能远眺海景，他们把可拆卸的门和玻璃窗都移走了；现在门窗又全被装回去了。

是夜，天气温煦宜人，秋天似乎永不消逝。高大的玻璃窗敞开着，窗外不断飘来腐烂树叶的味道和海水的咸腥味。微风徐徐，送来清新的气息，与这屋内飘落的酒精、食物和香水的浓烈气味纠缠在一起。

他跟随侍者走过舞池边缘，找了张视野开阔，离吧台和舞池一样近的桌子坐了下来。今天虽是个工作日，但大部分桌子还是坐满了人。从管理、服务到食品，这个精英俱乐部不仅符合光顾的客人们的身份和品味，也能完全满足他们的期盼。不论是玻璃酒杯还是扶手椅，灯饰或是镜子，这里的一切无不经过精心设计，凸显出奢华的气派。这是个孤岛，远离充斥于粗俗世间的耻辱和罪恶、狗仔队们无礼冒失的打探。它又像个避难所，是个可以与人会面，倾诉衷肠，并尽情发泄、忘却烦恼的地方。然而在布置巧妙的舞池灯光下，所有的物件和装饰似乎又透露出一丝丝的不满。

他往身后的椅背上靠过去。窗外夜色迷人。紫铜色的月亮从摩天大楼的背后冉冉升起，高悬于山顶上空。对岸那光怪陆离、五彩斑斓的光影照射在平静无澜的墨蓝色海面上，映照着海面泛起的粼粼波光，让人顿生出一种永恒而又微不足道的圣洁感。人生短暂，每个人不过是自然界的一个匆匆过客；地球像位伟大的智者，坦然地将无常的人生视作其自身恒久永存的合理对比；对自然而言，人类的存在不过是其背负的短暂责任，而可怜的人类却一直在与大自然进行着无谓的抗争。

他又把身子向前倾了倾，试图穿过人群看清吧台。他从哈伦的体型上认出了他。这会儿哈伦坐在弓形吧台最末端的一张高凳上，双肘支在柜台上，双掌托着下巴，正和一个著名商人的银行家儿子在窃窃私语。远远看过去，他就像一个快溢出来的冰激凌蛋筒。

沃尔坎有好一阵子没来这儿了。上次来的那个晚上，他刚好碰上一名阿拉伯歌手在这舞台上引吭高歌。这位歌手虽然年纪轻轻却已名声大震，眼下正成为上流社会炙手可热的新宠。可沃尔坎却被他的歌声惊得毛发直竖，匆匆起身逃离而去。后来哈伦听说了沃尔坎的这一经历，便安慰他，"这些事就发生在我们的后现代社会，小家伙。这段时间以来，这个小歌手很红火呢，我保证他比前阵子来的那个美国爵士歌手好多了。你时尚点吧。"沃尔坎清楚，哈伦总是从最糟糕的状况出发来看待一切事物。

沃尔坎跟一些经过的人问候致意。他的朋友圈子很广。可每次他跟自己认识的人或是被他看成朋友的人在一起时，又总怀疑这些友谊是否可靠或者确有意义。他讨厌他们中许多人表达自己的观点、想法的方式以及他们所认同的事物。但他得努力掩盖自己那不屑的眼神，更要尽力避免因此而引起无谓的争端。

此刻他觉得自己的胃在上下翻腾，饥饿像一只手在不停地抓挠着他的胃壁，让他很是难受。离家之前，他随便吃了点东西。哈伦很可能也是这么干的。从东京到多伦多，这些在世界各地最好的饭店里进行的无休无止的商务宴会，以及反反复复地暴饮暴食，已经毁掉了他们的健康。其实，让他减掉十公斤，变得跟年轻时一样风度翩翩并非难事。他只需要有一点点坚强的意志力就够了。

他有点烦躁地看着周围那些穿梭不停、来回不定的人群。有人手里端着饮料，站在他周围；有人坐在用餐区的饭桌旁，不时爆发出响亮的笑声，露出满口洁白的牙齿；还有些性格随和，轻松惬意的人，在昏暗的灯光下仍然戴着墨镜——自然，有人离家出门时总会戴上面具。这些人穿戴整齐，让自己看上去神采奕奕、貌美体健，并显示出强大的魅力。他们随时准备去玩那些规矩刻板、一成不变的游戏……也许他们有时梦想变换游戏，然而绝非游戏规则。或者他们的梦想是否恰好相反呢？

此刻占据他们意识的，是对自身的幸运、美貌、财富以及远离一切掌控和压力的满足和陶醉。当夜色愈发深沉时，其中有些人最软弱、最病态的一面就会暴露无遗。他们身上充满了上层社会的骄傲和自信，他们会挑战自身对酒精和毒品的承受极限，以此来肆无忌惮地发泄他们心中积压多时的无聊与郁闷。

"这段时间你去哪儿了，亲爱的？你是不是在我身上下了咒语？害得我老是想着你……"

一双细长、柔软的手臂从后面轻轻地箍住他的脖子。他转过身去，一股浓烈的香水味立刻扑入了他的鼻中，是他熟悉的野康乃馨的味道。啊，丰蒂！

她穿着一件深褐色的短裙，裙子紧紧地裹住她迷人臀部的上半截，露出了下半截。她把头发往后梳，在头顶团成一个髻。那双经过精心描绘的绿色大眼睛占据了她的小半张脸。这双眼睛有时会因悲伤而失去神采，但她诱人的微笑始终令人无法抗拒。这个身材娇小、出手阔绰的画家像只真正的小野猫。

"我最近在节欲，丰蒂。你知道，我也想怜惜一下自己的身体。"

"一直节欲对你可不好啊。自从你停止了床笫活动之后，可胖了不少呢！"

"当前的经济形势越来越好啊，小猫咪！我该怎么办才好呢？"

丰蒂非常擅长在她位于伊斯坦布尔和博德鲁姆的工作室兼画廊里组织展览。这些展览往往以疯狂的聚会而收场；她也因此名声在外。沃尔坎喜欢她画的画和她说的话；但最重要的是她的臀部。在那些疯狂的日子里，他们曾经无数次做爱。作为回报，他也买过她的一些画。在他认识的女人中，她是在床上最有趣、也最异想天开的女人。她经常温柔而调皮地轻咬沃尔坎的耳垂，在他耳畔柔声地说些绵绵情话。

"你节欲结束时，记得告诉我，这样我们就能擦擦你身上长满的锈苔。还有，你得努力地变瘦一点，甜心。"

她像只猫一样，轻柔敏捷地用自己的肚皮蹭了蹭沃尔坎的脸，随即飘然而去。她表现得太像一只猫了，她整个人好像都快变成猫了。当她转身离开时，屁股在闪亮的短裙下左右扭动，风姿撩人，让沃尔坎看得欲火中烧。他想象着自己用双手握住那一对浑圆的肉球，将头埋进她那柔软的腹部……顿时，他心中升腾起一股莫名的愉悦。丰蒂身上有着令人神往的一面，但也有令人生厌的一面：她大胆泼辣，痴情时情意绵绵，有点淫荡却也不乏直率。你能对她吐露心声——但只能到某种程度；也能和她来个短暂的旅行。而她能做到这些就已然足够了。

这个圈子里几乎所有的人都相互认识，他也见识过圈子里的大部分女性。有些女人第一眼看上去就知道她既风趣幽默又思想深邃。可大部分女人都活在伪装中，因此用不了多久，她们就会暴露出浅薄的真实面目。一个人要想展现其鲜明的独特性格，或是为不被人忽视而快速地将自己打磨得棱角分明，可并非易事。同时，她们穿着打扮的方式千篇一律，让她们看上去惊人的一致，譬如她们的金发碧眼，刻意晒黑的皮肤，将头发甩来甩去的做作方式，还有过分暴露的衣着，好像全都一模一样。你很难区分她们每个人，也很难从中发现一个性格独特、魅力四射的女人并且爱上她。

男人们也一样，在这个圈子里他们已经完全丧失了自我。可是，他们总是尽力用最新潮最时尚的服饰、手表、眼镜和手机等个人配件来抬高自己的身价，试图以此挽回缺失的自我。一眼扫去，从他们经过精心设计修剪，并涂满发胶来小心定型的发型上，从他们刻意的文身和过分整齐的五官上，你就可以发现，他们显然跟那些女人们一样，为了把自己打扮得冷酷有型，也没在自己身上少花时间和金钱。

　　一个穿着一双长及大腿的白色靴子的女人从他身前经过。可在沃尔坎看来，她试图用这双长靴去掩盖自己的短腿的行为，反而让这双短腿显得更加弯曲。同时，她那对抹了润肤油而闪闪发亮的乳房却丰满坚挺，令人啧啧称奇。这对人工打造出来的巨乳在她的短衣下呼之欲出，与她那清瘦的短小身躯毫不相称。这个女人在靠着台灯的一张红色扶手椅上坐了下来。他盯着她的脸，突然认出这张漫无目的、表情空虚的脸的主人，是在多年前与他有过一夜情的女人，那时他还只是个新手。他们的目光相对，在彼此身上停留了一会，可那女人看他时的眼神却一片茫然。一股冷风吹过沃尔坎的身体。他突然觉得不适，似乎是对自己糜烂的生活而感到一丝悔恨；他身体晃了一晃，仿佛要从椅子上摔下来一样。

　　他隐约地记忆起那个雨天的午夜，那些单调而静止的影像：凹陷、干瘪的胸部，发黑的乳头，空荡荡的乳房……一张饥饿的嘴贪婪地向握在她手中的阴茎靠近……

　　突然，他心里好像升起一股粗俗强烈的欲望浪潮，在他心中激荡；很快这股触景生情的淫欲又消退得荡然无存了……接着，他觉得恶心难受，眼睛直冒金星。最近以来，只要他脑中出现自己生活中的某些淫乱的场景或影像，他就像受到难以挽回的伤害一样，倍感痛苦。这更像是种心理反应而非身体反应。想用否定过去，或是刻意酗酒让自己不省人事的方式来逃避这一切，是无济于事的。这种消极的态度只会让眼前的事情变得更加复杂。

　　"欢迎你，沃尔坎。希望你没等太久吧！"哈伦一坐进沃尔坎对面的扶手椅就这么问他。

"我刚刚才到。"

"我真想给那个所谓的银行家一顿暴揍！他竟然希望我帮他。你看我能做点什么呢？兄弟！"

"他在抢劫自己的银行时难道不知道会发生什么吗？"

"他说他当时没想到。好吧，这是他自己不得不承担的后果……"

哈伦指的后果很可能就是所谓的正义。哪种正义呢？现在百分之九十的正义都跟金钱有关。沃尔坎想起上个月在办公室楼下目睹的那一幕。公司的法律顾问正逼着一名法官对着一台摄像机坦白自己的过错。原来哈伦给了他二十万美元的贿金，让他在审理一桩案件时做出有利于他的判决；而这名法官收了这笔贿金，却又没办成事。此时法官已经完全崩溃了，"原谅我"，他说道，"我实在办不到啊。对方是有理的，而且他们也是很有来头的啊！我会用别的方式把钱退还给你们。你们想要做什么就去做吧，我已经完蛋了。"这个头发灰白的中年人，几欲落泪，佝偻着腰一动不动地站在那里。沃尔坎既不同情这个法官也不同情他的悲惨处境，但他自己却沮丧得不知所措；他为那些依然相信正义这个词的人们感到一股巨大而深沉的、痛彻心扉的绝望。

哈伦虽然对这类偶然出现的小问题反应激烈，但随着他在商界的地位越来越高，他已经相当成功地改变了自己在人们眼中的"坏家伙"形象。在过去这些年里，除了钱，他还挣得了荣誉和尊严。他早就学乖了，无论做什么，特别是在打理生意时，他总是表现出遵纪守法的样子，尽力避免引起他人的反感；同时，他也时刻小心谨慎，避免身居要职。他心里明白，自己一旦行迹败露，就有可能遭遇灭顶之灾。

他和沃尔坎相处不久，很快就认可了沃尔坎的专业知识、经验和他严守秘密的忠诚、完成交易的能力，他对沃尔坎的喜爱更是无以复加。相反，沃尔坎虽然很了解哈伦，可他并不清楚自己对顶头上司究竟是什么感觉。他常常告诫沃尔坎，作为有待磨炼的商界奇才，要在这个国家的商界立足并崭露头角，必然少不了欺诈和违法。跟哈伦相似的人都是一些难得的人才，即使他们有罪，可他们自信冷静的外表与举止，会让人们产生一种既尊敬又困惑的复杂情感。

他们各自点好了饭菜和饮料。他们从一开始就小心翼翼地彼此靠近。两人年龄相仿，大多数时间一同出差，同样沉溺于美食，这些共同之处增进了他们俩的友谊。沃尔坎现在在公司里位高权重，他每一次的成功都会换回丰厚的股份，但沃尔坎并未因此而盲目地效忠于哈伦。他仍在观望，因为他很清楚这个野心勃勃、才华横溢的男人同时也有着阴暗危险的一面。

"你看，亲爱的，我正在开会。别再烦我了，好吗？去吧，管好你自己的事，去睡吧！好了，好了！儿子回来了吗？好！我很快就回家！"

哈伦微微转过身子，在电话里用安抚的口吻跟他妻子通话。沃尔坎的眼前浮现出塞尔达美丽优雅的模样。那个可怜的女人就快疯了。最近，她一直处于神志恍惚，半迷糊半清醒的状态。她心情抑郁，也许是她的婚姻让她费尽心机，疑虑重重，情绪动荡不安。婚姻这条路，她已走得心力交瘁，难以为继。她总是透过自己从不摘掉的墨镜，去观察这个充满欺骗和叛逆的世界。她和哈伦的儿子今年已经十三岁了，身材高大，面色红润；但他完全没法跟他的父母在思想上进行沟通。最近，因为把自己的手机砸在老师头上，他面临被学校开除的窘境。哈伦立马出面干涉，并在上周解决了此事——自然是以学校解除老师的职务而终结！

"我们决不能忘记，"他转身冲沃尔坎说道，"我们应该要提前告诉那些人，投标并没有百分之百的把握。你绝不会知道，是否有人给的贿赂会比我们所给的更多呢？"

“这不太可能，老兄！”

“我知道不可能，但我们得装成这样。”

　　沃尔坎意识到自己因疲劳而心神不宁，神思恍惚。老板对他第二天要去日内瓦参加的会议提出相关建议时，他压根儿听不进去。俱乐部里人声鼎沸，哈伦一边说着无关紧要的琐事，一边用眼神跟坐在邻桌的一个女孩调情。那女孩之前曾做过模特，现在则是歌坛一名新晋的流行歌手。

“你累了。”他突然盯着沃尔坎说。

“是的，而且我几乎听不清你说的话。”

“今夜的快活才刚开始呢，伙计。”

　　这时俱乐部里放的音乐，声音高亢且极其挑逗。用男欢女爱时的淫声浪语编成的迪斯科舞曲，被震耳欲聋的音响送进每个人的耳中。听到这种撩人情欲的声音，即便是最不苟言笑、老成持重的人也会意乱情迷、把持不住。这声音就像是某个独处一室的女人正通过电话发出做爱时的淫荡声音，大厅里四处飘荡着她那令人神魂颠倒的呻吟和情到深处时的轻声尖叫。

　　人们再次舞动起来。这是种奇怪的舞蹈，着实难看！女人们合着音乐的节拍，往后撅起她们的屁股；而男人们就站在她们身后，将下体用力往前顶。这些无师自通却又与音乐的节拍完全吻合的动作单调而幼稚，几乎毫无章法与美感。人们在混乱的人群中常常会无意间碰到别人的身体，可是没人愿意反转身来面对面的舞动；他们甚至不会直视他人的眼睛。人们在这震耳欲聋的音乐声中仿佛完全丧失了自我意识，他们压根儿就没想跟别人进行任何形式的面对面的接触或者交流。

　　“看看他们，”沃尔坎感叹道，“这是寂寞的舞蹈，是各人不同的寂寞叠加而成的一种悲哀的疯狂，既可悲又滑稽……他们看上去就像一群绵羊被关进了漆黑的围栏里，一个个困惑迷茫，惊慌失措。"

"这只是暂时的，"哈伦接口道，"很快他们就会相互缠在一起了。你看到那个当歌手的女孩了吗，那个穿黑衣服的小妞？她的声音不怎么样，可人长得漂亮。我要过去跟她聊几句。"

他朝那女孩走去，一把拽住她的胳膊，打断了她的舞蹈。她开始在他面前起舞，微笑着扭动起她那浑圆的臀部。这女孩金发碧眼，皮肤白皙，身材高挑，长得相当漂亮。在这里出没的女孩一无所有，却梦想拥有一切。当她们跟哈伦这种粗鲁的家伙在一起时，心里会想些什么呢？她们是否想让这些好色的男人们为她们付电话账单、商场购物款、房租或者汽车的分期付款账单呢？

突然间，沃尔坎想要起身离开。不久前他还常常整夜待在这里，吃吃喝喝，纵情享乐，直到天明。而现在，一个幽灵般的声音正在他心灵深处不断呼喊，"这是个舞台场景，一切都毫无意义。"

哈伦把那女孩拽到身边，在她耳边窃窃私语，然后捏捏她的脸蛋，松开手让她走了。他大汗淋漓地转身回来，一屁股坐下后，向侍应生招手致意。他想来杯酒。

"我已经够了。明天我还要飞呢！"沃尔坎说。

"要是这么着，我也什么都不点了。这周我已经长了两公斤了。他们在议论一个新的饮食学家。显然，他有法子让人瘦下去，就是让人不停地一点点地进食，你觉得怎么样？"

"这种饮食方法对我决不起作用。"

"我认为值得一试。只管想象一下，你时时刻刻都在塞东西。"

"你也是在一点点地勾起自己的食欲吧。"说完这话，两人便又陷入沉默。又是一个这样的夜晚，整夜的对话全非心甘情愿的，来回的问答纯粹为了闲聊，沃尔坎无奈地想着。可他还在期待什么呢？在这种环境里，谁会想要别的呢？

"你一直在烦恼什么，沃尔坎？我早就想问你了，可总没机会问。怎么了？"

"没什么大不了的。大小事情一桩接一桩的。我想我只是有点寂寞罢了。"他挤出一丝微笑。

"你怎么会觉得寂寞呢？你这么年轻、英俊，又是个单身汉……不管去哪儿，不管什么时候，只要你想，什么样的女人你找不到？"

"我才没那个力气呢……"沃尔坎带着玩笑的口吻小声咕哝着。

"得了吧，打我认识你开始，你就经常速战速决了。要么就是你的触觉已经衰退了，对吗？我早就听说了，你可能是沉迷于一夜情而患上了暂时的情感麻痹症吧？就是这个原因才使人们一头扎进网络里的！我觉得网络很有意思，倒是个治疗寂寞的好办法……"

"不过是个充斥着空话、谎言和煽情的虚拟世界罢了……"沃尔坎挥挥手，像是在说"算了吧"。

"对了，你看过那些疯狂的色情动画片网站吗？那可是由你主宰一切哦。"哈伦兴致勃勃地说。

"不是吧！完全想不到……"

"有点，但是这样的幻想无论在哪方面对人都有好处。性欲是一股最具创造力的力量；它是成功和权力的必经之路。这话也适用于仕途。看看现在这个国家是什么样子！所有统治我们的人都是些老家伙。相信我，这就是为什么在这个国度里凡事都一塌糊涂的原因！"

"虽然谁在统治谁我不清楚，但你这个观点倒是值得人们思考！"

"看看这儿，兄弟，别把自己弄得神经衰弱，日渐颓废啊！别忘了，我们的好日子还在后头呢。现在可得保持好的心态啊。"

"放心，我会好好照顾自己的，"沃尔坎笑笑说，"我只是厌倦了一时兴起和令人窒息的那种恋情罢了，仅此而已。"

出于一种本能的恐惧，通常他会尽量避免跟哈伦谈起自己的私生活，因为在这些话题上，哈伦可是个爱嚼舌根的八卦大王。

"你应该去找乐子，而不是谈恋爱。这个行业有点新动静了，"哈伦凑过来小声地说，"据最新的消息，有个认识圈子里所有人的女人——她可能还是个秘密特工或女警察之类的——进入了色情市场。她找的全是些大学生和有文化的小妞呢，保证个个都不到二十岁。"

"是吧，这个女邦德是因为在自家举办的那些宴会而闻名于众的。可她总是游手好闲，还拿她所谓的有点年头的精品店做办公室，这不是很奇怪吗？还有，她能对你保证什么呢？"

"哎呀呀，我发现你消息也很灵通啊！她能保证的是让她的客户快乐满意，老伙计呢。这个系统运作良好，这个组织也棒极了！她那里防护森严，不会有警察、突击检查和丑闻这些让人头疼的事。再则，这些女孩子只为一个特定的圈子服务，而这个圈子里的人净是些有名望有地位的杰出人物。她干的这一行就有点像我们做的生意，我们也是为高层次的客人提供中介服务的。不是吗？那你还怕什么呢？"

"得了吧……"沃尔坎深深地吸了一口气，像是被什么卡住喉咙似的。

"这是真的。所有类型的中介服务都能获得利润，因而多少都会有些不道德的因素，不就是这样吗？不管怎样，你只管提供场地。舒适宜人的家庭环境会更受人青睐。你们可以坐下来，谈谈音乐、诗歌和电影。一个年轻的小妞跟你聊着《卡萨布兰卡》或是法国诗人兰波①，或是《炼金术士》还有《达·芬奇密码》

---

① 兰波：阿尔图尔·兰波，19 世纪法国著名诗人，早期象征主义诗歌的代表人物，超现实主义诗歌的鼻祖。

之类的。你听的是莫扎特或莱昂纳德·科恩①的音乐。当你们一边浅酌着香槟，一边轻柔地相互抚摸时，一股浪漫而又温馨的气氛开始酝酿。激情也随之滋长……"

"卖家把这种老掉牙的故事包装得多好啊。他们不会很快就要拍广告了吧。"

"人人都在谈论这些女孩的美貌和内涵。她们既不会乱发脾气，也不会满脸愁闷；没有争吵，也不会争风吃醋，不会怀上孩子，更不会有'我们结婚吧'或者'我们离婚吧'这样的无稽之谈。"

"那你说的简直就是天堂了……"

"我说的是真的。他们根据客户的需求来安排服务；好像他们还特为那些惊喜派对和群交准备了一些特别培训的女孩。他们也提供三陪服务，甚至还有'鸭子'呢。"

"好了，这些并不出奇。"

"有新意的是那些女孩！想想吧，全是些受过教育的美人儿，出身良好，没见过世面，还嫩得很呢；还有那些肌肉结实的男孩子，一个个都是懵懵懂懂，不谙世情！你只管打个电话，他们就会把你所需要的小妞送到你想去的地方去的。"

显然哈伦一直在享受这项服务。他反复地追问："难道这个也吸引不了你吗？"

"这些天，去非洲游猎的想法更吸引我。或许我是对自己的外形不满意吧！"

"嘿，你可是个了不起的帅哥呢。或者你是担心自己的身体太肥胖了吧？再说了，你花钱请来的这些女孩子不用非得喜欢你吧，你懂的。"

---

① 莱昂纳德·科恩：来自加拿大蒙特利尔，早年以诗歌和小说在文坛成名。在偶然的机缘之下进入了民谣界，从此开始了游吟生涯。被称为漂泊于现代都市的游吟诗人。

这恰恰是沃尔坎的问题；花钱的那个人——不管你以什么形式付款——始终处于主导地位，问题是跟一个纯粹为了钱而强忍着厌恶来跟你上床的妓女去做爱，是否真的要比自己手淫好多少呢？当你被色情服务里那些令人血脉贲张的挑逗场景勾起欲火后，却又不得不忍受随后那了无情趣、草草收场的性事，这难道不是件令人泄气和沮丧的事吗？过去，每当在这种场合，他就会觉得闷闷不乐、拘束压抑，甚至感觉到极度的孤独与空虚。事实上，一次次的这种逢场作戏使他再也没法去跟妓女上床了。

"夜太长了，"哈伦说，"我要跟那个女孩再去个别的地方。我可不想回家。最近塞尔达跟我关系不太好，她一直坚持要跟我离婚。自然，这是不可能的，真是荒唐！有时我真恨不得勒死她。"哈伦望着沃尔坎，像是在寻求安慰。

"事情会好起来的，你会想到办法应付过去的，"沃尔坎干脆地截断他的话头。这个话题太敏感，他没必要给哈伦出什么主意，因为塞尔达是个病人。"你之前曾多次经历过这种事情。这次不过是往事再现罢了。她难道没再去看心理医生了？"

"有啊，她现在还在用药。你看，我一片诚心，我也喜欢她。问题是这女人总担忧爱情难再。这就是为什么我爱她，可我们的婚姻却没法因此转危为安的缘故啊。人的需求变化太快了，随着时间的流逝，夫妻之间的亲密感也会变得既无聊又烦人。"

"你别吓我啊，这些天我格外多愁善感，"沃尔坎说道，又为自己如此轻率地吐露心迹而感到惊讶，"过了一定的年纪，人总是想找个感觉真实的、能相伴终生的人的。"

"你这个想法是可爱的，却是个难以实现的梦想……"

"男人自然也想找到适合他的那个女人。或许到那时爱情就能长久了。"

"你可别相信爱情。新人和小孩子才能谈爱情，像我们这种经历复杂的男人可应付不了的。"

"要是一个人没了爱情，他就变成了一只生来就残疾的病态动物了。"沃尔坎略带抱怨地说。

"不，你什么也不会失去。你还会振作起来，变得更加独立，并且你还能发现自我呢！"

宽敞的俱乐部被隔成几个小间，有些区域被低低的挡板围成安静的角落，这些暗暗的如凹陷般的空间像极了剧院里的包房，它让客人们在深夜里能有更私密的接触而不受干扰。你可以看见里面的人紧紧地贴坐在一起，还有些人在接吻抚摸。午夜到来，昏暗的紫外线灯光伴随着迪斯科音乐节奏而不停地闪烁滚动，更是营造出了一种廉价而刺激的放荡氛围，那些男男女女更加疯狂地搂抱缠绕在一起。可是没有爱，这些人如何还能维持这种亲昵关系的呢？难道在这个自私自利、满是谎言的世界里，爱情已经变成了小孩子们的游戏了吗？

现在的爱情看上去也的确如此。沃尔坎略带怜悯地看着周围的人群。这个世界发生的一切，包括重大的社会变动和变化，以及社会文明正快速地衰落等现实，都不能引起他们的警醒，只有关系他们自身利益的事才会让他们提起兴趣。他们普遍的态度是躲开他人的不幸，视而不见，听而不闻，装作一无所知。只有他们自己的所谓理想抱负、孤独寂寞，还有焦虑忧惧才是他们所在乎的。这是个金钱的世界。他很清楚，他们大多数人只崇拜金钱，也真的相信金钱能买到所有的满足。钱是带来爱情、和平、健康和幸福的唯一方式；自然，钱也能带来自由……

不知从何时起，关于这些人的信仰，他们消费的去处，他们一周换几个情人，他们去世界上哪些地方旅游，他们如何表达自我，他们去看哪些医生或心理医生，他都不再好奇。有关他们的一切，他都了然在胸。

唯有一件事他却无法理解。他们曾与某个人多次上床，就因为失去了兴趣或新鲜感而频繁地更换着性伴侣；可是在这种喧嚣的环境和光怪陆离的灯光下，他们又是怎样做到把当初弃之如敝屣的人当成了新人并与之亲热的呢？他们又是怀着怎样的期盼，在夜深时与她们相拥相携地离开俱乐部的呢？其实，这也没什么可惊讶的，这些现象就同一个大家族里反复发生的、十足可悲的乱伦关系一样。

当哈伦问他是否允许自己邀请刚刚共舞的女孩过来同坐时，沃尔坎起身说自己感觉不适，想回家睡觉。他可没心情去看他俩卿卿我我；而且，很显然哈伦也想他马上离开。

他穿过走廊，经过两旁污渍斑驳的玻璃墙，心里想道，我一定是正在变形。不知为何，他现在的思想、行为，跟三年前或三个月前，甚至是三天之前都大相径庭。他现在有种与众人格格不入的孤寂感，它实际上就是那种厌恶了平时的自我满足方式，正在重新思考自己的抉择过程中所产生的不适感。他希望这种自我变形能不断地延伸，进而突破自身的极限达到理想的境界，而非带来相反的效果。

他住在位于贝贝克的一套顶层豪宅里。他在住宅区的花园门口下了车，吩咐司机把车开走。夜色深沉，夜凉如水；马路对面，深黯的海面上闪烁着粼粼波光。这会儿，在俱乐部喝的酒让他觉得身上微微发烫，他还闻得到片刻前熄灭的香烟残留在身上的味道。他乘坐电梯上到顶楼，忽然感觉自己好像已进入了反应迟钝的垂暮之年。最近，他一直在用爬楼梯上楼的方式来锻炼身体。

一年又一年，他心中悔恨的伤痛随着时间的流逝而渐渐显现。那个曾经快乐如斯的年轻人现在怎么了？他已经三十七岁了。或许还没等他活到四十岁，就会因心脏病偶然发作而结束生命。要真是如此，事业成功、赚大钱、恋爱与否等等一切，对他而言就都没有意义了。

他的家舒适温暖，收拾得井井有条。清洁女工将处处都擦得闪闪发亮。初夏刚至，他正巧进入心理抑郁期，于是就换了套房子。尽管它压根儿就不是他想要的，但买了这套新的公寓至少让他忙碌了一阵子。他按照自己的品位把这套房子彻底地翻新，又换了一套新的家具。接下来，八月里他又去了威尼斯、罗马和丹麦等地，既是出差，又当旅游散心。紧接着，他又花了五天的时间去土耳其南部转了一圈，休了个短假。这段时间虽然活动不少，可他并未真正的享受过清闲惬意的假期。他受够了这个夏天，因为他心中既没有爱和恨，对一切也都提不起兴趣。

他环顾四周，打量着自己的家。宽敞开阔的起居室里摆放着一张白色的鹿皮沙发和两张黑色的扶手椅，音响和家庭影院等设备被巧妙地藏了起来，房间里的陈设低调内敛，毫不花哨。所有的家具都经过精心的设计，虽然简单却很实用。闪亮的白色油毡地板上铺着两块小小的白色长毛地毯。整个房间唯一五彩缤纷的装饰品是购自丰蒂的两幅抽象画作，其中一幅挂在壁炉上，另一幅挂在沙发后的墙壁上。

他上了床，却毫无睡意。一直帮他治疗的心理医生对他的失眠和消沉不置一词。他始终保持沉默，只是开药，而这些药都快让沃尔坎变成一把烂拖把了。显然，当大脑的化学成分发生变形和衰退时，就必须要更换它们！可真是这么简单吗？早在上个月他就把药全丢掉了，也不再去看心理医生。他曾经希望一直给他看病的那个医生，能为他指一条明路，即便是条小路，也能让他从深陷的情感荒漠中逃出生天；他希望医生能拯救自己，让自己不再感受到那种像是丢失了什么东西一般的惆怅……他还怀着一线希望，只要自己真的尽力，或许这件东西——不管它是什么——还能找得回来或者会被人送回来。

他关掉灯，躺在黑暗的床上，将双臂用力地环抱自己。这个时候，他怀念能有个人，她会用双臂抱住他，紧紧拥他入怀。他渴望获得心中的平静和安宁，如同很久以前自己常常躺在尼罕怀中时的那种感觉，哪怕是在那些他们不曾做爱的夜晚，他躺在她的怀中也觉得安稳平静。

尼罕是他妈妈一个远房亲戚的女儿。她四岁时，全家就移民去了美国。她爸爸最初在一家酒店当行李员，后来干过水果小贩、出租车司机等各种各样的工作。他想方设法把自己的两个孩子抚养成人。尼罕在数学和计算机科学方面接受了良好的教育；她也很快找准了自己的生活位置，进入夏威夷一家研究探索式软件测试的公司任职，成为一名极具天赋的工程师。当年正是她为沃尔坎提供了奖学金，并且在他完成纽约的学习之后，把他安排到夏威夷，帮他在一家银行谋了份差事。

他们在此之前素未谋面。唯有在他前往美国留学的事已成定局之后，沃尔坎的家人才提及她。他们第一次见面是在纽约第五大道的一家酒吧里，那是四月的一个傍晚。她是个相貌平平的女人，稍嫌丰满，臀部肥硕，棕色头发，中等身材。她的五官之中最为出色之处，便是那双蓝绿色的眼睛，它们就像深邃的海洋一样迷人。

她那时已经有三十五了，差不多大他十岁。在酒吧扑朔迷离的灯光下，她显得分外亮丽俏娇，令他怦然心动。她那白皙饱满的双乳在半系半解的衬衫下若隐若现，随着她的每一个动作而轻轻颤动，显得无比的轻快活跃，牢牢地吸引住他的目光。沃尔坎生平第一次喝多了；他喝得酩酊大醉，却感觉很是轻松；他的大脑渐渐变得空白。他们谈论着家庭、大学、美国和土耳其，其间欢笑不断。尼罕望着他的神情就像一个自信的女人望着自己喜欢的男人一样，她似乎在盘算着两人之间是否能发展出一段快乐的恋情。如果可以又会怎样呢？既然是她想要，沃尔坎绝不会拒绝。但这过程必须按计划有条不紊地进行,一步接一步,不能那么快,那么明显,也不能太过草率。

那天晚上,尼罕带他去了她住的酒店。她说,她不想一个人孤零零待在那里。在美国,男女之间的那点事就这么简单干脆,人们相识后很快就会上床。一个他还不认识的女人会想要碰触他的身体,对此他毫无心理准备。但是,当他意识到这个女人需要赤裸裸的肌肤之亲时,他屈服了。他那时还没什么经验,一开始他担心自己会做错什么,之后他又担心自己不能令她满意。

后来,只要尼罕来纽约,他们就会时不时地小聚一次。当他学成之后,沃尔坎决定不回土耳其而是去夏威夷跟尼罕团聚。

他的新生活有时看上去就像个美妙的梦境:一个充满激情的女伴,一片神奇的土地,宜人的气候,美丽的公园,迷人的商店,轻松惬意的生活,唾手可得的财富和充满乐趣的工作……尼罕的品位虽不太高,但她不是个麻烦的人;而且她有一大帮熟人,这对他的升职大有帮助。

他们住在一栋带花园的漂亮房子里。他们谁都没有向对方敞开胸怀,全心地投入这段感情。尼罕常教他放松身体,松开拳头,像个孩子一般躺在自己的胸脯上。她就是用这个方法去教导这个尊重女性却个性羞怯的年轻男人,什么是傲慢,什么是生活,什么是快乐。而沃尔坎却担心自己对尼罕的感激会变成尼罕对自己连绵不绝的性掠夺,甚至变成他的自我牺牲。

三年后,他在自己就职的银行爬升到了一定的位置。对于自己的能力,他已经相当自信,他也确信自己很快就将成为一个引人瞩目的人。但他不能确定的是,自己能否同样成功地形成一个独立的“人格”。后来,他竟感到一种无形的束缚而变得焦虑不安,仿佛自己被什么牢牢地钉住,不得动弹。他和尼罕之间纷争渐起,一些被两人故意压制或忽略的矛盾也日益显露。他们之间曾经炽热的情感被他视为平常之物,再不能像之前那样抚慰他的心灵了。对于这个女人提出的并摆在他面前的那些建议和决定，他也不能欣然接受；哪怕这是他必须接受的，他仍会拼命地维护自己的决定。他对独立的渴望日益增长，这让他心中备受煎熬。

当尼罕被调往纽约担任银行的副总裁时，他们的关系就不了了之了。正如他们所期待的一般，两人毫无痛苦地结束了这段感情。直到多年后，沃尔坎才发现，尼罕当时频繁造访总部是因为她跟一名高管有染。

当他回忆起所有曾走进他生活的女人时，她们的名字在他的脑海中一一浮现，却没有哪个人能点燃他的激情。当他想起一些人时，心中会泛起些许甜蜜幸福的回忆；而另一些人仍会引起他默然而疲倦的痛苦。只有一个名字被他视为珍贵，那就是卡罗尔。沃尔坎曾让她深信，他爱她；可之后，他对她的粗鲁和忽视是如此根深蒂固地深植于他给予她的幸福中，最终她的希望被碾碎了。自然，卡罗尔用她的猜忌，她紧闭双唇强忍住的愤怒，以及她日益抑郁的心情同样的报复了他。

突然之间，他有种感觉，当下和过往的一幕幕情景像是融汇在一起，它们相互影响，互为铺垫。现在的景象将他带回一个层层叠加的过往，而过去的景象又让他不断地回忆起他自以为早就遗忘了的一幕幕场景，这些场景改头换面之后又再次在他眼前浮现。

4.

埃莱姆在街头就下了合租车。她沿着街道往前走，先向右转，随后又往左转了两次。公寓楼密密麻麻地排列在街道的两侧，街道看上去就像被水泥墙围住了一般。街道两旁停满了小车，使街道变得更加狭窄。从街道两边那一扇扇敞开着的终日不见阳光的窗户里，飞出嘈杂的球赛声、阿拉伯歌声和电视里正大声播放着的土耳其老电影那夸张做作的声音。远远地，街那头的唱片店里传来的砰砰的鼓声，却也盖不住深夜的这片喧嚣，让人禁不住心烦意乱。

她六点就下班了，可现在已差不多八点。她住的公寓离她上班的公司路途遥远，她之所以租住在这里就为着这儿便宜的房租，也为了离她姐姐住的地方近点。可因为交通拥堵，她每天上下班路上都得花两个钟头，这让她累得够呛。

拥堵喧嚣的街道被水店、糕点房和杂货店外的蓝色霓虹灯射出的黯淡灯光所笼罩。她看见水房那个皮肤黝黑、相貌英俊的送水员走近了店门口。她从他身边走过，却感觉到他的目光始终追随着自己的身影。两周前她搬进了马路对面的那栋公寓楼，可她每天都早出晚归。他很可能是想搞明白这个新近出现的奇怪女人是谁。兴许他也只是想瞧瞧她的腿，因为上周她把自己所有的裙子都剪短了。

她横过街道，弥漫在伊斯坦布尔夏夜潮湿闷热的空气中的嘈杂嗡鸣声越来越刺耳。她生活在这个街区，却不像个住户，倒更像一个旁观者。她情不自禁地观察着身边的一切，可她的观察既不深刻，更谈不上对所观察到的结果会有深刻的理解。她总是强烈地感觉自己受人排斥，并且老是疑神疑鬼，怀疑自己被人跟踪，这让她很是窝火。有时，她也觉得周围的孩子看上去全都粗鲁无礼、令人厌恶。在这些场合，她脸上未免也带着不少的戾气。后来她一想到这些就觉得有点羞愧。

她当然不是瞎子。住在这里的人都穷困潦倒，为了生活而疲于奔命。他们忙着在生活中制造出各种噪音来克服自己对孤寂的恐惧；他们想着法儿与先进的社会文明和谐共存；他们为了全家的柴米油盐奋力打拼，同时也在悄悄地磨炼着自己的忍耐力。有人说，"这座城市的人口质量和文化组织已经严重退化；一种源自于贫民窟奇怪的流浪文化已经占据了社区文化的主导地位"；

至于这个观点是否正确，这里的人们却丝毫也不感兴趣。的确，财富和文化能将一切都粉饰得格外美丽；相反，贫困和无知也会无情地摧毁世界的一切美好。这么想着，她竟觉得嘴里一片苦涩，这是下午茶时喝的红茶所残存的苦味。她的思想与她自己的真实生活毫不相符，这些想法应该是那些富贵人群才有的忧虑。现在她应忧虑的是，要习惯在这个街区生活将格外艰难：因为这里的人们思想落后，精神颓废，全是些狂热的宗教分子；男人们穿着汗衫，女人们包着头巾，围坐在窗户旁或者狭窄的阳台上；从门缝或窗缝中，常常会传来擤鼻涕、清喉咙那种污浊的声音以及孩子们的尖叫声。不管她是喜欢抑或讨厌这里的一切，她都必须习惯这种生活。归属感将主宰她的思想，她也不得不接受她所居住的这块地方。眼下，她还没办法搬到其他的地方去住。眼下，谁知道她还拥有什么呢？

她打开门，不由再次心生疑惑，她到底将面临一种什么样的新生活呢？未来的一切是否值得她期待呢？她并不确定。在成年之前的很长一段时间里，每个人都以为未来会像百花盛开的春天，充满着意外的惊喜，和平与光明。谁都不会想到，或者不愿如此期望，自己在未来也像冰雪封冻的冬天一样，同样也会遭遇痛苦、悲伤、失败乃至巨大的灾难。

跟往常一样，楼道里弥漫着呛人的煎青椒味、烧焦的洋葱味以及污水的恶臭味。她走进公寓，穿过大厅里堆积如山的装满了书的纸盒，走进起居室。她一打开灯，立马就拉上了窗帘。这个地下公寓最令人不满意的一点就是外人能轻易地看到屋内的一切，或者至少她是这么觉得的。幸运的是，从街上只能看见起居室。走廊尽头的卧室通向这栋大楼的后院，那里无人问津、荒草丛生。虽然她不太相信那扇带铁栏杆的大门有多结实，但她仍然盘算，只等春天一到，她就要除掉屋外的杂草，往那儿摆上一张可以任意移动的桌子。只要她不介意楼上住户们堆在后阳台上的那些老旧生锈的杂物，她就能有个小小的地盘，在那儿她能自由地呼吸，偶尔还能喝个早茶或者下午茶。

从孩提时代开始，她就害怕被人监视。长久以来，她认为上帝的存在是股令人畏惧的力量。这位伟大的神俯视着下界的人群，他甚至无须细看，只消匆匆一瞥就能洞悉世界的一切；所以她特别害怕自己做错事。事实上，人世间的各个角落都充满着罪恶。在她小的时候，埃莱姆会承认自己因为可怕的无知而犯下了数不清的错误，然后她会充满负罪感并因此而深深忏悔。每天晚上，她会恳求真主聆听她的祈求并宽恕她的罪行，她还会向天使祷告，请求她们从她的罪行簿上抹去她所犯下的罪恶。很久之后她才明白，她之所以会如此羞愧，并非因为她的行为，而是因为她的女性性别。

长久以来，她背负着生活中的不幸遭遇带给她的痛苦，以及对未来那些可能随时降临到她身上的灾难和痛苦的担忧。当她长到二十岁时，她决定将自己犯下的一切罪行，连同自己的信仰和名字全都埋葬在过去。有时她会想起自己以前的名字——穆特娜，这个名字那么熟悉，却令她感觉很不自在。当时她坚信这个名字的寓意——杰出的——实则跟她的命运截然相悖，不仅对她毫无帮助，反而令她长久地感到绝望时，她毫不犹豫地放弃了这个名字。

然而，她并非正式从法律上放弃了这个名字，而是把旧的名字留在了老的身份证上，开始用"埃莱姆"这个新的名字来称呼自己。

从狂妄空虚的"穆特娜"变成今天的埃莱姆，她差不多花了五年时间。自然，重新开始塑造埃莱姆并赋予它生命并不容易，但她觉得迈开第一步才是关键。她在官方事务和工作场合中使用的还是那个老名字，这个名字就像蜕掉的蛇皮一样代表着她的蜕变；想要彻底遗忘并抹掉它还需要更长的时间，但重要的是现在她管自己叫什么。

她换上拖鞋，将外套脱下挂在一张椅背上。从安卡拉①来这里已有五周。不知为何，她在安卡拉度过的那些岁月似乎已经很遥远。她姐姐帮她找到这个房子，并帮她草草地粉刷了一遍。位于短短走廊旁的小厨房和厕所几乎不见阳光，霉味扑鼻，腐臭难闻。这两间房都光线昏暗，她不得不终日开着灯。

她一到此地，只在姐姐那里住了短短的两周，便到公司里去上班了。她从姐姐那儿拿了点旧家具；冰箱、起居室里的沙发床还有旧电视机，都是她从旧货商那里买回来的。床、简易书架、那张摇摇晃晃似乎快要散架的小饭桌，还有那几张椅子都是些被人遗弃的旧家具，是姐姐从她搞卫生的一所房子里捡来的。她搬进来的第一件事就是用胶带将前一任房客留下的那张学生桌加固了一遍，然后装好自己的电脑。这是她目前与外界唯一的联系工具。

她从安卡拉只带来了自己的衣物和书籍，她可有许多书。无论如何，她要在这个周末把这些书籍好好整理一下。她的新工作劳神费力，而交通拥堵让她每天上下班要花去数小时之久，她回到家早已累得筋疲力尽，只能匆匆塞点东西果腹，随后便瘫倒在床上。所幸她每天都在公司吃午餐，倒不需要担心吃饭的问题；而下午的傍晚茶也足以填饱她的肚子。

当初，接到面试通知的电话时，她认为幸运女神终于向她展露了笑脸。然而，上个月她在这里的艰辛经历和承受的巨大压力，又使她无比怀念安卡拉的一切：她在瑟荷耶的一栋旧办公楼第三层的老办公室，堆积如山、混乱不堪的信件和传真稿，面包里的肉球，午间休息时吃的土耳其披萨，拉莱·阿布拉身上浓烈的香水味，窗台上那些柔软的植物，与自己志趣难投的同事之间

---

① 安卡拉：土耳其的首都。是仅次于伊斯坦布尔的第二大城市。

的浅薄友谊。

她的新工作场所在位于布于科德热路上的一座气势恢宏的摩天大楼里，这座楼的八层到十一层都属于她所在的公司。这是一栋崭新的封闭式办公楼，办公室里气氛冰冷，令人战战兢兢，就像个关押奴隶的仓库。唯一不同的是这里没有手持长鞭，恶狠狠地瞪着眼睛监视他们的看守。不过办公楼里遍布四处的摄像机，干的正是看守的工作，所以这里跟关押奴隶的仓库其实也没什么区别。

知道自己被人监视是件令人恐惧的事。她一走进办公室，就紧张得像座雕塑一样全身僵硬，连脸都麻木得失去了表情。当她一直往前，走到最里面自己的那张办公桌前坐下时，她感觉到孤独而又消沉，仿佛自己正与一群素不相识的沉船事故的落水者同坐在一条救生船上，匆匆奔向某个未知的目的的。她一直都没办法跟她的同事交流。他们眼角匆匆扫过的余光和冰冷的态度，似乎表示他们想让她明白，这里并不欢迎她。有时她心烦意乱，真想冲到大街上去纵声呐喊，一抒心中的块垒。

她现在面临的主要问题是，她挣的工资能否独立地维持自己的生活。她意识到，最初的薪水是不够她在伊斯坦布尔独立生活下去的。她接受现在这个薪酬，一是对安卡拉工作和生活的绝望，二是她觉得跳槽到这家大型的美资公司将有助于自己事业的发展。但面对现实她忧心忡忡，有个自己的独立住所就意味着要靠自己的钱来支付房租和各种费用。她粗略地算了一下，除去所有的开支，她每月的工资仅剩下三分之一。不管她是否愿意，她都得继续在这干下去，直到她能找到一份薪水更高的工作。可现在要找份高薪的工作太难了，几乎是不可能。

她在安卡拉的最后四个月简直是个彻头彻尾的噩梦。当时公司已经陷入困境，初夏她的合同到期时，公司就终止了跟她和其它四名员工的合同。接下来的几个月里，埃莱姆一直在等待收到自己求职申请的公司的回音。在安卡拉这个闷热难耐的夏天，她看不到希望，整日笼罩在愁云惨雾之中。

此时，她与塞伊特的关系也濒临破裂。对她来说，面临的问题如此严峻，她觉得哪怕是跟他交谈都是件毫无意义的事。他对一切都充耳不闻的冷漠态度最令埃莱姆心灰意冷。更过分的是，他很少来看她，总是好些天不来，来了似乎也只是看看她是否还活着。她想离开他，彻底地结束这段痛苦不堪的生活。于是，她还没来得及认真权衡利弊就贸然来到了伊斯坦布尔。

她开始动手煮了点茶。接着她走进浴室，打开那个小热水器，任凭水流冲刷着身体，直到全身放松后才走出浴室。这时她觉得全身既舒服又暖和，身上散发出香皂的清香。她披上浸着汗水的外套，坐在电视机前，努力压住喉头的不适，胡乱地吃了几口。第二天她不用早起，可以睡会懒觉。她挣扎着看了会电视，接着又打了半小时的盹。当她醒来时，感觉自己精神焕发。于是她坐到电脑前，开始浏览邮件。塞伊特给她发了封短信，信是这么写的：

"自从你离开后，我想了很久。你说的关于我个性的那些话实在是太令人伤心了，我不应该受到如此粗鲁的对待。不过你说的没错，我们是完全不同的人。你走的时候把钥匙留给了管理员，难道你都没想过要打个电话来说句谢谢吗？如果说我是头野兽，那你就是个忘恩负义的婊子，不是吗?！从今往后，我要让我的家人过上舒心的好日子。因为你，他们受尽了委屈。我祝你找到一个厉害的家伙，你跟他嘿咻的时候会更过瘾。也祝你能实现你的'远大'目标。祝你好运，再见！"

埃莱姆看到这些话，气得全身僵硬。最初她只觉得一股强烈的愤怒就像一根冰冷的尖刺直插她的心底。"你这个卑鄙小人，"

她小声咕哝着，"我把你一脚踢开还真是做对了！"她如释重负，仿佛卸去了身上的千斤重担。他终于露出了庐山真面目。没错，当她身无半文、绝望无助时，是他为她提供了食物和遮风避雨的地方。他这么做可不是出于善意，只是为了满足他的淫欲。

是的，她说的话确实有点恶毒，可她一点也不后悔。

毫无疑问，她不该对一个总爱吹嘘自己有大丈夫气概的男人说这样的话，或者说，在关于两性关系的问题上，对任何一个男人都不该说这些话。但是，对于女人来说，在吵架的时候总会口不择言。当你对一个人彻底失望时，在他面前你会下意识地发泄出所有你对他的不满。

当时，她说："我们俩除了像野兽一样性交还能做什么呢？我总是自欺欺人，让自己相信，跟你睡在一起，我即舒服又满足，这正是我想要的感觉，我要的就是这个。"

这话曾ল对塞伊特犹如晴天霹雳。当时他满面惊骇，眼里惊云密布，双臂蜷在胸前，踉踉跄跄地退到了屋子中央。

"你撒谎！那现在的一切就是你说的这样咯？"

"我不爱你，我也从未爱过你！你懂吗？"

"好吧，谁会指望你的爱呢！这也不是我想要的。"

不，我们应该不全是这样的！

塞伊特就像个馋嘴的孩子，什么都想要。他的性欲永远都无法满足。与其说他是饥渴难耐，倒不如说他是欲壑难填。他压在她身上不断地索求，直到她筋疲力尽，有意采取各种方式反抗他时才为止。他这种过分的索取，总让她想起自己故意遗忘的过去所受的种种痛苦。

他在发泄完性欲之后，会对她赤诚相待，毫无猜忌，她就像是他喜爱的一个妹妹一样。这个奇怪的男人曾经在她心中掀起过滔天巨浪，但她既不蔑视他，也不嫌弃他。有时她觉得他像个呆子，有时她觉得他不过是个缺少爱的不幸男人，偶尔她也会把他当成一个可以信赖的情人。正因如此，两年来她一直没办法放弃他。当她在他身边醒来，常常觉得自己像只寄生虫，栖息在一头大鸟的羽翼之下，安然无虞；她也发现，自己内心深处曾一度出现过的凄怆哀苦之情，已悄然消失。可是，每当她闻到两人性交时他的精液所散发出令人作呕的腥臭味，看到皱巴巴的床单上涂满了这些黏糊糊的液体时，她又会本能地抗拒她俩眼前的这一切，她觉得自己似乎不能接受这个遥远的现实。

他们躺在一个狭窄的房间里。墙上的黄色油漆因潮湿而变黑了，一片片的剥落下来，垂在地上。屋里的每一件东西都很小：床、衣柜、窗户，最重要的是，她的生活亦是如此狭小。每当清晨来临，她就期望能飞出这个小屋，冲上广阔的云霄，去呼吸新鲜的空气，永远都不再回来。房间给她的狭小压抑的感觉，现实与梦想之间难以缩小的差距，还有身边躺着的这个粗俗的男人，它们好像都无情地阻碍着埃莱姆去开创属于自己的新生活，让她无法与他人再次堕入情网，让她无法成为一个诗人，让她什么都做不了！

你可以下地狱了，塞伊特。当我跟你在一起时，我什么都不是，可现在我至少还活着，她恨恨地想。为了见识这个残酷无情却又美丽的世界，也为了我自己，我已经做好了准备去面对所有的艰难险阻、人生的机遇、关于诗歌的梦想、绚丽的生活和死亡的恐怖。

在她十四岁时，她曾梦想做一名诗人。这个强烈的愿望既宏伟又不现实。她要做一名诗人，让家庭的每个人都大吃一惊。当她妈妈发现她第一次写的几行诗时，吓得大惊失色；而当埃莱姆告诉妈妈她要做一名诗人时，妈妈竟狠狠地扇了她一个耳光，并说："别让你爸爸听到你说的这些话！否则，他会杀了你！"

在这样的家庭里，你的梦想是毫无意义的。至于成为一名诗人，那更是毫无希望，只不过是个无法实现的奢望。她的命运其实早已决定，无法变更了。刚满十二岁时，她就被逼得不得不像个成年人般的生活着。她的家人绝不会去理解她的想法或感觉。他们纯粹把她看成是一件不值钱的物品，一个既愚钝又靠不住的生物。他们把她锁在家里，让她因自己的女孩身份而付出了沉重的代价；他们眼睁睁地看着她在恐惧中悲催的度过童年，进入青春期。

不幸的是，成为大人并不会让人远离痛苦和愤怒；恰恰相反，它让人时常去体会这两种滋味。

在沉默和孤寂中，她似乎滑进了遥远的过去。但这些突然降临的失落感带来的痛苦，再也不会持续很久了，它来也匆匆去也匆匆。她对过去的感知是有限的，因为她得尽量减少、甚至阻止有关过去的痛苦记忆，对她的现在和将来产生消极的影响。现在，就算是最令人不堪回首的过去，也不可能让她感到痛苦了。她现在也不再需要任何人的怜悯了。比起从前，她更加坦然地接受她所有的痛苦经历，并将它们视为生活给予她的洗礼。

她这些想法并非出于对人生的漠视或否定。一路走来，她不知何时就已经学会了不再自怨自艾。自然，学会坚强需要历练；但她成功了，因为她不再希望得到任何人的怜悯。在此之前，她一直自以为是，目中无人。她的傲慢无礼惹恼了不少人；但她宁愿成为他人恼怒的对象，也不愿为得到他人的同情而让自己心生耻辱。

她仍在写诗，从未放弃。诗人并非一种职业，而是作者的一种内心体验和挣扎，就像一个人站立在悬崖边上，俯身去探看脚下那万丈深渊时，本能地对自己内心的胆怯和恐惧所生出的那种抗拒和挣扎，她很清楚这种感觉。这就是诗人大多生活在阴影中，略带尴尬，羞怯且小心翼翼的根源。或许，她爱好诗歌也正是她在对恐惧、痛苦的抗拒和挣扎中度过了自己的童年，她的心灵充满着仇恨阴影的缘故。

在现实生活中可另当别论了，她心想。

她这二十几年的人生，有时，在她看来就像是自己走过的一段充满艰辛困苦的漫漫路途。

几年前，她还是个学生。她坚信每个人都有能力去谋划自己的未来。她是个聪明勤奋的女孩。尽管她历经挫折，可每次她都能顺利地通过考试，最后还毫不费力地考进了大学。但是，她因为裹在头上的头巾，还有深藏于心里的疑问，使她花了五年时间才读完大学。按照穆斯林的习俗，裹着头巾不能进入校园，她不得不重读了一年大二。大三那年，她不顾家人反对继续返回学校求学，为了学费和生活费她不得不去一家"食品生产销售"公司打工。生活的压力让她无法专心学业，还有好些课程都挂了科。与家人断绝联系，让她在现实生活中吃尽了苦头。

她的家在毗邻约兹加特①的一座小城里，祖辈都居于此地，并且信奉当地流行的一个宗教教派。她的家人都是狂热而偏执的宗教分子。她的外祖父去世前一直在一座清真寺担任伊玛目②。埃莱姆的母亲过去常常跟她说起自己的童年，她儿时就住在靠近清真寺的伊玛目住宅里，四周坟茔环绕，阴森可怖。她的童年就在这种环境中度过的。她告诉女儿，她们自小便采食那些由亡者的躯体滋养而枝繁叶茂的大树上结出的果实，这才导致她们今日如此悲伤。

她们家确实是个伤心的地方。在这里活着就是为了赎罪，她们没完没了地祈祷，每一次嘴唇的翕动都让人感觉到她们对真主

---

① 约兹加特：约兹加特位于土耳其中北部，是约兹加特省的省会。

② 伊玛目：阿拉伯语单词 Imam 的音译，意为领袖人，最早源自对穆斯林祈祷主持人的尊称，又称领拜师、众人礼拜的领导者。清真寺的伊玛目掌管本坊一切宗教事宜并带领礼拜。

盲目而虔诚的信奉，而她们却将此冠名为真主的圣爱。埃莱姆在四个孩子中排行最小。她自小便喜欢看书。十岁时她就读完了整本的《古兰经》；她在上公立中学之前，早已熟读了许多宗教故事、书籍、诗歌以及关于穆斯林教义的不同注本。她对阅读的狂热爱好，源于她与生俱来的独立精神，也源于她心中害怕自己将来也会变得跟她母亲、姐姐，或其他那些她认识的女人一样的恐惧。她对自己究竟要成为哪样的人，心中却并没有确定的模式或是理想的形象，她只大概知道自己不想成为哪种人。

她的父亲反对她上公立中学；她的母亲却早已习惯了对自己丈夫所说的一切唯唯诺诺，毫不质疑。他们俩之间很少交谈。埃莱姆常常感到疑惑，这样的两个人怎么会走到一起，并养育了四个孩子呢？他们很可能是仓促地结合，彼此间并没有爱情；就像两个迷路之人，匆匆相识而后又渐行渐远了。她实在无法想象，他们会是因爱情而走到一起的，因为他们俩唯一的共同之处就是，两人都觉得自己是游离于这个世界之外。

他们决定等埃莱姆初中一毕业就把她嫁给一位远亲的儿子，可是埃莱姆坚决不从。她的反抗受到了家人的残酷惩罚，他们对她来回推搡，恶语咒骂；她还是誓死不屈。她父母数次相逼，埃莱姆却以死相争；没办法，他们只得将埃莱姆送往安卡拉的祖父家，让她去那里上公立中学。

祖父的家位于科秋忍，这是一栋带花园的大宅子。他的后任妻子小他三十岁，生性狡诈，诡计多端。祖父年近古稀，却仍然高大魁梧，身体强健。他和他那位身材臃肿、贼眉鼠眼的太太每天有大半的时间都在祷告。为了取悦老头，哄他开心，那个女人总是不怀好意地观察着埃莱姆的一举一动，并把这一切添油加醋地都告诉她丈夫。尽管如此，埃莱姆仍竭力地去融入他们的生活。上学时她总用头巾裹住脸；走路时垂着头，眼睛盯着地上；

一走出教室她就带上头巾。她还帮着干家务，每天做五次祷告，乞求真主赐予她力量。可她仍会因一些难以避免的小错而饱受苛责，有时祖父甚至会操起扫帚教训她。跟在约兹加特相比，她的生活毫无起色；她仍一如既往地受到家人的虐待。

然而令众人意想不到的是，她竟然考上了大学。但她还必须跟祖父住在一起，她不得不选择了自己并不喜欢的经济专业——可这并不重要。一进大学，她就遇上了一群跟她一样全身裹得严严实实的女孩。受她们的蛊惑，她不情愿地加入了她们的组织。她们总是试图采取一些毫无实际意义的行动来拯救自己，可她们之间却并不团结。后来，埃莱姆发现，有一股隐蔽的势力在暗中策动这群女孩去传播他们的疯狂理念，并试图影响人们接受这些理念。她立刻脱离了这个组织，从此独来独往。在她看来，这某些神秘组织正在将这些女孩当作他们的后备力量。她宁愿孑然一身，也不愿成为一个头脑简单、被人利用去实现一个欲以政治权术绑架个人信仰，从而达到某种目标的政治阴谋的牺牲品。

她生性腼腆；和男人说话时，不敢直视对方的脸。她不用看，仅凭直觉就能感觉到身旁是否有男性的存在。如果有男人挑逗它试图引起她的注意，或是对方向她表露好感时——当然这种情况极少出现，她的大脑中就有一个雷鸣般的声音对她喊道，"不！你不能这么做，想都别想！你知道，他们是耻辱和痛苦的源泉！"

她个子不高，但身材窈窕，纤细匀称，姿态优雅，有着一双修长的腿和挺翘优美的臀部。她的脸介于漂亮和普通之间；她迷人的微笑、可爱的棕绿色大眼睛为她的脸增添了一丝神秘的气息。你若是单个地审视她的五官，它们并非完美无瑕；可它们组合成一个整体时，却显得格外和谐，别有一番韵味。她那白皙的皮肤，波浪般的黑色鬈发，高高的颧骨，还有那无损她智慧的肥厚的大嘴唇，都让她显得与众不同，妩媚动人。然而她的美丽几乎被黑纱巾完全遮盖了，无人能识。

她相信整个有形世界都是由真主创造的。但她越来越多地在思考，自己终年穿着遮掩身体的外套，这纯粹是穆斯林的宗教形式，而并非一个人的本质所在。她见过许多体面的女孩，她们拥有坚定的宗教信仰却并未以头巾遮脸。对她来说，"为人体面"意味着成为一个被大家接受并喜爱的人。遵从时代的变迁而积极生活的女性并非任何人的奴隶，她们只信仰真主。她们既不会受到诸神的诅咒，也不会被打下地狱。恰恰相反，她们活泼开朗，能敞开胸怀去爱人并接受别人的爱，才生活得那么充实的。

当她在自己是否该用头巾遮盖身体这个问题上越钻越深时，她发现穆斯林世界在政策制定和实施的不同阶段，宗教信条是如何被狂热的人进行了不同的曲解，变得对女性尤为不利。在所有的宗教中，女人都被认为是肮脏危险、罪孽深重的；她们总是被人利用而饱经蹂躏。不难理解，身为女性便是她的先天缺陷，让她面对这个世界的束缚和歧视无力抗争。

上大学的第二年，她母亲去世了。父亲带她回到约兹加特，她不得不离开学校——她因为裹着头巾，反正在校园里也不受人欢迎——回家帮助父亲操持家务，打理店铺。这个家总是一片死寂。每天晚上父亲从店铺回家，她只要在客厅一看到他的身影，全身的血液便会立即往头顶上涌去，额头两侧的太阳穴也跟着"突突"地跳个不停，仿佛马上就要晕过去。即使父亲现在的样子比以前可怜不少，她对他仍然心怀畏惧。他现在形单影只，过早地衰老了，言行举止也变得孩子气了。当他看着自己的女儿时，总是一副探询的眼神；这副表情像在渴望女儿能忠于他，为这个家牺牲自我，并给予他足够的关爱。然而，在埃莱姆看来，想要收获忠诚就必须倾注心血，以爱悉心培育。可这之前父亲对她又付出过多少呢？

唯一令她感到自由、并带给她乐趣和安慰的就是阅读。为此她跟市图书馆的馆长成了熟人。她先是一头扎进了有关苏菲神秘主义的文献里，后来又如饥似渴地阅读一切能接触到的书：文学，历史，神话学等等，她在每一本书中寻找自我；她在探索自己那充满恐惧和谎言的内心世界。伟大的真主以他无尽的慈悲、宽容和法力指引着他的子民走向善与美。倘若真是他创造了人类的两性，为何他又要将他认为平等的众生区分为"男人—女人"，"上等—下等"，对女人加以各种禁锢呢？

认识到自我，从过去那没有自我意识的混沌状态中走出来，渐渐改变自己的观念，这真是件有意思的事。她反复翻阅自己能找到的一切有关各种宗教历史的书籍，还看完了所有宗教的圣经。她从伊斯兰教的哲学一直研究到了西方哲学。那一年，她在广袤无边的思想世界里遨游。后来，她除了思考原有的问题，突然对肉欲感到莫名的惆怅；她因此倍感苦恼。

令她豁然开朗、充满激情，激起她创作欲望的是那些世界文学名著，而非宗教文献。她对诗歌的满腔热忱，使她后来在散文诗的创作上颇具造诣，甚至无可挑剔。她希望自己写作时能坦荡直言；她既不想悲春伤秋，也不欲在诗歌中寻找幸福。她在阅读和写作上所付出的努力，将她所有的生命活力都聚集在了一起；她也因此而明白，自己也是个活生生的血肉之躯，也充满着想象和欲望。她渐渐地从恐惧和压抑的困扰中解脱了出来。然而，这并不意味着她的生活已经变得轻快明媚了。不管她往哪条路上走，前路总是难关重重。她不能直线前进，只能左右迂回。

自此，她想与家人断绝联系的念头也就越发强烈。

为了驱逐内心冲突带来的痛苦，她开始写信。这些信件既没有收件人，也没有投寄地址。它们投寄的是虚无的对象：诗歌，梦想，日记还有种种生活的感悟……这些带着孩子气的率真的文字流露出她对真主的敬爱，字里行间闪烁着神圣的希望之光，也充满了对人类未来变化的质询。她觉得自己现在已经满腹经纶，可以开始傲视世界了。可是——

她竟还不懂得如何接吻！

第二年的春天，她告诉父亲自己想继续上大学。她将恢复自己的生活；她父亲也该学会独立生活，如果他做不到，就得找个合适的人结婚。自然，父亲责骂她是个不孝的女儿，还威胁要切断她的经济来源。她不以为然。她早已下定决心，比起做一个温驯安静的女儿，她更适合做个自私的坏人，既然如此，就得接受他人的非难。其实，她并不确定自己能否有机会做个自私的人，但她暗暗发誓，必须得努力试试。

她坐上了开往安卡拉的火车。火车刚驶过伊尔柯伊①，她就摘下头巾，丢向窗外，任它随风而去。她看着那块色彩斑斓的头巾在风中渐渐飘远，飘过黄色的麦田、刚收割完庄稼的土地还有庭院；她看着它远去，仿佛看到的正是被她永远抛在身后的过去。

她设法申请了一份小额奖学金，又在女生宿舍找了个栖身之所。闲暇时间她开始在塞伊特的公司兼职，负责掌管公司的账目往来、财务核算和电话接听。她与她的老板之间的关系诚挚而又矜持。当时，她把塞伊特当成哥哥一样爱戴。他是个高大魁梧，皮肤黝黑，身体健壮，五官棱角分明的男人；他满怀深情而又性格开朗。有些晚上，他们曾在办公室闲聊到深夜；塞伊特也曾带她去吃过几次消夜。

开始写毕业论文时，她住在宿舍里已变得心绪不宁。她无法潜心学习，常常夜不能寐，还常常跟室友吵架。她的奖学金到期之后，情况变得更加糟糕。后来，她因未经校方许可仍然住在宿

---

① 伊尔柯伊：土耳其地名。

舍里，受到了校方的责难；她觉得整个世界似乎都在联手对付她。在这个冰冷的大城市里她变得孤独而绝望。这时，一个她已认识两年且比她年长十五岁的已婚男人，用最具说服力的方式对她伸出友谊之手、并施以援助时，她竟无法拒绝。一直以来，这个男人早就待在她身边，伸长了脖子，张大嘴巴，等着成熟的梨子掉下来落入口中。

塞伊特把公司在库曲克萨特一套用做食品库房的底层小公寓的一个房间借给埃莱姆住，这样她就能安心学习、写论文了。这个光线昏暗的小房间长不过四米，宽不过三米；从房间里能远远看到一个小花园，园子后边有几株枯死的树木。除了开车的老司机和搬运货物的男孩，没人会来这里。埃莱姆搬了进去，尽情享受着此处的自由和安宁。她睡在一张沙发椅上，起床后就把被褥叠好收起来。她的衣服装在一个行李箱里，书都摞在地上。厨房的料理台上有一架小小的液化燃气炉，大楼每周供应两次热水。在这个弥漫着奶酪、香肠和饼干味道的潮湿黑暗的房间里，她感到身心自由，无拘无束。

这间装货的仓库在一两个月里被主人慢慢地腾空了。堆在起居室和其他房间里的盒子也全都消失不见了。一些廉价的家具搬了进来；起居室和厨房也稍做装修。现在整间公寓都是埃莱姆的了。花园里的李树竟也枯木重生，绽放出满树繁花。从她住的地方步行去办公室也只需二十分钟。这真是她一生中最美好的春天，她的生活就如同这窗外的世界，春意盎然、明媚动人。当她提出用自己的薪水来支付一小部分房租时，塞伊特却回答道："再说吧，不着急！"

初夏的一个晚上，他前来探访。这是一次友好的拜访，他只想来看看她住得是否安全舒适。埃莱姆看他站在公寓门口，脸上的表情和往常不太一样。两人之间仅隔着一块门垫的距离，只需轻轻一步就能跨过……而他果然就跨过门垫，走了进来。

随着时光的流逝，顺着风吹过的方向，就让一个人释放自我，随心所欲吧！

十五岁时，她曾写过一个故事，讲述的是一个小女孩失去了自己的身体，她的灵魂像她的影子一样翻山越岭，四处游荡，寻找早已被人夺走的身体。这个女孩的灵魂独自穿行在沉睡的城镇中，在黑暗的夜色里高高飞翔，随风越过大海。她总在不停地移动，不断地寻找。她孤独而灵敏，像鸟儿一样飞翔，四处奔波。最后，她终于迎来了这一时刻：她变成了自己所寻找的对象。她影子样的灵魂已然忘记了自己一直在寻觅的对象，因此她感觉不到痛苦，任凭自己漫无目的、毫无羁绊地游荡在无边无际的虚无国度里。

埃莱姆想起了这个故事；但塞伊特只是喝了一杯茶，就带着一副兄长般慈爱关切的模样离开了，没有任何不轨的举动。

他第二次来访时，说了些关于手的笑话，算是热身吧。尔后，两人谈笑风生。他起身告别时，趁埃莱姆不备拥抱了她，这时两人突然有种异样的感觉。

第三次——他郑重其事地告诉埃莱姆说，他觉得她格外美丽迷人，自己疯狂地迷恋上了她；埃莱姆冷静地接受了他的说辞，她的反应跟此前听到塞伊特提出愿以朋友的身份出手相助时的表现如出一辙。她已经做好了准备。塞伊特坐在沙发上，张开双腿，赤裸裸地暴露出他的欲望。她静静地一屁股坐到他的腿上，任凭他脱去自己的衣衫。

对自己的身体，她已有了一些重要的发现。她并不冷淡，而且她天生也懂得要如何接吻。随后，当塞伊特小心翼翼地进入她的身体时，她觉得自己飘忽的灵魂回到了身体。她用胳膊抱住这个男人的背部，让他用力贴紧自己的身体，却忍不住泪如雨下，她似乎是想用泪水来掩盖自己的痛苦。

此时此地，这个男人用这种方式，轻而易举地占有了这个坐在他腿上的脆弱的"影子女孩"。她温柔宁静，似乎在悄悄地讲述孩子们的故事；但她纯洁的大眼睛里却依稀能见到恐惧。他疯狂地亲吻她细嫩芳香的肌肤、她饱满的双乳和她的嘴，享受着这所有的一切。

他像个买家，脸上挤出愚蠢的笑容，看上去就像条滑溜溜的鲶鱼；他发誓要保护她，让她做自己的女王……至于卖家，她觉得在这场交易里看似存在着欺诈，其实不过是让双方互不亏欠。她冷静地想着，自己已经慷慨地报答了塞伊特对她的怜悯。她在很小时便已懂得，怜悯不过是一种肮脏而狡诈的感情。

埃莱姆将塞伊特那令人作呕的来信连同她电子邮箱里其他的垃圾邮件一并删去。

不管怎样，当你逆风而行时，难免会走得跌跌撞撞。

她仔细浏览一些网站，想解决公司里难住自己的一些工作问题。她工作了一小会。前一天晚上，她写了一首名为"未来"的散文。她在散文中稍稍敞开了自己的心扉。她打算把这篇文章投给一个博客网站。她又看了一遍自己写的内容；她想让自己的文字既充满诗意又不乏睿智，从而令读者印象深刻。要吸引跟她处境相同的年轻人的注意，用自言自语一般的方式来唤起他们思想情感的共鸣，这对她来说并非难事，因为这些文字发自她的内心，反映了她自己孤立无援的处境。即便如此，她还是反复修改草稿直到凌晨三点，最后她把文章发给了自己喜欢的一个网站。她很好奇这篇文章将会引来什么样的反应。它或许会激怒一些人；但她肯定，也有些人一定会跟她有同感的。

最近，她注意到有许多像她这样的年轻人对未来已失去正确的决断。他们生活在绝望和痛苦之中，随波逐流；他们在这个社会上微不足道。对大多数人来说，未来之门已关闭；而要想开启这个门，你至少得认识到这一社会现实。她努力写作并非她觉得自己有义务去唤醒这些同辈人，而是想与他们分享自己的人生经历和人生感悟；是的，一个人拥有得越少，想要分享的欲望就越强烈。

她暗暗问自己，她希望与人交流，是不是因为长期以来她总是将所有的情绪都埋藏在心底，终于有一天她需要尽情宣泄了呢？是不是因为她渴望去爱人并得到他人的爱呢？两者兼而有之吧，她喃喃答道。她希望通过与人分享自己的思想，使自己能变得更加平静，感觉更加轻松，不再孤独寂寞。她现在的人生轨迹与她当初的成长道路早已大相径庭；她已被生活磨炼成韧不可摧的小树枝。她想起自己曾写下的一行诗，"有时我考虑是否要走入歧途，踏上万劫不复的道路。"当时，她还不曾想到这些道路可能会怎样；变坏只是个相对的概念，有时它能被定义为过分顺从，有时又能解释为离经叛道。重要的是，一旦你在未知的道路上迷失了自我，应该知道去哪里把它重新找回来。

我也希望受人关注，她心里想着。这很自然，也很重要。她希望有人能注意到自己，因为之前从来没人留意过她；她也确实有权利这么做。

她忍不住点开电脑里存放她诗作的文件夹，读起最新的一首诗。之前她决定把这首诗先放放，过段时间再看的。她加了一行，接着再次从头读了起来：

> 我的影子静静地滑向过去，
> 穿过这迷离的夜色；
> 如同逝去的星辰，
> 我的梦也轻轻地飘走，
> 御风而去。
> 我不愿追逐它们，

或许我将创造新的梦。
从坠落的星尘中，
人不应对这个世界失去信念；
因为双翼仍在扇动，
大鹏仍飞翔在俯瞰大地的高空！

　　她决定稍后还要对这几行诗句做一番润色。

　　她关掉电脑，爬上床。楼上的公寓里又传来了吵架声和别的嘈杂声音。她猜得出，住在楼上的这对夫妻关系并不怎么好。这栋大楼里住的人她一个也不认识，她也无意去结识他们中的任何人。她这么做既为了保护自己个人生活的隐私，也因为她完全无暇顾及周围的邻居。疏远众人就意味着你无须为了任何事情而跟他们扯上任何关系。再说，除了大楼管理员和那位带着三个孩子住在对门的年轻母亲之外，也没人对她离群索居的生活感兴趣。一个年轻女子独身居住在这个鱼龙混杂的地方，当然也会引起一些人的好奇心。住在对面的那个年轻女人就曾经锲而不舍的追问过她，而埃莱姆只是草草答道，自己没有亲人。于是，那个女人说，希望自己也能像她这样勇敢，愿真主保佑她身体健康，事业成功。那个管理员对她的态度是小心冷淡的，他似乎觉得这个独居的女子，有朝一日很可能会成为发生在这栋大楼里的艳闻中的女主角。最初的那些天，他总在小声嘀咕着："你没有哥哥吗?"埃莱姆对此也毫不理会。

　　她可以不带丝毫感情地接近某些人，就当他们是普通的家具；然后装出不堪忍受他人愚蠢的样子，将这些人从自己的生活中驱逐出去。然而，她也说不清自己是如何学会这招的。或许每件事的出现都有其必然性，它就是这么自然而生的吧。

　　她睡不着。楼上传来一个男人愤怒的咆哮和咒骂，一个女人在边痛哭边哀求："看在真主的份上请你别这样！我愿做你脚下

078

的门垫，请你别这样!"突然，有重物被狠狠地摔在地板上，整个天花板都被震得微微颤动。楼上一直在吵吵嚷嚷，过了好一阵子才停了下来。有一刻，埃莱姆的脑海中浮现出一张陌生女人模糊不清的脸，她的鼻子在流血，眼睛被打得青肿紫胀。随后，这张脸渐渐远去，越飘越远，最后变成了她自己的脸。

她坐在床上发呆，心脏怦怦直跳。不过，今夜楼上并未发生命案。她迅速驱逐掉脑海中那些血腥的画面。过了一会，她又听到楼上传来微弱的低语，还夹杂着睡床前后摇动时发出的嘎吱声。那个男人刚把他妻子揍了个半死，现在竟然又在强奸她了!

她关上灯，钻进被窝。

只有深入钻研，才能真正了解人类! 你得不停地钻研啊，钻啊，钻啊……

5.

这天是周末。沃尔坎略感疲倦，想待在家里。他需要休息，可此起彼伏的电话铃声一直持续到中午，丝毫也没有停歇的意思。就在他们正式投标的前夕，某报刊登的一则简短新闻掀起了一场轩然大波，他们这桩大胆的商业投资计划，从而面临被指责为暗箱操作的风险。

该消息并非空穴来风。一家未对外界透露名称的本地公司，准备购买一块所有权富有争议的土地，并已展开了协商，然而在此过程中却出现了贿赂贪腐的传言。从法律上看，这块土地并不适合旅游投资。然而，哈伦已与买家达成了协议，并向买家做出了保证，会利用议会即将通过的一项立法来合法解决这个问题。在此事上他已经获得了政府的承诺。然而，就在这桩交易即将悄悄完成之际，被报纸曝光的宇宙公司的贿赂丑闻，使他们此前对有关政府部门展开一切游说和努力很可能会化为泡影。

报道指控宇宙公司为了抢夺这块土地，悄悄与招标的内部人士进行洽谈，并向一家拒绝弃标的公司行贿。这是条捕风捉影的不实报道，更确切地说，它是条断章取义、张冠李戴的消息。哈伦因此而气得发疯。此时，公司的律师和哈伦决定联名向报社递交一份措辞得体的兑责声明，并谴责报社被一些别有用心的人利用，刊登这条无非是道听途说的不实报道，完全是一种旨在损害其公司名誉的挑衅行为。然而，风波并未因此平息。但凡与此事有点联系的人，纷纷打电话过来向沃尔坎求证。

"我们是在哪犯错误呢，你告诉我！"哈伦在电话那头咆哮，"从一开始，我们就不该让那个骗子来碰这笔生意！"

"这事带来的不过是点小麻烦。冷静点！我们很快就会搞定。"

"很难说，沃尔坎。你打算怎么做？"

"我们什么都不做，静观其变吧！没人能将我们逼入绝境。你比我更清楚，没什么可担心的。"

这场交易早就经过精心设计。参与谈判的是独立的四方；这四个商业巨头一个比一个更具野心，一个比一个更有权势。他们的关系亲疏与否并不明朗，因此，无论哪一方试图私下操纵这场交易，势必卷入一张将变得更为复杂的关系网，从而不得不放弃这一企图。一场如此精心筹划的利益博弈岂能让哪一方轻易得逞？

私底下，沃尔坎很担心这个问题。而他在这场交易中只不过是个无名小卒，这让他心里很不舒服。其实，最近出现的每个问题，都让他憎恨起自己做的每一件事和他生活中发生的每一件事。

此前，发生的一切都不会让他如此焦虑不安。

毕竟，此前的一切都会按他的计划如愿以偿。

他一把拉过床单盖住头。他懒洋洋的、耐心地躺在床上，满脑子的胡思乱想。他喜欢做白日梦。他把自己躺在床上的这些轻松时刻称为白日梦时间——他好不容易才抛开日常烦恼偷得这片刻闲暇。

朦胧中他仿佛看见麦丽开走了进来。她把包往沙发上随手一扔，就开始慢慢地褪去自己的衣衫。她穿着那套淡紫色的内衣。被太阳晒黑了的臀部结实挺翘，像被几条绳子紧紧捆住的礼物盒，光彩夺目。她一把掀开被单，坐上沃尔坎的床畔，缓缓解开自己的胸罩，有意让他饱览她美丽的胴体，也给予他最大的自由去开始之后的行动。

这一幕突然改变。

他眼前闪过一帧帧图像：阳光明媚的庭院；车窗模糊的双层巴士；在隐隐的歌声中闪闪发光的美丽雪夜；一个十月的美丽夜晚、百老汇大街上令人眼花缭乱的灯光、在柔和的薄雾中发出璀璨夺目的光芒；雨中的红伞……

女人啊，他心下叹道，把双臂平摊在床单上，聆听着窗外雨点敲击玻璃的嘀嗒声。女人会用她的利刺来猛地蜇你一下。当你失去一个女人或离开一个女人，另一个女人又会张开双臂拦在你的面前。就像一个新的礼物盒，更加性感，令人惊叹，等待你去细闻，去慢品，去探索。

譬如卡罗尔……

就在尼罕离开他后的那段时间，那是一段冰冷刺骨的时光……蓝色知更鸟和黑鹂在林间歌唱，异域的鲜花香味扑鼻，令人眩晕。这派光景充满了挑逗人欲望的色彩，一派撩拨人心的姹紫嫣红。

在阿罗哈航空公司飞往毛伊岛的航班上，他与卡罗尔毗邻而坐。这个姑娘妩媚俏丽，令人怦然心动；他别无选择，唯有追随她而去，并为她意乱情迷。这难道是个错误，是一段没必要走的弯路？轻易找到的共鸣，一位亦真亦幻的女神，就像一条无舵的救生船……未来将如何继续还无定论！第二天他们就一起在哈里阿卡拉山上欣赏那气势磅礴的日出美景。而一年之后，他们一起回到了土耳其。

随后四年，他们的光阴就像缠绕一团的毛线球。没完没了的爱抚、欢爱；街道、房屋、树木、海滩、厨房；一天天、一月月；所有的一切都杂乱无章地搅在一起。

然后一切就结束了。

能用肉眼看见的幸福却很难用语言去描述；相反，若非亲身体会就难以理解的那不幸，不知何故却更容易描述。或许幸福是另一回事吧。它比疯狂地彼此渴求更隐晦、更安宁、更平静温和，它是一种自发的感情……如同一曲交响乐的最强音，是适时适景、令人陶醉的高潮；是出人意料的、悄然而突兀的升腾，就像面对一种你认为异乎寻常的景象。

在她情人的祖国，这个年轻女子是个异国人氏，她既迷茫又笨拙。没有了沃尔坎，她什么都不是，只是件能给人带来短暂欢娱的艺术品。在她的家乡，她是一个备受关注、前程似锦的舞剧演员；可在这儿，她就像那个踮起脚尖不断旋转的芭蕾舞娃娃。她有时深感悲哀，精神孤寂所带来的无法排遣的痛苦，像他将她裹得动弹不得，此时沃尔坎便会将她紧紧地拥入怀中。久之，他终因无法忍受她郁闷的心情和一脸的呆滞而选择逃离。

分手前的几个月里，他们之间已无法交流。沃尔坎与其他的女人搞在了一起。为了隐藏他对卡罗尔的敌意，他又带着一丝怜悯去亲近她。然而，他的态度只是让她更为不满。沃尔坎才是被抛弃的那个人，卡罗尔已不再爱他。他绝望地用冷漠来保护自己。他想，自己应该让卡罗尔受苦，让她完全迷失自我，甚至失去生命；而她则要始终保持对他的绝对忠诚。

此时，他正处于事业发展的巅峰时刻，他担心：自己的人生会出其不意地被这女人的情感纠葛所颠覆；个人生活的莫名失意所带来的痛苦打击，让他变得软弱无能。他想独自生活的欲望日益滋长，尽管两人正处于努力调整阶段，他却强迫自己去寻找解决双方矛盾的另一种方法。

她整日寝食不安，后来更是以泪洗面。眼见她这般痛苦，沃尔坎就像跳进了刺骨的冰水中，全身发颤。他恨自己无法与她心灵融通，却仍然说，"我爱你，才会如此心疼你，你无法想象这痛苦有多么强烈！"

人们像是从某一个点出发，沿着既定的道路满怀希望地走下去，却又无处驻足。生活由不同的进程组成，它影响着眼前的一切，缘起而又缘灭。

他与卡罗尔之间便是如此。她回到了自己的祖国，回到了她所属的地方，回到了她自己的世界。沃尔坎并不反对这一离别，他放手任她飘远。

他掀开床单，起身坐在床畔，却仍未脱离刚才的思绪。时间的钟摆不停地来回摆动，某一刻他和卡罗尔又再次聚首。在那个午后他们再一次激动得抱头痛哭，真是悲喜交加。卡罗尔离开时，不断地回头望着他。沃尔坎能看懂她眼中流露出的无声的哀恨和感伤，他的心在痛苦中煎熬。

有段时间，她的形象和关于她的点滴回忆在他脑海中挥之不去。慢慢地，她的样子变得越来越模糊，终于彻底消失；她留在他记忆中的，仅是一个像透过磨砂玻璃所看到的那是一个纤细的模糊身影。两人亲昵的私语，尽享那些日子，还有两人的差异及龃龉，全都随风消逝了……

他站起身，拉开窗帘，望向窗外的大海。雨已经停了。太阳在快速飘移的云层后忽隐忽现，就像一只冷冰冰的大铅球。他走进厨房，开始动手烹茶。他还有些报告要审阅，还有几份图表要研究，可他全然不在状态。

他一边看着电视上的脱口秀节目，一边吃着早餐。参加这些节目的嘉宾都是些让人喜欢的名流，他们毫不由衷地回答着那一连串经过精心设计的问题，无奈地向大众抖搂出自己的一些隐私——其实这些私密早已家喻户晓、人尽皆知了。他们有时也勉为其难地露齿一笑，但大多数时候他们脸上却挂着一副伪装的悲情。显然，哪怕只是看着这些身价不菲、衣着考究的名流在舞台上诉说自己的苦难，也会让那些饱受压迫的普通民众产生一点满足的快感。他们饱经磨难、家境窘困、满腹愁怨，觉得自己的生活濒临崩溃；当想到并非只有他们才命运多舛，这些富贵名人的生活同样也有难言的隐痛时，他们心里很可能也会得到一丝丝的慰藉。接下来是女性节目，人们通常也带着类似的情绪去欣赏。节目有时也会披露一些匪夷所思的家庭纠葛。本该成为家庭隐私的那些过错和罪恶，被赤裸裸地暴露在公众面前。这些家庭暴行疯狂可憎，场景更是触目惊心。它们往往会激起观众愤怒的情感和怜悯的热泪，并为其结局而发出声声叹息。

　　他想给麦丽开打个电话，又不知该如何开口，于是迟迟提不起话筒。或许从一开始他就不想输掉这场游戏。麦丽开早已对他暗示过她是自由之身，但他猜想，她也许还有个情人或者跟某个男人仍有些瓜葛；一个如此迷人的女人怎可能是独身呢？或许是她在那笔财宝完璧归赵后已松了一口气，想将沃尔坎弃之脑后。要是这样，对她心存期望就真是痴心妄想了。他手头有关她的资料还不足以让他描绘出与她爱恋的动人篇章。这不过是次平常的偶遇，意外的相逢，对她的相思绝对只是个幼稚而粗俗的幻想，不值得多想。一时的倾心会令人焕发生机，但对一个相差甚远的女人发起爱情攻势，那是堕落男人在寻找性伴侣时才会干的蠢事。

　　他承认，自己总是情不自禁地想起她。这是他那颗躁动的心，想要飞出囚禁着它的那个满载着过分夸张的性欲囚笼。这个梦业已因那个名叫麦丽开的女人客而成形。

　　前一个冬天，在跟卡罗尔分手之后，他转头求助于那些特别专业、放荡不羁的方式来满足自己的性欲，性交由此变得粗鲁下流、毫无温情。因此，他的态度、感觉、兴趣和速度也在不断地改变。他不想有任何爱恋情感在心中萌芽，也不想有任何心理负担，他只想让自己随心所欲。他想用这种毫无情感的粗俗行为来满足自己的生理需求，避免自己掉入爱情这张黏糊糊的蜘蛛网，从而躲开痛苦。他常想，自作多情、多愁善感，跟做爱又有什么关系呢？

　　很快，他就发现这种滥交让人成瘾，性欲大增。有些人为了填补内心深处的空虚，会产生疯狂的性饥渴，性需求的数量和强度就会持续增加。他会像个疯子一般，可心里又是空荡荡的；他会像个嗜性成瘾之人，想要更多的性生活，而确实也会越来越多。

　　此后，他变得更加自私，更难被挑逗起性欲。他想到的能快速弥补这个缺陷的方法，就是粗暴下流。当他发现自己身上出现了这种邪恶倾向时，还暗自滋生出一股强烈的堕落感，渴望自己能变得更加低俗。

　　多年来，他一直尝试着让自己高傲的灵魂能冲破道德的藩篱，成为一个低俗的普通人；他总觉得生活似乎一直亏欠于他，便放任自己从高高的崖顶跌入那阴森可怖的深渊之中。他常想让自己像一条得不到一点水和食物的狗那样遭受到惩罚；想随意地做爱，狂野；想要为自己身上所有的那些人类弱点而哭泣哀号、乞求宽恕。

　　即使他的灵魂饱受折磨，他的身体却毫发无损。然而，经验告诉他，这种污浊的想法并非真实的体验，它不过是一种意在欺骗自己的特殊情感，而且非常危险。

　　他被这种感觉吓得喘不过气来，目瞪口呆。他要防着自己做出些什么不利于自己前途的事来。

他一边喝着柠檬茶和咖啡，一边继续手头那些未完成的工作，一直忙到深夜。他仔细地审阅自己最近一直在忙的这笔生意的最新报告，避免任何节外生枝。

他饥饿的胃总让他难受。自从跟麦丽开聊过之后，他便一直在节食，一周就瘦了两公斤。可饥饿的痛苦令他难受，他不敢确定自己是否还能继续坚持下去。他在保姆为他准备的数种冷盘之中举棋难定，最后选择了"油炒蒜味带馅茄子"。他就着沙拉而不是油吃下了这盘菜。

整套房子里弥漫着一股子烟味。他打开了所有通向露台的推拉门，走出房间。这套楼顶公寓背靠一片森林，前望贝贝克海峡，站在窗台上，整个博斯普鲁斯海峡海天一色雄伟开阔的景色尽收眼底，令人心旷神怡。露台的一角铺着木制地板，放着一张半月形的椅子，像极了一艘船。另一角被布置成一个颇具禅意的花园，椅子和地板上都摆放着灰蓝色的垫子。夏时，他一直期待着能在这款待亲朋，可他唯一接待过的客人就是自己的妈妈。他还曾打算在夏末之前举办一次聚会，可他要么忙着匆匆度假，要么就是四处旅游，并没有机会实施这个计划。其实，他也不想邀请任何人来此做客。

夜露寒凉，他不由全身微颤。树木在轻风中瑟瑟作响，这是冬季到来的前兆。从附近的一家小酒馆传来略带醉意的愉快歌声，在这微风中听来格外柔美。这歌声与楼下车水马龙的噪音交织在一起，又随风飘去。

他很开心能以自己喜欢的方式生活，他虽然独身一人却知道要如何应对生活。这比随便找个人打发一生更合适、更体面；因为你的婚姻要么成功，要么失败！

他觉得自己有点像人类种族进化的典范。的确，他的一些探索往往以悲剧收场，但他的成功多少与他的探索有关。探索意味着欲望，而欲望是一股强大的力量，你每前进一步时都能感觉到它，即便你面临失败，也依然能感受到这股力量的存在。活得像个人样，就是你对生活的渴望能真正燃烧起熊熊烈火。唯有欲望不为一切苦难压倒；不管是撼动人们个人生活的力量，还是让人崩溃的压抑感，或是被人盘剥，遭遇失败的挫折感都不会让人失去欲望；因为欲望是一种不断反抗的精神。

"我内心的焦躁不安是否表示自己正在失去生活的乐趣？"他暗自思忖。"不！他现在所拥有的一切仍一如既往地诱人，这就够了。当然，这些都是你生活中不可或缺的部分，或是让你能感觉到自己仍然存在的要素，可这一切好像又失去了它们原本的意义。有时，不同的状态、观点和思想也必须相互交汇，形成一个整体。也正是在这种时刻，一个人才能观察到周围的事物，并对世界保持着清醒的认识。正如要让每个单词获得意义，第一个音节就必须紧接着其他的音节、声音和符号一样。"

他走进房间。自从夏天搬进这套公寓以来，他待在这里的时间屈指可数，现在他在这里仍感觉到很不自在。他会情不自禁地按照老房子的布局在这套房子里四处走动，有时去厨房或浴室他便会转错方向。他妈妈曾说这房子就像医院，因为屋内的布置太过简单。他唯一用心布置的房间是书房。书房的两面墙都被大书柜占满了，剩下的墙上挂了几幅画，在通往房子另一侧露台的几扇玻璃门前摆放着一张大书桌，此外房间里还有一张沙发床。这儿是他待得最久的地方。室内设计师将整套公寓的墙都刷成白色，但他坚持要给书房和卧室的墙刷上别的颜色。在他看来，黄色是一种充满活力、振奋人心的颜色。然而，不知是有心还是无意，设计师选择的黄色，色调有些沉暗。它不像黄色，倒更像是带点金属光泽的蜜色或是橘黄色。最初他挺喜欢这色调，可之后因为心情的缘故，这颜色有时看上去似乎颇为挑衅，有时又令人疲倦而压抑。于是，他决定在重新粉刷房间时，一定要换掉这个颜色。

　　跟往常他感觉无聊时一样，他点开了因特网。今夜他大部分时间都在阅读经济评论和听音乐。他在感到疲倦的夜晚，总喜欢在睡前浏览一些本地的贴吧和论坛，他把这些网站称为"街头杂谈"。他早已彻底脱离了普通大众，远离了社会底层的人群；因此，观察一个与他的生活完全相反的世界，常会令他忍俊不禁。其实"忍俊不禁"并非恰当的词语。窥探他人的生活能让人得到力量，从而使人在这个缺少保障、饱受污染、日益恶化的大环境中能昂首向前。从他所处的位置去观察普通人磕磕碰碰、沉闷沮丧的生活，能让他更容易接受自己所面临的一切，哪怕它只是暂时的现象。

　　一大群年轻人，没受过教育或是受教育程度不高的人，因为他们的平庸无奇，有时在他看来就像是一堆宝藏。这些人将这虚拟空间看成是能让他们否认自身绝望的唯一一场所。在这些人中，百分之九十的人完全不愿去探索生命的奥妙或意义。他们了无新意，缺乏上得了台面的思想，似乎丧失了灵魂……他们使用的语言粗糙、贫瘠而空洞；他们的观点缺乏证据，根本站不住脚；他们的各种尝试或许有点小聪明，但大多愚笨至极；他们粗俗的情感全然不能解释已为人知的任何事情，日复一日地犯下大错而后又为此忏悔不已；他们卑贱、肤浅、无知，充斥着病态的幽默感、自恋式的愉悦还有显而易见的冷漠。尽管如此，你仍不能将他们所有的努力全盘否定，他们用尽自己的方法，只是为了能让自己身披盔甲融入这个世界，只为了能让人听到他们的声音。若非这个因特网，人们又能去哪儿发泄内心的不满呢？去哪儿肆意撒野、展示自我呢？若非如此，会有更多的普通人抑郁沮丧。

　　当然也有一群人颇有见地。他们中有些人——大多是专栏作家或是胸怀抱负的作者——就能毫不费力地向读者展现出自己的高尚与诚意。还有些人以他们严谨却贴心的写作态度，努力让平凡而常见的文字变得更加振聋发聩。有些人在大谈特谈被人遗忘的或不为人知的美好事物；也有些人因为自己做出的某种选择而一直受到人们的谴责，故而抱怨社会对他不公。

他漫无目的地扫过这些网页，半睡半醒，仿佛在期待着能激发他潜藏已久的兴趣的某个人出现。在这一片充斥无助绝望、嘈杂刺耳的喧哗声中，他希望能听到一个截然不同的声音，它的论点能引人入胜，触动心灵，令人赏心悦目。

如往常一样，他一无所获。这些帖子大都有点小幽默，有些写作手法不够老练，还有许多赤裸裸的色情描写……他站起身，倒了一杯白兰地。此时早已过了午夜时分，这杯酒会让他昏昏入睡。随后，他就会结束在这虚拟世界——人们在这里向外界发出有关自己存在的信号，随意地引诱他人来欣赏自己沉闷的故事——的夜间小游。

突然，他被屏幕上出现的几行字吸引住目光。

未来

为了吸引"无名之辈"的注意，

请看！

我把自己，作为一个引爆的炸弹，用力地扔出去，扔进你们中间，就在人群的正中央！

你们听到动静了，不是吗？你们听到爆炸声，大吃一惊吧！我做到了，没错！我就是放声呐喊的人！你听……

键盘仍在嘀嗒作响，我还在往下写……

当我阅读你们的作品时，我想闭上眼睛。你们那辞藻华丽或粗糙草率的词句、你们那拙劣的颂歌、你们那愚昧的爱恋，还有那无法弥补上述不足的平庸，都使你们显得那么无聊乏味。

我无法忍受你们的沉闷单调；你们肤浅的思维；你们因为别人的误导而引发的意志消沉，还有你们努力用虚伪的自白、无聊的都市传说和毫无意义的闲聊来打发时间的行为。

看来你们是无助的，但你们又那么轻率地看待一切。

我想明确地指出来，你们很容易被别有用心的人利用！

等等！先别急着认为，这是"多么恶心的观点，多令人憋屈的冷静态度"！

我也和你们一样，只是个"无名之辈"。我也属于大家说的人类中的一分子。

许多个清晨，我满身疲惫却无可奈何，跟你们一样站在一栋巨大的办公楼前，等待着大门的开启。

我们耐心地保持着沉默，即使满腹牢骚，也会被喧闹的噪声淹没；我们年纪相仿，肤色一样。我们摩肩接踵，相互推搡。远远看去，可怜的我们就像一个即将被赶进屠宰场的五彩斑斓的牛群一样。

每个清晨，我们好像罪犯一般，担心自己将因某个无辜的罪名而被捕；进入大楼之时，我们总是在保安面前张开双腿，打开电脑包，以显示我们身上并未携带炸弹。

为何我会跟你们说起这一切，你们或许已经明白；

这些巨大的玻璃鸡笼没有窗户，或者有窗户也不能打开；这些生硬死板的格子间，将你们要做的工作也划分了区域；根据按人头计算好的呼吸量来安装的空调系统，让空气变得压抑沉闷，令人窒息……

当所有的电话同时响起时，我们忙碌不堪；当不断闪烁的电脑荧屏上，电子邮件一封接一封地掉进邮箱时，我们手忙脚乱；我们只能用探头探脑的方式和含糊暧昧的肢体符号来相互沟通。

我们当然知道自己有多么寂寞。

我们埋首工作，不让偶尔的欢笑而受到责难所带来的痛苦在心中沉积。在这里，欢笑，张望，讨论和玩笑都是绝对不容许的，谁也不得与他人进行工作外的接触。我们没有真心的朋友。我们只能小声地说话，每个单词越来越长，而词语的数量却越来越少。我们把颤抖的膝盖藏在办公桌下。我们头顶有固定的监视者，就像冷冰冰的枪口，企图镇住一切形式的反抗。

办公室庄重肃穆的秩序绝不容受到干扰。

在我们办公桌上，污点和灰尘，

一件傻里傻气的摆饰，一盆不开花的盆栽，或是一瓶任意品牌的汽水。

都不允许出现。

在十分钟的休息时间，铁链会稍有放松。

咖啡机前会安静地排起长队。

忙碌的打印机、碎纸机和有线网络仍在不知疲倦地工作，发出嗡嗡的声音。

我们自豪而优雅地与那些彬彬有礼的富人顾客交谈。然而，时间有限，不容许东拉西扯。上班中，你去厕所的时间都会从你工作的总时间里扣除，你得限制自己喝水。每个小时都要填写工作情况的表单。

我们贫穷、善良而又脆弱。我们垂头丧气，小心翼翼，但我们勤勤恳恳，不惜任劳任怨，使出浑身解数来做好自己的工作；只要我们的劳动能马上得到回报，只要我们还没收到被辞退的通知。

我们至少要在六点，哦，正式的时间是五点，才能离开办公室。此时我们的灵魂似乎才能挣脱我们的躯体，获得短暂的解放。我们离开办公室，带着一丝遮遮掩掩的怨愤、空洞的眼神和混乱的头脑；伴随我们离开的是无足轻重的人才有的寂寞和熄灭了的希望。然而，横亘于我们面前的却是一个黑暗的漫漫长夜。

这个男人，那个女人，和你所谓的同事；或则你会跟另一个整天像头猪一样呆呆地望着你的人上床，这仅仅是为了取乐……不，这不是一具躯体和一个灵魂，甚至不是一具躯体和另一具躯体的结合。但这并不重要，你们这样做也许就是让自己在漫漫黑夜里不至于孤独无聊，让自己不至于无缘无故地哭泣。

要么就赶在商场关门之前跑去买点必需的用品。挑来拣去，毫无目的，然后从打折的东西里无奈地做些选择……你安慰自己，要有积极的生活态度，相信美好的日子定会到来；别为你不懂的东西而思虑过度；遵守规则，因为你应当如此。你心怀不满地坐在电视机前，用那些无聊的节目将你头脑中那些离谱的想法，完全彻底地清除。

然而，你能理解的只有那么一丁点。不管你用什么方式，是理智的或是情感的……

你们，渺小的"无名之辈"，我不知道你们是否听说过？显然，我们的一些前辈是那些曾想要消灭一切的暴民，是挤满街头的无业游民。这些年轻的贫困者印刷并散发那可笑的宣言，在街头巷尾的墙上写那些奇怪的标语；而后他们却退缩了，被当局驯服了。据说他们希望有更加公平的社会秩序，更加美好光明的未来。

他们显然梦想有个未来，他们还能想象未来。

说来难以置信，他们真的相信——即便有点天真地相信——被称为未来的东西！或许你们之中还有人会记得，在监狱探视日见到的你们亲人的恐怖困惑的脸。你一定听说过，你也一定听信了谣言，觉得这是个恐怖的传说；我保证，你们之中一定有人知道在他们身上所发生的一切。

我们就是这样明白了，当充满激情的梦想无所适从时，只能落得如此下场！你说我至少还有一份工作，但这并不意味着我说的不对。明天，或者后天，我也很可能失业。

我很想知道，为何未来在我们看来是如此渺茫而又黯淡？在这黑暗之中，将会有什么降临到我们这些"无名之辈"的身上呢？

未来是否由商界巨贾、骗子、精英、恶霸，还有那些常常袒护一切政权的人所操控呢？若是这群人掌控了全世界，若是我们在这个人间地狱不能为自己找到一处栖身之所，那我们该如何生存？渺小的"无名之辈"们，请不要生我的气。我是个年轻人，可在我脑海中对未来的憧憬却是一片模糊，我没法让自己去愚昧地满怀希望，做个与社会和谐共处的老实人。我讨厌愚昧无知。我讨厌证券交易委员会；讨厌那些衣着考究、胡子刮得干干净净的男人，虽然他们浑身散发着馥郁的甜香，脚上的皮鞋擦得光可鉴人，可他们嘴里却喋喋不休地谈论着金钱；讨厌那些情绪激动的股票经纪人；讨厌监控屏幕上的证券交易；讨厌那些惟利是图的伤感，还有那些在欺诈性政策下办理的人寿保险。

我不喜欢保险这个行业，不喜欢那些善于利用廉价同情心，花言巧语地欺骗别人投保的业务员，她们可是经过特殊的技巧训练的骗子。

我并非心甘情愿地用心去学习那些不必教给我的知识，譬如原子被击碎之后的变化状态，内脏的种类等等。正是出于责任，我读完了二十七卷的先知历史！我是个反叛者，我并不适应市场的规则；对于伤害过我的人，我已与他们永远断绝了关系。

我爱用尖锐的言辞，我爱犯下错误然后为之忏悔，我爱那些无可否认的好人，我爱踏上未知的十字路口。

尽管如此，我必须承认，你可能会以为我很清白，而我其实不是这样的。

我像你们大多数人一样，很快就被这肮脏的社会所污染。

我也许会再次误入歧途，踏上不归之路。

我知道，我人微言轻，说的话不足为信，它们在这沉重得令人难以置信的流言蜚语中漂浮旋转，无法进入你们的心灵。因此，我敢肯定，这一次你们还是没有明白我的意思。

听呐！所有偶入此网页的人，所有谦逊的人，所有名不副实的人，沉睡的王子，心不在焉的人，黯然神伤的人，邪教徒和异教徒们，你们听呐！你们若是对我所说的话不感兴趣，请不要烦恼！那就常常祈祷吧，去跳个舞，抽支烟，参加一场精彩的舞会吧！要是能找辆车就开开快车，吃吃喝喝，做爱做到你不想要为止吧！

你们想的没错，我很无聊。我浪费了你们那些不值钱的光阴。

我向你们道歉。

但是你们，还有其他的人，那些不置一词、保持缄默的朋友……请你们想想，理清思绪，如果你们也想分享，就把你们真实的故事告诉这个世界吧。

以后我们或许能找到某种方法，来拯救我们已经搁浅的未来之舟，以我们的共同努力和我们"自己的方式"……

黄点

沃尔坎感到一阵突如其来的战栗。他向后倒去，靠在椅背上，点燃了一支香烟。他静默无言地坐在那，窗外夜色深沉，万籁俱寂。他觉得自己像件贴着标签的廉价商品。不管这个人是谁，这个自称为年轻人的人，他/她很清楚世界末日并未来临。他/她的笔下或许流露出绝望和愤怒，但他/她显然不乏睿智和理性。

至少他或她试图振臂高呼，以此来安抚自己的恐惧之情。

不仅如此……他/她正赤身裸体地行走于暴风雨中。唯有爱恋、憎恨或强烈的绝望才会使人做出这种事情。

这个作者是谁，是男或女，你无从得知。他/她这种表达意见的方式无异于捅了马蜂窝，这将是聚焦于他/她头顶的第一场人生战役。这篇文章的最重要之处在于它证明了，想用破布堵住已然漏洞百出的天花板只是徒然。

他回到这个年轻人文章的开头，重新读起来。他能回答文中所提出的质问，因为他完全认同其中的观点。然而，以他的个性或社会地位而论，他并非回应这篇博文的恰当人选。但他并未失去聆听的能力。有人正在这儿直抒胸臆，他/她说话的方式和内容直白得吓人；有人认为自己已没有未来，却仍坚持信念，相信这个世界会有人能理解他/她。或许他/她一无所知，并非真正觉醒，但他/她已找到捍卫自己生存的力量。他/她试着一个字一个字地解释他/她不得不说的话，呼唤所有那些正派而聪明的人来到他/她的身边。他/她的语言虽然技巧稚嫩，缺乏诗意，可这全然无损他/她的诚意。要对这样一篇充满挑衅却又合乎情理的文章作出正面回应，极有可能帮不上忙，反倒会激起愤怒的火焰。不过回应与否又另当别论了。

他战战兢兢。在窃取他人未来的事情上，他不也是帮凶吗？哪怕他的影响微不足道，更没有起决定性的作用。

不，这当然不是他的错；其实这并非任何人的错。这就是所有事物的发展定律。人人都相信，积极上进就会取得进步。自然人人都会为社会的进步而贡献出一份力量！你若不相信这个世界会发展，就无法取得进步！他们不是一直被教导要支持社会的进步吗？他们不是一直被教导要怀着崇高的情感或是为着个人的人生目标而努力上进吗？

他的思绪一片混乱。他可能就错在一味的沉默，顺从地保持沉默……保守秘密最便捷的法子就是装成毫不知情，他不也明白这点吗？他再次将酒杯斟满。他不知道自己是否是顺从的，然而此刻他最笃定的事实，就是现在的他已不是原来的他了。

突然他想到，自己已克服了遇事就保持沉默的这一陋习，他将拥有——或者至少他应该拥有——像这个年轻人一样勇敢的能力。明天他也能选择放荡不羁，而不是做个体面高贵的有钱人。然而，一旦联想到他的过去，他也不得不对这种自由保持一定的静默，而这静默无疑将永远存在。不管怎样，让他跟哈伦彻底摊牌，坦白地说出所有他能做到的甚至他不该做的，还是会让他有点不快。好在这么做也不需要太长的时间了，暂时就这么着吧。

他已然忘记，何时自己曾最后一次构想过一个可能实现的未来。对此他心中忐忑却又满怀希望、憧憬和激动，他曾为此胡思乱想、彻夜难眠，也曾为此努力拼搏甚至遭遇过失败。然而让他更加痛苦的是，事实上在过去十年里，他始终没有机会能够怀揣激情和期望去迎接明天的来临；总有一些人不停地从后面推着他向着未来匆匆前进。他的生活步伐快到他已经看不清自己前进的速度。只有当他跌进了未来的怀抱，他才意识到未来已悄然来临；然而他却只能懂懂地看着未来从自己身边匆匆消逝。

幸运的是，有时一个人能在电光火石的刹那猛然看清楚一切。然而，在这一刻，蜂拥而至的真相往往会让你无法接受。

有那么一刻，沃尔坎觉得自己似乎再次悬浮在过去与将来之间的某个地方。自少年时代以来，他第一次感觉到自己对于未来的焦虑和强烈的惋惜，他希望自己能重新开始。

这个人是谁？他希望能与此人见个面，相互认识并倾心交谈。

随后，他发现自己正往电脑上敲着：

"亲爱的黄点……"

6.

周日的早上，埃莱姆忙着整理自己的书籍。她没有书柜，就从建筑工地上拿回了几块砖头，架上几块木板，搭起几个架子权充书柜。她把书尽量往架子上堆，剩下的就垒在一张高脚凳上。吃早餐时，她暗暗下定决心，不管自己当前多么失意，都必须努力采取一切必要的措施，让自己融入这个世界；因为你会发现，即使是在最绝望、最黑暗的时刻，还是有许多重要的事。

她的文章收到了许多回复。有人认为她过于悲观；另一些人则批评她因为自己的问题而如此大惊小怪，要是她不喜欢现在的工作环境，就应该找个更舒服的工作。而且，其实像她这种叛逆的性格，就不适宜在西方职场上班。

有一个人的留言很粗鲁，说凡是那些不相信土耳其未来的人，都是过于坚持民族主义的欠开化人民，他们都患有国家分裂恐惧症。没什么人会被你这首缺少内涵的所谓的诗歌中的挑唆性语言所蒙蔽。这一代年轻人以及"所有年代的年轻人"都不缺少期望和梦想，但是每一代人的梦想都异于他们祖辈的梦想，也绝不会与祖辈的梦想相同。

另一个人的回答就较为理智，也更有涵养。他/她有跟埃莱姆同样的焦虑，但他/她觉得她利用诗歌的形式，既不能充分表达出自己的思想也没必要，而且其内容也过于多愁善感。在这人看来，所有问题的唯一根源就是全球化经济。那些继续独立于这笔无情的资本潮的人，绝无可能从贷款中拯救他们的未来。这个国家，与其所有的资产一起，早已变成了这个国际资本的巨大抵押品。而这个苦涩的事实就是挡住年轻人的当前出路并偷走他们未来梦想的真正元凶。眼下看来，个人的努力无济于事。长远来说，这种状况将日益恶化，而最终的崩溃也无法避免。文章最后说道，要摆脱这一困境并缔造一个全新的未来，唯一的希望便是马上实现国家的经济独立和建立社会主义制度。

埃莱姆带着几丝厌倦在浏览这些回复，但似乎没有几条能引起她的兴趣。现在人们很容易相信，这个国家甚至这个世界正在走向衰落。尽管如此，人们还是希望能找到依靠，能获得未来。没错，可要怎样才能实现呢？为自由经济辩护的全球主义支持者的世界融合之梦早就开始褪色了，而左派分子的辩证唯物主义式的崩溃论预言也成了泡影。相反，曾经被人们认为会分崩离析的那些力量却在日益发展壮大，变得难以控制，呈现出截然不同的面貌。寄托了人们希望的那些理想和道德准则早已经崩溃破灭。结果，人们只能接受这样一个现实，那就是每一个敢于挑战存在法则的事物，都会无情地吞噬并毁灭掉它周围的其他事物从而生存并发展起来。这个令人恐怖的现实已危害了整个世界，并使某些人总以战争来作为其收入的源泉。

还有一条短短的留言说，一个人要想活下去，就不得不找到一条能适应社会的途径，遵守它的法则，并尽可能充分地利用现存体系的长处来获益。只有这么做的人才能生存下去并拥有未来。至于其他那些不能适应的人，那些不能与时俱进的人，必定会被这个社会所淘汰。

她叹息着摇摇头。她并不打算在这个平台上挑起一场意识形态的斗争。她的兴趣只在了解那些跟她处境相仿的年轻人，是如何看待未来的以及他们自身的经历。可这些人却直言不讳地写下他们的性幻想和期待，就连他们使用的语言都陈腐不堪。然而，他们在谈起自己的内心世界和思想时，却显得十分窘迫、羞怯甚至笨拙。那些男人试图隐藏自己的伤痛，幻想从那些可能掩盖他们自身缺陷的虚假故事中去寻求安慰；哪怕他们已经使用了匿名的方式来隐藏自己的身份，也无法战胜自己那过于浮夸的自尊心。而年轻的女性却倾向于蔑视一切，她们脾气越发暴躁，越发重视个人主义，越发大胆、咄咄逼人。

电话铃响了，是她姐姐打来的。

"不如你今天找个时间过来一趟吧，"她说，"你知道的，我没法出去。你姐夫今天心情又不好。如果你能来和我聊会天，或许我会好过点。"

她姐姐住的地方离她这里只有两站远。她可以推迟到明天再整理厨房。她换衣服的时候注意到，牛仔裤的裤头变松了。她的肋骨凸出来，胸部也变小了。过去几周的奔波劳碌让她瘦了不少。她面容憔悴，颧骨突出，两颊凹陷，而她浓密的长睫毛遮住了她那桀骜不驯的目光。她身上有点怪异。我可能长翅膀了，她心想。自然了，要是没人把我的翅膀折断，我就可以飞翔了。

她走出门，本想拼个出租车过去，但随后她改变了主意，决定步行前往。自从来到伊斯坦布尔之后，她在工作之余从不觉得无聊。她有看不完的书和杂志，写不完的东西，干不完的活。伊斯坦布尔是个美丽的城市，确实很漂亮。要是她能多点钱就更棒了。

她打算在自己的生活理出点头绪之后，再给她爸爸打个电话。不过她很可能会听到这样的话，比如"我没有你这样的女儿！"或者"你究竟去哪鬼混了？"而她父亲的性格是绝不可能改变的。如果听到他的声音，只会让她觉得自己又回到了十岁那年，心中会再次充满罪恶感。她心想，自己最好打消这个念头。

塞弗得耶打开门，拼命拽住正在扯她裙子的五岁小儿子。来他们家的人少得可怜，因此每次只要门铃一响，孩子们就会欢天喜地。九岁的梅尔韦跑过来拥抱埃莱姆。整个房子里弥漫着酒味、食物和尿液的刺鼻味道，流露出贫穷衰败的气息，这是个被人遗忘的世界。

苏科律在里间大声嚷嚷着："塞弗得耶，是谁来了？是穆特娜吗？"

"去跟他打声招呼吧。"塞弗得耶提醒她。

她们走进临街的小房间，苏科律——她没法开口叫他"姐夫"——就在沙发上。他只能躺着，起不了身，他就那么半躺半靠地倚在沙发上。虽说他现在还活着，但已经缩得不像人样了；他的目光中透露出一股绝望和可怕的自私。

"你好，最近还好吗？"埃莱姆远远地站着，冷冷地跟他打了声招呼。

"你想我会怎样？就是你看到的这个样子……"

她和家人逼着她姐姐嫁给了这个远房亲戚。十年来，她姐姐一直听天由命，任凭这个一无是处的男人对她蹂躏欺凌。因为无法得到她的爱，也因为她对他无声的憎恨和反抗，他恼羞成怒，对她频频施暴。

现在，他的脾气更加暴躁。去年他突然中风，很可能是他喝酒前吸食了毒品才引发的。他曾因频频犯罪而屡进班房，其罪名五花八门，贩卖毒品，走私伤人，真是不胜枚举。但这个恶棍每次都能设法逃脱法律的严惩，没过多久又重获自由。可这场突如其来的疾病却是他没办法躲过去的，现在轮到他来感受过去他让自己的妻子遭受的类似的无奈和痛苦了。然而，塞弗得耶对他既无同情，也没有任何爱恋；她不欠他的债。

虽然他们生活窘困，难以为继，但他一出院，就将医生的忠告抛诸脑后，又开始饮酒。他的酒桌在中午前就得为他支好，时不时他还会一边喝着酒，一边扯着嗓子喊塞弗得耶帮他取这取那。

几天前，埃莱姆对她姐姐说："要是他能把自己喝死就好了，这样你就能摆脱他了。"

"别这么说，他还年轻着呢！他要是死了，我们怎么办？"

塞弗得耶仿佛在心里对她的丈夫产生了一股怜悯之情，而此前她从未觉察到。或许这是她的需要；当她偶尔能呵斥他并对他发出抱怨和指责时，她终于感受到了掌控权力的生活是多么令人愉悦的。

这种人不会轻易死掉；他们自己受尽折磨，也让家人跟着他吃尽苦头。

因为交不起房租，前不久他们被以前的房东赶了出来。

当初苏科律在做毒品生意时，他们总能千方百计活下去；而现在，塞弗得耶一周得出去做几天清洁工才能勉强让一家人糊口。不过，小男孩的看护就成了一个大麻烦。梅尔韦上学时，这半天得由他爸爸看着他。但这个男人根本干不了保姆这事，整个房间被这个小男孩弄得乱七八糟。塞弗得耶去工作时，她不得不把小儿子和他的坐便椅一起，锁进他爸爸的房间里。

埃莱姆走出房间时，想起了她所长大成人的那个家中严苛的家规和家人们说过的冰冷无情的话语，这一切令她那些年过得生不如死。那些严苛的规矩和刺痛人心的话语，此时再次回荡在她脑海中，让她心中烦闷，喘不过气来。塞弗得耶沦落到今天的境地，她们无法责怪任何人。你若向命运低头，任凭生活摆布，一切希望就会自行破灭。你走错一步就会让你吃尽苦头，以后寸步难行。

姐姐强烈要求埃莱姆今晚住在她家。埃莱姆本可以听姐姐吐吐苦水，给予她拥抱和安慰。但她宁愿睡在大街上，也不愿跟苏科律同住在一个屋檐下，更不忍心见到昔日美丽的姐姐就这么在自己眼前衰老凋零。要是她有点钱就能帮帮姐姐了，可是……

她们一起喝茶时，埃莱姆注意到，姐姐的长发已经垂到了腿上，她眼窝深陷，干枯的双手红通通的，泛黄的牙齿东倒西歪。她才刚三十岁出头啊！埃莱姆感到既痛心又吃惊。她更加仔细地打量着姐姐；塞弗得耶正冲着孩子大吼大叫，竟累得气喘吁吁。生活已让她不堪重负。埃莱姆突然觉得，不管自己做什么，都帮不了姐姐。

要不是她自己拼死抗争，她也会重蹈姐姐的覆辙。她究竟是怎样逃脱这种命运的？她真的成功了吗，她彻底脱险了吗？在某种程度上，可以说是的。可再往后，她一点儿也不敢肯定，因为她生来就不是个幸运儿。幸运？

幸运是只长着黑耳朵的小白狗。孩提时代，每当陌生人问起她的名字时，埃莱姆从不回答。并非因为她胆小，而是因为她不愿说"穆特娜"；而且，她也不喜欢这个名字。就算这只小狗的名字——幸运！——也比她的名字好听。她死去的那个哥哥给它取了这个名字。他在大街上发现了这只受伤的小狗，并将它带回了家。

他们家的统治思想是，只为家中男孩的未来投资。她的大哥并未令家人失望——他成了一名警察。二哥幼年时期便在水库中溺亡了，没能抵达未来。

最近，她被迫努力腾空对往日的回忆，不让反复浮现的痛苦在心头再次掀起滔天狂澜。她的父母、哥哥、祖父……这些经年未见的亲人的形象，在她眼前一再浮现，如同鬼魅般对她轮番侵袭；哪怕是她爱戴的祖母的形象在她脑海中出现时，也会伴随着她父亲的那张脸。这些人的模样全都腐烂变形，浮肿的皮肤像她淹死的哥哥那样泛着青紫色。就算她的回忆已是支离破碎，但他们仍会身置其中，让她无法摆脱。每次她都得竭力地用新的法子，把他们赶回那被人遗忘的虚无之境。

甚至，塞伊特的脸和他说过的话就跟这些人一样，更要成为她努力遗忘的对象。他们在一起的那三年中，埃莱姆常常会想——并且这种想法会日益强烈——塞伊特是最不能令人忍受的那类男人。

"我爱你的嘴巴，我为你痴狂。"

与一个已婚男人搞婚外情就是一种罪恶，也是不道德的。但当时她那么无助。她心里清楚，这段感情无论如何都不会长久。除非已婚男人的行事非常高明，也对第三者动了真情。并且他们也为这段感情付出了代价，他们才会长久地维持这种不道德的关系。

"我来不了，要不晚点吧……不行，我妻子很不开心。"

她没告诉任何人自己的住址，只和她姐姐联系。正是姐姐告诉埃莱姆，她才知道他们的父亲再婚了。还要不要再给父亲打电话呢？她的思绪像一团乱麻……

"你疯了，你疯疯癫癫地来这里……我可从未对你做过任何许诺……"

她与塞伊特并非情深义重，其关系就不会持久可靠。但不能否认，是塞伊特让她认识了自己的身体，让她品尝到激情与愉悦；他也曾带着她进入到性爱高潮的曼妙境界，并教她忘却自我，忘记所发生的一切——哪怕那只是短短的一瞬。

除了肉欲之外，他们的感情中还交织着一点绝望、几许无奈和浓浓的忧愁。自然，埃莱姆对他并非绝对的忠诚。对这个过分热心照顾她的男人，她本该表示感激的，但她从未表示过。塞伊特在信中责骂她是个贱人，是否意在此事呢？

"现在别担心这些事……我喜欢你走过来的样子，我为你痴狂！"

她记得她正在写毕业论文的那些夜晚。塞伊特一走，她就会坐在桌前学习，直到整个城市从睡梦中醒来。那时她还不知道，她会跟自己的梦想、抱负和期望一起陷入孤立无援的境地。她不想再为塞伊特打工了，因为在他这里她不可能出人头地。她觉得自己已胸有成竹，是个堪当重任的人才；她有着更高的人生期望。

　　可接下来的几个月里，为了找份工作，她不得不四处奔波。她因此意识到，人们谈论的光明未来其实就是个巨大的谎言；所有关于希望、目标、激情以及朝着某个目标坚定地走下去之类的言谈，也只是一个虚假的童话。即使这世上有所谓的未来，它也只为那少数幸运儿而存在。如果你在美国接受过一两年的教育，有点关系或者属于某个圈子，那么你可能会有所作为。否则，成功不过是一个字眼或幻想罢了。

　　除了未来和成功，必然还有些别的事情将会被她明了认识和理解；这些她从未尝试过的事也许境界更开阔、更有意义，也许更难理解、更加悲伤。这就是她坚持阅读的缘故。每天晚上，过了某个时间之后，字母就开始在她眼前舞动，单词似乎就挂在她的眼皮上。她是用整个身体，整个人在阅读。读过的内容在她脑海中不断重现；她翻来覆去地思考着每个字眼。书本在她手中刷刷作响，它们都是美好的东西。正是在书中，人类的抗争，连同人类历史上的伟大传奇、神圣的探索、人类文明的衰落、为了生存而付出的努力，通过那无休无止的疑问，展现得淋漓尽致。书籍包罗万象，高尚而又永恒。

　　"你是个什么人呐！你是被这些陈旧、腐朽、满是灰尘的破书给迷住了吗？时至今日，你是想变成一个共产主义者还是无政府主义者呢？"

　　塞伊特对自己真是信心十足呐！他觉得自己无所不知。他加入了一个成立不久、正在快速崛起的右翼自由党。不出几年，他很可能就从这个封闭的财富权利圈里收获到他预期的成果，成为富翁。一旦机会来临，他就会将埃莱姆一脚踢开，装出一副受人尊敬的顾家男人的模样。

没错，塞伊特是对的。时代早就变了。是他通过熟人帮埃莱姆在这家前途大好的保险公司找到了这份工作。或许他觉得，是时候让她自己照顾自己了。格尔巴斯湖的小游、午后的阵雨、车中的热吻、郁金香、小礼物、南部五星级酒店的周末私会等等一切……简而言之，他们这场滑稽的独幕剧很快就要回到起点了。

在埃莱姆寻找工作的那些焦虑不安的日子里，两人之间的关系还是暧昧不清、藕断丝连。

埃莱姆在考虑另找个栖身之所，她想离开这里。蓝色的香烟烟雾，黄色的芥末，粗俗的话语，昏暗灯光下廉价的送别歌曲，没必要的闲逛，动机难辨的讨好举动……这些全都是千篇一律的。她脑中有个声音在不停地说："跳出圈子，打破循环，别再回到你的起点！"她好像困在了这个声音中，跳不出来；她不知如何处理。她总觉得自己就像一件被人遗忘在架子上的无用之物；就算摆脱了塞伊特，她也无法打消这个念头。

她现在唯一清楚的一件事，就是他们俩之间的"交易合同"已经废除了。他们都毫不留恋对方，既然没有了义务，他们彼此连电话都不打了。这两个人在对待这段感情的态度上都存在问题，他们针锋相对的相互指责和咒骂日益沉重，就像一块压在他们身上的巨石，令两人不堪重负；他们的用词也越发粗俗。不管怎样，从一开始他们之间不就是别有用意的亲吻，偷偷摸摸的电话和虚情假意的欢笑吗？

建立在相互利用基础上的亲昵关系，终因它的虚假而消耗殆尽。它在结束时不曾留下一滴眼泪、一丝心酸。在收到塞伊特的邮件之前，埃莱姆感觉到的只有难受。

她破釜沉舟般地来到了伊斯坦布尔。她在现在这个公司里还处在试用期。她不是正式员工，也没有社保。再过一些天，为期一个月的试用期就要结束，到时便能知晓她的去留。她对自己倒是充满自信，不过万一她不幸被解雇，那她必定会再次陷入困境。

她早就在冒险了。现在，她不得不相信，自己已跨入了自给自足的阶段。作为一个三等雇员，在自己不喜欢的职位上每天工作八个小时，这种生活不仅损耗了她的体力、时间和热情，更是严重损伤了她充满诗意的语言能力。抛开这些代价不说，就这份工作所提供的微薄收入，远不足以维持她的基本生活。

她有过片刻的犹疑。她切断了与塞伊特的一切联系，这是不是一个错误呢？让这个曾帮助自己度过人生最困难时期的男人常伴左右，不是更为明智的做法吗？他只是个普通人，而且能力也有限，难以理解两人感情的精妙之处。可另一方面，他又是个积极坦率的人，乐于接受生活的既定方式，也有本事降低自己对幸福的期望。虽然他从未明白，她那激情澎湃的内心世界为一种神秘的孤寂感主宰，但对于埃莱姆松开她加之于自己身上的桎梏，他大有裨益。

突然她又想起这个男人前些天写给她恶心邮件。她就这么害怕自己的未来吗？她为何就不能抛开非得跟一个庇护者在一起的疯狂念头呢？寻求一个有钱男人的庇护，是最近再次在年轻女子中间兴起的一种时尚。比起传统的道德理念，它更为粗俗、自私和斤斤计较。人人都想找个体面的有钱男人，从此过上养尊处优的生活。它就像一场瘟疫在快速蔓延。

可是爱情怎么办呢？她还未坠入情网，也从未对谁一往情深。但从读过的书里，她懂得了爱情无矩可循。而且，如果一个人强迫自己去爱人，爱情很快会变成仇恨。埃莱姆很想尝尝那种纯洁而又荒谬的爱情。她觉得就算只为这个理由，她也必须变得独立自由。

她的人生经历可分为许多阶段。人生于她，从来不是一帆风顺的坦途。恰恰相反，一切简单的事往往会变得更加复杂困难，障碍重重。突然之间，她对自己有了一些新的发现。当她身陷窘困，情感压倒理智时，她可以像此前希望的那样，变得卑鄙而不负责任；她会毫不犹疑地放弃自己拥有的一切。

"我不欠你什么！我谁也不欠！"她与塞伊特最后一次见面时，她冲他大声嚷嚷，愤怒爆发出的强大力量让她不容挑衅。

"你是个自私自利，斤斤计较，毫无感情的人！我真是个傻瓜！我跟你说，像你这么任性恶毒，你也走不了太远！"

"你在利用我！"

"你才是那个利用我的人！"

不管怎样，无论这是份什么样的合同，诸如此类的话语已经让它的大部分内容失效了。

埃莱姆手中的茶杯边缘残破不堪，她嫌恶地把杯子放在茶几上。她答应梅尔韦，只要自己一领到薪水，就给她买双新鞋；她还要给奥兹古买辆红色的玩具卡车。她脸上挂着一丝淡淡的微笑，幻想让她有点眩晕，她又跟姐姐稍坐了一会。

她仍是步行回家。这天温暖得如同夏天。街上熙熙攘攘，人行道挤得水泄不通。那些无所事事的男人要么闲立于店铺前和门廊里，要么围在密不通风的咖啡馆里玩纸牌。她买了几本文学杂志和一份报纸。报亭的架子上摆满着女性杂志。这些杂志上刊登的文章要么讨论女人该如何抓住男人的心，要么就是介绍食谱、时尚和昂贵的化妆品，还有些对爱情问题、两性关系、美容以及如何达到性高潮等问题提出的建议。它们多少迎合了女人的心理，否则也不会有这么多杂志。奇怪的是，这些杂志似乎觉得人们总是在做爱。它们建议读者买许多衣服，就如何举办聚会、布置房子等，向人们提出了许多"了不起"的实例和点子；自然这是针对那些有钱人的……至于那些没钱的穷人，他们如果看着这些杂志，必然会心里不满，觉得自己既不幸又悲惨。

她一回到家，就开始整理厨房。她的餐具不多；她把橱柜里面擦得干干净净，然后把餐具整整齐齐地摆了进去，并且用干净的纸将每个碗碟隔开。她母亲曾竭力要将她培养成一个优秀的家庭主妇。在她孩提时代，母亲就开始给她安排家务活，这让她备受折磨。有些女孩子虽然外表娇俏，却笨手笨脚，对烹饪一窍不通。埃莱姆可不像她们，可她宁愿成为她们这种人。她觉得要是一个人不像清洁女工那样光顾着卫生，肯定会更加聪明。对家务活一窍不通，或是装作一无所知是种正确的选择，是一种新颖的观点，它能让女性摆脱家庭的奴役。她早早爬上床，匆匆浏览着一些文学杂志。要是她能把自己的诗歌修改润色，就能向一些杂志投稿，但她对这些诗作仍不满意。她的内心世界因为日常生活的忧虑而变得越来越浅薄。她心里清楚，要是她能堕入情网，就能写出更优秀、更有内涵的诗歌。仅为了这个原因，有时，她会怀念恋爱中的痛苦和它所带来的狂怒。然而，她很难有这种可能了；她感觉一股奇怪的气流在体内震荡，心中涌起一股莫可言状的压抑感。

楼上又传来了阵阵吵闹声。天花板在一个男人沉重的脚步下颤抖，而他粗鲁刺耳的咆哮声，竟震得窗户格格作响。紧接着埃莱姆又听到一声沉重的闷响，紧接着是一件东西坠地后发出的巨响以及碎裂声。那个女人哀求的声音愈发哀怨可怜，而那个男人却更加暴怒。

埃莱姆睡不着，只觉得全身发冷，从心底里升起了一股寒意。她走进厨房，用薄荷、甘菊给自己煮了点花茶。她吸了口烟，想起在自己幼年时曾经被人恐吓以至于担心被人强奸的恐惧将她的人生变成了一场噩梦。最近，强奸犯罪的数量在不断地增长；许多独身居住的女性，在自己的家中也被男人强奸了。她回到卧室，盯着通往后院的房门，屏住了呼吸。这扇门够结实吗？"我得在床边放根棍子或铁棒才行，只要一击就能毙命。"她心想。

她满含痛苦和耻辱地回忆起往事。她曾经被她做警察的哥哥穆斯塔法揍得半死，也被她祖父狠狠地打过几次。她的祖父下手已经够重的了，可她哥哥动手的那次竟差点送了她的命。一个在加油站上班的男孩给她写了封信，装进火柴盒里，从她家的窗户扔了进去，恰好被她哥哥截住了。他在信中提议两人应该见一面，这让家人感觉他俩之间有点暧昧。可她没法让家人相信，她完全是无辜的。

她一直努力将这一晚的情景从自己脑中抹掉，可是那些零星的回忆还是不断地冒出来，不合时宜地从记忆深处跳出来，那么陌生。无须在脑中搜索，埃莱姆像是被卷进了记忆的深处。有时，她还是会忆起哥哥挥舞的拳头，忆起他抓着自己的头往墙上撞，鲜血从她的鼻子和嘴里流出来。接着，他拽住她的头发，把她拖到院子里冰冷的地上，用脚狠狠地踢她，最后踢断了她的胳膊。

于是，他们不得不把她送进医院。

她在医院里沉默了好些天，总是低声啜泣，极少言语。从医院回家后，家人又把她关进了后院。她委屈得吃不下饭，身体渐渐消瘦，瘦得皮包骨头。她不照镜子，也不抬头看任何人。只有大姐跟她说话，而每次她来看穆特娜时，总忍不住心酸落泪。她的父母觉得这事让他们蒙受耻辱，他们因此面色阴沉。他们谴责的神情给她带来的巨大心理压力，比她身体上的伤痛更让她难受。

此后，这件事再也未被她的家人提起，就像它从未发生过；

好像一旦提起这些事，就会有什么东西突然爆炸碎裂一样。他们用一种可怕的故作无知的态度，从他们所了解的那些耻辱和憋屈的故事中去寻求些慰藉。她一直在等待母亲的拥抱和安慰，也极其渴望母亲能为她的委屈伤心流泪，哪怕只落下一滴泪。然而她彻底失望了。这是她第一次渴望离家出走；而后许多年里她一直怀揣着这个想法，这好像一个迟迟未至的伤痛愿望。

之后她再也没跟她哥哥说过话。他们在安卡拉碰见过几次，但她总是一脸漠然地从他身边走过，仿佛他是个陌生人。有一次，他来到塞伊特的公司里不停地威胁她，而她则躲进厨房里避而不见。

遗忘！就像一道丑陋的印记，镶嵌在那残破不堪的记忆的外套上。

逃离过去，减少对它的需要……

突然，她注意到自己身上很奇特的一点——她从未能够将这件事以文字的形式，写在纸上；并非是这件事本身，而是它铭刻在她灵魂深处的伤痛。她很想将这些经历和感触写下来，却做不到。她无法写下任何有关自己的身体、痛苦、憧憬、以及她经历过的一切变化的文字；这一切就像是不能明言的禁忌，她在写作时绝不去触碰。或许，她若是能够写下真实的自我，她的耻辱将被消除。其实，任何发自内心的文字都关乎身体。它们源于身体，是身体发出的呐喊。它们像身体一样显眼却带着主观情感，像身体一样既自由又充满约束，像身体一样隐秘。

她写了一页又一页，却故作轻松地跳过身体所受到的侮辱和痛苦，假装这些侮辱和痛苦从未发生过。也常常正因为如此，她创作的诗歌总是抽象单调、空虚无聊、缺乏生命力。她的作品之所以如此枯燥乏味，是因为她在写作时总是强迫自己忘掉自己的身体。

"无名之辈"其实就是指她的身体。

7.

清晨，沃尔坎满怀憧憬地离开家。通往机场的道路空荡荡的，车辆并不多。他心想，"今天的一切都不错！"这是十月里一个美丽的早晨，灰蓝色的天空没有一丝云彩。一层轻纱似的薄雾轻轻地飘荡在城市的上空。树木依然苍郁葱茏，似乎要和迟迟不欲现身的秋天一争高下。道路两旁布满了高大的写字楼、繁忙的建筑工地和实则咄咄逼人的巨幅广告牌。轿车不断往前行驶，道路两旁的高楼渐渐稀疏下来。穿过一片杂草丛生的空地，远远地能望见一片片破旧丑陋的灰色公寓和架满天线的屋顶。贫穷的丑陋像瘟疫般肆意蔓延在这个城市的郊区。

前一天晚上，他一连听了好几个小时的音乐来消磨时间，心中犹豫不决，是否要给麦丽开打个电话。距他们上次见面已有十来天了。为了看清她的为人，他已等待得够久，没必要再这么拖下去。要是现在给她打个电话，他们总会找到一些话题。再说了，他们在电话里聊天不是会感觉更自然吗？

然而，假如他不守规矩地贸然行事，任何游戏都会有遭遇滑铁卢的危险。他虽是个游戏高手，可他并不清楚麦丽开是个怎样的对手。

麦丽开看上去可不像个会羞答答地等着男士主动给她致电的女人。当然，可能是她并不喜欢他，觉得他性子乏味。当初她来找他，也许仅仅是为了找回她的装着那笔小小财富的箱子，而她平易近人的表现，也只是为了确保她财产的安全。假使是这样，那他就不必觉得自己受到了伤害。

可她那天和蔼可亲的态度绝对是自然的。她的外表、手势、说话的方式，两人之间既甜蜜又紧张的微妙气氛，还有她离开时故意敞开门的行为，种种迹象表明她对他印象应该不错。若果真如此，他为何还要犹豫不决，装得如此冷静呢？他该主动向她伸出橄榄枝，努力去赢取她的芳心。在他的社交圈子里，男女接触不消太久就能确定情人关系。可他这次碰上的是一个截然不同的神秘女子，追求的过程才变得如此艰难并扣人心弦。

他很想知道她脱掉衣服时会是什么样子。

他很晚才上床，不过睡得很沉。黎明时分，他被一阵突如其来的焦虑和烦恼惊醒。于是他用毛毯裹着身子，坐到了露台上。森林里飘来松树的清香，混合着凉爽海风中碘酒似的味道，让他整个鼻腔都充盈着这股湿润清爽的气息。天空、远山和大海俱被一层闪烁着橘黄色光芒的浓雾所笼罩。旭日渐升，金光闪耀，在这城市上空徐徐铺展，仿佛要透视这个城市的建构、所隐藏的暧昧和秘密，照亮这个城市在黑暗中发生的真伪和善恶；仿佛要将这座城市的所有美景、遗留恒久的壮美古迹和那些抹不去的污垢，都镀上一层浅浅的金色。黎明的曙光虽不会持续太久，但黎明带来的是周而复始的万物复苏；黎明的阳光温暖宜人，充满力量。你需要的是黎明般的灵光乍现和锦绣前程，哪怕只是惊鸿一瞥，前途已是豁然明朗。

他的直觉很敏锐。清晨略带寒意的空气已让他彻底清醒，他顿觉昨夜那孩子气的兴奋是多么无聊。像他这般经验丰富、行事挑剔的成熟男人，一个如此擅长艰难谈判的高手，竟会沉迷于这么荒唐的幻想，真令人无法接受。看上一个朴实低调的女人，还像个老色鬼一般对她死缠烂打，这实在不是他的作风。他需要的不是一场世俗的爱情；他也没时间纠缠于这令人绝望孤独的幻想。生活和爱情应该更加浪漫、跌宕起伏而动人心弦。

这是可以实现的，为什么不能呢？可他因为公务，至少有三天不在伊斯坦布尔，他总不能在电话里提议两人见个面吧。不过他能给她送束鲜花，提醒她关注他的存在。如果实在无望，也等这轮攻势过后，再了结此事，岂不更好？

就算得不到回应，就算她不愿进入这个游戏，他又有何损失呢？其实他们之间的游戏早已开始，只有胆小鬼才会半途而废。他生性并不复杂，也懂得如何自我保护。尽管有种种不利因素，哪怕这一切从头到尾只是个谎言，他的生活仍然需要有一个新的女人。只要她处于他现在的社交圈之外，这个人可以是麦丽开，也可以是别人。

他可以不顾一切地去爱一个单纯的人，一个真诚的人。为了她，他可以接受别人认为他无法做到的事：他会焦急地等待对方的电话；歇斯底里地大声喊叫，絮絮叨叨的自言自语，或者向对方发送些胡言乱语的爱情信息。

或许，这些行为只是再次重复了以往无聊的情感经历，也会变成过往。当你回忆起来时，只会莞尔一笑。即便如此又如何呢，快去捕捉你体内跳跃的那束鲜活明亮的火苗，握住它，将它放在你的掌心，小心看护，跪在它跟前！来吧，再一次，为了最后一次尝试而努力吧！

"穆罕穆德·贝伊，今天我想给一名女士送束鲜花。你得帮我办好这件事。"他突然开口对司机说。

"好的，先生。一定如您所愿！"

为什么这就是荒唐的举动呢？一个男人向他喜欢的女人送花，是向她表达爱意的寻常举动！他在一张纸条上写下地址，递给那位处事老练的白发司机。

"您想送哪种花呢？"

"兰花；要么让花匠来决定吧。"

"我们要不要放张名片呢？"

"呃，好的，放一张吧。"

他从公文包掏出一张名片，在背面写上"我想你"，把它递给司机。

"别担心，先生。我会让他们精心包装，然后亲自送过去的!"

车子停在国际出发区前。沃尔坎刚过安检，费尔迪就跑了过来，从他手中接过公文包。他一脸的无奈，眼神游移不定，神情焦虑不安。显然，出了什么意外。他紧紧地抓住公文包，把它当个盾牌一样贴在肚子上，静默了片刻，好像在极力估算，他马上要说的这条消息可能会引起哪些后果。接着，他又像是被人从后面推了一把似的，漫无目的地走了几步。

"您的航班已经被推迟两小时起飞，先生。显然是出了技术故障。"他声音低沉得好似呻吟。

沃尔坎情不自禁地往地上重重一跺脚，脱口而出："该死的!"

不，他可不希望发生这种事，尤其是在今天。

在你付出了那么多努力，一切准备就绪，只待雄心勃勃地去实现自己梦想的那一刻，却被一件跟你毫不相干的事逼入了困境，可对此你却束手无策。不，他不能再继续搭乘公共航班了，这种出行方法再也行不通了，就是行不通!

"够了! 为什么我们就不能有一架任自己安排的私人飞机呢? 我们为什么不能坐自己的飞机出行?! 私人飞机? 没错，我要一架私人飞机!"

当他肯定听到的这声音，是他自己的声音时，他吃惊地忙用手捂住自己的嘴巴，像被自己的怒火吓坏了。他马上把话音咽回去，可耳畔仍是余音缭绕。我要! 谁? 私人飞机? 私人飞机……私人……

他还呆立在刚才跺脚的地方，这真是他自己的声音吗?"这是我的声音? 我……我是谁? 私人飞机? 为什么不呢，应该有一架，然而并没有。我现在该怎么办？现在能做点什么呢？"

候机大厅里挤满了乱成一锅粥的早班旅客。各个售票柜台前都排起了长龙。他举目四顾，想看看有没有熟人。刚才有没有人听到他的喊叫？还好没人听见，嘈杂的人声淹没了他的咆哮。

他深吸一口气，然后从一数到十，尽力让自己镇静。私人飞机，荒唐！可没错，今天飞日内瓦，明天飞迪拜，三天后去布鲁塞尔，接下来是柏林、纽约、罗马……要跟上这样一个工作节奏，太不容易了。就算你乘坐的是头等舱，先是不按计划起飞的普通航班，延误了你的行程；尔后上了飞机，又发现飞机狭窄的座位上挤满了全身散发出汗臭味的乘客，顽劣的小孩在飞机上大喊大叫，婴儿哇哇啼哭。至此整个旅程变成了一种折磨。一个像我这般身居要职的人如何能高效地完成工作呢？

一架私人飞机当然是必须要有的。一张桌子，一张床，随心出航，无比舒畅……此时，他再也想不出还有比这更惬意的事了。要是没有这些条件，一个跟他身份相似、职务相仿的人，是哪都不会去的。而他……

"你到底算什么呢？冷静点吧！"

突然，一股强烈的悲伤和失落感袭上了他的心头，让他头晕目眩。他张开嘴想说点什么，却没发出任何声音。那几个相同的问题一直在他脑中打转："我是谁？我从哪里来？我在哪，我在干什么？我算个什么东西，竟然还想要一架私人飞机？"

他们站在大厅的正中央，挡住了别人的去路。他们只得往大厅一角走去。出于习惯，他飞快地扫了一眼手表，这会儿正是七点二十分。就算飞机九点半能准时起飞，他恐怕也赶不上跟马柯尼斯的会谈了。

他问费尔迪："图古鲁去哪了？"

"他去试试能否帮您改签到早一点的航班。"

他脑中那个该死的声音为什么还停不下来！"我是谁？我从

哪里来？"特别是那两个问题一直响个不停"我想去哪？我如此匆忙，到底要去哪！"

他脱下外套，解开领带，像是准备迎接即将逼近的新一轮恐慌。他衬衫的腋窝处已被汗水浸湿了，连他那剪裁合体的棕色哔叽阔腿西裤，也紧紧裹在他腿上，烧得他两腿发烫。

"这儿真热！难道这儿的空调都坏了吗？"

"我们去咖啡厅吧。我会打电话给其他人，通知他们这边的情况。您吃点早餐，放松一下，沃尔坎·贝伊先生，"费尔迪劝慰他，"如果航班不能按时起飞，我们就想办法让会谈推迟到明天。应该不会有问题的，您就别担心了！"

"你说没问题是什么意思！为了这次会面，我可是等了十天啊！"

费尔迪亲昵地拍拍他的肩膀，领着他走向咖啡厅。沃尔坎听凭他引着自己徐徐而行。此时，图古鲁垂头丧气地回来了；他敞开大衣，两手空空。

"早上好。有什么消息吗，图古鲁？"

"没有别的航班了。有一趟经过雅典的，但它的抵达时间还更晚。我想……"

"你是怎么想的，说来听听。"

"我们可以通知对方有关这边的情况，让他们把午饭时间往后推迟一个小时。这种事是经常发生的，沃尔坎·贝伊先生。我想马柯尼斯先生会理解的……"

"希望如此吧……"

每每此时，沃尔坎手下的这班年轻人，就会想尽办法来安抚他们的上司，好像这才是他们的首要任务。事实上，他选择这些人，正是因为他们头脑冷静、能力出众。他们一齐坐到咖啡厅里。这儿的座位很狭窄，他很不习惯。他开始要——或者说马上要——因为航班晚点不能按时出行而感到沮丧，虽然这事并不能怪他。他要了点开水，从衬衫口袋里掏出一颗安定片，踌躇着是否要把它吞下去。

前一晚他失去控制，喝了不少酒。这时他要是再吞下这颗药，他的状态恐怕会更糟。他对按时赴约已经不抱希望，索性把药放在一旁。没办法，他本该提前一天出发的，但这怎么可能呢？前一天早上他不是还在莫斯科吗？幸亏最重要的会谈是在明天。

他把药片放回去，把水喝完，然后深吸了一口气。他们可以应付马柯尼斯，但一想到明天那场至关重要的会谈，他不由得倍感焦虑。奥特·斯珀伯这个老狐狸，只消扫一眼便能看穿对手的心思。他以前是个左派分子，他拥有的名利地位，让他那张狡猾的老脸显得志得意满。他的脸上总挂着那副表情，像是希望他的对手一直说好；像是无比笃定他对这个世界一切全都唾手可得。那是一副残酷的、似笑非笑的表情。正因如此，许多人甚至连做梦都不想梦到他。

沃尔坎提醒自己，在奥特·斯珀伯面前，必须要强悍。

早上出门前，他一点主食也没吃，只吞了一把维生素药片，喝了一大杯橘子汁。此刻他感觉有点饿。图古鲁让服务员送上一盘油酥点心，他知道沃尔坎一定喜欢。沃尔坎点头应允。他一碰到压力，就会禁不住胃口大开。

在他的水晶手表那巨大而耀眼的表面上，他看到自己的脸就像月亮一样熠熠生辉。"我是谁？这是我，我是沃尔坎。沃尔坎·库曼，一个英俊、成功、浪漫的人！或者倒不如说，曾经是个这样的人！"

此刻他的状态并不好，又开始胡思乱想了。

麦丽开可能觉得他过于肥胖，身形庞大。他得尽快减肥才行。他家里有些健身器材，可他懒得去用。要是现在马上开始锻炼，并严格控制自己的饮食，在他们下次见面前，他就能瘦个四五公斤了。其实也没必要这么悲观，下此结论尚为时过早。一切都会好起来的。他常常会遇到新的恋情，而他们之间的关系将走向何处，这个问题很可能会马上找到答案。

不过兰花并不合适。应该挑点更含蓄的花。她曾称赞过菊花。要不，百合或者黄玫瑰……女人都爱黄玫瑰。我会遇上一些困难。没关系。我得经历一场恋爱，它要么让我欣喜若狂，要么让我心惊肉跳；要是受不了，就只有死路一条。

假如这次能重沐爱河，就有希望让一切变得都有所不同，难道不是吗？当你明白爱情难再时，难道不是爱情已令人绝望地离你远去了吗？爱情！这是个无比朴实的词语……我该说'或许'，这才是关键词呢！一个人一定不能低估或者忽略一系列巧合的影响，哪怕这些巧合只是毫无未来的一厢情愿。何为未来？它难道不就是令现实相形见绌吗？既然世界这么小，而生活又是如此无趣，那我们就顺其自然，尽量活好当下！

这个"黄点"……这个孩子气的诗人……那天晚上，他应该写下这些话——亲爱的"黄点"，不要担心未来，活好当下吧，孩子！——而非那些令人费解、含糊不清的句子。当然，他现在还可以继续跟帖，给她写下这些话。一阵悔意涌上心头，不过很快就烟消云散。那天晚上，他是那么孤独无助，脑子一片空白，因此，才给那个可怜的孩子写下了那些奇怪而压抑的话。自然，当一个人孤独的时候，会变得格外多愁善感。更重要的是，抒发空虚之情其实很容易。如果你不喜欢，就别理它。他不无安慰地想着。

"油酥点心在哪儿呢？"

随同鲜花一起送给麦丽开的卡片上，我本该写点更有深意的话。不，这么写也还可以，言简意赅，正中要点……兰花也很好。他知道司机会买最新鲜、最昂贵的花。自然，他可以写点更夸张的话，譬如"感谢你唤醒潜伏在我体内的春天"之类的，这样的卡片或许才会令人过目不忘呢。也许她会嘲笑他那俗套老土的爱情宣言，那就让她笑吧……麦丽开！麦丽开·伊达！这是个多么美丽的名字！它在他脑中叮当作响。它就这么无可抗拒地、突然从成千上万个名字中冒了出来。

无须感到绝望。世界并非真如你所说的那样黑暗。它不还有星辰、黎明、清晨、起始和女人吗？不还有歌声、诗歌、香味、蝴蝶、鲜花和海洋吗？是的，我不该忘记这世界也存在丑陋、迷惑、伪善、野心和邪恶；可它也还有性爱、泪水和天真。

是的，这一切都存在。你，无助的孩子，"黄点"，抬起眼睛好好看看……在这里，每个人都怀揣希望，匆匆来回奔波。尽管世界存在这么多的混乱，它仍然在有条不紊地运转，令人惊叹。虽以后会渐渐疏远，但人们仍在相亲相爱。问题出现了，会得到解决，也可能没有解决。不管怎样，生活仍在继续。

我夸大了一切；我最近变得太过软弱。但事实上，我也仅是一介凡夫俗子，他心想。

"我"，你一直在想的，总是"我"。这么多年……这个我是谁，它有什么含义？我，不过是一个已厌倦了疯狂地奔向未知的未来的人，一个跌入人生谷底的人。一个沦落到不知道该向生活索取何物这一地步的傻瓜——因为生活中已没什么可以索取的了；一个不得不接受依照他人给定的方式而生活的笨蛋，他的情感和思想已经脱离了常态——其实情感和思想就是一回事——他的前方很可能还隐藏着别的陷阱，前途未卜。

他觉得头痛。他不想再继续追问自己那些问题。此时此地，并非让他这么心甘情愿坐在这接受内心的拷问的合适时机和场合。他将两块小点心塞进了嘴里，心情畅快地敞开喉咙，把它们吞了下去。接着他点燃了一支香烟。无论如何，这还是个可爱的早晨。

他本该感到遗憾，因为，他可能会错过与自己的一位最负盛名和声望的支持者及客户的会面。是否也可以换个角度来看待这件事，是否可以巧妙地将其理解为，他将有幸与那些跟他立场不同的人同处一室，甚至坐在他们那摆满了你无法想象的美味佳肴的餐桌上吗？——他与这些人针锋相对、讨价还价而完成的合同，将会伤害到第三世界那些绝望、饥饿的人群，也不利于那些优秀却仍然失业的年轻人。

够了，够了！我几时竟到了会带着怜悯去考虑这些细节的阶段呢？难道是我那过去曾被他克制并缩小了的，而眼下却正苏醒的阶级意识在作祟吧！

是不是在过去的两三天里、他或这个世界有了什么变化呢？不，当然一切都未改变，他的眼睛仍在盯着同一个方向。然而，这个世界在他眼前慢慢旋转，有时他的眼睛能突然看到点什么。就算真相就像日光下的月亮那样苍白，但只要你抬头认真观察还是能看得见它。

他又一次想起黄点的文章。这个世界如此奇怪，迟早有一天，成功和失败都将引导人们走向失望。要是没弄清事物的真相，你不可能明白原因。为了得到最终结果，你必须要仔细研究人类进化过程中的每个环节。不过，或许再也不会有这样的机会了。

要是你能下定决心选择自己的道路，你会步步前进，而不会感到举步维艰，也不会撞得头破血流了。但重要的是，从一开始你就要做出正确的决定。话虽如此，可要确定被认为是"正确"的事，仍然很难，因为不同的人对于"正确"的定义相距甚远。眼下他关心的这个问题，这个凭空冒出的极其重要的问题——我要去哪——或许跟他是非观念的变化有点关系。

什么变了？让我试着冷静地思考一下。是什么变了，让我变成这样？

每时每刻，"人类"这个字眼被人们赋予了太多的神秘意义。

但仇恨和野心绝不会平息。人们不停地谈论着正义和自由，却继续将自己的同类推入饥饿、奴役、死亡和野蛮之中；其他人在面对这些暴行时，却缄默不言。"伟大的人性"，仅仅停留在人们的口中和从未实施的律法中。多么虚伪啊！

有时，沃尔坎会觉得窘迫不安。他觉得自己也是制造这个虚伪、残酷世界的元凶之一。他觉得，自己正在这个暗井般世界的某个角落里，搜寻已迷失的自我。他已经厌倦了冷漠，厌倦了沉默地对那些不允许被探索真相的事物保持敬畏，厌倦了自己不可一世、趾高气扬地前行的姿态。他的工作教会他明白了金钱的力量；更重要的是，他明白了钱有时是多难挣，正如钱有时又是来得何等轻松一样。而最糟糕的是，金钱有多危险全取决于它由谁掌控。这都是些重要经验，可明白了这些有什么好处呢，他用它又能干点什么呢？

大厅里人声喧哗，还夹杂着广播声……飞往汉堡的航班，航班号为608……最后一次广播……伦敦，延误两小时！不，怎么会，这一片混乱！既然时间充裕，他得认真想想这件事。

他心中涌起一股怒火。他恨恨地想："就让马柯尼斯他们等着吧！那些有所索求的人就得等着，而那些不愿等待的人就会毫无收获。有必要如此耿耿于怀吗？你为什么让自己活得如此费劲？不管怎样，这份工作……"

沃尔坎曾暗示过哈伦，应该洞察这些可疑的秘密交易的内幕。可是跟往常一样，哈伦却故意跳过这个话题，"这桩交易快要结束，需要绝对保密啦"。在这个节骨眼上，他们只会讨论一些细节。除非有确凿的证据，否则，他们必须相信，客户是诚实的，也没有不可告人的动机。

"什么！什么诚信？许多谣言都说，代表对方公司的那家中介公司跟一个穆斯林恐怖组织有来往！"

"别把事情搞糟了，沃尔坎！随它吧！"哈伦是这么说的。即便如此，他仍十分肯定买家没有卷进来。"再说了，在国际交易中，哪个买家会是完全清白的呢？"

现在令沃尔坎头痛的，是马柯尼斯那群充满敌意、装腔作势的手下，他们经常表现出高傲又烦人的姿态，可他还得跟这帮人打交道。他们的脸看上去像是塑料做的，毫无表情，似乎这样就能严守住关键的重要信息；其实他们的头脑简单不用费什么劲就能知道你想要的一切。他们言辞尖刻，可说的全是谎言；他们总是设置各种各样的谈判障碍，即便是在讨论合同中的技术细节，他们也是这副德行。毋庸置疑，他得像上次在以色列谈那笔生意时一样，保持低调和警惕。他得花两天时间来确定，自己是否已足够安全，才敢脱下自我保护的面具。当然，这都算不上什么事。毕竟这帮人还不是手持枪支、严阵以待的秘密黑帮组织的成员。对沃尔坎来说，这桩交易的战略意义就是宇宙公司的优势。人人都有自己的弱点，何必过分担忧呢！但是，面对如此刁钻的对手，谈判也不会轻松，这次压根就不会轻松。

"就这么着吧！谈判绝不会轻松，也不该轻松……"一股近乎绝望的忧虑搅得他心绪不宁。这项工作令人疯狂的节奏，他还能忍受多久？如果他不去参加这次会谈，如果他放弃所有，彻底退出这个圈子，他的生活会错过什么吗？不会！恰恰相反，他会因此受益。假如从他个人生活的角度考虑，他应该开始锻炼，减肥，戒烟，重获健康。他能再次坠入爱河，去好望角看看，然后结婚，生几个孩子。

孩子！有几个孩子太棒了。但是，首先得找到一个中意的女人来做孩子的妈妈。

不管怎样，我还没到四十岁呢。再说吧，组建一个美满家庭的梦想，还可以像其他的事一样再往后推推。他总有忙不完的生意，而他的私生活却像个乱糟糟的毛线球，由数不清的迟到和延误组成。伙计，你把所有的梦想都推迟到未来，这对你毫无帮助。什么未来？未来只是个童话，对于我这种在人生赛场上奋力奔跑而筋疲力尽的人来说，绝对不是个安慰。

他是否有一个值得为之努力的梦想呢？没有！一个无法为自己的人生做主的人，不可能拥有任何有关未来的梦想。你想想看，一个其人生被他人买断并掌控而自认为他是饱经世事的人，还能拥有一个梦想并精心培育它吗？或许，他正在全力以赴地奔向死亡。

突然之间，他的脉搏加快了。我要死了，他心想。他猛地吞下一大口橘子汁。没人会回报他，当然他也不需要。他挣的钱已经够多了；如有必要，他还能挣更多。他只是不愿意昧着良心匆匆忙忙地完成一笔生意又去做另一笔，与此同时憎恨自己度过的每分每秒。

"您还好吗，先生？"

"我没事，费尔迪。能给我来杯黑咖啡吗？"

图格鲁毕恭毕敬地站起身。"您要不要来份报纸？"他问道。

"你的提议不错。"

沃尔坎给哈伦打了个电话。铃声响起，却无人接听。他一定是正在睡觉；天知道天亮之前他在哪里鬼混。他想。

"老板还没起床。"

"我们会处理好所有的问题，先生！"费尔迪说。

对于未来，这两个年轻人有何梦想呢？普通人的梦想……勇往直前，挣更多的钱，统治他人，生活无忧。在人们关于未来的梦想中，善恶、难易、极美和极丑都能够共存。从长远来看，一切都是殊途同归。沃尔坎纳闷的是，他青年时代无私忘我的拼命工作而为未来所织成的锦绣前程，怎么会在这么短的时间内就结束了呢？他不知道，他因此而惶恐。他没法想清楚这个问题。他必须得保持冷静，像往常一样……他不该再去火上浇油。

他飞快地浏览着图格鲁拿来的报纸。

他像平时一样，漫不经心地扫过标题，然后瞥了几眼经济和体育版。报纸似乎找不到值得报道的重要事件，尽是些无关紧要的花边新闻，诸如帕尔斯·希尔顿到了，露出了她的屁股；破产实业家的酒窖和香槟酒窖将要被拍卖；美国大兵对伊拉克人实行惨无人道的虐待，结果被拍了照，等等。

消息老旧，评论简短且有失偏颇，观点狭隘。对他来说，掌握着时事的第一手资料，生活在秘密的关系中和见不得光的交易里的人并没有太多的乐趣。因此，这段时间他一直在关注第三页的社会新闻。疯狂的袭击和谋杀，可怕的交通状况，致命疾病，强奸，丢失的儿童变成了抢劫犯……他专心致志、一字不漏地读完这些社会新闻，仿佛它们就是神秘的传奇故事。所有这类消息能让人清醒地认识当前的社会现实。当他看到娱乐版刊登的关于那些半裸女孩最新的花边消息时，他想到了目前正在到处泛滥、影响甚至支配着经济社会生活的性交易。地下滋生的黑色经济极度繁荣。曾几何时，一度被禁止的性交易，就像火山爆发涌出的滚滚岩浆一般，汹涌澎湃，覆盖了整个社会；这个唯一不受限制的自由，像山洪一样在街头和贫民区里任意流动。

有一页报纸上刊登了一张被警察逮捕的男人的照片；这个男人把刀架在自己儿子的喉咙上，嘶吼着，如果不马上给他一份工作，就杀了自己的儿子然后自杀。看到这则新闻，他觉得既紧张又累心，有点像情绪即将爆发前的焦躁。并非因为他被这个故事直接打动了——电视上每天都播放此类事件，这种悲剧早就引不起人们的关注和同情了——而是他突然觉得自己终有一天，也可能会因某种原因，像这个男人一样干出类似的傻事来。

他起身走向洗手间。我并没真正明白自己想要什么，他边走边想。"现在你也并不确定自己是否想要这个叫做麦丽开的女人。一个古董走私商，一个所谓的奢侈饰品制作人。也是同样堕落。"

他需要的是个睿智而高尚的女人。但这个世界满是陷阱。他就像个饥渴的笨蛋，把自己遇上的第一个女人看成个没有翅膀的天使。那个女人对他暗送秋波，他就能跟她上几次床，但仅此而已。

他眼前浮现出麦丽开的模样。她冷静、优雅、神秘……突然之间，他觉得她很亲切，就像他的妹妹一样。然而，他又想起自己刚刚还给她贴上了走私犯和陷阱的标签呢。

不，没必要自欺欺人。职业使然，他总对其他人怀着敌意。最近，他对自己所做的一切，他疯狂追逐的一切都极度地怀疑。而且，他的罪恶感所引起的烦躁不安似乎一直压得他喘不过气来。他一直努力试着让自己的良知保持沉默，忽略这些，但他天生的正义感却在不停地呼唤着他的良知。

他一边洗手，一边仔细打量着镜子中的自己。有一会儿，他觉得自己的灵魂意外地困在了别人的身体里。"嘿，你，胖子！"他对镜中的那个人说道，"与其去见一个狡诈的金钱贩子，一个卑鄙的债主，你不如去你想去的任何一个地方，或者最好是为了人性着想，去干点更有意义的事儿！"

胖子？不，他简直找不到一个恰当的词语来描述他眼中的自己。他看不到自己的真实模样。他只看得出自己不是什么样的人，看出自己身上所缺少的或者自身的缺点。他通过别人的眼睛来看自己，并因此生出一股自卑。也许是因为不久之前的那个早上，他迎面碰上了一个像极了自己、甚至被他当成自己的陌生人，他被这一幕吓坏了。

到底发生了什么？

不久之前，他不是还一直在为自己的好运气而感谢上帝吗？他上升的速度快得惊人。作为一个年轻人，他已经拥有了许多人穷尽一生的追求都不可能拥有的东西：一个光辉灿烂、殷实富裕的人生，一份光鲜的职业，他人的尊敬，金钱……

想到这些他并不觉得骄傲。但在平时，当他看到跟自己同龄的失意者时，他满脸不可一世的神气，显出对自己能力的无比自信。他私底下责怪这些人又懒又笨。跟他资质相仿的许多同辈人，还有那些甚至更加聪明的人，总是一边在无助地努力调整自己，适应失业所引起的混乱、迷惑和缺乏安全感的心态，适应生活中的困难，一边又将自己的不幸都怪罪于运气不好。没错，人们受教育的程度、水平和自身的能力不同；他们挣钱的本事也就各不一样。能挣钱的人会挣得更多，他们的要价也往往会得到满足。正是如此，他的人生道路才如此光彩夺目、无忧无虑。反之，那些焦虑绝望地盯着眼前黑暗的人，只会发现他们的人生道路会越走越窄，他们永远也看不到未来。

可是，不少人，即使是那些乳臭未干的孩子们——比如说黄点——也开始看清了当今社会的一些真相。说不定他们很快就会在哪里堵住他，往他脸上吐口水呢。不是吗！他/她写的那些东西，不是非常憎恨仇视股票经纪人吗？这个黄点想干什么？这个捣蛋鬼！黄点？当然，这个名字跟视觉有关。好吧，黄色的点！

他不由得有点不寒而栗。"我是怎么了？"他心中纳闷。他在愤怒地跺脚时，睁开眼睛了吗？也许吧。在感觉到如同饥饿般的痛苦和失落的同时，他不也意识到，渴望能找回自己已经失去却并不怀念的那一切，或者更确切地说，是自己不会怀念的那一切。他此前的人生不过是个错误，甚至可以说是个否定。突然，他觉得像是跌入了一片广袤的虚空中一样；他猛地一惊，定定地瞪着洗手池里的排水口。

我得离开这份工作；首先我要努力打起精神，去找个新地方，他心想。他能做得到，他是自由的。不，他并不自由。加之于他身上的那些无形的束缚是他自己看不见的。他不过是具行尸走肉，受那些试图用自己的咆哮来让这个世界感到恐惧的人任意驱使和奴役。

有段时间，他不再相信自己的生活正朝着那光明灿烂的方向继续前进。他去全球各地出差，与国际金融中心那些享有盛名的银行家和经纪人见面，与不同的金融组织就国际交易进行谈判或交涉。然而在此过程中，他却始终感觉烦躁不安。华尔街的经纪人在私人俱乐部招待他，他也受邀前往世界顶级的餐厅用餐，而他自己也曾在这些地方犒劳过自己，这些经历让许多人钦羡不已。但过一段时间，这些经历让他觉得自己变成了一台机器。一切都是空虚的，绝对的空虚。

就算躺在超级豪华的酒店，跟那些用作肮脏交易的补偿的二流的《花花公子》封面女郎们上床，享尽风流快活，你迟早也会受够这一切。因为，当你身处以晋升为动力的工作环境中，总担心自己会因表现不佳而停滞不前或陷入事业的低谷，心中的焦虑和愤怒因此暗暗累积。你会意识到，加在你头上的皇冠，其实由带刺的电线做成。随着时间的推移，你对那些更加美好而有意义的东西的期望，只会变成日益沉重的包袱。

一个人不可能永远对自己隐藏自己的不幸。当他回首过往，他觉得股票交易屏上的涨跌曲线丑陋不堪，工作中的那些紧张和震惊令人无法忍受。而经济危机——不管是突如其来的抑或早就被预料到的——连同躲在邪恶的金钱游戏之后的骗子，也同样如此。

他打算放弃了，没什么可害怕的！他不想成为一个出卖自己灵魂的可怜虫；一个想要不顾一切地摆脱束缚却又不能如愿的人。

他整了整皮带，却发现自己两手有点抖。或许他一直在等待一个哪怕是小小的契机，能让他的生活恢复正常。不管是有关"变形"的基本意义，或是它的必要性，他都还没弄清楚。他一定是还没好好思考过这个词，只是从字面上来理解它。

老实说，打一开始，他并未显示出娴熟的技巧或足够的力量来将自己拖出泥淖。现在他的处境逼迫他非这么做不可。当然，他还不能马上松开绑在自己脖子的所有绳索。他得有个详尽的计划。他得步步为营，小心撤退，不能急。

那么接下来将会如此。人生的辉煌将在某个出人意料的时刻结束；而此前他明知每条道路都充满险恶，却依然凭着自己的努力赢得了这些辉煌。

"二……四……一，最后一次广播……"

不，他的变形其实早就开始了。当他在跺着脚大声喊出那些奇怪的字眼，然后全身僵硬地反复追问自己是谁，终于发现了自己身上最能震撼人心的那种力量的那一刻，他的变形也就完成了。

这将是他自己一个时代的结束。

扬声器里那冰冷刺耳的声音在他耳边回荡。"二……四……一，最后一次广播……"

这就是结束。从今开始，他再也不必行色匆匆。他内心已经很久没有感觉过如此安宁了。他还能闻到体内留存的铜臭味，但这味道很快就将消散。很快……

8.

麦丽开朝着展览大厅的入口走去，一路在宾客面前竭力地掩饰着她那不断滋长的不满。出席开幕式的尽是些这样的客人，那些年轻女孩们进来纯粹是为了玩一玩，看看稀奇，当你走过她们身旁时，她们就收敛一下自己的好奇，装出一副既严肃又礼貌的样子。也有一些浓妆艳抹、装束华丽的女人；还有几对衣着邋遢的中年夫妻。她们可全是些喜欢来这种场合蹭免费饮料的常客。还有一位年迈的老收藏家和几个精明的山寨饰品商，他们的心思又根本不同。看上去这就不是她预想的那样，而是个不伦不类的开幕式。

这个基色为白色的展厅里，摆满了精致的玻璃盒子，那些展出的艺术饰品就陈列在这些盒子里。在明亮的灯光下，各式各样、大小不一的金银饰品看上去别致诱人。有些饰品的外形取自神话人物，有些像是变形的植物，有些是抽象的似鱼似虫的样子，展品有别针、项链以及镶嵌了珍贵宝石的手镯。

一些商家和朋友们送来的、为祝贺展览开幕式的各种鲜花，芬芳郁馥，让整个展厅里飘浮着淡淡的花香。一个小提琴三重奏组合，正在展厅的一角演奏那柔和的专供展览演奏的乐曲。麦丽开主办并主持这个开幕式，她准备了许多饮料和精致的小点心，以供来宾任意享用。她这么做，倒不是想更多地吸引宾客，多卖些珠宝；而是想炫耀一下自己的能力与魅力不同凡响。

她出门前，不厌其烦地试了好些衣服，最后选择了一条轻盈的黑色长裙，搭配一件窄窄的橘黄色丝质衬衫，这是件和服款式的衬衫，扣子位于脖子的一侧。让她凸显的曲线和苗条的身材格外显眼；她盘起发髻，让她美丽无瑕的长脖子一览无余。

她四处走动了一会儿，跟她认识的人聊上几句，关切地询问一下他们的近况。她放下那高傲的架子，热情地回答宾客提出的问题。快到七点半时，她完全失去了信心。她想，"这个展览的开幕式，压根儿就不像你所期望的那样精彩。真没劲，太没劲了。"

"够了。就现在，难道还不来个人，让我能提起点精神，变得舒畅点吗？"她愤愤地想。

她舅舅会专程过来看看，他答应过的。他很可能会跟其他人一起来。如果哈亚利够礼貌的话，兴许也会过来看看。舅舅让谁花他的钱，或是持有他的产业，那都是他的事。她想得越多，就觉得越没劲。她是最后一个对哈亚利心存疑虑的人吧。

她想起了埃塞维姆，她舅舅的另一个继承人。要是她听说了发生的一切，一定会暴跳如雷。只有埃塞维姆才能狠狠地揍那个男人。不，在这个节骨眼上，让那个贱人知道这事，那一点也不明智。

跟舅舅谈完话后的这些天里，关于哈亚利的一切，麦丽开想了很多。她试图客观地分析自己的感情。其实她总是很难跟他独处一室，进行轻松的对话。不知为何，只要一看到他，她甚至就变得紧张兮兮。

可奇怪的是，他的同性恋行为却令她非常不满。最后她终于自我坦白，这种感觉很复杂，她似乎不想认可他与常人的差别，可她又想钻入哈亚利神秘的生活，消除他与常人的差别。或许她真正想要的，是弄清自己在哈亚利心里到底是个什么样子；穿过他的心理防护网和他接近，勇往直前地去消除他身上类似于女性的那些特质。

一想起哈亚利那傲慢的眼神，令人沮丧的自信，戏谑的嘲笑，她就非常恼火。不，这只老狐狸才不会掉进她设置的陷阱呢。而且，只要她舅舅还横在两人之间，她就没办法让他吃点苦头。

"来吧，来个有点意思的人吧！"她迫切地期待着。

她把摆放在罩着鲜艳罩布的桌子上的托盘，轻轻地拖了过来并取了一杯白葡萄酒。她带的戒指上嵌了一块大大的蓝宝石，这也是她的创作之一。一个面庞白皙，胖嘟嘟的双颊上露出两个酒窝的年轻女孩弯下腰，仔细地观察那枚戒指。麦丽开微微一笑，转头看向展览大厅的入口。

上周，她发了一条简短的信息给沃尔坎，感谢他给她送来藏黄色的百合花。显然，他送这些花来是想诱惑她，但不能说她不开心。这束花真漂亮，几乎蕴含了他对她的款款深情。他的司机把花送到了店里。那个上了年纪但彬彬有礼的男司机，简直就是沃尔坎的一个完美的助手，他忠诚的双眼在仔细地观察着他主人想来的这个地方。

那个年轻人很快就回复了短信，说他周六可能会来趟店里。然后他来了。这次来访很愉快。他似乎是个谨慎、温和的宅男。他看上去已经瘦了一点，穿着考究的休闲服。显然，他也为此而花了一番心思。

麦丽开带他去了楼上的工作室；他们相互瞥了几眼，然后坐在一起喝茶。不巧的是，那天店里的顾客接连不断，而店员又是个好奇的女孩。他们说的全是些最平常的话题，可谈话的内容却暗涛汹涌。麦丽开断定这个男人能成为她的一个良友、贤夫、甚至她儿子的父亲；但她觉得他不是一个有热烈情感的男人。这是她的直觉，当然，这也只是一种直觉。"沃尔坎·库曼"，她默默地重复念叨着这个名字。她希望今天晚上他能过来。没错，要是他能在这片死寂的水面激起一点涟漪，那该有多好。要是他真来了，她就热情地接待他，并且再次仔细地观察他。然后她才决定他是否值得挑逗。其实，从他们第一次见面后，她就觉得自己精力格外充沛、心情异常快乐。也许是她终于遇上了一个适合做她儿子父亲的人了吧，谁知道呢？一个聪明的父亲一定会有个聪明可爱的孩子，不是吗？

忽然，她看见自己的舅舅大摇大摆地走了进来，乌西克则跟在他的身旁。麦丽开马上迎了过去，跟他亲吻致意。他告诉她，哈亚利跟人有个重要的会谈就没过来了。"好家伙！麦丽开才没耐心看你像个主事人似的，去吸引他人的眼球，今晚不行，半点也不行！要是这个女孩也不来就好了！"她穿着印有黑白横条纹的紧身裤，边缘垂下许多布条像破烂的牛仔超短衬衫，外面还披着一件装饰着闪亮的金属扣子和肩袢的黑色将军式长风衣。这件外套介于粗俗和荒唐之间。"好吧，也许没这么糟，其实它符合十几岁年轻人的时尚标准。"

她有点妒忌地看着乌西克。"为什么她舅舅不管去哪里，都会拉着这个小女孩呢？是想向世人昭示她不是他的女朋友，而是他的秘书和密友吗？还是因为他想要前呼后拥的感觉呢？但怎么会？这个女孩一脸严肃，让人觉得她就是个恶兆。她素面朝天，毫无表情、像石头一样冰冷的脸，足以表示，她来此纯粹是出于义务。只要她不是来杀我的就行了。”麦丽开想道。“她还年轻，年轻得很；她还没明白，是虚伪让人们变得文明的道理。”

“我不会待太久”，尼牙孜·贝伊把手搭在麦丽开的肩上说，“你知道我通常是不出席开幕式的。一切还好吗？”

“没什么可兴奋的。这里没太大动静。”麦丽开回答道。

“展出一下挺好嘛，很有必要。而且，你今晚也很漂亮。”他纵声大笑，像是要给她信心和赞许。他们三人走马观花地转了一圈。

“祝贺你，我喜欢你的展览，”乌西克言不由衷地说，“我想买这个手镯。”

“如果展览期间没有卖掉的话，我就留给你。”麦丽开说。

尼亚孜·贝伊带上眼镜，凑过去仔细打量着那个银手镯；它就像三条缠绕在一起的蛇，上面装饰着彩色的宝石。“它真的很漂亮，”他说，“别卖了，我们买下它吧。好吗，亲爱的？”

有一阵子，麦丽开心中燃起了一股愤怒的火苗，但她很快就让它熄灭了。

“当然了，舅舅，它是您的了。”她心想，舅舅对这个女孩的宠爱是可以理解的，因为他天性如此。她有着那种刚柔并济、无可否认的美，是不带任何威胁意味的肉欲的化身。被舅舅纳入自己羽翼之下的这个女孩子身上的双重性征，是人类历史和神话中出现的典型形象。敏感、娇柔、隐秘的欲望都是女性的特征，反之，对美的追求、高贵和勇气则是男性的特征；而具有两者结合这种个性的人，是凛然不可侵犯的。你决不能去低估这个黄毛丫头！

麦丽开想，舅舅那老态严肃的神情，与这个女孩的青春律动的活力，形成了一种鲜明的对比。她努力地想象着，他对她倍加呵护的慈父般的举止，以及那女孩对像她舅舅这类人的性的支配力。她飞快地把哈亚利跟他们俩排在一起，比较了一下，顿时心中猛然一震，像打翻了五味瓶一样。他们之间盘根错节的关系远比她想象的要复杂得多。

　　"像这样亲眼看到你的全部作品最令人激动，伊达。你真是一个天才的设计师，而我这么说不是恭维你。这些作品设计够大胆、够新颖。你涉猎广泛，这增强了你的感知力和想象力。"

　　"谢谢您，舅舅。"

　　"现在，如果你允许的话，我们得走了。"

　　"你们不喝一杯了吗？"

　　"不、不，亲爱的。我们要走了，夜还长呢。"麦丽开送舅舅走出展览大厅，突然从停在店门前的一辆深蓝色小轿车中，瞥见了沃尔坎司机的身影，她的心不由得紧了一下。她看着沃尔坎从车上走下来：他风度翩翩，英俊潇洒！她全身一下子又轻松兴奋了起来。她带着一股不由自主的冲动，走到舅舅身边，猛地亲了一下他的脸颊，调皮地冲他的保镖喊道："好好保护你的主人！"然后闪到一旁，让出路来，把手伸向朝她走来的沃尔坎。

　　"真高兴，你来了。我没想到你能来。"

　　"我差点来不了，伊达。"他深情地握了一下她的手并凝望着她，两人相视一笑。他穿着一件浅黄色的衬衫，外面罩着一件深棕色的燕尾服。麦丽开闻到这个男人身上飘来一阵淡淡的、陌生的气息。一股在她体内潜伏已久的渴望苏醒了。"是的，他的一切就跟之前的一样。一样的气息，一样乐观的琥珀色眼睛，但却给人一种孤寂哀伤的感觉。"数不清的约会，一次又一次的兴奋……过往的一切瞬间在她脑海里排成一列，反复出现，无休无止。一种莫名其妙的强烈快感在她体内涌动……

已经快九点了，展厅里没剩下几个人了。

他们走向位于展厅正中央的展台，两人都觉得有点尴尬，又有点激动，像是不知道从何开始。他们默默地盯着玻璃罩下的展品看了一会，两人像是都担心说错话，或是想找个合适的话题开始交谈。麦丽开觉得自己似乎早已预见到跟这个一模一样的场景，而她才是那个主导者。

"能听到你的声音，跟你在一起真开心，"沃尔坎打破了沉默，"希望我没有打扰你，我会吗？"

"不，你怎么会这么想呢？"麦丽开故作惊讶地说。

"我不知道。这段时间我对什么都没把握……"

他沉吟着，拿了一杯酒。沃尔坎……他看到玻璃盒上倒映出他的脸，只是个模糊的影子……他无意中瞟见了麦丽开的戒指，才发现她正盯着他，等他说下去。

"今天真难熬，"他接着说，"太乱了……我是逃了一个会议来见你的。这个会好像是要开到明天早上。"

有一会，麦丽开反复思考着他的那句"来见你"，并好奇地看着他，可他的眼神落在了别处。他的发根都湿了，他像在发抖，脸色苍白。突然她对他生起一股深深的怜悯，她很想保护这个年轻人，让他远离她所不了解的那些烦恼。

"你是减肥了吧？你好像瘦了些。"麦丽开问他。

"我的生活很奇怪，"沃尔坎答道，顿了一下，"我现在觉得难以承受那些义务和责任。我的每一天都不属于自己；日子过得千篇一律、使人神经错乱，再没别的了。"他又停了一下。"这不是三言两语能说得清楚的。"

"如果你想倾诉……"

"是的，我想这个时候我特别需要一个姐妹。"

"我懂。"麦丽开笑着说。其实这话根本无法理喻。怎么是一个姐妹呢？

"你今晚能跟我共进晚餐吗？你有空吗？"沃尔坎突然直直地看着她的眼睛问道，语气满是探询。

"当然可以，"麦丽开点点头，她应允的口气好像是除此别无选择般的无奈，"不过得半小时后我才能离开。九点半可以吗？"

"那好吧，谢谢你。我先订好座吧。"

他们沉默地看完了她的那些展品。沃尔坎已冷静下来，彻底放松了。他夸赞麦丽开丰富的想象力和精湛的工艺。但他也提出了一个疑问："是否会面临他人仿制这些精美的艺术品，甚至将它们大批量地投入生产的风险呢？如果这样，岂不影响你的生意呢？"

"当然会了，"麦丽开说，"你在这个房间里看到的那些人，其中有人就是怀着这个目的来的。迟早也会有人过来偷拍的。可你想想吧，就算是在博物馆里受到保护的艺术品也会面临这种危险。即便如此，人人都能购买的仿品，是无损原物的价值的。"

"你说得对，最有价值的是做好自己。"沃尔坎附和道。

快到九点半的时候，他们动身离开了。

"我们走走好吗？我们要去的地方离这儿不远。"沃尔坎提议。

他们沿着贝贝克的海岸向前走去，餐厅离这里不过五分钟的路程。沃尔坎把他的家——他住的顶楼豪宅——指给麦丽开看，它也在这条路上。他们穿过氤氲着海水潮湿气息的深沉夜幕，穿过霓虹招牌发出的五彩灯光。只见站在各个餐厅门口招徕生意的男侍应生，在大声吆喝着，热情地招呼他们进去。这里空气清新使人舒缓。

沃尔坎转过身来看着她。她不施唇彩的秀美双唇，还有凸显了她迷人双眼的面容，都让这个年轻女子显得光彩照人。她的含蓄和温顺，唤醒他欲与之为友的念头，他想跟她畅所欲言而非从肉体上占有她。

"这一切我都受够了，"他说，"我开始因为自己的工作而憎恨他人。"

"这太可怕了。你打算怎么办？"

"去非洲游猎，重获力量。"

麦丽开不由得笑出声来："哈哈，太浪漫了。"

"我诚挚的邀请你一起去，好吗？"

麦丽开想起她在纪录片中看到的那些非洲的景象。她想起那些骄傲地炫耀自己力量的狮子们，那些狩猎的大猫和豺狼，那片广阔的大草原……

"我是认真的。你去吗？"

"我正在考虑，请让我想想。这是我从一个几乎不认识的男人嘴里听到的最大胆、最有趣的提议！"她又一次纵声大笑。这个提议是认真的吗？不可能，不过是些轻松的闲聊罢了，她心想。好吧，我也可以顺着他这个玩笑说下去。

"有何不可呢，我们一起去吧！好，我会去的。什么时候？"她面带挑衅地看着沃尔坎。一两束发丝散落下来，垂在她脸旁。她的双眼像是两泓碧水，盈盈闪烁，流盼多姿。

"好。我会安排好一切，到时通知你。"沃尔坎干脆地说。虽然他通常喜欢浅色的眼睛，但以前他还从未见过这么漂亮的黑眼睛呢，他暗自思忖。

他们上到饭店的二楼，选择了临街的一张餐桌，面对面地坐了下来。此刻，他们彼此感觉像是熟谙已久的老朋友了。一起坐在这昏暗的灯光下，闻着海水的咸腥味，听着窗外川流不息的车流发出的轰鸣声，两人都感到心情特别舒畅。麦丽开突然想起他刚刚说的"姐妹"那个词。姐妹？她是否在错误的时间、错误的地方、遇上了这个错误的男人？她不禁想起他们前次的会面。他今天的表现跟之前可大相径庭啊。不，今晚沃尔坎一定是心情不佳，不过这种坏情绪最好很快就消散才好。

其实，做他的姐妹也不赖。直到现在，每次她与男人相恋时，一上床后他们的关系便戛然变色，尔后就是心里空虚无聊。相反，兄妹似的亲昵，倒会让人远离堕入情网后遇上的种种可笑可怜的不堪情形。

"是的，我的沃尔坎兄弟，我正在听你说呢……"她戏谑地笑着，两人碰了下杯。

沃尔坎谈起了最近几个月他面临的、一直让他喘不过气来的、那些奇怪的人生认知问题。"我觉得自己好像一只被困在狼群里的小绵羊一样，但我不想用细节问题来烦你，伊达。这个国家正被那群愚昧、堕落而又腐败的人拽入了黑暗之中。我不想成为受害者，也不想沦为被人操纵的工具。我明白，即使一个人再有钱，已经到达他年轻时梦寐以求的一个高位，但他仍然不会很快乐。"他出生于一个中产阶级家庭，父母都是诚实的公务员，也是理想主义者。他觉得，他必须要恢复他的阶层本性，越自然越快越好。

"对不起，"麦丽开说，"我不想显得没礼貌。可是，今天有人考虑要放弃他优越而令他人向往的工作，这恐怕是一种莫大的奢侈，也有点让人不可理喻。我明白，你的未来已然有了保障。但是，你得想想他们，即使奋斗多年也依然无法做到像你这样的那些人吧；还有身不由己地干着自己所不喜欢的工作的那些人吧，他们在社会最底层苦苦的挣扎、可从未能提高自己的经济、社会地位。你说，他们该怎么办？"

"有时我希望自己也是他们中的一员。那么我就更能贴近生活了。"

"我不这么认为，你不会想要这种绝望的生活。否则你会非常难过的。"

"没错，但为何我就算千方百计地努力，也不能主宰自己的生活呢?"

"你可以。今天最重要的财富是金钱,许多人这么想,'一旦我赢了这把就金盆洗手',但他们一旦身涉其中就无法脱身了。一个小偷也会说,'等我抢了一家银行,让下半辈子衣食无忧就再也不干了',可他一旦得逞,也就无法放手了。"

沃尔坎被麦丽开的话惊得目瞪口呆。他像受了侮辱似的瞪着她,冷汗悄悄地从头顶冒了出来。

"很遗憾你是这么认为的,"他讷讷道,"但是,我需要的是理解。"

"我觉得我没有完全明白你的问题。"麦丽开说。

他们沉默了片刻。

"其实我自己也还没完全弄清楚。我满脑子的疑问,我不知道要怎么自我解释,怎么先自己弄明白,再来让别人明白。"

"说来听听,我听着呢。"

"我是说我不想待在一个人人都定义为幸福的这个中立领域。社会已然分化成贫富两极,我目前处于富的一极,而另一极有种可怕的仇富趋势,它让我不知所措,反应迟钝。你看,我是个数学家,我爱数学。数学纯净明白,可是我不知道自己在哪里做错了呢?"

"当你考虑辞职时,不要凭感觉做决定;否则,你可能会犯错误。"麦丽开劝道。

"我从不认为,放弃那些即使失去了它我照样能活得轻松自在的东西,会是种失败。我不害怕重新去搜索、寻找,然后又失去,甚至找不到。即使将来的一切都不确定,但我自己心里清楚,我的灵魂是高尚而纯洁的。"

"里尔克说人人生来心中都藏着一封信,只有那些对自己坦诚相待的人才能看到它。"麦丽开说。她点燃一支香烟,将烟雾吹向空中,又恢复了她聆听者的身份。

"真是个绝妙的观点。我真想现在就读到那封信，"沃尔坎激动地说，"有时，我就觉得自己好像是从小说里走出来的人物，是一个不真实的、虚构的人。我所处的社会环境好像也是虚伪而不真实的。我厌倦了那些短暂而肤浅的关系。我需要再次学习一切，但我需要一点帮助，需要有人能帮我一把，给我引导。"

麦丽开略带悲伤地看着他；不，她是毫不掩饰自己内心的痛苦在看着他。她意识到，她不适合成为沃尔坎的女人，因为自己也似一株无根的植物，也像一朵轻絮般的杨花在随风飘荡……而他期望的，是有个性格专一的女人，能在他生活中发挥正向的引导作用。她完全不适合担任这个角色。他们的关系将不会沿着恋爱结婚的方向发展。

但是，她不能告诉他，两人的处境相仿。他们之间唯一的区别是，比起沃尔坎，麦丽开看待问题的层次更高。她不会再次因为他们之间不能产生预想的甜蜜关系，而感到难以理喻的痛苦。

他们点的鱼这会儿送了上来。他们俩只得暂时停止交谈，等待侍者的离开。

"我想你把问题夸大了，我的兄弟，"麦丽开接着说，"你没必要如此绝望。"

"相信我，我并没有夸张。"

"依你所言，你一直生活在某种感情骗局中。其实，许多人都是这么生活的。不仅是你，也有好多人都有你这种认知。你不能说它是种骗局；这是一种躲藏、逃避甚至是种努力自立的尝试。在某种程度上，我也是这么生活的。此外，这种生活方式正在快速扩散。一切就是这么运行，而我们也视其为最正常不过的方式；我们不是也自觉地加入到了这个队伍中吗？我认为，你的这种彷徨是不可避免的，是现在这个社会在衰落时期的必然产物。但非常奇怪的是，那些没法跨越鸿沟的人正在质疑这种变化；而那些以这样或那样的方式卷入其中的人却似乎毫不介意。

你如何……"

"我在乎。我所处这个圈子正在变得越来越小，"沃尔坎不客气地打断了她的话，"作为一个圈内人，我之所以这么说，是基于事实而并非因为出于对上一代人的畏惧。我指的是具体事实。我该叫你伊达还是麦丽开呢？"

"都可以，你觉得哪个更顺口就叫哪个吧。你知道，你的方式或者说你的解释让我大开眼界。十年前我爱过的一个人也和你一样，有着同样的焦虑，但一切都没有变。一直以来，分裂和混乱在这个社会依然存在，甚至还多了许多新的谎言。"

"确实如此！我是这样理解的：许多人以空洞的观念和语言在扮演所谓的自由、民主的理想化社会的信徒，而另一些人却带着他们掠夺来的战利品逃之夭夭了。或许这样说有点高深，那就通俗点说吧，一些人无精打采、有气无力地躲在一旁，甚至无意中还成了帮凶；而有些人则在国际范围内炫耀他们分裂这个社会的成果。现在，这个社会已容不下这种人祸的结果，这种混乱局面已无法再延续下去了。"

"我知道这个观点，不过我没你那么悲观。这是个愚蠢的游戏。真正在分裂这个世界的人正是那些自以为在统治这个世界的人。罗马帝国也曾统治过世界，可它最终却消亡在虚无缥缈的幻想之中。"

"我很想看到那一幕出现。够了，我们别再聊政治了，这很可能让你厌烦了。"

"没有，不过我想问你点别的。虽然这是我和你第一次这样诚恳的对话，你却毫无保留地向我袒露了你的内心世界和你的真实模样。这是为什么呢？"

"我不知道。或许是我想让你看到我既谨慎又坦率的真实内心。当然我不只是如此。我有很久没跟人聊过这些话题了，特别是跟一个像你这样迷人的女人。也许是因为，除了真相，我对其他的一切都感到不安吧。"

"依我看，你过于相信真相。你应该三思。"

"据我观察，你不是随和的人；你正在向我发起挑战呢。"

"不是的。我这么说，是因为我很久都没见过像你这么诚恳真挚的男人了。说实话，我有点吃惊，"麦丽开解释道，"我肯定是钟情于有教养的人了。"她咬住嘴唇，用她柔软的手飞快地轻轻地捏了一下沃尔坎的手，然后又缩了回来。他们坦然的相互对视着。

伴随着回荡在餐厅里那柔和悦耳的土耳其音乐，他们静怡地吃完了晚餐。

"现在轮到你说了。跟我说说你自己吧。"沃尔坎饶有兴致地说道。

"你想知道什么呢？"

"我想知道你的一切。"

"如果我可以成为你的姐妹，你会慢慢地了解的。一个人谈论自己的事或是对自己做出评价，你是没办法接近真相的。这个观点颇能受人认同，甚至是很有必要的。"

"你是说姐妹？不，我不能满足于此，亲爱的伊达。"

麦丽开抬起眼睛，直直地盯着沃尔坎。

"那你想怎么样呢？难道你认为我们不该像一对相亲相爱的鸽子兄妹，停在一根线上？"

"我们可以开始情感的战争，"沃尔坎说，"我们现在就处于这个阶段。那些失去感觉、没有感情的人，或是那些脸皮太薄的人，是不懂得这种战争的。其实我们已经开战了，我也很喜欢这样子。"

"那你得小心点，你可能会成为个烈士的！"

"那你就让我做这个烈士吧！这是我的荣幸！"

像是对彼此一见倾心一般，他们深深地互相对视了一眼。被这个强大的对手所激发的强烈斗志，让麦丽开升起一股难以遏制的激情。这是她这段时间以来一直期待、并悄悄幻想的情景。在这场战役中，输赢并不重要。她唯一想念并需要的，是对抗所产生的快乐。

沃尔坎垂下了眼神，满脑子都是麦丽开那挑衅的眼神。他突然有种冲动，想一口咬住她那优雅的长脖子，让鲜血奔涌而出。他心中燃起一股熊熊的欲火，长久以来被他死死锁在心底的激情终于冲破了桎梏，不可阻挡地喷发了出来。

他们离开了餐厅，沿着海边走回到贝贝克。麦丽开从停车场取回了自己的车；准备回去自己在城那边的家。

"别忘了，你还有机会好好考虑一下，"启动油门之前，她冲沃尔坎说，"一场又一场的爱情战争会让你筋疲力尽的。"

"一个男人等待的，恰是被一个女人打败并得到她的宽恕。"沃尔坎答道。

他觉得自己像块钢化玻璃一样坚不可摧，管它会发生什么呢！

9.

周四的早晨，埃莱姆满腹焦虑地去上班。尽管今天很暖和，她却觉得寒意入骨。透过终日紧闭的办公室窗户，能看到窗外明媚的太阳和碧澄的天空。她无奈而疲倦地跟几个客户通完电话。已经到了月底，今天她将知道自己的去留了。

坐她对面办公桌的那个年轻男人抬起头，盯着埃莱姆——到现在她都无从得知他的名字——有点粗鲁地指指她桌上正在丁零作响的电话。

"没错，我听到了。我得马上接吗？"埃莱姆有点不耐烦地呵斥他。

那个男人用傲慢的眼神狠狠地看了她一眼，然后缓缓地摇摇头，把手放到耳边扇扇，像是在说"你聋了吗"。

"不！我没聋，你才聋呢！"埃莱姆怒声斥道。所有人都转过头来，惊恐地齐齐向埃莱姆和那个男人所在的位置看了过来，"终于有人爆发了！好戏就要开始了！"可是，什么也没发生！男人低下头，盯着他眼前的屏幕。埃莱姆呆呆地看着桌上不再作响的电话。主管在门口晃了一下又走了。该死的！她心中暗暗咒道。刚刚发生这事根本就没必要。她没有马上接电话，让它响了好几声，是因为她没法应付那么多同时打进来的电话。

这间被隔出来的办公室里，坐了二十来个男女职员。她略略抬起身，向四周看了看。就算是跟客户打电话，这些白痴说话的声音也几乎低得听不见；为了阻挡办公室打印机发出的嗡嗡声的干扰，他们还用手指头堵住一只耳朵。紧挨着埃莱姆的小格子间里坐着一名傲慢的光头男人，脸色蜡黄。他身边坐着一个女孩，一头乱蓬蓬的红头发，让她原本小小的脑袋看上去大了不少；再远一点是个长了双圆溜溜的小眼睛的小个子男人，总是气喘吁吁的样子。有些人在这个笼子里已经关了十来年，其他的也有个三五年了。他们要么精神紧张，要么怒气冲冲，觉得不管自己工作多努力，这辈子注定要困在这桌子上。那些野心勃勃的人一定不在乎什么前程了，他们竟有意无意地让自己变得心平气和。这些人的共同特点就是绝望。

她很好奇他们的生活是怎样的。毫无疑问，有些人一下班就赶紧跑回家；还有些人将满腔怒火发泄在自己的孩子身上，这些可怜的孩子赶在他们父母的精力被榨干之前来到了这个世界；另一些人要么借酒消愁，要么用其他的法子化解他们的烦恼。也许还会有些策划谋杀他人的神经病呢。总之，这些人是各种各样的变态。埃莱姆心中无比感慨，真是浪费啊！要是干点别的，他们能干得更好。比方说，他们可以在市场售卖柠檬或者芝麻面包圈，在地铁站吹奏口琴，做个酒保，在黑市倒卖足球赛门票，诸如此类的工作都行啊！

他们接受这份工作时怎么想的？因为假期？还是因为可以去那些能让他们把身上涂满油，躺在太阳下打盹的沙滩？是因为汽车的分期还款单还是信用卡的账单？他们幸福吗？他们是怎么理解幸福的？难道他们不觉得有必要用语言表达他们认为正确的观点吗？既然如此，他们为何只认可肢体语言呢？其实他们用不着这么严格地遵守制度。他们要是想，就可以联合起来轻易地推翻现行的秩序，没什么可以让你如此害怕。他们过分的压力可归结为权力被滥用的结果，因此他们变得越来越胆小，而非越来越叛逆。可怜的家伙们……当然，可怜的也不仅是他们……这个世界上有数以百万计的人不能畅所欲言，也没机会表达他们的想法和情感。

快下班的时候，她被部门主管叫了过去。朵拉·沃勒是个年届三十的女人，长着冷酷的长脸和恶毒的薄嘴唇。她让埃莱姆坐下来。她的脸上瞬间闪过一丝隐秘的微笑，不过她马上假惺惺地摆出一副伤感的样子。她假装正在翻阅摆在她面前的一份文件，磨蹭了一会，然后抬起头，盯着埃莱姆。她那双清澈的蓝眼睛似乎是她身上唯一纯洁的地方。或许她是为了生存、为了努力活下去并在事业上取得成功，才让自己变得冷酷无情的。埃莱姆小心翼翼地冲她笑了笑。

"很抱歉，我们将无法与你共事了，穆特娜·哈妮姆。"两人久久都未出声，房间里悄无声息。这个女人的话既无情又决绝。

"为什么不能呢?"良久埃莱姆才反问道，像在做徒劳的挣扎。

"你经验不足。我们发现你的文件里有许多错误。"

"可我总是十分小心……"

"你的工作要求你得更仔细，更灵活。最重要的是，你的同事说你不适应团队合作。你可以去人事部领取这段时间的工资。你的工作就到今天为止。"她把手里的笔放在桌上。

"灵活？"埃莱姆的语气中隐隐透出几分不屑。

"很遗憾。我们再怎么辩论也无法改变公司的决定。"

一句简单的话，一个明确而不容辩驳的结论。再没什么可说的了。埃莱姆竭力维持一个失败者的体面，她沉默地站起身，强压住心中的怒火，呢喃地吐出几个字，像是想听听自己的声音是否还保持着冷静。

"好的，再见，沃勒小姐。"

"祝你好运。"

好运……多善良啊！

她穿过走廊，感到怒火正在全身蔓延。她走到封住的窗户前，定睛向下看去，想知道窗外的一切是否已被焚为平地。不，一切仍在原处没动，它们无动于衷，冷酷无情，跟之前一模一样：博斯普鲁斯海峡，大桥，还有来往的车辆……绿荫掩映下的漂亮的海滨住宅和一排排的房屋……滨海公路，船只，还有一艘邮轮。

她想放声大哭，可哭不出来。她的未来再次受到了沉重的一击。不适应团队合作？没错。在这种工作环境中，她不可能了解她的同事，并与他们展开合作，他们都没给她足够的时间去摸清楚这里的规矩，让她明白该如何跟人相处。她很清楚自己身边的这些人，他们都是最讲究方法也是最勤奋的人。她很现实，也很冷静，或许她只是缺乏创造力，那是因为她把自己的创造力都留给了写作。毋庸置疑，她最大的缺点就是讲究原则，个性鲜明，受过历练，这让她看上去有点傲慢。她只是没法装成一个愚笨、温顺的马屁精而已。可能是他们受不了她的傲气，对她的嫉妒和迫害才会如此冷酷无情。

领完工钱，她离开公司，来到海边的公园。她坐在长凳上，久久地凝视着大海。她沉思着，一旦找到一份新的工作，重入职场，绝不能重蹈覆辙了。即使感情受到伤害，她也要忽略那些还没有向你披露的一切；要相信别人告诉她的一切，表现得跟其他人一样。在白天要装成一个彻头彻尾的傻瓜，而到了晚上才会觉察一切。做个兴高采烈、能说会道、无忧无虑的人……

一群海鸥在海面上低低地盘旋；一架远去的飞机留下一道长长的白色尾气，如同一把利刃划破了天际。埃莱姆听见，这城市繁忙的生活在她身后不停地涌动，犹如跳动的脉搏，富有节奏地振动着，一下又一下。生活仍在继续，但并非向前，并非奔向未来；它只在原地积聚，越垒越高。她突然想起那条定律："如果这件事的存在无法想象，那么它是无法存在的。"

她在家里待了一周，大部分时间都坐在电脑前。她匆匆地浏览猎头网站，在每家网站上留下自己的简历。她仔细翻阅人事招聘广告和商业广告，发出求职申请。可适合她的工作并不多。经济危机余威犹存，成千上万的人找不到工作，雇主给出的工资也很低。如果节俭点，她最多还能撑三四周。她也打算稍稍借助自己的信用卡，不过到期的还款数额也已经相当高了。

突然一则广告吸引了她的注意；她又仔细地看了一遍，记下了电话号码。

寻找有大学学历的女员工！

18 岁至 25 岁的文雅女士，擅长交际。如果您愿与我们共事，每一次灵魂聚会都能获得 500 新里拉到 750 新里拉。（有意者请致电：0212 3……）

他们很可能在为电视广告或者三流的纺织品公司寻找新鲜的

面孔。应该没错，不过为什么这类工作必须要有文化呢？很可能在某种程度上，他们将时尚或广告也纳入了文化的范畴，并以此来定义这份工作。有大把女孩子抛开她们的大学文凭，通过这种工作来获得不菲的收入。埃莱姆也想试试，可她觉得自己并不漂亮；再者，她一米六八的个子也不够高。

她沉思了片刻，广告中并未提到身高。再说了，专业的化妆师能将最平凡的脸打造得既漂亮又上镜。但重要的是，你得有副在灯光下看起来很匀称的姣好身材。幸运的是，她恰好有这个优势。

她站在镜子前，用第三者的客观眼光仔细审视自己的脸庞。她有张美丽的脸，令人过目不忘。灯光合适的话，它看上去会更漂亮。她决定稍后打个电话，搞清楚这份工作的内容。

她进了自己用"黄点"的笔名写下《未来》一文的那个网站。她的文章又收到一些回复。有人给她回了首蹩脚的诗歌；还有人问她，是否能在自己的论文里引用这篇文章。一个笔名叫"橘黄色"的人给她发来一封有趣的信。"橘黄色"想和她取得直接联系。

黄点：

许多个夜晚，某个人站在黑暗的海边，仰望无尽的星空，看到所有熟悉的星辰仍停驻在它们往常的位置，觉得非常开心。突然，他注意到远远地有一颗星，既不如其他的星星明亮，也没有它们那般大，可它正朝他不停地眨着眼睛。他很好奇，这是颗什么样的星呢？

我也像他一样，对你觉得很好奇。你的勇气和你的文章，让我对你的印象非常深刻。近来，我拜读了你的杰作，我觉得你正在呼唤着我。我身处另一个故事之中，可我很难用语言解释，一种境况怎么会包容着另一种截然不同的境况呢？

我已经很久没有听到像你这种呼声了。是否是我暂时丧失了听觉的缘故呢？我庆幸自己终于在这个网站里，碰到一个你这样精神清醒的人。我不想错过你。

我想跟你单独通信。你同意吗？

不管这个人是谁，是男是女，这个声音像是从另一个星球发出的呼唤。他/她有点调皮，字里行间流露出一点女人味道。其实这个笔名也黄色开头，也一定意有所指。她自己的笔名就是指代能激起人的眼睛去关注的敏感点。而她/他的笔名又是什么意思呢？橘黄色是宜人的颜色。它象征着太阳，天气，复苏的大地和沃土，它是满足、启示的意思；它代表振兴、诱惑、愉悦以及和谐，简而言之，它象征温暖和丰沃。给她写信的这个人很可能是个女人。她大概是想表达她情感的孤独和她生活的愉悦。

没必要马上回复。她想过几天以后再私下里回信。在所有的回复中，她最喜欢她/他的来信。她感到了一丝快乐。没错，她将要享受跟这个人通信的快乐了。她/他会是谁呢？暂不回信，有失望之延续双方的好奇心，不至于让某一方有失望之虞，好奇的孤独是美丽的，让人倍感渴望。向一个陌生人平静地伸出你的手，这种感觉挺浪漫。让我们在不同的梦幻相交汇之处，幸福而清醒地等待着吧……

"我身处另一个故事之中"……另一个故事。很好！或许进入他人的故事能改变她自己的故事。

上床之前，她又照了照镜子。这次在镜中她脸部的位置，她看到了一团小小的伤感的空白；似乎这个变化能让她远离这个世界可能带给他的伤害。伤害？可没人能伤害她。为了活下来，除了一张毯子，她还需要什么呢？或许她最好放弃她依恋的一切，这样才能摆脱她受够了的痛苦挣扎。无须摊开手掌、卑躬屈膝，无须噤若寒蝉，无须受到伤害，她也能活下去。

她环顾四周，仔细打量着她住的这个房间。目之所及只见到摇摇欲坠的家具，稀薄的像要烂掉似的棉窗帘，从天花板上掉下来的一根旧电线的末端垂着一盏昏暗的灯泡，光秃秃的四壁看上去陈旧简陋……这样的住所，令人很容易失控，也能让人轻易地抛弃一切做人的准则。若是这样，哪些她拥有的东西是一旦失去会令她为之遗憾的呢？不难发现，她拥有能增长她的才智、令她感悟痛苦的磨难并了解生活真谛的那些特质。如果她有未来，那么，这个未来必须值得她去努力并为之做出必要牺牲。

她喝下一杯奶，心想，要是能有瓶酒该多好。跟塞伊特在一起时，她学会了喝酒。有时，当她童年时代的怯意再次出现时，她不再忧惧不安，而是义无反顾地跳下那恶魔盘桓、火红炙热的悬崖，堕入地狱般的深渊。现在，她的罪行簿好像合上了，罪恶天使已经有段时间没再关注过她，正如幸运天使和仁慈天使也不再关顾她一样。联结她跟上帝的那根细绳虽未完全断裂，但她已不再相信那些令人生畏的传说；但是，对那些故意在她和上帝之间设置障碍的人，她也敢公然与之对抗。在对真主倾诉时，她对真主能否听见她的祷告，已不那么在乎了。她只管用自己的声音说下去……

不再纠结当前，而是着眼未来。这才是重要的，才是她新的出发点。

她拍拍枕头，让它变得蓬松一点，然后爬上床。她一头栽进柔软的被窝里，不愿动弹。夜会越来越冷，很快她就得为房间供暖了。煤气炉是最方便的取暖方式。她在心里盘算着这笔开销，突然想起了那则广告。"一次灵魂的聚会就有500里拉"……无论如何，他们都不会觉得她多有趣，所以他们不会付她750里拉的。没关系，500里拉也够多的了。当然，你得先弄清楚这些灵魂聚会到底是什么。

第二天，她按广告上的号码打了个电话过去，对方给了她面试的时间和地址。周五的下午三点，就是后天……她要去的地方是位于马奇卡的一栋公寓楼的二楼，底层是一家服装店。

她放下听筒，按捺不住心中的激动和急迫。这天早晨她惶惶不安地醒来，觉得脑子里又软又黏，就像个装满了面团的烤面包模箱。她要穿什么衣服才能被人认可呢？她奔向橱柜，一件一件地搜寻挂在衣架上的衣服，想找件合适的。可眼前全是些皱巴巴的廉价货……去年她穷得都连给自己买件新衣服的钱都没有。

起初，她想穿裤子，可最后还是决定穿短裙去。她有一双漂亮的腿；她该把它们露出来而不是藏起来。而且，她也不该穿得太朴素，她要竭尽所能，争取得到这份工作。广告里人不也是些普通人嘛？难道那些推销洗涤剂、尿布、卫生巾和食物的女孩子们就比她强吗？她挑了条黑色的短裙和一件象牙色方领紧身上衣。她高跟鞋的鞋跟已经磨坏了，她还得去把它们修一修。

那天晚上，她拔了眉毛，除去了身上多余的体毛，给自己做了肌肤护理还敷了蜂蜜柠檬面膜。

周四的早上，她准备去大街上的理发店做头发。要不要让理发师帮自己漂几缕头发呢？算了，最好还是保持本色吧。她穿过小巷走到大路上，突然想起塞弗德耶说的"一扇门关上，会有另一扇门开启"。她抬头看着天空，心想，这是个灰暗多云的世界。

直到今天，当许多与她年龄相仿的女孩忙于赚钱满足自己的物欲时，她对此仍懵然无知。她默默地感谢身边的路人没有撞到她，在繁忙的街头驶过的车辆没有辗过她的身体。此前的一生，每一步她都走得缩手缩脚、战战兢兢。现在她觉得自己身子轻飘飘的，像是马上要从悬崖上跌落下去一样；觉得今天自己会举止失礼。

她想起那些模特，不管是性感靓丽的出场、还是鬼鬼祟祟的退场，她们都在装腔作势，却吸引了每个人的注意。生活的磨砺已让她变成一个郁郁寡欢、冷漠无趣的人。她得去找她们取取经，让自己在应聘中显得活泼可爱、姿态迷人！

她在一家商店的玻璃橱窗前站住脚。那件玫瑰红的衬衫看上去还不赖。不过算了吧，她再也不要穿从贫民窟的商店里买来的衣服了。没错！可是……万一他们不喜欢你怎么办呢？你这么快就开始做白日梦了！满怀希望还为时尚早呢，真是太早了！

她把她的黑色高跟鞋留在修鞋铺。她已经有几周没顾得上打理自己的头发，发梢全都开叉了。她走进理发店，在椅子上坐定，仔细打量起镜中的自己。镜子两侧的灯光照得她脸色苍白，神情憔悴。这是因为焦虑，她安慰自己。毕竟，这周她过得太不顺心了。

"您的发梢都开叉了，我们帮您剪掉一点好吗？"理发师的助手问她。

"如果有必要，你怎么弄都行。要不剪短一点吧。我想剪个自然点的发型，还想做个美甲。"

回家之前，她顺道去了趟姐姐家。姐姐不在家；她上班还没回来。

整个晚上她都在精心准备。深夜时分，看完电视里播放的一部电影后，她漫无目的地浏览起网页来。她又看了一遍"橘黄色"写给她的信。她打算委婉而冷静地回信。信的开头她写了好几遍，每次都不一样；最后她是这么写的：

橘黄色：

你希望认识我并跟我单独通信，真是太好了。你言语友善，而你的想法也令我精神振奋。

但你能确定，跟我通信是个好主意吗？就我个人而言，我还有些疑虑。我不知道我是否需要一个陌生的笔友。

我并不如你想象的那般勇敢。随着时间的流逝，一切都在改变，陆地滑动分离，星辰兴灭，人们很难不对此感到绝望无助。我是绝望的。在这个无情的世界里，数以亿计的物品和无数的妇女儿童被不断地转手贩卖，除了停止自身的存在，我没有力量也无法去改变这一现状。

今夜是个阴冷的雨夜，我没有火炉，觉得有点寒冷。每逢这种夜晚，我遗憾自己不是生来就面带微笑；最近，我终于看到了一些以前我无法看清的事物的真相。

要是我尝试跟你述说我的生活，只能说它是由一连串不幸事件组成的平凡人的生活，而我不得不向这些不幸低头。我深知，只要有个聆听者，即便是最普通的人，也能用自己的秘密来使对方倾倒。这也是我以此作为写字板来呼唤你们的缘由。当我写下这些话时，我又觉得生活并非一次冒险，而是一场拙劣的模仿秀。

我该跟你聊聊我自己，以免你继续对我做出种种揣测。这里我是初来乍到，我没有工作，缺乏金钱，也无固定住址。我的过往虽没有遗憾，但要回忆起来却令人疲倦。

如果你是个女人，那么，不巧的是我也是个女人。如果你是个男人，请记住，我给你写信不是为了寻找乐趣，也不是为了生活中的风流快活大开方便之门。唯有兼顾过去和未来，爱情才能获得它应有的意义；它才能变成使相爱之人相知相惜的强大力量，帮他们找到前行的美好道路。其他的一切那就只能赤裸裸的拒之门外。

如果你能改掉你略显不恭的习气，我们也许可以通信。

埃莱姆

第二天一大早她就醒了。前一个晚上，她做了许多杂乱而阴暗的梦，虽然她全然不清了，可她还是觉得莫名的害怕，并无端地变得悲观起来。她一边刷牙，一边盯着镜子。经过深层清洁和护理之后她的肌肤像婴儿般润滑丰盈，如丝一般柔软光洁。

屋外，温煦的阳光在这荒凉的秋末大地上洒下无数的斑驳光影。可如此晴朗美好的天气竟让她感到寒意刺骨，这再次提醒她得为房间供暖了。她穿上一件厚毛衣，草草用毕早餐。她不喜欢前一天做的新发型。太夸张了！她把头发又梳了一遍，然后洗掉前一天指甲上涂的深紫红色，换成一个自然色。我仍像个农民一样渴望某些东西，她自嘲地想着。幸运的是，她很快就清醒过来了。

此前，她从未如此关注过自己的相貌是否美丽。或许她觉得没必要，因为她从未真正爱过谁。带着无谓的骄傲和恐惧，她隐藏了自己内在的魅力和天生的美貌。也许她是因此而在职场失利的。一定是她那无精打采而又小心翼翼的样子、沉闷乏味的性格以及漫不经心的态度，激怒了她的同事。

现在，她必须做出些重大改变，来给自己的失败买单。她不得不展现出自己深藏的、至今还只有塞伊特见识过的女人味。这个才管用；美貌是女人在现今这个社会中最吃香的东西。曾一度被她认为神圣的价值观，现在已失去了它原有的意义。她得学会调整自己的心态，以适应这个世界，不是一味地为那些毫无结果的期望或未曾实现的诺言而哀叹。

她穿好衣服，站在镜子前，微微叉开双腿，摆出照片中的女孩常用的经典姿势；高跟鞋让她的双腿看上去更加修长。她仔细打量自己，不但没找到一丝瑕疵，反而觉得自己艳光四射。她是如此妩媚动人，倒让她的身体跟她没精打采的灵魂显得毫不相衬。

突然她的心怦怦悸动，她觉得全身软弱无力。她甩掉鞋，一头栽倒在床沿上。不，她不能再骗自己了。她很清楚自己在为什么做准备。

她没那么天真。事情会朝着她无法控制的方向发展。如果发生的一切都是陷阱，她将不复纯洁，如果社会环境变得错综复杂，她必将为自己正在做的一切进行忏悔。

她的脸皱成一团，她心中觉得无比绝望。她像听到一个声音在呼喊，别去，你明知你去了会有什么结果，你不可以去！可是她又像听到另一个声音在说："不，你已经遭遇过这么多不幸了，也没法生存了，没理由再感到恐慌，快点儿，去吧，去看看！"

一番搜寻之后她才找到那家店。这家店位于一栋刷成白色的五层公寓楼的底层；店铺又深又窄，只有一扇简单的窗户。店里卖的是适合年轻人穿的日常服装，款式各异，品位不俗。她在侧窗上看到金色字体写的"摩登社交女伴"。她走进店内询问杰里·哈妮姆是否在此。一位年轻的店员打了个电话，然后领她走到店铺后面的电梯处，让她从此处上到二楼。

埃莱姆看着电梯厢里阴暗的镜子中映出自己的模样。为了显得年轻点，她一点也没化妆。可这会她有点后悔自己没在两颊上刷点腮红。她刚出电梯，就发现自己置身于一个大厅，其中整整一面墙都装上了玻璃。她稍一打量，就被此处富丽堂皇的装饰惊得目瞪口呆。她深吸一口气，在唇边挤出一丝微笑，静静地在原地等待着。突然她想起自己还没有一个特别的名字呢。"天呐！我真是太没有经验啦！埃莱姆这个名字可不行，绝对不行！艾雯怎么样？好，这个好！"

一个身材高挑、头发金黄的年轻女子冲她微微一笑，接过她的雨衣。她让埃莱姆坐下稍等片刻，然后消失在一扇门之后。唯一可坐的地方是一张罩着红色椅套，样式雅致的中式沙发。她款款落座。轻柔的古典音乐在室内荡漾，吸顶灯发出柔和的光芒，淡淡的照亮了整个房间。墙上挂着一些印象派画家的仿品。房间内摆放着一张餐桌，上面铺着许多条五彩斑斓的丝绸和锦缎，绸缎边缘的尾穗相互交叠着垂至地面，却丝毫也不显得凌乱。沙发前的咖啡桌上摆着一个水晶烟灰缸，里面盛放的干花引人注目。以日本人像为装饰的一架屏风旁，立着一个没有四肢的人体模型，它身上套着一件短短的亮粉色雪纺晚礼服。

房间的地板上铺着一层厚实的米色毛毯，相衬得她脚上的鞋子低廉又丑陋。她盯着房间里唯一的那扇挂着重重叠叠的网纱窗帘的窗户，突然发现了一个电子眼；这个摄像头就在屋顶四周镶嵌的厚厚的灰泥线脚之下。她环顾四周，在房间对面的角落里又找到一个。她正被人监视着呢！

就在此时，那个金发女子又出现了，她让埃莱姆随她而去。两人穿过一个看上去像是公寓入口的地方，走过一条短而昏暗的走廊，来到另一扇门前。像是要为她打气一般，那个女子给了埃莱姆一个灿烂的微笑，然后打开了门。

这间房宽敞明亮，临街的大窗户光线充足。埃莱姆轻轻带上门，站在原地等待。跟上间房一样，这间房的装修风格也是整洁明快。靠窗的办公桌后面坐着一个棕发女子，她长着一双绿色的大眼睛，厚厚的嘴唇；她略嫌丰满，但个子高大，身穿一条不显身材的黑色长裤和棕黄色夹克；丝质衬衫的领口处别着一枚钻石胸针。她看上去约莫三十五岁，一派风姿绰约。埃莱姆见她起身向自己走了过来。

"我们坐那吧"，她指了指摆在远远房间另一端的一张看来颇为舒适的白色沙发。那张宽大的沙发上堆着几个大地色的靠垫。正对沙发的那面墙也被一面雾蒙蒙的大镜子遮住了。埃莱姆再一次觉得自己正被人监视着。她感觉那个女人的眼睛落在自己身上——很可能还有其他人的眼睛也正在盯着她呢——于是，她向那个女人走了过去。两人相互握手致意。

"我是杰里。"女人说道，像在等待她的回应。

"艾雯·厄兹居尔。"

埃莱姆笔直地坐在沙发一端，而那个女人却懒散地躺在沙发的另一端。

"你似乎有点胆怯呢，放松点，宝贝。"杰里说。埃莱姆注意到她有只眼睛是蓝色的，而另一只却是绿色的。她有片刻的失神，脑中一片混乱。

"我来申请您广告上招聘的职位，但我不太明白这是个什么职位，"她回答道，"或许因此我才有点紧张。"

"没什么好紧张的。我们是个为社会高层人士提供服务的公关和社交伴侣机构。你学的是什么专业？"

"经济学。如果您需要我的简历……"

"没这个必要。你可以直接告诉我，亲爱的。迄今你都做过些什么？"

埃莱姆觉得，这个女人的表现略显轻浮粗俗。但她不露声色。

"我先在几家小公司上过班，后来去了一家大型的美资保险公司。我已经失业一阵子了。"

一只大胆的鸽子停在窗台上，欢快地沿着窗台来回踱步，发出了几声短促细微的鸣叫。埃莱姆盯着那只鸽子呆了会神，才把目光转向那女人的脸上。女人略带嘲讽和质询的眼光让埃莱姆心中一紧。有那么一瞬，她甚至觉得自己的心都快提到了嗓子眼上。

"朝九晚五的职场生活不容易啊！"那个女人开腔了。

"不仅仅如此，还有些问题是跟我没关系的，"埃莱姆解释道，"经济危机，被人欺骗，工作内容远远低于我的能力，对未来失去希望……要是我生活在别的国家，或许还有发展的机会。最令人气馁的莫过于你很清楚，许多年你都将困在某间办公室的一台电脑后面。"

"你是跟家里人一起住吗?"

"我一个人住。我才来伊斯坦布尔不久,之前我在安卡拉。"

杰里站起身,按响了她桌上的铃。很快就来了一个女人,显然这是个佣人。

"给我们送点茶水来,梅尔坎。"听到这个吩咐,女佣满怀敬畏地低下头退了出去。

杰里这会儿已坐回办公桌前,正盯着电脑屏幕在看。她的头发梳向脑后,紧紧地贴着头皮,露出整个白皙的前额,在透过窗户射进来的阳光下熠熠发光,仿若一座白雪皑皑的山峰。现在埃莱姆终于找到机会来仔细地看清她的模样了。只见她脸部的每根线条都流露出一种无可否认的性感;她似乎正在炫耀她的权力;她身上的气质让人联想到了妓院老板。她抬起头,目光犀利地看了看埃莱姆。

"有许多年轻女孩与我们共事,"她开口了,"她们都是一旦下定决心,就会奋勇向前,努力实现梦想的人。她们把过去抛诸脑后,成功地打造了自己的新生活;为了获得自由,她们不再墨守成规,而是大胆地逾越了雷池。"

"是哪种新生活?"埃莱姆追问道,觉得自己变得大胆了。

"你多大了?"

"二十三。"

"亲爱的,现在你不是个小孩了。让我们坦白地说吧。我们公司是为那些精英中的精英,有钱人和上流社会的人提供有偿服务的。这些人需要年轻漂亮、有教养的女孩子的陪伴。他们来找我们,就是为了找人陪他们去旅游、找乐子或者参加聚会的。他们年龄迥异,来自各行各业,有商人、艺术家、运动员等等。他们都是我们认识并且信任的人。我不知道我是否说清楚了。"

"那就是交友和中介服务咯。"

"没错，就是这样。"杰里加重语气强调。

"我还以为会是出演广告之类的模特呢。"埃莱姆的语气很沉重，是这份工作的本质似乎触犯了她的自尊了。

"你在这一行有经验吗？"那个女人严肃地问道。

"没有，但是……"

"没错，首先你得打好基础。别不把它当回事。大多数女孩，甚至有些男孩能从秀场脱颖而出，是他们背后有厉害角色在暗中支持。因此，你首先得跟一个著名的电视制作人或是这一行的权威人士，一起出没于夜总会或酒吧间。你得引人注目，才能找到工作。如果你没能恰当地表现自己，恐怕很难成功；甚至没人会认识你。当然了，要跟这些人在一起，你还得有个好脸蛋，还得有点文化。在这方面，你觉得自己怎么样，宝贝？"

"高级妓女"，埃莱姆脑海里突然闪过这个词。她并不惊讶，因为她多少都有点心理准备。至少，过去三天里，似乎毫无来由地在她心中不断堆积的焦虑终于落在了此处。她觉得自己正被拖入一场她越来越无法掌控的局面之中。

"我看过很多书，也写过一些诗；说我受过良好的教育并不夸张。"

"你会说英语吗？"

"会，说得很好。"

"其他语言呢？"

"也会阿拉伯语……"

"好，这事得由你决定。在我们看来，主要是看你个人的意愿，"那个女人截断埃莱姆的话说道，"我们很挑剔，但我们努力与员工保持最合适并且最佳的关系。不管你信不信，她们都买了房，买了车，还有一大笔存款。我们有个女孩是电视连续剧的女演员，还有一个是很有人气的广告明星，甚至还有些是已婚的年轻妇女。自然，我们的客户最感兴趣的，是经常出现在屏幕上的那些女孩。比方说，有个男人曾打电话来说，'我想找牛奶广告里的那个漂亮女孩'。"

"我不太明白工作情况是怎样的。"埃莱姆接过话头。

"没什么要明白的。客户的地址、驾照和车牌号、性格特点和心理状况什么的，在我们这里都有备案。我们是家新开的公司，但在业内已颇负盛名。一旦有顾客打电话过来，我们便会分析他的相关信息，并据此提供相应的服务。工作的范围及限制，我们会提前交代清楚。每项服务都是明码标价的，双方有责任共同遵守规矩。自然了，你要想进入秀场，势必要发展一些私人关系。这就得看你的能力了。"

"广告里提到的费用是真的吗？"

"我们说的费用是每小时的最低费用。它会根据服务项目和时间长短而变动。我们要抽取百分之三十的佣金。"

一切都说得再清楚不过了。

"我想知道可能的不利结果。"埃莱姆小声地问了一句。

"没有任何不利之处。我们老板以前是名警官。我自己也曾在保安行业干过。我们的人脉甚广，认识许多政客，还有律师和医生。绝对安全……还有定期的日常保健。我们会控制每一次聚会的时间，我们会把你们送过去，然后再接回来的。你想跟我们合作多久，则取决于你自己。你要是存够了钱，也可以说'够了'，那么你合同期一到，就可以离开。"

茶水送了上来。杰里又回到沙发上坐了下来。试一试会有什么要紧呢？埃莱姆心想。你和塞伊特之间不也就是这么回事吗？对污秽视而不见，并不见得能让人不受污染。想把这些下流的东西留在别人的地盘上并努力阻止它们靠近你，对你来说，已是无济于事了。而且，你别指望信奉上帝，以祷告来获取安慰。靠这些东西你绝对活不下去。

"我懂了。"埃莱姆低声说。

"现在你可以去隔壁的秘书处跟那的员工说一声。你得填张表。"

"我想考虑到明天再做决定。"

"当然可以。但你可以先填表。你得写你的真名。"

此时，埃莱姆仿佛看见有个小婴儿正仰面躺在黑暗之中，哭得声嘶力竭，她剧烈地舞动着四肢似乎在寻求大家的帮助。唯一穿透这黑暗的是杰里那瓷一般洁白的牙齿。

"如果你接受的话，会有一个为期三周的培训期。有人会照顾你的起居生活。你要去我们的健身馆塑身，我们会让你焕然一新，看上去更加美丽动人；我们也会事无巨细的都帮你打理好。你现在住在哪里？"

"卡吉坦。"

"你得搬到一个更适合居住的地方去。"

"现在我没办法。"

"很快你就可以了。"

"我会考虑的，到时再告诉您我的决定。"埃莱姆说道。

"最重要的是保密。今天我们的谈话仅限于你我之间。"

"那当然！"

"你是个漂亮迷人的女孩。这会很管用的。"

埃莱姆离开房间。她穿过走廊时，发现两栋公寓楼是连在一起的。就在这时，她好像听到一点声音；这是一阵压抑的笑声，像是从哪扇门后面传出来的。或许是谁在啜泣呢？这声音似哭似笑……她脚下一滞，踌躇不前；她分明听到笑声里暗藏着哭泣。

她回到之前的大房间里，方才接待她的那位年轻女子又迎了过来。她脂粉不施，显得异常朴素，金色的头发束成马尾，看上去满脸欢愉。她领着埃莱姆去了一间看似秘书室的房间，那里摆着两张铺着玻璃的办公桌，一排文件柜，还有些别的办公用品。四面墙上挂满了漂亮的女性黑白艺术照。有个女孩正在打电话。

"金发女郎。呃，大约一米八。她是个新人，正在拍丝袜广告，三个小时的收费是一千二百元，先生。您刚刚说的是 307 吗？好的，先生，嗯，大约半小时能过来吧，当然得看交通情况了。"

埃莱姆填完了这个女孩递到她手里的表格。

她走到屋外，再次发现天空阴云密布。杰里·哈妮姆对这份工作的溢美之词仍在她耳边回响。她一直都无法对杰里说"不"。其实她想说也说不出口。有时，"不"这个词太难出口了，而有时即使说了也无济于事。

除了知识之外，每个人都有一种感觉，是为直觉。当人年岁日长，直觉则更甚。它深植于人的意识之中，来源于人自身的经历和体验；主要源于世界万物的因果联系。她无法说"不"也与此有关。她清楚自己的意向。在此之前，她已用尽全身力量来控制自己的内心和外在，以便与她所处的环境保持一致。她一直努力不让自己失足，可最终还是失控了。

她沿着鲁梅利①大街慢慢前行，一路上经过那些流光溢彩、金碧辉煌的商店橱窗。她不为所动，只想向前走。一步又一步，向前……她心里清楚，这一次行走，她迈出了勇敢的步伐，而她双腿所丈量的距离，将决定她的未来。

她就这么一路走到了合租车站，却还浑然不觉。或许她心里清楚，但她仍然朝着尼桑坦石②走去。一个人的内心世界是不会向现实世界妥协的。而人们唯一在做的，就是身处堕落社会现实，在堕落和腐败的反复循环之中，尝试种种新的自我毁灭的方式。

---

① 鲁梅利大街：位于热闹的尼桑坦石区，街上拥有众多的咖啡馆，餐厅和知名品牌的商店。

② 尼桑坦石：位于伊斯坦布尔的中心位置，是一个时尚街区。

Kış
冬天

10.

中午，沃尔坎坐在客厅的沙发上，一边漫无目的地翻阅着刚送来的报纸，一边听着厨房里妈妈摆弄锅碗瓢盆发出丁零当啷的声响。古尔森·哈妮姆头天晚上才到。母子俩自七月起已好几个月没见过面。前两天，当妈妈在电话里述说她对儿子的思念时，沃尔坎坚持让她过来小住一段。

"妈妈，我就吃点小菜。我正减肥呢。"他冲厨房里喊道。

"我只做点汤和沙拉。"

最近，沃尔坎每天一大早起床，在跑步机上锻炼九十分钟。他还严格控制饮食，吃得跟小孩一样少。他就这样减了三公斤多的体重，整个人变得神清气爽。现在妈妈来了，肯定会监督他少喝酒，这周他又能多瘦两公斤了。

跟妈妈在一起，他觉得自己还是个小孩。妈妈的爱，踏实而真挚。那天他在电话里，从刚听到妈妈的声音，到她说完第一个音节，这短短的一瞬，他想到了最近的烦恼，生活中发生的大小事件；暌违已久的激情喷涌而出，往事在他脑中不停闪现，越聚越多。他眼前浮现出妈妈年轻时的模样和儿时的自己；那时的他是个人见人爱的金发小男孩，双颊红润，总是睁着一双充满希望

162

和喜悦的大眼睛好奇地打量这个世界。

遗忘已久的儿时的快乐时光，他要努力回忆才能想起。

幼儿园——谷粒画的画，橡皮泥捏的人物；他不肯吃饭的那些日子里，还被逼着认错。小学教室墙壁上挂着的四季图，印着春夏秋冬；还有家禽识别图，沉思者的形象持续了整个冬季的重感冒；五颜六色的世界地图；乐高玩具……

绿荫掩映下的昏暗街道上，两旁的房子一幢挨着一幢。他害怕街头的小乞丐，就不爱出门玩，可哪里有玩弹珠的小洞他全知道。在自己的房间里，他是个至高无上的君王。他常把自己关在房间里做白日梦，用巧克力的包装纸制作模型和拼图。或许他是一个做不了小孩的孩子；爸爸说他很有个性，好像他已长大成人，却又变回了小孩的身体。

他一天天长大，他的衣服也一天天缩小，将他的身体裹得就像个苍白而沉重的蚕茧。他努力地认识自我，将自己看成一个小牛仔，一个能克服一切困难的小英雄。

他十一岁时，爸爸是一位政府部长的私人秘书；他们全家住在安卡拉萨拉齐鲁社区的政府人员宿舍里。那年是个混乱艰难的时期，每天有数十人死于政府军和反对派的街头枪战；商店里连食用油脂、煤油和汽油都短缺；长时间的断电搅乱了人们的正常生活；安卡拉街头四处飘散的黑烟让人难以呼吸。他爸爸总是午夜时分才回家，心事重重，满面焦虑。埃杰维特政府①的统治已经走到了尽头。

一排排的政府职员宿舍，老旧破败。残留在沃尔坎记忆中的这个家，是楼房外墙和地面上镶嵌着灰色水泥板；高高的屋顶有点破败；窗棂上的土黄色油漆一片片剥落，使它变得斑驳陆离。

----

① 埃杰维特政府：1978年1月比仑特·埃杰维特组成共和人民党、共和信任党和民主党的三党联合政府，出任总理。1979年10月埃杰维特因中期选举失败而辞职。

这套房子只有两个小房间，外带一个可通客厅的小厨房。妈妈因此总是抱怨，这房子狭小拥挤，根本不是人住的地方。建于共和国成立之初的供暖系统已是老古董，管道里早就塞满了石灰，暖气片根本不起作用；更何况在这个混乱艰难的时期，它还缺少燃料，供暖更是时断时续。不管白天黑夜，他们常常冷得发抖。

他每天放学一回家，就把自己关在房里，不知疲倦地写一些恐怖的谋杀故事，还给它配上插图，聚精会神得甚至连吃饭都忘记了。即使他的故事主题颇令人担忧，可妈妈对儿子的写作兴趣，还是感到特别的高兴；因为它显示了儿子心思细腻。

统计截至那年年底，死于玛拉什暴乱事件的，只有一百一十人。这只是官方的数字。可他爸爸私下里却说，死亡人数应该有数百人之多。在那段时间里，他爸爸因处理暴乱事件的善后，有好些天都没回家。这次事件就像一个噩梦，萦绕在他们的生活之中，久久不散。有好几个月，沃尔坎总会想起他在电视和报纸上看到的那些充斥着大火、鲜血和尸体的恐怖画面。

不久后，埃杰维特政府就倒台了。他爸爸被人们称为第二届民族联合阵线的德米雷尔政府①任命为政府顾问。然而，这个政府缺乏能力，毫无作为。土耳其失去了政府的有效领导，在乱世之中风雨飘摇。1980 年的 9 月，终于发生了军事政变。

古尔森·哈妮姆把做好的饭菜摆到了餐桌上。餐厅位于客厅一个巧妙的凹角里，使用了远东的装修风格。这里摆了张宽大、低矮的餐桌，旁边放着一张铺着软垫的矮沙发。日本灯笼、阔叶绿色植物和壁饰，让它显得温馨宜人。但是，她总觉得坐在这里不舒服。

---

① 德米雷尔政府：1979 年 11 月，苏莱曼·德米雷尔领导正义党赢得大选，出任土耳其总理。1980 年 9 月，因为左与右的暴力冲突使土耳其陷入剧烈的社会动荡，联合政府难以产生，德米雷尔被军方发动的政变推翻下台。

他看着妈妈把汤舀进他的碗里。她面带微笑，显得宁静慈祥。她的笑容仍然美丽动人，却略带一丝不易察觉的苦涩，沃尔坎依稀见到了她年轻时微笑的模样。现在她已经变了，不复当年的模样，沃尔坎也一样。没人能一直维持当年的样子。

他最近才买的这套风景优美的新公寓，让他妈妈惶惶不安。打一开始，她儿子的突然发迹，就让她心里感到有点恐慌。对他的每一次成功，她在欢喜过后，就会感到疑惑和害怕；但她只是在焦虑困惑中保持沉默。此刻，她脑中闪过一个念头，沃尔坎是否为了能得到这种公寓，有意无意地干了些坏事呢？别的母亲只会为儿子的成功感到开心和自豪，唯独她总感到疑虑和恐惧。毫无疑问，她这种心理应该源自她那老旧的公平诚信的观念。他该怎样让他妈妈明白自己的成就呢？可他只是对母亲说："妈妈，我们不能总住在贫民窟吧！"

初夏，古尔森·哈妮姆前来探望她儿子时，就曾怀着伤感的心情，打量着儿子的生活；她为他身上多余的脂肪和臃肿的身材，为他毫不费力就取得的财富而忧心忡忡。她并非一个思想顽固的女人。但她总是认为，整个土耳其，包括其政治体系、它的人民、它的本质以及它所有的东西，都在悲剧般地快速滑向毁灭。沃尔坎现在的状况，一定与这个漫无目的的、毫无准则的、消极的社会变化密切相关。可是，谁都没把这个变化当回事。

为了安抚妈妈，沃尔坎不得不向她保证，自己从未改变，他依然故我。"不用多久，你就会习惯这种生活。"他这么安慰她。当他告诉她，自己是宇宙公司的一个合伙人，享有公司百分之十二的分红，这意味着他一生将会有一笔让他衣食无忧的收入时，这可怜的妇人竟惊恐得睁大了眼睛，质问他为此付出了多大的代价。

他的妈妈……曾经是土耳其共和国的一名柔弱、忠诚、谦虚的教师……在她深蓝色的眼睛里，挥之不去的是她对这个社会苦涩现实的失望。她是正在慢慢消逝的一代中的一员，她至死都会保持着对今天这个社会的质疑。自然她的观念已经无法适应这个不断变化的世界和不同时期的精神，甚至与它们相悖。特别是对发生在二十世纪八十年代以后的一切社会变化，她觉得都是错误、非法、腐败的。不知何时开始，这种观念就像一把锋利的剃刀，将她与周围的世界彻底地割裂开来。

沃尔坎到现在还没理清自己的孤独和痛苦，加上母子间的代沟，他不能理解也无法分担妈妈的恐惧和孤独。但他深深地爱着她，爱她苗条的体态，笔直的身姿和她的微笑；那双焦虑地抚过他的头发的手；她说过的那些匡扶正义、掷地有声的话语；还有当她听到跟银行、证券市场、商业有关的一些巨大的数字时，总是惊恐得高高扬起的眉毛。

她仍然住在安卡拉，她是个退休的哲学教师。多年前她就跟沃尔坎的父亲离了婚。当时她就觉得，自己已经找回了真实的自我，也进一步认识了自我。此后，她没有再婚。她为一些民间组织工作，似乎乐在其中。

这天，她打算先去拜访住在埃伦考的一位朋友，随后去逛逛街；司机会全程陪着她。她收拾妥当，用过午饭后便离开了。

沃尔坎无所事事地晃悠了几圈，想给麦丽开打个电话。自从他们上次共进晚餐后，他俩又见了两次面。第一次，他们仅在一家咖啡厅坐了一会；第二次，他们去了阿塔图尔克文化中心的一家音乐厅。然而，他俩之间却始终波澜不惊，甚至连点涟漪都不曾泛起。他们好像既缺少澎湃的激情，也感觉不到爱情的悸动，更没有渴望继续待下去并急切地占有对方的强烈欲望。恰恰相反，每一次见面，他们都感觉到彼此在渐行渐远。这样，他们见面的次数也就越来越少。这次奇遇好像注定了他俩之间毫无结果。

麦丽开的生活很可能跟我相似。她看上去像个强悍而专横的女人，可这有什么不对吗？沃尔坎心想，没什么！没什么合理的解释，真的！她不是说过嘛，"男人很了解这个世界，但却对自己一无所知。"后来，她还说过这样的话，"我们都有自己的秘密和罪恶。"每次见面末了，她总是急着赶回家。不知为何她一点儿也不想跟他多待一会。而最重要的是，她总是批沃尔坎而非理解他；这种行为令人不快且烦恼。

显然，他们俩难以堕入情网。即便如此，他依然享受跟麦丽开亲密相处的时光，他心里仍存有一丝幻想。也许，当他说出"姐妹"这个词时，他们在潜意识中已经找到了最佳的相处之道。你本可以跟一个更年轻、更温顺的女人尽情地缠绵，却宁愿被一个无所不知的女人狠狠击倒，这样有意思吗？沃尔坎无奈地想着。

可是，他不该在彼此还未进一步了解并亲密接触之前，就匆匆决定放弃这个女孩。尽管两人彼此疏远，可这毕竟才刚开始。

他决定等到晚上再给麦丽开打电话。等妈妈上床睡觉后，他或许能喝一杯，那时他就能鼓起勇气跟麦丽开说几句甜言蜜语了。

他连续在家待了四天没出门，他甚至连胡子都懒得刮。放任自流让他有种抑郁但甜蜜的畅快；他觉得，穿着破烂烂的运动衫和膝盖上磨得疙疙瘩瘩的灯芯绒短裤，在房间里来回踱步，是件很享受的事情。哈伦之前跟他说，"你放假了。没调整好状态就别回公司。"这次休假虽是被迫的，但他还是从中获益不少。

时已黄昏。他看着电视里播放的一场篮球赛，时不时地打会瞌睡。这些天的天气都很糟糕，好在今天终于放晴了。他站起身来，踱到窗前，凝视着大海。

蔚蓝的天空渐渐暗淡了下来，太阳的余晖为天空涂上一层淡淡的绯红，大海也被洒上点点银光。博斯普鲁斯海峡似乎带着一丝谦逊和无奈，默默地接受下映在它身上的一切变幻。这景象让沃尔坎想起了这座城市世代流传的阴谋诡计，不朽的荣耀以及许多别的故事——那些野蛮而羞为人言、但又宏伟壮美的历史，那些被人遗忘并变成了传奇故事、似乎从未真正发生过的英雄事迹。

他好像听到，自己童年和少年时期的梦想，透过记忆的迷雾，轻轻颤动发出低鸣。儿时，他的梦想就是成为一名船长，驾驶一艘轮船环游世界；但这个梦想稍纵即逝，不为人知。它也像一张照片，缺少立体生动的形象。正因为他的梦想并不持久，在他十二岁那年母亲蒙冤入狱时，他开始创作了一些离奇而残忍的侦探故事。虽然他惧怕警察和军官，可他觉得，做一名出色的侦探，也是个颇具挑战的梦想。努力找出真正的罪犯，而不是抓走那些完全无辜的人；快速而巧妙地破解谜题，让社会重归到和平、安宁与幸福，应该挺了不起的。

上高中时，他最喜欢的科目是数学、艺术和土耳其语。就算不上学，各式各样的数字、色彩和词语也会在他大脑中打转。那时，他妈妈希望他能成为一名医生，但他自己决心做一名飞行员。他会久久地凝望天空，用羡慕的眼神盯着天上的飞鸟。他看到，鸟儿收起疲倦的翅膀，骄傲地掠过天空，滑向荒野。当它即将触到地面时，忽又奋力振动双翼，再次冲上云霄。这一幕幕让他看得如痴如醉。

他有点头痛。昨晚在俱乐部里他喝太多了，感冒也加重了。他现在没心思去想别的，更不想去发明一个什么新观点。尽管如此，对安宁平静生活的渴望，仍让他感到一丝慰藉。

可是，不同的想法和观点，却不由自主地不断掠过他的脑际。"人类的存在是连续的历史过程，它依赖于无数多变的过往在时间上毫不间断的连接。过往肆意挥洒着记忆的种子，记忆的种子发芽生长，不断蔓延，长成一片郁郁葱葱的森林。在不知不觉中，每个人都成为这片大森林和这个连续中的一部分。时间漫不经心地将一切联结在一起，过些时候，未来又变成了过去。"

他听到小树林里传来一只茶隼一声声痛苦的哀嚎。

他仿佛又回到了童年时代。那段时期，他们的生活变得异常复杂。政变发生后，他们被迫马上搬离了政府宿舍，住进一栋位于巴赫切利艾维拉的房子里。这时，他那位家住伊兹密尔①的表兄塞尔根，也偷偷地来此与他们同住。他父亲对此很反感，常和他母亲爆发激烈的争吵，从而打破了家中的宁静。塞尔根多数时间都把自己关在房间里，尽量避免被人看见。可沃尔坎很喜欢他。他们常一起听听音乐，玩玩游戏，互相开玩笑。他很开心能有一个他渴望已久的大哥哥。

妈妈特别警告他，不要跟任何人说起塞尔根，他也始终对外界保持缄默。他们在家说话的声音轻得如同耳语。他们终日战战兢兢，提心吊胆，期望沉默能让他们远离外界发生的所有暴乱和恐怖；至少在这方屋檐之下，他们能过上正常的生活。他的父母以耐心为盾，拼死抵抗着外界的一切混乱。他们不再争吵，默默地相互忍耐，然而，彼此间的怨恨却越积越多。

尽管他们小心谨慎，但在数月之后的一个午夜，妈妈连同塞尔根还是被警察带走了。她面临的指控是："明知塞尔根是个逃犯并受到通缉，却仍将他藏匿在家中，并帮助他减轻罪责。"

那时，沃尔坎刚进入青春期。他的情感世界动荡不安，身体也疼痛不堪。眼见妈妈受到这种惩罚，他的性格变得更加内向。他慢慢体会到了思念的痛苦滋味，也对生活有了更多感悟。他也慢慢地理解了妈妈的勇气、骄傲和勇敢。他不知道该责怪谁。

———————————

① 伊兹密尔：土耳其第三大城市，位于安纳托利亚高原西端的爱琴海边，是伊兹密尔省省会。

他无法忘怀，在那些日子里，他因失望而变得义愤填膺，整日郁郁不乐。那是一段令人惶恐又沮丧的日子。

那段时间，他跟叔叔一家住在一起。他花了很久的时间，极力弄明白所发生的一切。他感觉自己像遭受了一次沉重而难堪的打击。在沃尔坎心里，他人的每一个凝视，每一句暗地里的嘲讽，每一个怜悯的微笑，都似乎不怀好意，让他感到自己孤独无依，痛苦无比。一天，他无意中听到婶婶跟别人的谈话，竟得知爸爸跟他办公室的一个女秘书有奸情。他惊得如五雷轰顶，但仍不相信她说的话。通常，这些漫不经心的闲聊一经传出，可能玷污仍不为人知的真相。即便只是捕风捉影的无稽之谈，但被人反复提起，也会变成让人一旦跌入便万劫不复的深渊。如果你是个脆弱的人，想要战胜自己，就会更加困难。

一年后，他妈妈获释了。可家中的紧张气氛丝毫未变。一股奇怪的愁云惨雾笼罩着这个家庭，它又陷入了新的沉默之中。沃尔坎的父母总觉得受人排斥，几乎被逐出了社会。周遭的人似乎都在心怀叵测地看着他们，他们四处碰壁，日子过得很不顺心。半年后，他们就离婚了。沃尔坎觉得，他们的离异，是他们经历的社会变故、情感变故造成的。那些日子，社会危机带来的恐惧和沮丧感始终笼罩着人们的生活，人人都背负着一股巨大的压力，忙于为自己盘算。当爱情耗费殆尽，婚姻也就无疾而终。

当他问起妈妈离婚的详情时，她只是简单地答道："我们没法相处下去。"随后，他爸爸娶了那个女秘书，并从沃尔坎尔后的成长岁月中消失了。沃尔坎在伊兹密尔生活了很多年，父子俩几乎就没再见过面。

父亲这个角色的缺失对他几乎没有影响。其实，他对父亲的感觉也并不亲近。当父亲从他生活中消失时，他反而觉得轻松自由。妈妈是他的全部；母子俩的家中一片祥和。他在学校里有许多朋友，大家欣赏他的聪明才智和活泼温和的个性。他就像一个朝着阳光欢快奔跑的孩子，他冷静睿智却又不乏幽默感，这让他变得有趣又迷人。

他受到的教育，让他相信这个国家未来喜人，前途光明。他也能够——并且他应该——成为一个创造这个国家光明未来的人。那些日子，当社会藩篱打破之后，生活充满激情。那些日子，洋溢着青春的勃勃朝气。他天真地相信，个人的付出将会有美满的结局；动不动就想象自己活着是为了实现全民的目标和价值观；憧憬着有朝一日能世界大同。

曾几何时，他带着这种孩子气的激情，去看待自己的生活。

直到他发现，自己已经无路可走；直到他意识到，时间和世界并非属于他并任由他去塑造。恰恰相反，他只是浩瀚无尽的时间和广袤世界中的微小一分子，对这个世界的作用和影响微不足道。生活的洪流奔腾不息，卷起阵阵漩涡；它并非悄无声息地流动，人人可以看到它毫不隐蔽地前进，更能轻易预见它的前行方向。

电话铃响了，是妈妈打来的。她说她的朋友不让她走，她要在那过夜了。他挂掉电话，却感到突如其来的轻松。妈妈在这儿的感觉真不错，但她在身边时，他又觉得不自由。

他又想起了麦丽开。他寻思着，她是否早已结婚了？她对自己的生活和人生经历从来闭口不提，也总是巧妙地避开他提的问题；当沃尔坎将他心中的秘密和盘托出时，她也只是冷眼旁观。显然，他才是蹩脚地开始这场游戏的那个人；可问题是，他们是否还能继续这场游戏呢？

为什么不该继续呢？难道还会是别的吗？他拨通了麦丽开的电话。奇怪的是，他一听到她的声音，又觉得有点心烦意乱。

"你好，最近怎么样？"光是听到这销魂的声音，他就会爱上她。

"好多了。我没法给你打电话，因为我妈妈在这。我得陪着她。你在哪呢？"

"没事。我本来也能给你打电话的，可我就是没法抽出时间。我正在艺术展馆里忙着呢。"

"那我离你只有几百米远。"

"你在家？"

"是的，我在家休假。要不你过来吧？"

"今晚我很忙。"听上去她似乎并不打算解释。她语气严厉，紧张而又肯定。

"好吧。那么，我过一会就去看看你吧。"

他气恼地放下听筒。真冷淡啊！他漫无目的地在公寓里走来走去。现在是六点钟；漫漫长夜将在他的面前展开。空虚的夜，无所事事。他可以去看看她；至少可以看看她在忙些什么。为何你就无权期待真诚呢？如果两人真的见上面，麦丽开或许会改变她的想法。说不定你还能带她回家呢。他决定步行去麦丽开的艺术馆。

他打开窗户给房间通风，换好床单——当然只是以防万一——又整理了书房。他刮好胡子，穿戴整齐，在七点前收拾停当，兴冲冲地走出了家门。他走在路上，又为自己相互矛盾的思想和行动感到心烦意乱。他早已习惯自己的无往不利和他人的曲意逢迎，现在不禁感觉自己不但不受她欣赏反倒受她鄙弃。

街头的霓虹灯闪烁着五彩缤纷的光芒；略带凉意的微风迎面吹来；温柔的海浪在轻轻地拍打着码头；停泊在码头边的小船排成了一排排……在这果冻般凝润的夜色里，一对坐在长椅上拥抱的情侣，被拉出条长长的影子。这世界真是美丽；确实是个可以享受生活的地方。

他顿觉全身轻飘飘的，好像身体失去了重力一样，他不由自主地加快了步伐。

可是，当他走到麦丽开的艺术馆门口时，忽然又反感起自己所做的一切。他希望麦丽开早已离开。侧窗的玻璃上贴了张他上次来没见到过的海报。背景并非一张照片，像是一帧复印放大了的神秘画像。这幅画像有点像麦丽开的模样，上面印着一只带满了戒指的纤纤玉手。

他只得忸忸怩怩地走了进去。这时，麦丽开正站在店后头，跟一个中等个子，蓄着整齐小胡子的中年男人在交谈。一眼看去，麦丽开真是妩媚动人。她穿着牛仔裤和一件俄式衬衫，衬衫上系着一条红色的软皮宽皮带，左肩披了块黑色的开司米披肩。从她裤脚下露出了矮跟靴的鞋尖，她的手腕上带着一只厚厚的乌木手镯。

她忽的一眼看到沃尔坎时，显得万分惊诧。不过，她很快就缓过神来，抬起那双长着长长黑睫毛的眼睛，挑衅似的瞪了他一下。她很不耐烦地冲他点点头，勉强挤出一丝微笑，向他走过来。她的鞋跟敲击着大理石地板，发出嗒嗒的声响；她的步伐轻盈得像要从地面上弹起来一样。这时，候在一展位旁的一个老女人拉住了她，问了她一个问题。麦丽开停下了脚步，像个经验丰富的销售员，热情洋溢地作出了回答。她虽满面春风，口气夸张，可她说得还不是那千篇一律的老一套。

沃尔坎强迫自己保持镇定，不要意气用事，免得伤及自尊。他扫了一眼片刻之前还在跟麦丽开说话的那个男人。那人看上去满脸自信，神情骄横，这会儿他正在打电话。"不过是个伪知识分子，所谓的艺术家，爱表现的傻瓜罢了。"沃尔坎鄙夷地想着。

麦丽开离开那个老女人，向他走过来。她脸上一副受伤的表情，还显得很疲倦。沃尔坎突生一股怜悯的强烈冲动，要将这个女人揽入怀中，给她一个热烈的亲吻。这个冲动好像一个命令，令他无法抗拒。

"欢迎你。出什么事了吗？我们不是才刚刚通完电话吗？"

"我突然想来看看你。"

麦丽开强作镇定，瞄了一眼仍在打电话的那个男人。

"那是谁？"沃尔坎问道。

"一个同事。"

那个男人结束通话，朝他们走过来。

"你好。"他双手插在口袋里，倨傲地跟沃尔坎打了声招呼。

"你好。"沃尔坎也冷冷地答道。

他们彼此对视了一眼。那男人穿一条黑色紧身裤，一件烟棕色天鹅绒夹克和一件条纹衬衫。他已经谢顶，剩下的头发在脑后扎成一束马尾；有只耳朵上还带着一个耳环。他盯着沃尔坎看个不停，似乎想弄明白他和麦丽开之间到底是什么关系。随后他转头看向麦丽开，好像已对沃尔坎兴趣全无。

"你不打算给我们介绍一下吗？"他问麦丽开。

"梅廷，他是沃尔坎先生。"麦丽开冷淡地说。

"你是做什么的，先生？"他傲慢地问道。

"我是个足球运动员。"沃尔坎语气冷淡。梅廷狐疑地从头到脚打量了他一遍。

"可惜，你不觉得做这行有点老了吗？"他不无讥讽地问沃尔坎。

"没错，可我就是今年的足球先生呢！"

"你真会说笑啊！"

"梅廷是个著名的摄影家，"麦丽开在一旁岔开他们的对话，试图缓和紧张的气氛，"沃尔坎·贝伊是个优秀的证券经纪人。"

"好了，亲爱的，你准备好了吗？我们现在走吧！"梅廷若无其事地说。

"我们一会就走，好吗？"麦丽开有些不安地说。她看上去神情压抑，像是迫不得已。

沃尔坎识趣地走到了一边去，他装作专心致志地研究那些珠宝，好让他们俩能安静地对话。显然，这个叫梅廷的男人，是令麦丽开的生活不得安宁的一个重要因素；可惜沃尔坎对她的生活却一无所知。这时，麦丽开快步向他走了过来。

"真的很抱歉，今晚我得跟梅廷去别的地方办点事；我在电话里已经告诉过你了。"

"请放心，我马上就走。"沃尔坎低声答道。他看着麦丽开的眼睛，而她却回他以短促而绝望的一瞥，似在寻求他的帮助。梅廷做了个鬼脸，傲慢地看着麦丽开，然后又看向沃尔坎。他那眼神有点咄咄逼人的意味。这时，他的手机铃声响了，他匆匆朝门口走去，准备接电话。

"我在外面等你。"他回头说完这句话就走出门外。

"很高兴见到。我很想你，我也希望能和你共度今晚的美好时光。"麦丽开满含歉意地说。

"他是谁?"沃尔坎又问了一句。

"一个不值得一提的人。"麦丽开避重就轻地说。两人陷入片刻的沉默。

"别以为我和他有什么情感纠葛。他只是个老朋友而已。对不起，我不想让你苦恼。"她看上去羞愧难当，好似她一个隐藏已久的秘密被人揭穿了一样。

"这是我的错；我才是那个要道歉的人。我不该这样冒失的突然造访，让你难堪了。"

"没关系。我们可以明晚再见面。明天我舅舅要庆祝他的生日。我也要去参加，如果你能和我一起去，我会非常开心的。你能去吗?"

"我暂时还不知道……"他的声音有点支离破碎的味道，给人一种很受伤的感觉。

"你下午可以先来我家里，我们先喝上几杯，十点钟再过去。这样好吗? 来吧，答应我吧。明天早上我会发短信告诉你地址的。"她真诚而恳切地凝视着他。

这就是个安慰奖吧！沃尔坎心想。尽管如此，他觉得自己还是占了些便宜。

"那好吧。"他的声音低不可闻。

麦丽开走到被玻璃隔开的商店后部，跟照看店铺的女孩打了个招呼，取了她的大衣和提包，折身回来，和沃尔坎一起走出店门。梅廷正等在店门口。

麦丽开突然热情地一把抱住沃尔坎，在他脸上亲了一下。

"晚安，先生！"梅廷洋洋得意地向他告别。

门外的风大了。忽然，沃尔坎觉得自己茫然无措，不知要何去何从。他觉得既内疚又受伤。他觉得自己被人放了鸽子，甚至被人抛弃了；更糟的是，他是因另一个男人而被她撇下，成了个孤家寡人。他刚才来见麦丽开的勇气，已然完全失去了它的意义。

显然，麦丽开并非他所想象的女人；也不是他所期望的或是希冀的那个女人。或许再也不存在这样一个人了。他渴望接近的这个女人也许更棘手、更调皮也更危险了。但是，对于眼前这个让人难堪的局面，也不必过于斤斤计较。麦丽开就是个生意人。自然她该有自己的圈子，也有她的熟人朋友。更何况她事先已经说了晚上没空。

他不想回家。他只是受不了一个人孤独地度过这漫漫长夜。去你的吧，麦丽开！他可以找到数不清的女人，跟她们共度良宵。他第一个想给她打电话的人是尼罕，但他不能跟她上床。可他得找点乐子，跟人做爱，让自己放松。他拨通了丰蒂的电话。她在家，正想去酒吧呢。这么说她现在可有空咯。

"我想去找你，丰蒂。你不是说要给我抛抛光吗，就现在怎么样呢？"

"好极了。我真的很想你呢！你顺便带两瓶酒，马上过来吧！"

11.

沃尔坎把身子往麦丽开身边凑了凑，拉起她的手放在自己掌心里。他深情地看着这只玉指纤纤，美如柔荑的手，柔声问道，"这是出现在展览海报上的那只手吗？""不，那只手是一个模特的。""那手后面那模糊不清的背景又是怎么回事呢？"

"那是我在上大学时画的自画像。是梅廷拍了那张手的照片，然后做了这张海报。"

此刻，他俩正并排坐在麦丽开客厅里的沙发上，沃尔坎心情舒畅。昨晚，他跟丰蒂一夜缠绵，并因此重拾信心，生活似乎变得更加简单轻松了。他和丰蒂寻找的是久违的激情；是毫不费力的、短暂的以证明自身存在的一种刺激感。

仅为获得满足的这种追求就是一个封闭的圆圈，沿着这条线走，它必定会不断重复。当上一轮追求结束时，新的一轮又会重新开始。其实这并非一段艰难的历程，哪怕有时它看上去就像一座牢狱。

"我感觉矛盾极了，"他对麦丽开说，"有时我觉得你远在天涯，可下一刻又觉得你近在咫尺。也许是我害怕会对你失望。这是因为我还完全不了解你的缘故吧。"

"我也有同感，可这跟你无关。你既坦诚又真挚，相反，我从来就不敢肯定我那些自认为正确的自我认识。"

"你这话真令人难以相信。"

"十几年前，与我相恋的一个男子写了一部关于我的小说。①我尽力用读者的眼光来阅读这部小说。后来，我终于认识到，这是我第一次有机会用他人的眼光来看待自己。"

---

① 《绿色》，伊恩吉·阿拉尔。

"有意思。我也想读读那本书。"

"我手里头的那本早就不知道去哪儿了。作者在写这本书时，悲剧性地患上了精神分裂症，因此结局可想而知，它令人痛苦不堪。他虽然用了我的真名，不过，书中的那个女人当然不全是我。'她'是对女人的一种解读，一种观点，因为我从未告诉过他关于我的任何事情和思想。尽管如此，书中的一些观察还是很准确的，令我印象深刻。后来作者对我说，我过于将自己和书中的人物混为一谈了；但他对我的抗议和反对毫不理会。不过，将书中的人物与自己进行比照，会为你认识自我带来一些重要的线索。它真不愧为认识自我的一个好方法。"

"小说家似乎就是如此。首先他们揭露人的真实面目，而后又予以否认。我看的小说并不多，不过人们都是这么说的。"沃尔坎说完，两人都哈哈大笑起来。

"顺便说一句，梅廷也出现在这部小说里。而且，关于他的描述百分之百正确。如果你有兴趣读完这部小说，你就会认识他是谁，是个怎样的人了。"

"我完全被你弄糊涂了，"沃尔坎说，"我会尽快地看完它，然后我们再来详细地讨论吧！"

这是间舒适的起居室。两张扶手椅，一张沙发，一个颇高的放满书籍的旋转书架。壁炉上摆了许多小雕像。沙发旁的茶几上放着两本书，里面夹了几个书签。其中一本书的封面上写着"普鲁斯特"。墙壁上挂着尺寸各异的画作和涂鸦。房间里这类装饰性小玩意儿很多，不过，它们全都是经过精心挑选和布置的。

她家里整洁朴实、舒适温暖的氛围，恰如其主人的个性。

两人对坐相酌时，麦丽开问沃尔克是否曾结过婚，他坦白地跟她说起了卡罗尔。他和卡罗尔之间虽无一纸婚书，但算得上一桩事实婚姻。

"你呢?"他反问道。

"也就一次。当时我十九岁,还是个学生。这桩婚姻甚至没能维持两年。首先,我错把婚姻当成了依靠,再则我也没法安心操持家务。"

"这位梅廷,是你那时就认识的吗?"

"可以这么说吧。那时,我还是个孩子,而他已是个恶魔。后来,我在生活中总是遇到像他这种讨厌的男人。我目睹过这些男人酩酊大醉,孤独寂寞,痴迷不醒的丑陋模样。除了我跟你说起过的那个作家之外,其他的男人全都是些狡诈虚伪的无赖,以致让我觉得,自己不过是在反复的跟同一个男人做戏而已。跟他们交往不久之后,我就毫不犹豫地离开了他们。我觉得他们根本配不上我。"她绝望的声音里流露出显而易见的痛苦。

"我明白。"沃尔坎接口道。

"那你对此作何理解呢?"

"你已经失去期待,不愿对我做出判断。"

"你理解错了。你是个非常迷人的男人,可我不是你所期待的那个人。"她毫不在乎地笑了。

"那你对生活,对未来的期望是什么?"

"就是猛然之间领悟我对生活的期望。"

"你是说,会发生某件事,或是出现某个人,于是你会说,'看呐,这正是我想要的',是这样吗?"

"不,完全不是。我相当清楚,不会有这种保证。管它呢……现在我要给你准备点吃的,冷盘和沙拉。"

沃尔坎狐疑地看着麦丽开走进了厨房。他很高兴她没说让他不要来这类话。他突然觉得,自己扮演的是一个贴心又呵护备至的善良友人的角色。尽管这个角色隐含了一定的失望,他仍然感到开心。他深知这种亲昵关系的意义。做麦丽开的一个温顺、善解人意又富有同情心的兄长,就意味着两人之间的激情,想要探索对方身体的狂野欲望将不复存在。换言之，即性爱将不复存在。他看着麦丽开在厨房走来走去，忙着为沙拉准备酱汁，把剩下的酒倒进玻璃杯。他想不明白，为何他们的关系会往兄妹关系的方向发展？他从未有过兄弟姐妹；他对一个女人的爱从来都是发乎情欲；他并不了解男女关系该如何止于礼数。

他们要去餐厅里用餐。他们把盘子端到餐厅的餐桌上，面对面地坐了下来。沃尔坎盯着麦丽开五官精致的秀丽脸庞，好像突然明白了，这个女人想要的是真诚、简单、确定的亲密关系，而非前途不明、令人焦虑不安、难以预测的、让人日渐疏远的那种男女之情。此刻，他若追求爱和激情，就变得太不合时宜了。但，这对一个男人而言，意味着绝望和莫大的羞辱。

"你也许会觉得我舅舅有点奇怪。他跟一个年轻男人住在一起。"麦丽开突然放下酒杯说道。沃尔坎猛地一个激灵。但他马上暗暗责备自己太胆小。去吧，跟她去逛逛吧，勇敢点，像个男人样！

"你舅舅不会介意一个不速之客吧？"

"不，他会很高兴，但跟他在一起的那个人，可能会吓到你。"

"怎么会呢？难道你觉得，我长这么大就没见过一点世面吗？"

"一般来说，异性恋者会潜意识满怀怜悯地去接近那些性取向不同的人。但他们倒会先因为自己的行为而感到心中不安。"

"我觉得，他们的不安跟这些同性恋没有直接联系。被他们压抑的秘密的梦会以微妙的方式浮现出来，而他们自身的不足转而变为对待性爱的熊熊怒火。"

"我认为没这么简单。社会大众看待边缘人群的观点要严苛得多。"

"大众的本意是铲除、甚至毁灭他们认为与社会传统相矛盾的东西。他们倾向于消除一切违背传统的东西，创造一个单一的世界，让一切均衡。"

"我完全不能同意你的说法，"麦丽开反驳道，"如果多样性像你说得这么让人们恐惧的话，我们早就生活在一个更加公正的世界中了，我们的生活条件也就更均等了。"

"你说的又是另一回事了。即使社会公正均等，到那时，又会出现权利的平衡；有些人是统治者，其他人则是被统治者。哎！到底怎么回事，我们竟然会聊起这些话题呢？"沃尔坎突然沉默下来。他们把机会白白浪费在这种闲聊上。他凝视着麦丽开的眼睛，可她并没有迎上他的目光。她只是甜甜的一笑，像是告诉他，你不要白费力气了。

他们收拾好桌子，麦丽开就去了浴室。沃尔坎拿起放在茶几上的酒瓶，给自己倒了一杯双分量的威士忌。醒醒吧，老兄，恢复你清醒的意识吧！

他端着酒杯无所事事地站着。壁炉上一对裸体的水妖雕像吸引了他的目光。麦丽开在男人的话题上颇为老练。同一般女人的态度截然相反，她能直言不讳地跟他谈论男人。她的诚实、老练大概是源于她的自信和丰富的社会阅历吧。

眼下，他觉得自己是麦丽开情爱链条上的最后一环。然而，这没什么可惧怕的。他反倒变得更清醒。若以一种了然的态度进入这段恋情，总比你糊里糊涂，终因某天突如其来的、意料之外的内心忏悔而感到震惊要好吧。除了那个叫梅廷的笨蛋之外，麦丽开还曾跟谁在一起过呢，沃尔坎心神不定。他想着还有谁曾流连过她的身体呢？那你自己呢？真是些离奇古怪的想法！你已经快四十了，麦丽开不也三十好几了，两人早已是成年人。他想起前晚跟丰蒂的一夜风流，照这么说，他对麦丽开已是不忠。

这杯酒多少使他游移不定的心神平稳了些。他心中油然生出乐观之情。可是，他平生第一次不知道该怎样在一个女人面前做到举止得体。

麦丽开又回到了客厅；她已经梳好头发，化好了妆。她穿着一条细肩带的黑色紧身短裙，系了条饰有珍珠的银项链，看上去雍容华贵，气度不凡。沃尔坎目不转睛地盯着她，不禁有点如醉如痴。麦丽开放上一张新的CD，然后走到他身旁坐了下来。

"你真漂亮！"沃尔坎真心地夸赞麦丽开。这个女人身上的一切，对我的打击都是毁灭性的，让我每走一步都灰心丧气。沃尔坎这么一想，不由很是气馁。"谢谢。"麦丽开柔声答道，并给了他一个像是鼓励的微笑。

他们惺惺相惜地互相对视着。沃尔坎心中又悄然地升起一股欲望，跟他前一晚匆匆赶往她的艺术展馆时的欲望一模一样。现在，能够挨着麦丽开的身体、感受她的体温、呼吸她的气息，他已是心潮澎湃。从第一次见面开始，她说的每句话都让他意乱神迷；而现在，他竟然在这里，就在她的家中，还紧挨着她。

他被选中了。他心中既骄傲又害怕，还有种胜利感，仿佛他渴望已久的一段奇遇已经开始。可是，他们的关系依然毫无特别之处。他或许也会像其他男人一样，被轻易地淘汰出局。

不能对事实置若罔闻，对一时的心血来潮如此认真。一旦这个无所不知的心灵访客对你的兴趣逐渐衰亡，无疑他就会沦为下一个被抛弃的人。哦，管它呢，他暗暗想着，努力收敛心神，再次关注眼前的女孩。

"我一直在想你提议的那个情感战争的游戏，"麦丽开突然说道，"说实话，我不擅长玩游戏。我只是看起来像。我觉得你也没这个天赋。"

"那只是一时兴起的胡言乱语。"沃尔坎否认。

"我不想挑起争斗，"麦丽开接着说，"我不想让任何人感到痛苦、受到伤害、遭遇感情的挫伤。我只想谈恋爱。爱情于我而言，已经迟到得太久。很久以来，我一直不能很投入地去享受让人快乐、幸福的一切事情，即便是跟我爱的男人在一起，也是这样。后来他死了。正是在失去他之后，我才明白自己有多爱他。但我所经历的痛苦，又教会了我如何去感受和体验生活。现在还有些别的事情在等待着我，一些截然不同的事。我没有时间浪费在情感纠葛上。我渴望的是一段持久的、值得信赖的、永恒的情感。你怎么想呢？"她的嗓音中透出几分苦涩、一丝消极。

"你说了这么多，我都搞不清自己的想法了，"沃尔坎答道，"此刻我哭笑不得。我想起了我在混乱的生命中错过的一切……我想废除你我之间那条令人不快的兄妹约定。"他向麦丽开凑过去，看住她的眼睛；然后他一把抱住麦丽开，感觉到她也用自己裸露的手臂环住了他。两人吻了一下。但这只是个体贴友爱的亲吻，缺少肉欲的挑逗和真情的温度。

这是我们的第一次亲密接触，这样再正常不过了。沃尔坎在心里自我安慰。有一会，他好像再次感觉到了青年时期的痛苦，那时他总担心自己会因缺少强烈的性欲而受到女孩子的责备。随后，他又想起那个当时还不明白自己的感情，荒谬、焦虑而又好强的小男孩沃尔坎。可他早已不是那个小男孩了。不过，现在他得努力克制自己，因为眼前这个女人……

"你仍然能够去爱人。"麦丽开说，她跟他脸贴着脸，胳膊仍然环住他。她的身子很温暖，散发出迷人的芳香；她真是妙不可言。

"你干吗这么说？"

"因为你没有装腔作势，试图挑衅我。"她在他脸上蜻蜓点水般地亲了一下。沃尔坎心想，当一段感情既不激烈也无须武力相逼时，该有多枯燥啊；它让人从一开始便失去对爱情的希望。或许这就是麦丽开想说的话，可她非得把一切都说出来吗？

"我觉得自己遇上了麻烦。你太直白了。"沃尔坎抱怨道。

"我觉得这是件好事。"麦丽开喃喃低语。

"不总是这样。"

他们聆听着卡拉斯①的歌声。这歌声中既有高亢而悲伤的高潮，也有婉转温柔的低调。他们谈起爱情，谈起在每段恋情的开始，一个人是如何感觉他/她走进了自己的未来，他/她的生命也因爱而取得了自我平衡，再不需另一次机会。沃尔坎情不自禁地再次将麦丽开揽入了自己的怀中。这一次，他们的亲吻更富激情，也更加激烈，虽然麦丽开仍在极力地克制自己。

沃尔坎很欣赏麦丽开的刚直不阿，但她事事都想掌控的心态，又让他很恼火。"她所说的每个字，做的每个动作，都表示出她那不容更改的决心。为什么会这样呢？她干吗非要找点什么来指导自己呢？沃尔坎认为的她这么做很可能是不想给他留下任何追求的机会。可是，这一做法又同时打破了他们之间的咒语，再次麻醉了沃尔坎。

自从他们见面那天起，她就比他大胆得多，一直处于主导地位。因此，沃尔坎在她身边总觉得很尴尬。他不得不这样认为，他的形象正在遭到残酷无情的破坏。要是他对麦丽开的亲切感，很快就变成强烈的自暴自弃，那他该怎么办呢？觉得自己很软弱的感觉，让他很难受；而面对这个难以对付的女人，他会变得更加脆弱。

他凝视着麦丽开。她刚才不是告诉过你，自己曾跟一个作家相爱过吗？她可曾毫无保留地爱过他呢？或者她那霸道的个性，是否也曾伤害过这个男人的自尊呢？

"你爱过的那个男人，你的作家，他为什么死了呢？"

麦丽开的脸像因痛苦而扭曲了。她把头后仰靠在沙发上，借此躲开沃尔坎的目光，此刻她的脸隐藏在黑暗中。

"他觉得没人听得见他的声音，"她停顿片刻，缓缓地说，

---

① 卡拉斯：玛丽亚·卡拉斯，著名美籍希腊女高音歌唱家。20世纪最伟大的歌剧女王。

"当他认为这个世界不再是他生活的世界时，他便放弃了生命。"

"是自杀吗？"

"是反抗，或是自杀。"她看了看表，说，"我们该走了。"她飞快地站起了身，似乎想结束这个话题。

不管你想不想，我们都会交战的，至少对我来说，就是这样的。沃尔坎暗自思忖。没有哪种爱情能完美无瑕。此刻，他觉得自己正在一片很深的、铁锈色的浑浊水域里艰难地游动着。远远的岸边，有扇小窗户闪烁着灯光。他想不惜一切代价地游到那边去，看看这窗后到底有个怎样的世界。其实，他早已经开始在欲望的海洋里畅游了，而且是按照自己的路径在前进。

麦丽开舅舅的整座府邸灯火通明。麦丽开在大门口跟保安开了几句玩笑，便跟沃尔坎向楼上的大厅走去。楼上四面八方摆放着数十支大小各异的蜡烛，烛光摇曳之中，这里竟有种如梦似幻的感觉。大厅里大约有十几个男女——其中有几位雌雄莫辨。有人正在弹奏钢琴；还有几对宾客，正在跟着音乐的节拍舞动；那些悠然自得地躺在扶手椅或沙发上的人，正在嘻嘻哈哈地谈笑吃喝。他俩沿着杯盘狼藉的茶几之间的空隙，向前走去。

一个裸着上身的老男人，正跟一个化了妆、裤子紧绷住腿的年轻男子，在跳一曲动作夸张的探戈舞。老男人看上去虽有点无精打采，却掩不住他骨子里的那股锐气。那个年轻男子总在左顾右盼，四处窥探，看上去似乎心怀不轨。沃尔坎注意到，那个男子身材健壮迷人，双臂强健有力，后背的肌肤光滑平整。

麦丽开向她舅舅所在的位置走去。圆形沙发上坐了四五个人，占据上位的那老人，一看就是个江湖老手，他又像一位背负保护自己氏族责任的首领。此人就是麦丽开的舅舅，尼牙孜·贝伊。麦丽开简短快速地为他们做完相互介绍，然后与沃尔坎一同在一张面朝角落的小沙发上落座。

尼牙孜·贝伊把手搭在哈亚利的肩上，两人双膝交叠。这个老男人似已厌倦了肉体的欢欲，此刻正漫不经心地享受着权利带来的愉悦。最令人震撼的莫过于他如炬的目光；他那双洞悉一切的绿眼睛不停地四处逡巡。深深的皱纹自他鼻翼两侧延伸至嘴角。他颐指气使的姿态，让他有种凌驾于众人之上的黑手党老大般的雄霸气势，只不过他的举止，比起黑手党老大微显文雅。最初热情欢迎之后，他将目光牢牢锁住沃尔坎，肆无忌惮地打量了他一会，然后他将询问的目光投向了麦丽开，脸上露出了一丝微笑。这一丝虚情假意的微笑，是对一个无关痛痒的人消除疑虑后表现出的礼节。显然，他对沃尔坎并不感兴趣。

沃尔坎仔细打量着哈亚利，他是全场最打眼的人，也是能快速给人致命一击的人。作为一个男人，他有点矮，但他拥有运动员一般的身材。他就像一头敏捷、强壮的动物，年轻体健。他一定还是个自负的人，但也能讨人欢心，沃尔坎心想。他似乎有意要做领军人物，也毫不犹豫地要骄傲地展现自己的身份。他的头发剪得极短，一双大眼睛颇具东方神韵，尖尖的嘴唇挂着讥讽的笑容，有一瞬他显得无比邪魅，让沃尔坎心神激荡。这个年轻男人专注地听着音乐，并跟着音乐的节拍频频地点着头。忽然，他把眼睛转向沃尔坎，目光却越过沃尔坎看向了前方，在他眼里沃尔坎仿佛不存在似的。

坐在哈亚利身旁的一个异装癖，让这幅家庭欢聚、尽享天伦之乐的美好景象，变得完美无缺。此人化着夸张的浓妆，乍看上去既摄人心魄又让人反感。这是个自成一统的小世界，沃尔坎暗忖。他不明白为什么音乐节奏这么快，声调却又这么哀怨。

他觉得孤独不安，于是转头看向麦丽开，却发现她正盯着哈亚利。她的全部心思似乎都放在了他的身上；而那个男人脸上挂着一副自命不凡的戏谑之情，似乎正在嘲弄这个落入他手中的敌人。沃尔坎感觉麦丽开和这个男人之间有点问题，他们之间似乎宿怨未消。哈亚利抿着嘴唇，嘴角的嘲讽透露出他的狡猾和此刻的享受；而麦丽开紧紧地绷着身子，像只时刻准备扑向猎物的猫。沃尔坎点燃一支香烟，暗地里问自己，怎么会被她拽来此处？如果他不随麦丽开一同来此，而是直接告诉她自己的抉择，岂非好得多？

紧挨在尼牙孜身畔，坐着一个身穿深红色低胸衬衫和黑色紧身裤的高个女子，看样子还真是个百媚千娇的绝色佳人。她不停地以自然、优雅的手势和娇柔动听的语言，为尼牙孜送上赞美之词。麦丽开向沃尔坎靠过来，在他耳边低语："这是个假女人，其实他是个男人，已经结了婚，有个年幼的孩子。他以装扮成女人来取悦他人为生。每次他离家去工作时，他的妻子就为他细心地收拾打扮，准备好一切。他夜间的化名叫罕丹，而真名则叫哈桑。"一个可怜的人！一个真正的男人却要扮成妓女……一个男人，体内却住着个妓女……

沃尔坎偷偷向哈桑或罕丹投去一瞥审视的目光。一个喜欢装扮成楚楚可怜的女人的英俊男子，却向其他男人投怀送抱以此谋生……别碰他。他想对每个人放声大喊，别碰他！

他心里不禁涌出一股深深的悲哀，为了每一位喜欢装成女人的人，还有那些或心甘情愿或无可奈何被逼如此的人们。通过苟合，每一刻都有东西正在消减，身体合二为一，分离、道路、航行、跑道、孤单、沉默、聚积、相互取悦的行刑者和受害者。他看见两个年轻男子靠墙而立，激情相拥，他们的下体相互推挤。此处正被炫耀的是暴力，它挑起了源自内外世界之间的矛盾的紧张不安。

他们举杯敬酒，共同畅饮。

接着，他们再次举杯。

又一次。

三杯酒罢，哈亚利演了一出全是下流黄段子的土耳其皮影戏，引得众人捧腹大笑。一时间，笑声、叫声和欢呼声响彻了整个厅堂。

哈亚利演出一结束，尼牙孜·贝伊立刻起身，发言致谢，他由衷地表达了自己置身于友人之中的那种欢乐幸福的特殊情感；他看上去似乎热泪盈眶。

舞曲响起来；钢琴家停止了演奏，正坐着喝酒。

人们不再滔滔不绝地说，大家更属意肢体语言和眼神的交流。沃尔坎又一次看到，麦丽开盯着哈亚利，眼中闪烁着邪恶的光芒，折射出她的狂怒、憎恨和欲望等复杂情感。他在麦丽开的脸上，看出了她的一丝期待和焦虑；而哈亚利正无情而鄙夷地盯着她。这一情景，让沃尔坎的精神几近崩溃。麦丽开竟莫名其妙地拜倒在这个男人的脚下。

他感到头痛欲裂，就像脑中有根高压电线突然断裂，紧接着出现了一道无法修复的裂痕，他只觉得心中无比感伤。

他究竟为何来此？不，其实来一趟也有好处。在这场狂欢之中，潜藏的真实情感，挣脱了迷惑人心的机智言谈的束缚和头脑有意识的控制，以自己简洁明了的方式彻底地爆发了出来。

究竟是哪些真实情感？沃尔坎把手放在麦丽开的肩上，抓住她的肩膀使劲捏了下去，痛得她差点叫出声来。麦丽开猛地扭过头来，狠狠地瞪了他一眼，狂暴的怒火瞬间从她眼神中射出。只见她愤怒地张开鼻孔，一脸的暴戾不羁；她的眼中阴云密布，愤怒让她双颊通红。她猛地转过身，挣脱沃尔坎的手，嗖地站了起来，扯着他的手，用力拉他起身。

"来吧，我们跳支舞吧！"

"不要。"沃尔坎闷声回答，听上去就像台突然停止运转的机器。这个女人以一种陌生的轻浮姿态攀着他的手臂，像个毫无羞耻感的放肆少女。她是谁？现在怎么了，这会唱的是哪一出呢？这时，他就像个途经剧院不明就里的路人。

"来吧，来嘛……"

为了避免场面失控，不让它变成一场闹剧，沃尔坎只得站起身来。他们开始在大厅的一角轻轻摇摆起舞。麦丽开茫然地望向别处，毫不理会沃尔坎的感觉。她似乎完全沉浸在自己的激情和梦想中。或者说，她好像对着一面看不见的镜子在尽情地展示自己的美貌。此刻，沃尔坎感觉自己醉得更厉害了，其实他喝得并不多。他像撞到头一样的踉跄了一阵后，突然愤怒地一把将麦丽开扯到自己的身边，在她耳边低声问道。

"那个男人，哈亚利，你是爱上他了吗？"

麦丽开攀着他身子的双臂猛然滑落下来。她后退了一步，厌恶地抿住嘴唇。

"真是个令人讨厌的问题！他是个……"

沃尔坎粗暴地抓住她的双臂，再次一把将她拉回到自己身边。他只觉得怒火中烧，失望不已。他们开始加快速度旋转了起来。

"那又怎样呢？难道这不可能吗？肯定就是这样的；我看到你看他的眼神了。"

"什么眼神？要是可以，我会喝掉他的血。"

"憎恨，是吗？"

"纯粹的憎恨！"

"为什么？"

"他是个骗子。我甚至无法肯定他是不是一个同性恋者。他在戏弄我舅舅。"

"也许是你舅舅在戏弄他呢。他做过什么伤害到你的事吗？"

"你正在对你一无所知的事妄加推测，沃尔坎。"

"他们说杀戮之欲和性欲之间只相隔一线。"

"这种说法是指那些有悖常理的事。"

"但憎恨是爱情的隐秘一面，这可是真的，难道不是这样吗？"

"现在就表露你的醋意不是太快了点吧，沃尔坎·贝伊。我一点也不喜欢这样。"

"要是我能明白你爱什么，不爱什么就好了。另外，你干吗带我来这？"

"你今晚真是粗鲁。不是你想跟我在一起吗？难道不是吗？"

"好吧，我错了。我们坐下来吧。"

人们要么同时开口，要么齐齐沉默，后者更是常见。

房间里的音乐换了。来自比才①和威尔第②歌剧中的咏叹调在房间里回荡了一阵；紧接着就变成快节奏的刺耳的摇滚乐。

在大厅的一角，一些人在烛光下做爱。

主导此地的是欲望，它比陈腐的语言更重要。音乐声开得这么大，就是为了让人们无法交谈，能畅享欲望。此刻语言已毫无用处，房间里的一切都弥漫着欲望的气息：大烛台上摇曳的烛光，玻璃杯上残留的口红印和手印，红酒，桌布，镜子和鲜花。无需用日常的语言表达欲望，唯一适合此情此景的语言就是诗歌和音乐。

我得走了，沃尔坎心想。我不属于这。我是个没有任何存在感，有欠开化又过于保守的人，不是这样吗？

"沃尔坎，你还好吗？出什么事了？"

是麦丽开。她试图保护我，沃尔坎心想。她很抱歉带我来这里。灯光从她身后射过来，在她棕色的头发上打了一层光圈。她似乎正享受愉快的时光。哈亚利站在餐桌旁，突然一把抓住一直

---

① 比才：乔治·比才，法国作曲家。歌剧《卡门》的作者。
② 威尔第：朱塞佩·威尔第，意大利作曲家。被称为"意大利革命的音乐大师"。

在跳探戈的那个男孩的胳膊，使劲捏了捏他的屁股。

"哈亚利是个危险的男人，你自己小心。"沃尔坎转过脸，吐出这句话。

"这正是我在努力做的事。你对我误会很大。"麦丽开答道。她正盯着一个男扮女装的人，那个人的头发黄得吓人，与她粗犷的五官、红得刺眼的双唇和假胸形成鲜明的对比；她似乎神志不清一般在房间中央狂舞。沃尔坎盯着两个人，一个看上去像个女人，另一个像个男人，两人忘情相拥，紧闭双目不停地旋转着，对音乐的节拍浑然不觉，沉醉在他们自己营造的珠联璧合的感觉中。香烟味，底妆的馊味，脂粉味，酒味和汗味混合在一起，变得越发浓郁刺鼻。

他想，这群相互认识却彼此疏远的人，与他所在的群体，其实并无太大区别。他们聚在一起，在一个更小的地方谈笑、跳舞，然后像其他人一样双双离开，纯粹是为了取乐或某种欲望。他突然改变了自己的想法，应该接受这个场面，并好好地享受。于是，他飞快地又喝了几杯酒。幸运的是，这次的威士忌还真不赖。

到了切蛋糕的时间，整个房间陷入了一片喧嚣之中。每个人都在欢呼，跟着音乐齐唱"生日快乐"，开怀大笑，相互揶揄；他们在这片嘈杂声中看上去非常开心。只有他是唯一一个彻头彻尾的陌生人。

麦丽开趴在她舅舅的肩头，帮他一起吹灭蜡烛。她裸露光滑的手臂，她的嘴，她的喉咙，她的腰，她的双乳……她所有的一切都如此美丽！在这个场合，她显得容光焕发。更重要的是，她似乎很笃定自己的地位和风彩。在场的其他人早已被笼罩在她的光环之下。跟这里格格不入，黯淡无光的那个普通人，就是他，沃尔坎。或许每个人都在寻找自己的天堂，这个天堂能让他的生活变成可以接受的谎言；而当你认识到这其实是地狱时，你将会无往不利。

麦丽开又回到沃尔坎身边坐下。她对沃尔坎说："你看上去很疲倦，如果你现在想走，没关系，你可以离开的。"她说这话时态度冷淡，像要拒人于千里之外。她说她还要再久待一点，现在就离开，对她舅舅不礼貌。沃尔坎带着一丝轻松和喜悦，接受了她这个建议。他觉得自己已经从一段愚蠢的痴情中走出来了。没错，如果他离开，这里的一切会更好。他觉得有点头疼，而且他第二天还得早起。

麦丽开送他出来。他们穿过人群，走向楼梯，互道晚安。他们礼貌的简短对话稀松平淡，毫无特别之处。

晚上，沃尔坎做了一整晚血腥恐怖的梦。他梦见了全身裸露的人和血腥恐怖的追逐场景。从世界的一端向另一端驶去的所有交通工具发出的噪音，还有拥挤的街道、示威游行的队伍以及生产线发出的轰鸣充斥他的双耳。他看见恐怖袭击的爆炸过后，人们被震飞到空中，漫天飞舞着字迹模糊难辨的碎纸屑。

突然传来爱情歌曲的旋律，淹没了所有的声音。歌曲不停地变化，可是每一首都很相似。

12.

埃莱姆打了一辆车，前往塔克西姆①。公司规定，员工不能私自前往工作地点。不过要去这么近的地方，就没必要叫公司专为她派车了。杰里·哈妮姆一直建议她搬去跟那两个在艾提雷②合租一间公寓的年轻女孩一起住。不过埃莱姆没有接受。她要不惜一切代价，保留自己的独立空间。

她在宾馆门前下了车，心中惊惶不安，但她极力让自己显得

①　塔克西姆：伊斯坦布尔最重要的市中心。这里的塔克西姆广场是该市最大的广场，也是城市的制高点之一。

②　艾提雷：伊斯坦布尔的一个地名。

镇定自若。她乘电梯上到六楼，一间间仔细地辨认房号，沿着走廊一路寻到 673 号房间门前。她得用多少词语，才能说清楚自己堕落的始末？要找到多么充分的理由，才能原谅自己呢？她索性不去想这些问题了。这些天来，她如同困在一团黑暗的迷雾中，她苦苦思索，努力让自己接受在绝望之中所做的无奈选择。她拼命地说服自己，现在的新生活与自己的世界观并不相悖。而且，它会再次——但这将是最后一次——教她见识到赤裸、简单的现实生活。她向自己保证，选择这种令人耻辱的生活，只是个权宜之计，它不会持续太久。

迄今为止，她已找过多少个男人？她早就记不清了。但她记得第一次接待客人，是在位于切尼格柯伊居民区的一栋三层别墅里——这是家秘密妓院。按规矩，预订了女孩的客人可以选择在宾馆或自己家中会面，也可以由公司为他们提供场所。这栋别墅的一楼是接待厅，楼上有四间卧室和一间大浴室。别墅的阳台能俯视花园，风景优美；它的内部装修、家私摆设和音响设备无不极其奢华，能完全按照客人的期望，为他们提供完美舒适的服务。

管理这套别墅的是一个讲土耳其语的俄罗斯裔中年女人。她住在花园里一栋平房中，那里有两间房和一间厨房。这个粗俗高大的女人名叫拉腊，女孩们私下里都叫她"克格勃"①。她负责做饭、打扫卫生，接待那些来往此处的客人，维持这里的秩序甚至向客人收费。别墅的主人是个名叫哈桑维姆的女人，马奇卡的那家高档时装店也是她开的。她是这家公司的老板，曾有谣言说她是名秘密警察。她和一个名叫贝杜尔的贵妇合伙，秘密经营这肮脏的生意。贝杜尔又名贝蒂，在艾雷提有家体育健身中心。贝蒂的同居男友在库卢切什梅一家夜总会里做经理。这家夜总会正是

---

① 克格勃：苏联的情报机构，以实力和高明而著称于世。

展示和推销这些女孩子的绝佳场所。

要是晚上有客人，或是有群交聚会的晚上，这些应召女郎就会待在切尼格柯伊的这套别墅里。在这里，她们总是把音乐开得很小声，小心翼翼地行事，避免影响住在附近的其他家庭，以免惹来不必要的麻烦。拉腊是个极其精明能干的人，在这行算得上个经验丰富的管理人。她冷酷无情，从不妥协，把手头的工作做得无可挑剔。杰里·哈妮姆会监管手下的秘书们精心安排女孩们接待客人的时间，确保她们不会互相撞车。唯有一次，埃莱姆和另一女孩在大厅里一起坐了约一个小时，直到她的一位常客来了，她才起身离开。接待一个客人被她们称为"一单生意"。

为了避免埃莱姆心生惧意，她第一单客人是经过杰里·哈妮姆的精挑细选之后才定下来的。这是个神秘、浪漫、彬彬有礼的年轻人。他父亲是一家知名女鞋店的老板。那天，他们从晚上九点一直待到午夜。他们一起欣赏音乐，品尝红酒，漫不经心地闲聊，虚情假意地打情骂俏，尔后才携手共赴极乐。待客人离开后，埃莱姆就在别墅里度过了当晚。

自从跟塞伊特分手后，埃莱姆已有六个月没跟任何男人有过亲密接触了。这个突如其来的男人在各方面都极臻完美，干净得无可挑剔。她无比享受这段露水情缘，甚至为他意乱情迷。在这如同家一般舒适自然的氛围里，这个男人小心翼翼地施展娴熟高明的技巧，轻而易举地唤醒了她体内的激情，而她对他的行动也做出了热烈的回应。事先让她担惊受怕的初次体验竟进展得如此顺利，她不免惊讶不已；而一番温存之后，还得接受客户的酬劳，她竟生出了几分不悦。正如她们之前跟她说的，这份工作没什么危险和坏处，不受玷污的感觉更令人舒畅。

之后，她不禁暗自思索，一个如此风流倜傥的男人，不管他想要什么样的女人，都能轻易得到。为何他宁意跟一个需要花钱买取她的性服务的女人上床呢？在爱情上他是否有什么缺陷？他是否只能跟他花钱买来的女人上床呢？在他完美无瑕的形象背后，是否也有看不见的伤口，让他钟情于这种见不得人的关系呢？

谁知道呢？有许多事，她希望生活会教给她，当然也包括她想要了解的关于男人的一切。

第二个客人略有不同。他是个骄横跋扈的中年男子。杰里说他是个议员。整整一个钟点里，他一直不停地责骂埃莱姆，用"你不理解我跟你说的话，是吗？""你真是个奇怪的女孩"诸如此类的话来斥责她；他总是频繁地要求她"做这姿势，""做那姿势"，这让她满头雾水心中不悦。他射精时几乎像条疯狗，大声地咆哮嚎叫，吓得埃莱姆以为他快要死了。她很后悔，当时为什么要待在别墅而不是在宾馆里接待他。当她跟杰里抱怨这个客人时，杰里这么跟她解释："他是个好人，只是饱受老婆的欺负，最后还惨遭抛弃。你就迁就一下他，遂了他的心愿吧。"

最初，她刚开始接客时，就觉得这份工作与她当初期望的——或者说，她从未如此期望过——做个摄影模特或成为一位出名的广告模特，没有一丁点关系。不过，她在这方面还是取得了一些小小的进展。例如，她曾接待过一个纺织业的男人，他承诺会让她做他产品的广告模特。可以肯定，这份工作待遇优厚，但她得去上班。不出所料，后来她并未得到他给出令人满意的肯定答复。她也没从她投过简历的那些地方得到任何机会。

她在673号房门前停下来。这儿已是走廊的尽头。两个月来，她已经接待过二十多个男人了，可她仍不能摆脱心中的恐惧。她脱下外套，把它搭在手臂上。她今天穿了一条短裙，一件淡草绿色的紧身人造丝衬衫。她先敲了敲门，然后才推门走进去，把外套随手搭在一堆行李上。"您好。"她微笑着对那个懒散地躺在靠窗扶手椅上的男人打了声招呼。他目不转睛地盯着她，趾高气扬地冲她笑了笑，一副盛气凌人的样子。她怀着些许忧虑和好奇，勉强对他挤出一丝微笑，极力让自己显得轻松自在。他不打算站起来跟她握个手吗？多粗鲁啊！他们要从哪儿开始聊起呢？说点什么好呢？

埃莱姆环顾四周，仔细打量起房间里五颜六色的陈设，觉得它们跟窗帘后那灰暗的天空毫不相称。她像从未见过这里的一切似的，逐一打量着房间里的床、衣橱门、梳妆台上的镜子以及正在轻柔得播放节目的收音机。她又对那个男人笑了笑，但他毫无表情的脸让她顿时丧失了勇气和自信。很显然，这个男人已经习惯了坐在扶手椅上发号施令，让他人唯唯诺诺，俯首听命。那她就得毕恭毕敬地听候他的指令了。

"走近点，亲爱的！你叫什么名字？"

埃莱姆像是浮在令人晕眩的高空，她茫然无措地说出自己的名字，失魂落魄地循着声音向那个男人走去。她觉得自己似乎正在经历一场考不过的测试。她不是非得要跟这个自私自利、铁石心肠的男人说些什么。再者，净说些没有实际意义的话，他们也很难聊下去；她只需简单地回答"是"或"不是"就够了。那个男人已经解开了他白衬衫的衣领，露出长着一层厚厚黑毛的胸膛。有一会儿，她想努力地把他想象成一个近似于人的动物，某个确定的概念或是别的事物，可她做不到。他长有一副庞大的身躯，嘴唇肥厚，脸颊松弛。那双凸出的棕色眼睛里流露出的自负，像在说"我很清楚这个世界上存在的以及发生的一切"。他这种吓人的优越感，令埃莱姆深感无助……

可怜的人！他看上去太不开心了！他有一大堆事情要做。他必须从早到晚，按照约定的时间，马不停蹄地参加一场又一场会议，还得管理一大帮人，做出必须要做的决定，开发项目。位于两场会议间隙的这次寻欢作乐，很可能会有助他释放自己内心的压力。在这段特意逃离现实的梦幻时间里，他哪有心情跟一个普通妓女聊天呢？如果聊天有必要——其实没什么必要——他可以用别的方式，譬如去看文艺演出或阅读诗歌这些愚蠢的方式，来达成目的。看看他吧，埃莱姆心中感叹，他需要娱乐，却对他的娱乐对象漠不关心。他想要一次高潮，却讨厌与马上要让他射精的女人有亲密的互动！他不是去想想自己缺少什么，而是试图在最短的时间内，从一个漂亮女孩的双腿之间，努力为自己开辟出一条一泻千里的通道。并且，他还要竭力在他的员工、他那倦怠而缺少性欲的妻子、他长大成人的儿子们、令他心猿意马却又不得不收敛心神强作正经的女秘书、甚至他的真主面前，掩藏这个秘密。不幸的是，他又一次出现在这里，出现在一个犯罪现场。

这个犯罪现场……一间空间颇大的宾馆客房，墙壁漆成了黄色，拉得严严实实的窗帘，镜子上方亮着的壁灯，一张铺着蜜色床单的双人床，两张床头柜和床头灯。一切都那么陌生，它们的形状和给人的感觉亦是如此。定义这里所有物品的词语也仅仅是抽象的含义和意象。

埃莱姆坐在男人对面的扶手椅上，跷起双腿。整个房间似乎正在她眼前漂浮；她像是被下了药，可并没感觉太多的不适。知道自己身在某处，却不知道究竟在哪，这种迷茫的感觉跟眼前这个谁也不是的男人正好相称。反正，她也不指望能找个熟悉的地方。话虽如此，要是他们能稍微聊聊，谈谈自己，让两人熟稔点，岂不更好。这个笨蛋难道就不能稍微张开他那张该死的嘴吗？他难道就不能谈谈天气、交通或者收音机里播放的音乐吗？为什么细腻的心思离这些臭男人就那么远呢？

她感到这个男人正在毫不客气地打量着她的身体和双腿，于是，她努力地回忆，在这种场合该如何开始谈话，借机拉近两人的距离。她知道有些男人喜欢看着女人手淫，自己却不动手，有些人只有吮吸对方的乳头或脚趾才能达到高潮，有些人喜欢像条狗一样被女人鞭打或虐待，还有其他种种无聊之举。她接受了十五天的培训，确实卓有成效；她也从工作中获得了一些经验……尽管如此，她仍感迷惑。已经过去十五分钟了，这个男人的态度却为何丝毫未变。

公司负责的女孩曾告诉过她，这个男人不喜饮酒，也希望来的女孩不要带酒。其实，一杯烈酒不是有助于暖场吗？或许他们可以聊聊汽车。可是干吗非要聊这些呢？

"您喜欢什么，我不知道您有什么兴趣；我们要如何入手呢？"她打破了沉默。起先，埃莱姆觉得这只是个普通问题，能有各种理解。然而，眼下看来，这个问题真是开门见山，直截了当。不过，对这种男人来说，确实也该如此。

"你是新来的，她们说你是个新人，是吗？"

埃莱姆刷地羞红了脸，放下了交叉的双腿。这个问题不必去理会。

"至于我喜欢什么并不重要，你不如先开始吹箫吧，"男人接着说，"我自己不能勃起；你得稍微努把力。我上这儿来可不是为了干坐着的，你说是吧？"

埃莱姆站起身，尽力保持冷静。前几个月里，她们本该为我安排一些更文明，更感性的人，她心中愤愤。没错，让她蹲在这多毛粗短的两腿之间，嘴里含着他那玩意，她可不会好受。这具身躯毫无人体的美感可言，她也没有坚实的胸膛可以依靠，而从他那张丑陋的嘴里更是吐不出能抚慰她痛苦的甜言蜜语来；从头到尾只有无尽的空虚；为了这一个小时四百美元，她勉强也能承受。好吧！她有什么可期待的呢！

"脱光了吧，亲爱的！只留下吊带袜，我在电话里说过的。你有穿吊带袜吧，对吗？"

埃莱姆犹豫了片刻。可以，但你得先交钱，这是规矩。规矩很重要，谁也不会忘记。唯有如此，你这个白痴才有权利将我看成是一件普通的商品。像是看透了她的想法一样，那个男人从身旁的桌子上拿了个信封递给埃莱姆。她接过信封，看也不看就塞进了提包。

此刻，再也用不上助兴的绵绵情话，也无须曲意逢迎，故作温存了。埃莱姆早已记熟了那些必要的挑逗助兴的下流话，如何褪去自己身上的衣衫，如何用上自己的嘴、双手和肌肉。你必须让自己牢牢记住，你现在只不过是个任男人随意玩弄的雌性玩物而已，你得温驯顺从，穿上高跟鞋扭动你的身肢，迎合客人们不同的爱好，做出各种高难度的不雅动作。她早就心甘情愿地接受了这个现实，她得伸展身子躺在地牢的行刑架上一样，任他们随意蹂躏。虽然这会永远玷污她的灵魂。

她打开倒立着嵌入墙壁中的收音机，悦耳的拉丁乐曲立刻流淌了出来。埃莱姆随着音乐的节拍，一边像是跳舞一样，扭动着腰肢，挺起胸膛旋转着，翘起屁股，波浪似的上下起伏，分开双腿屈膝蹲下又立起；一边解开自己的衣服扣子，一件接一件地褪掉身上的衣服，丢在一旁，只留下了黑色的吊带袜。

真令人吃惊。当她旋转扭动着一件件地脱掉衣服时，她感觉离"自我"已经越来越遥远；她把自己想成一具沉默的躯体，它由各种漂亮的器官和一个等待被男人插入的肉洞组成。因为人的身体能自我调节，它其实根本不是一台复杂的机器。寥寥几个词语便能将其概括和表述清楚，人人都能明白这种显而易见的平凡语言；这甚至算不上一种语言，不过是被人们记住了的缩写和公式。在这种情况下，没剩下什么可供探索的东西了。

难的是从一具无意识的躯体再变回自我，为它命名并发自内心地去感受它。

她强迫自己放空身心，让自己变成一张白纸；变成一具没有名字也没有脸，没有标志也没有身份的躯体。现在的她，不会是那个为了被人唤起情欲，共浴爱河而去爱人的女人了，也不是那个等待一双充满柔情的手在她身上游走抚慰的女人了。当然，这双手的主人是只为自己心爱的女人而动情的男人。如果谁都不必为图有一具躯体的女人产生感情，赋予其必需的名分和地位，并要求她完成必要的工作，那么，这具仅存躯体的女人，就会轻易成为被男人们用作招摇炫耀的玩物。最终，这一行为肯定会对这女人造成毁灭性的伤害，可在当今社会这确是件稀松平常的事。还在舞动着的她，瞥见那个男人坐在椅子上，身子动也不动，就将自己的衣物褪到了腰部以下。啊，原来听凭这个男人发号施令，顺从他的召唤并不是件难事。一念至此，她竟有点开心。她正在迅速堕落。更糟的是，作为一个敏感而理性的人，她这么做是心甘情愿的。她也不觉得这有什么不对，她早已经被逼着试了好多次了。再说，只要不出现幻觉，当一个人睁开眼睛时，一切事情皆有可能发生，而且有些事情也必然会发生。她现在能做的就是放弃自我，甚至毁灭自我；回归到她能产生一切丑恶的内心黑暗之中。腾空你的思绪，忘掉时间吧。

有一会儿，她尝试着把这个男人看成是自己的父亲，或一个兄弟、一位亲戚，甚至是丈夫。当她询问他的名字时，这男人回答得既简单又干脆，"艾哈曼德·穆罕默德"。不，他不是她想象的那个人，他不是一个能被命以任何名称的人；他肯定也不是一个跟她关系亲近，能让她有无尽遐想的情人。直到此刻，他仍未吐出半句甜言蜜语，没有发出一声惊叹，更没有一句训斥之语。可以肯定的是，他觉得一件他缄口不提的事是很难与人提及的。他只是目露淫光，在一个女孩面前露出他软绵绵的阴茎，仅此而已。

突然之间，埃莱姆心中升起一股深深的怜悯。这不仅仅是对这个男人产生的怜悯。它是直指人生的遗憾，是对人们的无助和一贫如洗的遗憾。因为某些她不知道的原因，这个男人需要像她这样的应召女郎。对他而言，他必定有正当不过的理由。于是他付钱给她，让她待在自己身边。即使他有许多工厂，无数雇工，豪华轿车、漂亮房子和妻子，他仍觉得不够。他心中有种难以言喻的空虚，也许只有应召女郎才能填补他的这种空虚。

不幸的是，除了这副被人盯上并惨遭蹂躏的躯体，她什么都给不了他。可是，像他这样的男人也绝不可能真正地得到它。对于那些仅仅是怀着对赤裸裸的肉欲的无尽期望而接近她的男人，这副躯体只会让他们觉得更加枯燥乏味。

她像一只合上翅膀的小鸟，落在地面上。她弯下身子跪在扶手椅前，任凭那个男人抓住她的后颈，粗鲁地将她的头摁在他的胯下……

她仿佛听到一架飞机飞过，雷鸣般的轰鸣声渐渐远去。她已经模糊了时间的概念。她挣扎着想从床上爬起来，去门外呼吸新鲜空气，却感到浑身无力，她的身体沉重得像被粘在了床上一样。她拼命地回忆，自己现在到底在哪，自己到底是谁？

这不还是原来的房间吗？她猛然清醒，发现那个男人骑在她的身上，像个角斗士一般牢牢地箍住她。他的一只胳膊如同一根铁棍从她身后托住她的腰，另一只手则紧紧箍着她的臀部。钻心似的疼痛让她无比愤怒，她用力地推了他一把，却无力继续反抗他粗鲁的行为。他似乎要拼命证明自己的能力，甚至像是在对她进行复仇，他那副凶悍的模样简直像要马上把她吃掉一般。他又像是在考验她、测试她的耐力。他把所有的姿势都用了一遍，逼她配合，用力摧残她，弄得她失声大叫。这种无力脱身的感觉真令人恐惧，她就像被绑架到深山之中，求救无门！

她再次睁开双眼时，发现他腰上裹着一条大毛巾，正站在床边盯着她看，似乎想在离开之前，等她咽下最后一口气。

"你真是个可人儿，宝贝。我还会再找你的。来吧，起来！"

末了，好像有点感情了，埃莱姆心想。她暗暗咒骂了一句。

"你太粗暴了，你弄疼了我，"她抱怨道，"如果这是你的行事风格，那就别想有下一次了！而且协议说的是一个小时……"

"我知道，别担心。什么我都会给钱的。"他开始穿衣服。

埃莱姆闭上眼睛。这个强盗趁她缺少经验，占尽了便宜。有点经验的女孩子一定会有办法跟这种疯子周旋。她得学会这些手段。她从床上坐了起来，想整理好自己乱蓬蓬的头发。

她的手机响了，可她压根不知道包放在哪里了。她艰难地起身下床，开始东张西望，男人指了指扶手椅。她走过去拿起包，发现手机仍在响个不停，于是她接通了电话。电话是杰里打来的，她在那头问她一切是否顺利。埃莱姆告诉她，时间花得太长了，她正准备离开。这个男人正死死地盯着她，她不想当着他的面发牢骚。杰里问她是否要车？不，她等不了了，她打算叫一辆计程车。这么看来，她们都知道这个男人的癖性。她们明知会发生什么，却还要算计我，埃莱姆恨恨地想着。该死的！

她在床沿上坐了下来。刚才的一些对话和场景，不停地闯入她的脑海之中，又突然裂成了碎片，向四处飘散而去。她感到从下体深处和背部传来一阵阵的疼痛，她的胸部就像一个沉睡孩童的胸那样，不停地轻轻地上下起伏着。男人从外套口袋里掏出钱包，往正对着镜子梳头的埃莱姆面前，又丢下四百美元的钞票。

"够了吗？我要走了；你也走吧，别磨蹭太久。"

"这点钱太少了；想想吧，我可能好几天都上不了班，这实在太少了……"

男人又往梳妆台上丢了两百美元。埃莱姆看都没看他一眼。她只听见门开了，又关了。他对她所做的，不只是打伤了她那么简单。不过还好，他还没讨价还价，这个该死的混蛋。或许这是个测验，一个关于耐性和耐力的测验。好吧，测试已经结束了。但谁知道以后她还会遇上什么事呢？

这会儿房间更暗了。日光不再透过窗帘的缝隙漏进来。她看看表：差不多六点了。她想到了夜晚，还有她那张安宁的床。她起身去卫生间，想洗个淋浴。她把全身上下都涂上肥皂，然后静静地站在水龙头下，任凭热水久久的恣意流遍全身。等她站在镜子前吹干头发时，有一刻她几乎认不出自己来了。镜子中的那个人根本不像是她。她的嘴唇和眼皮又红又肿，背上和肩上有好几处淤青。她匆匆穿上了衣服，好把这全身的伤痕掩盖起来。她知道客人总喜欢新来的女孩，新鲜比漂亮更诱人。因此公司总在寻找新面孔和新鲜的女孩，他们绝不会拒绝那些看起来还算不错的女孩。

艺术，文化？突然之间，她觉得这些词就像个讽刺的笑话。一切都是谎言。公司编造出这些谎言，就是为了能被人认可。

埃莱姆把梳妆台上的钱收好，塞进那个装钱的信封。两小时就有一千美金。虽然她受尽凌辱，感觉糟糕透了，可她得到了她应得的。那个男人对待她如同对待一个普通的妓女一样，没有交谈，也没有分享……就这么着吧。还好，有一千美元呢。就算减掉百分之三十的佣金，她还能得到七百美元。这跟她在保险公司上班时，每天朝九晚五工作一个月挣到的薪水一样多。大学，工作经历，所有的奋斗和拼搏，对一份事业的种种期望，这一切全都失去了意义。

荣誉、贞洁……她生命中的那个男人，拥有一栋房子，可爱的孩子们……这些全都是痴心妄想了。落入圈套，吞下诱饵……能让爱情成真的是一个人的纯洁和真挚；能拥有梦想和十足的乐观、信念，才能坚持对未来的不懈追求。至于我，许多年前已经失去了那份纯洁，还能有何期盼呢？

她出门时天已经黑了。户外天气很冷，她只觉寒意入骨。她连忙拉紧大衣，用围巾裹住了头。虽然天气不好，可她还是想走一走。她融入拥挤的人流之中，向独立大街①走去。一路上她神思恍惚，好像整个人飘浮在一片虚空之中。一想到今天发生的事，她就失望透顶，深感受伤。她只为自己的低贱下流而感到心痛难当，她能感觉到从神经末梢传来的那一阵阵疼痛。然而，对于以后将要发生的一切，如来自不同男人的抚摸，他们的气味，遇见不同的人随之而来的各种冒险，每一次等在门后谁都不是的男性人物。对此她一无所知，也毫无反抗之力。

她走进一家甜品店坐了下来，把包放在腿上，简单地喝了一碗汤。尔后，她走出门一路向杜乃尔②走去。

她几乎见不到杰里；她们总是电话联系。埃莱姆一周去三次健身房。经常锻炼，她的身体比之前更健美也更灵活。她跟迪代姆的关系却日益亲密——迪代姆是贝蒂安排在健身房、负责照顾女孩们的两位助手之一。她们俩上周还一起逛了街，买了性感内衣和别的一些东西。大部分客人喜欢款式简单、质地精良的性感内衣。

她想第二天再给杰里打个电话，跟她数落一下今天这个男人的不是。但她必须得咽下这口气，跟她的雇主保持良好关系，并且重新振作起来。不过，她也有权拒绝再次接待这个男人。

眼下，她用两只煤气炉解决了公寓取暖的问题，但这并非万全之策。跟其他的女孩一样，她也暗暗期望能吸引一个有钱男人的注意并成为他的情妇。她下定决心，要在自己筋疲力尽、容颜憔悴之前，努力找到这么一个能让她一劳永逸的人。但她需要十分的好运气。

回到家里，她试着打开两只煤气炉来为房间供暖。她和另一些女孩明晚要跟杰里一起，去贝蒂男友任经理的那家名声昭著的

---

① 独立大街：伊斯坦布尔市区中心的最主要街道，一些著名建筑和机构都位于这条大街的两侧。

② 杜乃尔：伊斯坦布尔的地铁线名。它是全球最短的地铁，全程仅两站。

夜总会。毋庸置疑，进了这种高级休闲会所，你会遇上个好男人，今后会过上好日子。如果没有这点希望，谁也不没办法长期忍受这种耻辱的生活。

她随便吃了点东西，便去查看自己的邮箱。邮箱里有封"橘黄色"的来信。她大吃一惊。她有段时间没收到邮件了；她没想到还会有信来。

埃莱姆：

我这段时间始终没法给你写信，尽管我没有任何借口。

我从未对你有过任何揣测，以后也不会有。我把你看成了一个有别于我的异类；你让我感觉到人类灵魂的沉重分量。这是我所喜欢的。

我是个三十六岁、阅历较为丰富的男人。我并非如你所想，是一个随意猎艳的好色之徒。相反，我对你的印象非常清晰。

我是一家金融公司的总裁。当我看到你关于未来的文章时，几乎快要辞职了。

一直以来，我身上有许多弱点，我也犯下过不少的错误。过往的生成速度相当快。一个人在试图看清未来时，反而陷入了消极的情绪之中。不管是什么条件，我觉得我们唯一的需要，就是去想象未来。这是我们能听到世界美好之歌的唯一途径。

我正在给你发张我的照片。（沃尔坎·库曼）

这张照片真不错。他看上去像一位她记不起名字的电影明星。也许他为了调戏我，给我发的就是这个演员的照片。沃尔坎·库曼，你这不是在耍我吗？还是家金融公司的总裁呢，得了吧！你们这种人，绝不会从股票显示屏上挪开眼去看看四周，尤其是就在你们眼前的事物。你真是在信口开河。聆听世界之歌！她心里在不停地嘀咕着，忽然看到屏幕上出现这样的文字：

你在吗，黄点？

这是埃莱姆第一次碰到他在线。她一下子兴奋了起来。

埃：在，橘黄色。我正在思考着呢。

沃：告诉我，你在想什么。

埃：我觉得，即使是想要或想象，也需要一些支撑，一个希望或是一丝光明的。我恰巧缺少这些东西。显然，你不会缺少它。你真行！我不大相信你所说的关于你自己的一切，因此，我对你并不好奇。照片中的那个人，可能也不是你。可你为什么要这么做呢？

沃：我写的全都是真的，我也就是照片上的那个样子。近来，我一直在尝试着努力地跳出这个肮脏的金钱世界，但我感觉到非常孤单。

埃：我一直以为你是个女人呢！现在这个问题不重要了。这些天，我既不需要清晰也不需要连贯。恰恰相反，混沌和杂乱正合我意。

沃：你想说什么？

埃：没什么。你知道我为什么给你写信吗？因为，就像那么多即将溺亡的人一样，除了将我自己内心的呐喊，甚至是我自己，丢进到一个洞里去，换句话说，丢在这里，别的我什么也做不了。

沃：这两个月我们不可能走得太远吧。这是我们第一次直接对话；我觉得我们聊得很艰难。

埃：我也没有什么现成的答案。我更善于以思考来表达自己。很无聊，不是吗？我倒希望你是个异类。这样，你就会有别于其他那些从头到脚都是相同感觉的人，你也能将我从这样悲观的情绪中拯救出来，哪怕只是稍稍改变一下这种状况，也是好的。

沃：我就是我，我没你想象的那么大本事。你能给我发张照片吗？

埃：不行，因为我一点也不像哪个女明星。

沃：这不公平，那真是我的照片！

埃：好吧。不过，目前我喜欢的是模糊而非真实。还有意外，欺骗，不可能实现的梦想……我知道，美好的邂逅有时也会出现在这片天地。

沃：你太多愁善感了。你能看见不同的色彩，却不能区分它们。

埃：我并非如此，只是这些天我的思维和生活都相当混乱。我踏上了一条新的道路，虽然行色匆匆，却不知道自己正走向何方。

沃：如果你跟我说说，或许我能帮上你一点忙呢。

埃：我不需要任何帮助。流亡或许更适合我。

沃：你写的这些话，对我来说过于高深。因此，要回答你，我必须得设身处地地去感受你的处境和你的生活，而我觉得自己现在像个正在做作业的小学生，又不知该从哪儿着手。

埃：或许你说的没错，但我担心，不管我们两人是种怎样的关系，可能会因这次对话而遭到极大的破坏。很久以来，我一直住在地狱中，期盼能飞入天堂。当我在此眺望，却发现这个世界充斥了太多的谎言。于是，我开始了解自己，也初尝了欲望的滋味，但我仍然无法超越"无名之辈"的身份。

沃：你不是无名之徒，埃莱姆。

埃：我是。除了我自己，我一无所有。而此刻我最想要的，就是遁于无形。

沃：那是你此刻的心情。如果我们试着敞开心扉，相互靠近，近到能从写给对方的文字之中体会到切肤之痛，我们或许可以面对面地聊聊天。

埃：我有另一个建议：别给我写信了。我是如此渺小，微不足道，你应该将我遗忘。到时我才不会为你而忧伤。

埃莱姆关掉电脑，爬到了床上。她想睡觉但一时半会又睡不着。她感到眼下最糟的是，尽管她是个普通的女人，可面对一段能让她赖以生存的真实感情，一段能让她自由发泄性欲和各种情绪的感情，却只能视而不见。她只要还继续这份见不得人的工作，就不可能拥有一个能让她投入全情的男友；就算以后也不能。即使将来她放弃这个羞耻的工作，但现在她所做的一切，仍是一段不堪回首的过往。不管她如何小心翼翼地隐藏这份耻辱，她仍会时常担心会被他人揭穿。但是在她准备进入这行之前，她已经充分考虑过所有的后果了。

她希望能跟这个"橘黄色"发展一段浪漫的感情并有所深入。这个希望也许是为了满足自己情感的需要。正如她自己所写的那样，她要为自己创造一个梦境，一个属于她的世界的梦境。而当她进入这个梦境并成为梦境的一部分时，她又想到在这个极其神秘的氛围中，一切都可能随时发生。她因此感到亢奋。

她想象着自己在一家咖啡厅跟沃尔坎相见的场面。

她穿着一件驼绒大衣。他中等个子，棕色的头发，略显自负。他看到埃莱姆时果然惊诧万分。你只是经由我的作品认识我的，埃莱姆会告诉他，其实我本人并不像你想象的那样。这时，"橘黄色"会说，你比我想象的更美丽动人。

他的房子很不错，只是屋内凌乱不堪。他也许是个受了点伤的男人；他跟妻子离了婚，周末才能见到他的小女儿。他现在正在寻找那失去的另一半。要是能找到一个合适的人，他就会马上结婚。他跟女人的感情经历并不多，他至少被女人骗过一次。他看上去身体健康，是个性情温和，行事端正的人。他不太洒脱，跟他不爱的女人在一起时，会感到很不自在。他从未忘记过自己的初恋。他有点天真，情绪激动。他就坐在她的对面，触手可及。他在工作上曾取得不少成就，但情场失意却让他事业开始停滞不前。如果能找到更好的机会，他将会不顾一切地辞职。言谈之间他神色轻松，像是时间充足，因为他很有钱。

他喜欢电影、音乐和足球。他说他对爱情很挑剔；他想多点选择，也想被人选中。他看上去跟他的同龄人不太一样。他握着茶杯，饶有兴味地看着埃莱姆，仿佛对她有点动心。但目前他还没想过要跟她上床。

"我是想要一个这样的人吗?"埃莱姆暗暗地问自己。完全不是。他不过是个随处可见的普通人。她喜欢梦想。她看重的不是梦之好坏，而在于梦的过程。许多的梦将此处和其处紧紧相连；明白和遗忘、接受和拒绝、过去和未来、停止和运动、逃避和沦落，最终都在梦境之中绑在了一处。梦想是她面对生活困境而左冲右突、疲于奔命时，能勉力握住的唯一的财富和慰藉。

埃莱姆沉沉入睡。她又梦到了"橘黄色"。他俩正沿着一条窄窄的小径，在一片茂密的森林中漫步。小路蜿蜒曲折，空气中弥漫着椴树的清香，树底下长满了格外美丽的蘑菇。小路时而变得更窄，路边树木垂下的大片枝叶便不时地拂过两人的脸庞。

他们仿佛置身于时间的虚空中。此刻像是夜晚，其实又不是，梦中的时间已被遗忘。走着走着，"橘黄色"说他们迷路了，埃莱姆却毫不在意。此情此景令她心旷神怡。他们停下脚步，伫立于一处静谧的水塘前。他们蓦然瞅见，一只黑青蛙和一只绿青蛙正在交欢。啊，这是个不祥之兆！

沃尔坎对埃莱姆说，他想和她像那对青蛙般亲热。于是埃莱姆在一株灌木丛下躺下来。沃尔坎将她拥入怀中，热烈地亲吻她。然后他开始追问：别的男人待你如何？你跟他们在一起时做什么呢？告诉我吧……

你最好不要问这些事，因为，每每此时，我总被折磨得奄奄一息，埃莱姆黯然答道。

她突然抽身，离开沃尔坎的怀抱，纵身一跃……可令她惊恐的是，她的腿竟然变成了青蛙的腿！她猛地从睡梦中惊醒。

13.

一想到麦丽开，沃尔坎就陡然觉得时间漫长难挨，心中百无聊赖。然而这种感觉无可避免。当初，他满怀期望地接近麦丽开，希望能走进她的内心世界，从她的温暖中寻求安慰。但突然之间，他们却日渐疏远。迄今他都没完全弄清楚两人无法再走下去的原因。悲伤铺天盖地地向他袭来，令他深陷其中，无法自拔。

沃尔坎的小车驶进一条宽阔的林荫大道。

哈伦在他位于伊斯特涅尔①山间的豪宅里，举办了一场迟到的新年舞会。他花园大门前停满了各类豪车和招摇的四轮跑车。通往花园正中那栋房子的道路两侧，彩灯高悬、火炬摇曳，一派流光溢彩的盛景。小提琴乐声悠扬悦耳，从大厅内流泻而出，在夜空中回荡。这分明就是一场盛况空前的高雅聚会。

天气很冷，屋外早已下起了雪。客人们坚信室内必定温暖如春，一个个只穿着单薄的塔夫绸、丝绸和开司米织成的高雅衣着，盛装赴会。他们快步走过花园，踏上通往厅内的石阶，似乎对室内的温暖已是急不可待。

---

① 伊斯特涅尔：伊斯坦布尔的一处地名。

哈伦身穿一套黑色西服，打着领结。可他走路时的别扭劲儿倒像是被脚上那双闪闪发光的黑漆皮鞋勒得浑身难受似的。他一见沃尔坎，便热情地迎上前来给了他一个拥抱，以示欢迎；然后揽住沃尔坎的肩，亲热地跟他握了握手。受到邀请的来宾只有六十来人，可是大厅内人头攒动，让人感到来的人数远不止于此。宾客们坐在皮沙发和铺着钉有范思哲标签的丝绸软垫的扶手椅上，一边谈笑风生，一边用艳羡或嫉妒的眼光，打量着房间内随处可见的镶有镀金相框的名画、高大的花瓶、玻璃橱柜、水晶镜子，以及从天花板上垂下来的丝带和装饰品。彬彬有礼、尽忠职守的侍者们端着银托盘，步履轻盈地穿梭于三五成群的宾客之间。人群之中有企业家、商人，一位政府的前部长，两三个记者，还有许多在金融界叱咤风云的大人物，他们都是哈伦笑脸相迎的对象。自然，这里也有一对对夫妻、一个个情妇、情人。

一名侍者走近沃尔坎，问他是否要喝一杯。沃尔坎看了看盛着各类五彩缤纷的酒水的水晶酒杯，挑了一杯马提尼。他决定用餐时再喝烈酒。塞尔达走过来向他问好，他轻吻她致意。自从他们上次见面之后，她瘦了不少。这个年轻女人穿了一条蘑菇黄色的丝质露肩晚礼服，礼服老是往下滑；她只得不停地向上拉，以免露出自己瘦小平坦的胸部。她看上去容颜憔悴，苍老衰弱；脸上漫不经心化好的妆实在不堪入目，有只眼上粘的假睫毛甚至快掉下来了。沃尔坎注意到，晚宴才刚开始，她已颇带几分醉意。之前据哈伦所言，他们又一次度过了离婚的危机。说不定是，当他挑衅地对塞尔达说"好吧，就让我们离婚吧"这话时，塞尔达又害怕得临阵退缩了。"当然了，她还能上哪里去找到这种奢华气派的家，哪还有这些任她挥霍的信用卡？"哈伦颇为自信地如是说。

在能俯瞰大厅的二楼平台上，一支小乐队正演奏着欢快的晚餐音乐。室内的灯光经过精心布置；所有摆设的色彩都选用黄色和米色为基调，在灯光的映射下，更显线条柔和。大厅一角的大壁炉里炉火熊熊燃烧，火光映照着紫红色的镶木地板，将它们染上一层绯红，也照亮了位于天花板的红木大梁正下方，沿着壁炉两侧一字排开的摩洛哥皮沙发。为了方便客人跳舞，原本铺在由大厅通往露台的那段地毯，也全都移开了。

大厅的两级台阶之下便是餐厅，这时那里摆了一张豪华的大自助餐桌。桌上摆放的美味佳肴琳琅满目，色彩丰富，堪比皇室盛宴。客人们坐在餐桌旁尽情享用，他们的手此起彼伏，上下挥动，犹如蝴蝶扇动着的翅膀。沃尔坎走过去看了一圈，有香橙鸭子、各种开胃小菜和橄榄油拌的冷盘、冰镇烟熏三文鱼片、塞满鹅肝酱和鱼子酱的圣女果、烤虾等各式菜肴。女人们裸露的丰满胸部；闪闪发亮的珠宝首饰；低低的轻语；开怀的大笑；瓷器和银器撞击的叮当声；高脚薄酒杯相碰时发出的悦耳脆响。透过紧闭的露台窗户，还能远远看见博斯普鲁斯海峡两岸的璀璨灯光。这一切恍如梦境，令人愿意沉醉其中永不醒来。

他跟几个熟悉的客人闲聊嬉笑了一阵，又听一个去过远东的女记者畅谈了一会她的感想。看那些或亲切，或狡黠，或愚笨的面孔啊……那些坚信自己充满活力、富裕幸运的人的笑脸……跟他们的交谈调笑，全是些虚伪、短暂的交际。

塞尔达又一次来到他身畔。

"你看上去真漂亮。"他恭维道，想让她觉得好过点。

"漂亮？我都快憋死了，沃尔坎。你看看这群蠢蛋！有时候我简直想逃到山里去。"

"别这样，别这么说，你太夸张了。你所有的一切都令人羡慕。"

"除了幸福和爱情，我什么都不缺！你懂的……"

"要是你能稍微乐观点，就没问题了。"

她不耐烦地扬扬手，像是在说：够了，别给我建议了。

"这儿看上去真漂亮，不是吗？"她扭头四下里打量着。

"可这不是个家。这是栋没特色的房子，跟其他任何有钱人的房子毫无两样。再加上一个死气沉沉的男人，一个老是背着我嫖妓的混蛋老公！你说我能开心得起来吗？"一个侍者正好经过，她伸手从侍者手中的托盘上抓起一杯杜松子酒。沃尔坎脑中飞快地闪过一个念头，他得在与她谈话还未失控之前，赶快甩开这个女人。就让她离婚得了，谁会阻止她呢？哈伦跟这个疯女人在一起，也一定快乐不起来。

"我开始上艺术课了；我的老师说我很有天赋。那是唯一能让我喘口气的地方，你懂的……"

"太棒了！我觉得艺术是最佳的治疗方法……"

"我们能哪天坐下来聊聊吗，沃尔坎，就我们俩？"

哈伦走了过来，从他妻子的身后伸手夺去她的酒杯。她转过身来，对他怒目而视。

"你看到了吧，在这座房子里，我甚至连喝一杯的自由都没有了。"她满腹怨恨地撅着嘴，泪水像马上要夺眶而出。

"你已经喝得够多了，随时都会醉倒过去，"哈伦对他妻子的反应视而不见，只是冷冷说道，"去缓一缓，稍微梳洗一下。要是不舒服，就躺下休息一会。去吧，亲爱的。"

塞尔达迟疑片刻，随后安静而顺从地走开了。沃尔坎再次确信，不管遇到什么事，哈伦总能巧妙地打发停当他的妻子。其实，今晚什么事情都不会影响到他的好心情。他满面春风，神采飞扬。就在前一天，他还签订了一份价值四千万的金矿勘探的合同。他几经努力终于获得那家加拿大公司的特许经营权，成为这家公司在土耳其非法经营活动的幌子。

"你觉着怎么样？一切都很完美，不是吗？我的朋友！"他喜不自禁地问道，"我所有的朋友都来了，而且今晚我也精神抖擞！"

"今夜的聚会太棒了，确实花了不少心思。"沃尔坎随声附和着。

沃尔坎打量着哈伦的那些朋友，这些人全是有头有脸的大人物。他们之中有银行骗子，善于摆布他人的高手；能在货币即将贬值时提前收到内幕消息，并从中渔利的背景深厚的投机者；霸占海岸进行开发，从房地产行业聚敛了不少不义之财的大开发商；利用政府投标项目虚高要价，并从政府公费报销中牟利而中饱私囊的承包商；以百分之十的高额佣金为人谋事；或是买通媒体为自己大肆宣扬，挣得好名声，实则都是些走私犯和心狠手辣但手段高明的黑手党老大。还有数不完的人物——像哈伦这种刚签下新合约甚至更新的合约的分包商；一夜暴富的新闻记者、溜须拍马之流和煽风点火之徒……他们全都是些无法无天、权势熏天、夸夸其谈、贪得无厌的魔鬼。

皮革、香烟和红酒的浓烈气息交织混杂，弥漫于整个大厅中，晚宴的气氛渐渐升温，众人的谈话也越发活跃。这时，人人都是滔滔不绝，个个都在侃侃而谈，当然没人会谈起自己的生意经。他们绝不会在他人面前公开谈起这些话题。生意场上的谈判和讨价还价都是关起门来进行的，通常都是一对一，不管结果是成功还是失败，他们说的话只有他们自己才能理解。在这种社交聚会上，他们谈论的无非是房子、车子、游艇、款待亲友和宴会、近期的节食计划和疾病、旅行和假期这些无关紧要的话题。

经过几轮问候、寒暄和短暂的闲聊之后，沃尔坎走到壁炉前的那排扶手椅边，找了个位置坐下来。他一点点拿起盘里的食物，细嚼慢咽。自从十月开始减肥以来，他已经瘦了八公斤；他瘦了许多，却显得年轻了不少。镜子里又一次出现了令他满意自豪的形象，他因此自信大增。

他在人群中发现了尼罕。她在一个离他较远的角落，正跟一个生产坐垫布料的纺织业人士聊天。自上次通过电话之后，两人一直没能找到合适的机会相聚。他决定等她转身看见他时，再跟她打招呼。

小乐队奏起了舞曲，宾客们也随之舞动起来。此时，观看舞池里这群跳舞的人倒真是件趣事。舞动的人群中不时传来阵阵欢笑；足以使人忧虑的含沙射影的嘲讽戏谑、衣物摩擦的窸窣之声、香水浓烈的味道……一幕幕繁杂混乱的喧闹景象在他眼前晃个不停，令他目不暇接。

这时，他瞅见尼罕正朝他这边走过来。他连忙起身相迎，深情地拥吻她。当她满怀柔情地轻抚他的脸颊时，他牵着她的手踏入了舞池。尼罕穿了一件墨蓝色塔夫绸的紧身长礼服；这件礼服设计精美，锥形衣领一直延伸到她的后颈，将她从肩到腰整个优美的背部展露无遗。沃尔坎用一只手轻轻地环住了尼罕的腰。

"我简直不敢相信自己的眼睛，你这么帅了；你变得这样瘦，我的爱人？你没太折磨自己吧，有吗？"

"有点。我很想你，而且我也想让你觉得我很帅。"

"我也是。我看上去怎么样？"

"美得不可思议。是爱情让你变得这么美吗？"

"很可能，我爱得发狂了。"

沃尔坎贴住她的脸，闭上双眼。他感觉到她温暖的气息，闻到她的双乳散发出一丝香水也遮不住的淡淡奶香。他静静地感受着怀中这具娇躯散发出的女人味，她宽容忍耐却又急切轻佻；恍惚中他听到一段远去的岁月发出的回声。他眼前浮现出一间弥漫着海水咸腥味、红酒味和风信子花香的房间。他的手沿着尼罕晒黑的背脊轻轻地游走。那时他们共享的不只是性爱。在他们相互缠绵的身体、紧紧相扣的手掌、无休无止的亲吻之中，更交织着炽烈燃烧的激情。当两人相拥而卧、坦诚相对时，这世界似乎变得更加简单可信。不过，他们已失去了这份纯洁、清晰和亲密的感情，永远无法再回到当初。

"你还记得我们在岛上的那间房吗？"他轻声问道。

"我怎会忘记呢？那时我全心投入，我很爱你。"

"你现在是独身一人吗？你难道没有情人吗？"

"是的，我没有。沃尔坎，我遇上了一件古怪的事……不，我不会告诉你。不过，我说了你也决不会相信的。"

"得了吧，说来听听。你已经吓不到我了。"

"我的情人是个女人。显然，必定是我一直对女人感兴趣，自己却从不知道。我想，这才是我老是不能跟一个男人保持一段长期关系的缘由吧。"

"还有呢……"

"还有……我之前从未有过这种感觉，一种如此强烈的感觉。"

沃尔坎停下脚步，他的手从她腰上滑落。真荒谬！这真是矫揉造作、虚情假意、为了改变自己的一种需求……这还是他认识了这么多年的尼罕吗？

"看你多惊讶啊！来吧，我们来喝一杯。其实，性是个复杂的话题。你可能并未认清自己，最后浪费大把时间。我真希望自己能在三十岁之前明白这点就好了。"

"我竟无言以对。你总是让人惊讶，不过这有点太……"

"你没当真，对吗？"

"是的，我没当真。你这个想法会消失的。"

我真的需要一杯烈酒，沃尔坎心想。他们朝吧台走去。哈伦截住了他们。

"他跟你说了吗？"他问尼罕，"你这个朋友想离开我，辞去这份工作。"

"为什么？"尼罕吃惊地问道，她的反应果然跟其他人的反应一样。她马上转向沃尔坎，"你是要去别的什么地方吗？"

"不，没这回事。我只是干不下去了，就这么回事。"他看着尼罕。她的眼睛明亮而冷酷；她棕色的头发一丝不乱地梳向脑后，露出她那张变幻莫测的脸。这张脸时而像天使、时而又似恶魔。

"我觉得，你这个时候抽身而退，对你并无裨益，"哈伦说，"我们是一家人，是梦之队，沃尔坎。要是有什么问题，我们来共同处理。我不想失去你。"

沃尔坎觉得"我们"这个词，表达的是命运共同体这个概念。这个代词的词义广泛，涵盖了各种长期关系。哈伦说这话，既通俗地表明了他们相互依赖关系的重要性，也让沃尔坎承受了太多的责任。这正是他不愿与哈伦讨论这个问题的原因之一。而且，他也并不确定，哈伦能否理解他的感受。他俩之间的差异跟他们各自的感情经历、智商或是文化水平毫不相干。哈伦生活在另一个世界，没什么重要问题值得他费神。这是他力量的源泉。跟他说"在这一片污秽之中我就是个无名之徒，我不想再为你浪费我的时间和未来"这样的话，既毫无意义，也没有必要。

"真的吗？怎么了？"尼罕端起一杯红酒，追问道。

"我累了，就这样。"沃尔坎答道。这是唯一无需辩解的借口。"我已经失去了工作的欲望。"

"跟他聊聊，"哈伦叮嘱尼罕，然后快步走到一个英国银行家身旁，跟他攀谈起来。

"这个年纪就放弃你的事业，这样不对，"尼罕劝道，"你正处在事业的巅峰，你很成功也很有天赋，而且你挣得也不少啊！"

"我现在的失败感比你看到的更复杂；我很难解释。我觉得自己生活匮乏，这种感觉无法用金钱或者类似的东西来安抚。"

"天呐，听上去你真的很忧郁！快去做心理治疗；放个长假，出去旅游一下。我不知道你该做什么，反正你想做什么就只管去做，但你得振作起来！"

沃尔坎微微一笑。他已没法为自己的生活增添新的意义，除了他渺小的存在，他也看不到自身的价值到底在哪里。而且，让他倍感沮丧的是，他觉得自己不知道该如何继续生活下去。这难道还不是所有的失败中最令人恐惧的事吗？不，是时间掌控着环境并改变着环境。他想到了埃莱姆。"黄点"这个名字确实适合她。他们现在常常通信，在电脑上交谈。沃尔坎觉得自己正在被她拉往另一个世界，他仿佛也已穿透了她的神秘世界。跟她交谈时，他经过仔细地思考和筛选，告诉了她许多从未跟别人提起的秘密、他从未琢磨清楚的事情、甚至是他以为已被他遗忘的往事。这已是他的底线。否则，在埃莱姆面前，他越想自我解释，就会在自己的灵魂中发现越多的缺陷，同时，他也不能在埃莱姆面前展示她所希望的诚意。当他俩透过电脑唇枪舌剑时，通信这一方式又让他渐渐恢复了冷静；这种状态如同他在性爱中的高潮。此时，他心中疯狂燃烧的痛苦的激情压倒了一切。这段时间与埃莱姆在虚拟空间的交往，他竟展现了前所未有的坦白。埃莱姆似乎也同样真诚地回答了他提出的每个问题——她是真诚的吗？——可她仍决意不肯和他相见，让他见到她的真实模样。

"我现在再健康不过了，"他告诉尼罕，"你知道问题是什么吗？我不喜欢我自己。或许我不可能成为另一个人，但至少我得试试。"

尼罕静静地陷入了沉思。她很可能意识到自己没法说服他。或许她希望沃尔坎能按照自己的意愿生活一段时间，然后再重返职场。他们走到内厅一个安静的角落，在一张小沙发上比肩而坐。

"你还是一个人生活吗？"尼罕问道。

沃尔坎想到了麦丽开。这是他最近以来感觉最真切的一段感情。当他不停地忙于出差时，他们之间的关系变得愈来愈冷淡。这样刚好，他也不觉得愧疚。毕竟两人都没受到什么损失。

他没法跟尼罕提起埃莱姆，他肯定，尼罕会对此冷嘲热讽、嗤之以鼻的。

"有过一些人，可一个也行不通，"他说，"我想我已经失去了爱的能力。跟我约会的女人不再有趣迷人，一个个都沉闷无聊。"

虽然他行事不喜按部就班，但出于礼貌，二十天之前他还是给麦丽开打了一个电话。两人的通话冷漠而生硬。之后的一个晚上，他们相约在一家酒店的酒吧里见面，还一起喝了杯酒。不知为何，他觉得眼前这个年轻女子变得平凡而笨拙。两人见面期间，她始终神色紧张、闷闷不乐。他们艰难地寻找能相互分享和交流的话题，可难以如愿；两人只得聊了点琐事后，便匆匆起身作别。事后，沃尔坎得出一个很不情愿的结论，一切都结束了。麦丽开很可能也这么想吧。

"我在跟一个人约会。面对她强势的性格，我想让自己慢慢变得理性一些，可此时我却失去了激情。更何况，这个方法还不管用。"他略带沮丧地说。

"换句话说，你浪费了太多的时间去等待这段感情的开始。"

"没错，事实上爱情会让人变成一个迫不及待的急性子，推动一个人义无反顾地往前走，如果我们都认同这个观点，那么如此看来，我的反应是太过冷静和镇定了。"

"就算很爱一个女人，一个人也可以做到明智而理性。"尼罕安慰他。

"你说这话完全没有说服力。"

"你说得对。或许你们在床上不太和谐。"

"我们当时根本就没到那一步。"

"好吧，当我没说。这个女人是谁？"

"她是个古董商，自己也设计珠宝，还做点别的。"

尼罕满脸疑惑、盛气凌人地看着他。

"她是在和你玩矜持吧？你跟个中产阶级的女人混在一起做

什么呢？你到底想干什么？"

沃尔坎摇头否认，他有点生气了。

"她不是这样的人。得了，不聊这个了。你突然之间断定自己是个同性恋，你觉得这么做明智吗？

"你是试图让我想起过去吗？你是想让我成为一个由男性主持并密谋下的永不翻身的牺牲品吗？你们男人不想想自己到底是怎么回事，难道这是我的错吗？"她放声冷笑。"要是你知道谁是我的爱人……"她喃喃低语，叹了口气，又沉默了下来。

"得了，告诉我吧。你都提起了，还欲言又止！"

"但你不能告诉任何人！"

"我保证！"

"她是一家能源公司老板的妻子，这个老板是依靠政府发迹的。他是个伊斯兰教徒，所以她要常年包着头巾。别以为她是那种羞于见人的居家妇女。她学过法律，只是她老公不允许，所以没法出来工作。这个男人在别处还有一座房子，养了个小老婆，你能想象吗？"

"所以你再也找不到比这更好的人选了，而你也成了复仇行为的牺牲者！"沃尔坎开心地笑道，他好像是出了口气。"这一切都是你编造的吧？"

"绝对真实！你该见见这个女人……她甚至还不到三十。在外人眼里，她纯洁得如同一个不可亵渎的处女。她好像来自另一个世界，心中却藏了一座火山。一桩令她失望的婚姻，一具充满欲望的躯体，一次不可思议的离经叛道，一种离开了正常轨道的执拗的反动行为！当然，她选择了我这个最不具危险的女人。"

"真神奇！你从哪找到她的，你们的人生道路是如何形成交集的呢？"

"在我妇科医生的办公室。我们在候诊时聊起来了，我对她一见倾心。哦，沃尔坎，要是你见过她就好了……"

"小心别惹麻烦!"

"你确实说得不错。这会成为一桩丑闻。"

　　庭院里开始燃放烟花。人们都聚在露台门前，兴致盎然地看着那点点星火在接连不断的"砰砰"声中自林间射出，在天空中粲然绽放，化作无数的小火花四处飞溅，在空中划出绚丽多彩、转瞬即逝的流星似的一条条光带。蓦然，他俩发现自己已置身于人群之中。沃尔坎悄悄地离开这片喧嚣混乱，走近吧台坐了下来。真是一波接一波的冲击，他暗暗思忖。他觉得自己像初生婴儿一般天真。他无意间沦落至渴望金钱和性爱的这群人当中，甘愿与他们为伍。有时也不禁屈服于自己原始的兽性，也干了些见不得人的勾当。而此刻，这些玩弄阴谋诡计、任意摆布他人、无止境的相互索求的无耻行径，都令他作呕。幸运的是，他的命运并不像这些人的命运这般确定，命运之神还始终在关注着他。他一口喝干了杯里的白兰地，从一个银盒子里取出一支哈瓦那雪茄，去掉尾端，然后点燃。这里的气氛让他情绪亢奋，感觉全身轻飘飘的；也让他暂时忘却了烦恼和痛苦。

　　他四处张望，在人群里搜寻尼罕的身影。此刻，她正对着一群银行家侃侃而谈，扮演着当之无愧的主角。不管去哪，她总有本事组成一个个热闹的小集团，纵然其中的成员变换不定，可她的地位却始终岿然不动，因为她永远是最引人注目，权势过人的主导者。尽管如此，她好像命中注定要孤独一生；孤独常使她更容易自甘堕落，敞开怀抱接纳各种他人无法接受的人。现在她竟然爱上了一个女人，一个裹着头巾的丽人！到了她这个年纪，竟这样改变自己钟情的对象的性别，实在令人难以接受。

　　那我呢？至少她还能遵从内心的意愿，展示了跨越雷池的勇气。而我在做什么？出于哪些恐惧我放弃了麦丽开？在对待一个与我素未谋面的女人的爱情上，我表现得像个新手一样合适吗？

更何况，她显然也曾带过头巾。我为何要在思想情感上离我那么遥远的人群中寻找爱恋对象呢？为何在我没法找到一个似乎合情合理的人选时，却觉得有必要向那个会被看成是社会最底层的女人，说起我的父母、我的童年时代和我的秘密呢？

富有东方色彩的音乐旋律在大厅里回响了起来。

宾客们退至一旁，腾出空间，一个半裸的肚皮舞娘在一片欢腾中抖动着身子，一路扭到了大厅的中心。她跟着小鼓的节奏欢快地舞动起来。油光闪闪的皮肤、深红的双唇、亮蓝色的眼影、略显粗壮的手臂和双腿、在她的臀部上下跃动的串珠……啊，她就像一本内容丰富的书。

这个女人一边抖动她的肚子，一边加快了速度。她绕着舞池飞快地旋转，顺手扯住一个秃头银行家的手臂，将他拖到自己的身边。当他努力跟着她抖动肩膀时，她揪起他的领结一把搂住他，又猛地将他推开。人群中顿时响起了欢呼声和喝彩声。这时又有几个女人跳进舞池，跟着她的节奏跳了起来。旁边还有三四个男人也跟着脱下外套，加入其中，乱舞了起来。顿时，大厅里的人群乱成了一团。

沃尔坎逼着自己看下去。他想在这些上下舞动的手臂、在舞池不断旋转撞击的脚步、披散的头发、露出来的皮带和吊袜的吊带中，在这片浓得化不开的狂欢和迷乱中，搜寻一个他无比喜爱或钦佩的人。可并没有一个这样的女人。夫妻们、情妇们、情人们……他看到的只是那些喜欢女人的人，另一些喜欢男孩的人，穷奢极欲的妓女和鸨母，还有在苏黎世、纽约和伦敦等地的银行中存有成百上千万资金的大富豪。

这里还隐藏一些伤害人心的事件真相和惊天的阴谋。

肚皮舞娘退场了。喧嚣的人声也慢慢消退。舞池中的人群渐渐疲惫，小鼓也随之沉寂。人们急促的呼吸声和嬉笑声再次充斥了这个大厅。尼罕来到沃尔坎身边时，他几乎没有察觉。她亲吻了他的双颊，跟他道别。

他想念自己的家。他想去跟埃莱姆聊天，向她倾吐衷肠。他要告诉她这里发生的一切。他的司机一定就等在楼下的厨房。他让一个保安给司机带去了他的口信，让司机做好回家的准备。他想去找哈伦，去找找出路。他的老板正大汗淋漓地走向厕所。他跟哈伦挥手致意，匆匆握别，说了句"周一见"，便快步离开。沃尔坎穿上大衣，在大厅灰雾蒙蒙的镜子中看到一个与他面目相似、脸色苍白的男子的影像。

他站在大门外，有片刻的恍惚，竟不知自己要何去何从。雪花纷纷扬扬地从空中飘落，到处是白茫茫的一片。空气冰冷、干净、清洁，于是他深吸了几口。这时司机上前挽住他的胳膊，挽着他下了台阶。他们一同走出小区的森森高墙——这些挺立的高墙是为了保护居于此地的鸿商富贾、好色之徒和幸福家庭——走向等在街边已开启暖气的小车。这个善良司机的体贴周到，让沃尔坎甚感欣慰，他不由松了口气，腾空思绪。此刻，他想要永远忘掉这里的一切。

两天后他给埃莱姆写了一封信。

黄点：

　　我的爱人。

　　我终于能离开曾几何时让我不堪重负的工作了。之前，我一直感觉有一台我无法控制的磨粉机正在快速运转并不断地碾压我。可是，此刻这种感觉已离我远去。现在，我开始生活在一段模糊不清的时间中，可我并不害怕。

　　我为这份工作劳碌了多年。然而，我觉得它在不断地吞蚀我的良知，让我变得麻木不仁；当我要离开它时，我仍缺乏足够的勇气去公然反对它。接下来我将彻底告别我的职场生活和私人交际圈，好好休息。我会减少我的期望，努力去关注外面的世界。

在我结束这个话题之前，请容我再跟你说一点，我不仅放弃了我的工作，也将抛弃我长期置身其中的社交圈。自然，有段时间我会万分孤寂，因此我很需要你的陪伴。

迄今为止，我始终在尽力告诉你我的一切。我竭尽全力跟你沟通，毫不掩饰我情感和思想上的任何变化。我想，你一定明白我并非某个秘密组织的成员，或是在跟你玩一个你不熟悉的游戏。我属于这个世界的一个正常的人。

你也告诉了我你生活中许多不欲为他人所知的东西。你给我的印象是，你并未如你在现实生活中一般克制，你还是泄露了你的秘密。我反复地思考了你所写的一切，有时衷心的为你的处境而感到无比的痛苦和悲伤。我也发现，你的每一封来信，都让我感到离你愈来愈近了。

此时此刻，我并不认同你的逃避行为，我认为这是一种缺乏勇气的表现。我跟你的距离比我之前跟其他任何人的距离都要近。我再也不能忍受，你像个无法逾越的障碍，停留在我想象的世界里。仅仅是知道你的存在，就让我感到心情舒畅；可与此同时，就是因为你的缘故，我才感觉到如此绝望。你为何总是如此隐蔽、如此神秘？我脑中有成千上万幅关于你的图像，可没有一幅能完全符合你的模样。在我给你写这封信时，我感觉自己似乎想以一种我几乎不了解的语言来阐述自我，因此我才满腹焦虑、文思枯竭。

我们的关系已进入到一个关键阶段。如果我们还以这种交流方式继续下去，哪怕只是往前迈出一小步，我们也不可能做到。因此，我现在决定放弃这种软弱的态度和耐心的等待，彻底改变我的方法。

我想尽可能在最短的时间内见到你。

你有种强烈的冲动去讲述、表达并写下你的经历；你边写作边呐喊。然而你并非向着我，而是向着别的更好的地方，向着那些超越了个人的特定对象。我知道人类发出的每一声美好正确的声音，将会引起永不消逝的回音，并最终抵达某个角落。然而，我作为这项你喜爱的活动的唯一媒介——并被你视为无害而得到你的接纳——当你为了继续这项活动而完全不需要我时，我开始感到精疲力竭。

我想认识你，感知你。这是远非好奇心那么简单的一个要求，而是我最迫切的愿望。我会再次把我的电话号码给你。我会等你给我电话。如果被你拒绝，我将对这段不明不白的亲密关系的真实性失去信心，我将停止与你的联系。

或许你能找到正当的理由来拒绝我的请求，我也绝不会反对，我将尊重你的决定。

你将会被永远珍藏在我的心中。即便如此，这将是我给你的最后留言。

沃尔坎

14.

麦丽开走进贝蒂的美容健身中心。她每周来这健身两次，锻炼之后会再做个按摩。她本可以去城市另一端离她家更近的那家，不过哈桑维姆入股的这家更适合她。她很喜欢这儿清洁的环境、漂亮的装修和招人喜爱的服务员。而且，作为老板的亲戚，她在这儿享受到了贵宾待遇，这可是个大福利。

哈桑维姆不怎么来这，因为她的作息毫无规律。其实麦丽开也只是偶尔能见到这个比她年长三四岁的堂姐。她涉足的领域甚

225

广，有时手头所做的事甚至互相毫无关系。两年前她从海外回国，在莱文特①买了两套大公寓。她把两套公寓改成一套，然后住了进去。去年她又在马奇卡②开了家二手服装店。她很有钱，也有一大帮熟人。至于她是在几时、如何结识了这么多人，那就无人知晓了。她的起居室就像个私人酒吧，特别是周末，这里更是热闹非凡。好像约定俗成似的，过了某个时间点，这里就成了人们流连忘返的娱乐场所。一群阔气、机敏却浮夸的人聚集于此，他们闲坐饮酒、谈天说地，从政治一直聊到艺术，还不时地说些黄段子取乐，彼此眉来眼去地调情。如此火爆的场面和人们高涨的兴致，甚至让哈桑维姆曾考虑开家酒吧。然而，不久后她便改变了主意，决定成立一家经纪公司。

前一年麦丽开也曾数次到此拜访。但在经历过一次不快的遭遇后，她不再涉足此地。这是一件她不愿回想的事，她每次忆及心中便充满羞愧。

有天晚上，她在这儿遇上了一个性感迷人的年轻男孩。那段时间，她正在全力以赴地摆脱肉体的寂寞无聊。于是，她没怎么多想，就稀里糊涂地把这个男孩拽回了家。跟往常一样，她莫名其妙地扑向了一个自己完全不了解的男人。她唯一感受到的，是他身上狂野的青春气息。或许这是出于绝望，出于她对性爱的绝对需求，不管它是好是坏。

一进门，他们便毫不迟疑地跳上了床。从一开始，麦丽开就主动掌控了局面，不遗余力地让这个游戏尽可能变得狂野、激烈、火爆。她动作粗暴，急切而狂热的爱抚与亲吻如暴风骤雨般向男孩袭去。男孩虽然也略有抗拒，但始终像个战士一样听从她的指令。

当激战终于结束，太阳正冉冉升起，奥赞——这个男孩——

---

① 莱文特：伊斯坦布尔的一个地名。
② 马奇卡：同上。

起身想离开。他穿戴整齐地站在门口，眼睛却盯着还躺在床上的麦丽开，仿佛在等待着什么。她懒洋洋地问他，你还要干吗，如果想走，为何不走呢？此时，男孩却开口问她要钱，说是陪伴她一夜的收费。她万分诧异，你一夜快活竟然还想要钱？男孩却显得理直气壮。没错，他花了一晚的时间，把自己的身体租给她。这是他的工作，他就是以此为生的。麦丽开浑身瘫软地蜷在床上，只觉得心中羞愧难当，胃里翻江倒海。她瞪着他，却疲乏地连动动手指头的力气都没有。她冲着椅子上的提包一扬头，狠狠地说："你想要什么尽管拿，不过，你最好永远都别出现在我面前。"奥赞虽然懊恼却决绝，他半是反感半是无奈地把提包里的东西一股脑儿地倒在床上，从她的钱包中抽出两张钞票，狠狠地将钱包往地上一掼，便扬长而去。

奥赞一走，麦丽开把头埋在枕头里恸哭了很久。一整天她都在不停地边哭边吐。她的尊严如同打破的玻璃花瓶般破碎不堪。虽然这个男孩万分勉强，她却硬逼他就范；她罔顾他的意愿玩弄他，让他不堪忍受。自然，最终他傲慢地一雪前耻。他离开时对麦丽开的凌辱，对她造成的伤害更是难以弥补。她心中痛苦苍凉，整个人仿佛突然进入了耄耋之年，顿时失去了耀眼的风采。奥赞将她困在了自己的噩梦之中。

此后的很长一段时间，她都没有勇气给哈桑维姆打电话。即使哈桑维姆跟此事毫无瓜葛，可麦丽开依然觉得被她出卖了。那座公寓让人在无拘无束的疯狂中丧失自我，人们在此追逐刺激，信口开河，广交人脉，觅食谋生，寻欢作乐，风流快活的地方。他们是在里面的房间做爱吗？他们是在浴室里吸食可卡因吗？

哈桑维姆……她又怎样忍受生活中的诸多坎坷的呢？

她的母亲虽不像麦丽开的母亲那般恶劣，却也性格古怪；她的父亲是个身体羸弱、沉默寡言的渔民，经年的风吹日晒让他形容憔悴。她靠着一份专为贫困生设立的奖学金，在一所寄宿学校度过了自己的童年；成为一名女警的梦想，让她整个青年时代都满怀豪情、热血澎湃。可最终，她却不得不在这个国家充满污泥浊水的地下世界，开启了她颇有成就的妓女生涯。

麦丽开并不像自己所认定的那么了解哈桑维姆；因为，她将后者看成她想成为的人。她们的童年多少都有些共同之处；青春时期，她们俩也曾在一套公寓里一起住过。哈桑维姆从警校毕业时，麦丽开正在美术学院求学。那时的麦丽开因继父的固执和吝啬，不得不住在学校的一间气氛压抑、宗教气息浓厚的女生宿舍里。后来在她舅舅的帮助和鼓励下，她搬离了学校宿舍，去跟哈桑维姆一起住。哈桑维姆也非常乐意地接纳了她。

她们一起在芬德科勒租了套小公寓。自此麦丽开踏上了探索自我和寻求独立的道路。就算不为别的，单凭此事，她对其表姐已感激不尽。哈桑维姆懂得如何隐藏自己的感情；她善于观察时代的变化并顺势而为，巧妙地游走在世俗规范的边缘。她这么做，或许是为了解放自我。

不久后，哈桑维姆跟一个比她年长不少的秘密警察的要员发生了婚外恋。这个帅气的男人留着一头黑色的短发，蓝色的双眼闪烁着金属般冷峻的光芒，身材挺拔而性感。他总是一脸的警惕，神情倨傲而冷漠，见到陌生人时这副表情更是有过之而无不及。

后来，在哈桑维姆的生活中，还陆续出现了许多其他的男人。她野心勃勃，贪得无厌。她和这些男人在一起并非因为爱情，而是把自己视为一件商品，一件可称得上价值连城的商品。她委身于这些男人，并换取了远超出其付出的回报。

麦丽开跟耶尔泰金结婚之后便搬出了公寓。此时，哈桑维姆正跟秘密警察处的那位名叫艾克拜尔·居勒的高级官员纠缠不清。这个风流倜傥的官员虽已风光不再，却仍冥顽不化。不久之后，她便被调入秘密警察处，自此青云直上。她跟着艾克拜尔，在位于安卡拉詹卡亚区的一套豪华公寓内住了几年。在此期间，她就像完全变了个人似的焕然一新；不论是穿着举止，还是日常用度，全都不同凡响。据摄影师梅廷说，艾克拜尔还用她作为诱饵或奖励，来接近他接触的外国特工和要人，以获得他所需的情报。要是梅廷所言非虚，那么，这个事实真是令人不寒而栗……

1995 年 3 月，艾克拜尔在美国失踪了。此后，哈桑维姆不得不在尼牙孜·贝伊位于伦敦诺丁山的宅邸里住了五年。麦丽开每次去伦敦出差，都会在那里落脚。那些年里，她的手机总是响个不停，她几乎每晚都要出去；她的生活步履匆匆但又充满生机。她的生活中并未出现一个固定的男人。她总在跟那些文物商人洽谈业务；这些人将安纳托利亚时期的文物倒卖给某些感兴趣的人。麦丽开知道，哈桑维姆是舅舅走私生意的合作者。尽管听起来难以置信，但有很多次，这些文物都是装在普通的邮包里，寄给了哈桑维姆。麦丽开有时也会给她带去些贵重的文物、宝石或是古籍手抄本这类古董文物。她就像个沉默忠实的邮差，携带这些物品却从不追问缘由。她舅舅觉得，她不知道事情的真相，这样会更安全。当然，事后包括麦丽开在内的每个人，都会得到一份酬金。

那些年，麦丽开正处于自我调节的阶段，整个人变得胆小怯懦。她绝不会去努力理解，一个人的价值观念及评判标准的形成，跟自身所处的社会和生活的环境有何种关系；原则和信念在何种社会层面才有意义，或者说，它如何指导人们分辨哪种行为可为而哪种不可为。那些年她觉得自己脆弱不堪，生活毫无意义。她渴望简单的生活。现在，她发现，自己经过这么多年的磨炼，已变得更坚强、更老练了，多亏了她这么多年来，无意甚或部分有意地接受了生活给予的一切。

健身房里的人很少。她脱掉跑鞋，穿着短裤和背心站上跑步机，设定了二十分钟的时间，开始锻炼。她盯着前面的镜子，跟着机器的节奏快步走起来。镜中的自己，虽素面淡颜却也秀雅迷人，看上去那么真实。她现在不愿去寻找任何遥不可及的东西；再也没什么需要她去学习、去了解、去寻找、去等待或遗忘的了。

她可以不时地犯点小错误，不过没关系。这是因为她偶尔碰上了个人或是这个人的声音很诱人的缘故……这样的事并不少见。比方说，就在她准备抓住某个人时，却不小心让他从自己的指缝中溜走了。每当她放弃一个自认为合适的人时，她会觉得痛苦，但她清楚，这种痛苦将很快就会消失。这是她的本性，而沃尔坎并不是第一个被她错过的人。

跑步机的速度越来越快，她开始跑起来。

沃尔坎！即使他的身材并不完美，可除了相貌英俊之外，他仍不乏其他迷人之处。他处事极其老练灵活，身上也有种独特的慵懒气质，他懒洋洋的神态像极了一只肥胖而略显慵懒的猫。他那双闷闷不乐的眼睛、流露出无法言喻的孤寂意味的动人微笑，让他看上去更显深沉。他实则相当普通。待在一起久了，终究觉得无聊。

我们并非天生一对，她心想，又觉得自己的决定有点迂腐。不过，天生一对这个说法，原本就是最简单的错误定义。天造地设在理论上本来并非如此重要，到了现实中，互为依靠倒更为实在。然而，一旦感情涉及具体事务和性爱，情况又变得大不一样了。

麦丽开对接近她的男人，一般有两种兴趣。对沃尔坎之类心地善良、多情体贴的男子，她至多生出一种平和满足的亲切感。她爱他们，却没有——或者几乎感觉不到——那种任自己沦陷其中的强烈冲动。每当此时，她只是说个不停或与对方展开讨论。

这或许是借助于语言来掩盖自己毫无欲望的身体。她的这一表现，本质上就是一种自我保护。

沃尔坎总在犹豫和矛盾中，试图跟上她的节奏，结果却徒劳无功。有时她觉得他的努力非常可笑；他天真到竟然不明白，激情是种狂野的、无法无天的、一对一的关系；要想让激情始终鲜活，就必须赤裸相对、相互依偎，尖声呐喊。让人不可思议的是，沃尔坎一坐在她的面前，总是拼命地用近乎白痴的僵硬态度和沉闷的语言，试图激起她的爱意。自然，向一个宁愿克制自己内心欲望的女人大献殷勤，是很难令她上钩的。相反，趁其不备做出的亲昵举止或是出人意料的热吻，比千言万语更能打动人心，不仅更容易达到目的，对方也更享受。

麦丽开觉得有意思的是，她身边的男人，离男性本该扮演的粗犷剽悍、通晓一切的角色越来越远了。相反，他们变得更加温柔痴情，更加尊重女性，也更多愁善感。然而，女人们正好走向了反面，变得更加粗鲁、勇敢和热情。男人们总是回避问题，就越发陷入被动；为了保持平衡，女人们势必扮演更为积极的角色。

她想起了两周前与沃尔坎的最后一次约会。他们相约在一家酒吧见面，聊了一小时左右。可是看到他垂头丧气的样子，麦丽开也不想开口说话。这差不多就是场道别会。他告诉她，自己打算辞去这份工作，开始一段远途旅行。麦丽开本想问问他是去非洲吗。不过，她很快又改变了主意。在舅舅的生日宴会上发生的那点事很可能会让他误以为她与哈亚利有感情纠葛。毫无疑问，除此之外他们之间还有些别的问题。

她想起了那场豪门盛宴。沃尔坎不合时宜、古怪不安的举止，令她十分尴尬。哈亚利频频扫过的不屑眼光，以及他从一看到沃尔坎那刻便显出的无礼轻慢的态度，更令她心烦意乱。她很是懊悔，自己不该带这个可怜的男人来参加这个宴会。现在，她很确定的一点就是，在那些不认识沃尔坎的人看来，沃尔坎就是个老气横秋、既落伍又挑剔的男人；一个死板地将一切事物看成由过去、现在和未来三个基本阶段组成的人，一个不懂得判别人与人之间身份和地位的悬殊差别的人。

跑步机鸣响了警铃，随后慢慢减速。她关掉机器走下来，却一眼看见哈桑维姆正从门口走进来。她昂首挺胸的姿态彰显了她对自己的权力和美貌的极度自信。她穿着一套紫蓝色的西装，比起上次麦丽开见到她时的模样胖了不少。她的头发长长了，染成红色，盘进一个假发髻里。她那副神气活现的模样，就是一个成功老板的绝佳写照。麦丽开扬声唤了她一句。她走过来，热情地跟麦丽开相吻致意。

"我一直挂念着你，亲爱的，可我就是抽不出时间去看你的展览。听说那些展品很漂亮。我有这么多的事要忙，都搞不清要从哪儿下手了。"哈桑维姆嚷嚷着。

"你干吗要这么卖力呢？"麦丽开问道，"舅舅前几天还在问起你呢……"

"我正忙着处理一些棘手的事情，亲爱的。麻烦事啊……"

"都是些什么棘手事呢，我真好奇。"

"你不会想知道的，亲爱的。我在向那些性饥渴的资本家推销女人呢。哈哈！"说完她就放声大笑。麦丽开目瞪口呆地望着她，差点把手里用来擦汗的毛巾都滑落了下去。

"开个玩笑。这只是个笼统的定义。你知道，娱乐圈里的人真的就是这么干的。娱乐圈的主流，本就跟这些旁门左道的事相通。"

"我真被吓了一跳，"麦丽开惊讶道，"做鸨母很可能是你目前唯一还未试过的事了。"

她们在一张举重椅上坐了下来。

"中介服务是个随时都可能失控的领域；你很难对其掌控设

限，麦丽开。这段时间更难做了。我有个中介公司，还有个商店，哪一个都得我操心。没错，我是雇了不少人，就算这样，出了事不还得我来一件件的处理?"

"我要去洗个澡，"麦丽开说，她不再妄想理解哈桑维姆话里的含义，"如果你有时间，我们去咖啡厅坐会吧。"

"你去洗澡吧，亲爱的，我还要跟贝蒂谈谈。"

西餐厅里坐着几个女人，她们的照片常常出现在报纸的社会专栏上；还有五六个可爱的女孩子，一个将头发和胡子精心染上颜色的老男人，两个花花公子。透过一扇扇木框的大窗户，可以看到窗外长满松树的花园。尽管天色阴沉，这天仍是个气候宜人的冬日。餐厅里摆放着一些舒适的单人沙发，还有一张用来观看体育节目的大屏幕。就餐区里，一张张整洁的餐桌上都铺着白色桌布。

麦丽开就坐在一张沙发上，等待哈桑维姆的到来。她还未决定是否要告诉她，哈亚利已成为那栋海滨豪宅的另一位主人。哈桑维姆总爱夸大事实，制造混乱；这会危及麦丽开与她舅舅的关系。但是，尼牙孜·贝伊的处境如此危险，他可能会彻底失去这座房子，她又不能不为这事而担忧。他们想干吗就干吗吧，她赌气地想，我才不介意呢。

话虽这么说，其实她对此还是很在意的。她们干吗要让那个骗子霸占这么值钱的房产？被人忽视，受人欺骗是件很令人忧心的事。既然哈亚利已经开启了一场权力争夺战，麦丽开又岂能让他轻易得逞呢？她有股强烈的冲动，要打倒他，让他跪下认输，然后将他一脚踹倒在地。她想抓住他的肩膀拼命摇晃，任自己沉溺于他那双深井般黝黑闪亮的眼眸中；在他总是微微张开的丰满嘴唇上狠咬一口，让它鲜血直流。她不仅想伤害他，还想将他撕成碎片。这股狂热的愿望让她激动得全身颤抖。她想象着哈亚利和她舅舅还有乌西克三人，在一张大床上酣战的情景。她仿佛看见哈亚利时而滚进阴影里，时而又暴露在灯光下，上上下下，左右迎和。她看见了他金黄色的手臂、他的背、他双腿虬结的肌肉线条。他正紧贴着那女孩，扣住她的身体，紧紧抓住女孩瘦小的、孩子气的圆圆臀部，女孩的头和手臂像被扯断了似的，无力地垂下来；此刻她正趴在那老人的身上，挣扎扭动着。麦丽开眼前的景象不断变化。这三个人就像一群正在角力的鬣狗，彼此错身而过，而后又相互搜寻，再次纠缠在一起。他们横七竖八垂下去的四肢，搅成一团，而他们的呢喃、喘息和嚎叫，撕碎了这一室的静默。随后，他们又将身子叠在了一起。

一想到这，麦丽开心中燃起了一股熊熊的妒火，痛苦得像被一把因岁月而蒙尘的钝刀刺中了下身。她惊得弹了起来，感觉自己比任何时候都要软弱乏力。她的太阳穴突突的直跳。对哈亚利和她之间将要发生的一切，她无法理解，也难以掌控。难道动物的天性在他们身上留存的自卫和战斗的本能，要将他们两人都燃为灰烬吗？没错，平时哈亚利在看她时，脸上显示出的挑衅、责备和不屑的眼神，无疑激起了她体内潜藏已久的愤怒。

她体内的这种反抗对她极具危害性，而这种反抗性却始终不变。只有当一个男人用似乎随时能将她置于死地的狂暴力量，肆无忌惮地占有她时，她才能感到欢愉；只有当她感觉自己即将死去，一切都将结束时，她才能燃起熊熊的欲火。因此，她在跟内蒂姆热衷之时，还跟梅廷发生了私情。当内蒂姆质问她时，她却矢口否认，这让内蒂姆更加痛苦疯狂。

她飞快地将忆起的往事从脑海中清除掉。

现在，她很想得到她的敌人，那个缺少爱情的哈亚利。不管她如何竭力否认，但事实上，哈亚利的确令她神魂颠倒。那个令人反感的哈亚利，感觉到了她对他的迷恋，却仍对她不屑一顾。可能是为了折磨她，每次他们相见时，他都故意让她感觉到他对她的冷漠，让她觉得他难以接近；他甚至以此为乐。

确实，憎恨是爱恋隐蔽的一面。即便她在他面前感受到致命的诱惑而全身僵硬得像块石头，可想从他身边走过的需求就像一个致命的欲望，停留在她的体内，等待得到满足。

哈桑维姆到了，她们一起走到用餐区，挑了一张桌子面对面地坐了下来，点了牛排和沙拉。她们天南海北地聊着：两人的商店、各自的生意、顾客稀奇古怪的兴致、汇率的波动等等。但刚刚考虑的有关舅舅房产的事，麦丽开竟说不出口来。字字句句都粘在她喉咙里，话没到嘴边就化掉了。

"你看上去精神不太好，怎么了？"哈桑维姆问道，她也看出了一点端倪。可哈桑维姆看上去多么健康啊！她真是无忧无虑啊！她的双眼一如既往地闪烁着狂野的光芒，双手的指甲修剪得整整齐齐，这双手似乎对痛苦毫无感觉，只摊开着准备迎接那些廉价而惊险的刺激。她正跟一个经营酒店的男人约会。他刚离婚，对她真是有求必应，却不能赢得她的芳心。她对麦丽开说，他不能来看她的晚上，她的猫就会趴在她的腿上，陪着她一起看看电视。

"有件事我想告诉你，可我不知道该不该对你说。"麦丽开迟疑地说道。这句话竟像是自己从她的嘴里蹦出来的一样。

"要是很重要的话，你就告诉我吧！"

"也可以这么说，确实很重要。舅舅告诉我，他给了哈亚利房子一半的产权。我想他是迫于压力吧。"

哈桑维姆笑了笑，露出一副盛气凌人、毫不在意的表情。

"你是说我们亲爱的舅舅老糊涂了吗，伊达？"

"不可能，他还机灵得很呢！"

"他做的事通常让人没法接受。好吧，要真是这样，就让我们做个最好的打算吧。我们干吗要在意呢？舅舅把自己照顾得那么好，他也非常健康；因此，最后谁死谁活，大家都不知道呢。不过他干吗要跟你说这些呢？”

"哈桑维姆，我怎么就该知道呢？或许是他的另一半也要保不住了吧。"

"显然，哈亚利靠出卖他宝贵的屁股赚了一大笔钱。那栋海滨豪宅至少值三四十亿里拉呢，伊达。"

"我感觉他们俩的关系不太好。舅舅好像很担心。"

"好吧，要是这样，他是指望我们帮他吧。如果哈亚利试图霸占这座房子，他要么会把叔叔赶出去，要么会杀掉他。那我们必须要采取些措施。"

"我们能做什么呢？"

"我比你更了解舅舅。他这么做，很可能是想把那个同性恋者留在他的身边。我们可能得搞一份舅舅的老年体检报告，以备不时之需。当然，首先我们得吓唬一下哈亚利，提醒他可别恣意妄为。"

"我真希望我没告诉你这件事！你计划怎么做？"

"交给我吧！"

第二天，麦丽开整个下午都待在商店和楼上的工作室里。店员负责接待上门的顾客。最近的生意一直不太好。因为汇率持续上涨，市场一片恐慌。

她喜欢这儿。这里相当偏僻却舒适惬意。商店后面有间小厨房和一间她用来贮藏旧物的暗房。她不仅售卖珠宝首饰，也出售老古董。店里有个古老的胡桃木橱柜，里面摆放着花瓶、小件的青铜雕像、瓷器小摆饰、玻璃质地的瓶子和古色古香的装饰品。店铺的一个角落放置了两张带扶手的单人沙发，沙发之间有张古老的狮足三脚桌。当初她在布置这个店铺时用心良苦，一心要把这打造成一个装潢精美的漂亮场所，而非一个四处随意堆放着老古董的房间。要想精心陈设种类繁多的物品，使之成为一个和谐的整体，陈设者必须要有一种高雅的品位。

她从原来的店里搬走时，没带去新家的那些东西，都被她拿来装饰楼上的工作室了。虽然这里只摆放了少量的家具、一些珍贵的古董和一张画板，且略显凌乱，却很有点像一间风格浪漫的起居室。

悬在门上的小铃铛响了，一个漂亮的年轻女人走进商店。她刚看到麦丽开时稍一踌躇，而后轻声惊呼了起来。麦丽开也觉得这个女人有点眼熟，不过第一眼并没认出她来。她从坐在桌旁的椅子上站起身，走向那个面带微笑的女人，突然想起她是谁了。

四五年前，麦丽开曾见过她。就在那个可怕的谋杀之夜，她的亲戚伊尔罕·阿贝伊在他自己的酒店里，为他和这个女人所生的儿子举办周岁宴。片刻之后，她看到撒切特遍布弹孔的尸体倒在了泳池旁。这个可怜人，因为这个淫妇而白白丧命。

"你还记得我吗，伊达·哈妮姆？我是雷金努。"

"当然，我怎么会不记得。"麦丽开小声咕哝着。

雷金努伸出手来，麦丽开很不情愿地握了握她的手。她心下感叹，这个贱人变得越发漂亮了，看上去气度不凡。自然，现在她可是个富婆。伊尔罕·阿贝伊死后，四分之三的财产都归属于她，确切地说，属于她为他生的那个孩子。

"你还好吗，伊达·哈妮姆？真是太巧了。我不知道这家店是你开的。"

"没错，我开了很久了。"

"我来伊斯坦布尔两年了；你知道，我之前住在伊兹密尔。"

"是的，我听说你又结了婚，恭喜你！"麦丽开的声音中透出几丝苦涩。

"亚利姆需要一位父亲。我并不想让你想起那件可怕的事，对不起。"她的眼神里似乎流露出了一阵强烈的悲痛，但她的声音中又隐隐透出一股愤愤不平的无奈。迫于现实，她一定已经接受了这件事，但只是理智上而非情感上的。

"不该怪你。"麦丽开言不由衷地说。其实，这是事实。

这个案子拖了很久。那些刺客不漏一丝口风，并没背叛策划这场谋杀案的元凶。显而易见，主谋其实就是伊尔罕·撒切特的嫂嫂费克兰。人们只是找不到证据。麦丽开从伊尔罕的哥哥阿玛安那里得知，一年后雷金努就嫁给了一个做皮革生意的年轻人。

"你有没有再见过阿玛安·阿贝伊？他现在怎么样了？"雷金努问她。

"他搬去了安塔利亚。我几乎没再见过他。他和费根两年前就离了婚。"

"真遗憾。他们当年是天生的一对。"

"为他人奉献一切甚至生命的自我牺牲，绝不会有好下场的。这种人最终会孑然一身。"麦丽开冷冷地说道。

"我爱伊尔罕。我也吃了不少苦。自然，别人相不相信并不重要。"

"真是太遗憾了。有时我就觉得，我们的家族真是个被诅咒的家族。"

"哦，不，这怎么可能是真的呢？不管怎样，现在我得走了，我有点急事。我下次再来。"

"要是你看上了什么……"麦丽开接口道。

"我本来想看看橱窗里的那个胸针，但我不怎么喜欢它了。我有点不舒服。"

"我明白，亲爱的。你儿子怎么样？"

"他还好。他现在上幼儿园了。"

她成熟了，麦丽开心想，她已经找到了安宁。她一定不会再去努力寻求他人的认同了。麦丽开眼看着那个年轻女子离开商店，走进了细雨蒙蒙的昏暗街头。或许，诅咒是成长于人心底的一种消极态度，一种自相矛盾的心态。它是内心的一场内战，一段混乱。你越忽视它，它越会在你的生活中扩散蔓延，肆意流淌，最终让噩梦成真。

时间已近六点。她打发店员先回家。女孩住在马尔泰佩①，离这里路途遥远。麦丽开打算一小时后再打烊。她去了店后的厨房；那里有个小柜台和一个水池，是个可以泡茶和咖啡的小装置。她刚给自己冲了杯茶，又听到门上的铃铛丁零作响，于是她匆忙转回店内，只见哈亚利迎面走了进来。

两人面面相觑，沉默无言，半晌都没开口。

哈亚利从未像现在这样看着她。他一脸傲气，有点紧张的神情像是充满着期待，甚至还带有一丝想戏弄她的意味。麦丽开的双眼死死地盯着他这张脸。方才消逝的欲望又快速地重生，在她脸上一览无余。哈亚利看在眼里，只是面不改色地微微笑了笑。

哈亚利几乎很少来这。两年里他最多顺路来过三四次。麦丽开觉得时间就像筛子，留存下来的，是她知道或是已预见到的所有真相。

"你还好吗，女士？我们都很想念你呢。"哈亚利突然开口说道。他礼貌的问候中仍一如既往地暗含讥讽，显得傲慢又冷淡。这种态度说不上是冷酷，而是那种目空一切的狂妄。

"我真是受宠若惊，"麦丽开冷冷答道，"不知是何喜事，劳你大驾光临呢？"

"我来一定要有原因吗？我刚好经过，就进来看看。"

"那你干吗不坐下来呢？"她指了指一张扶手沙发。哈亚利并没坐下去，而是走近罩着玻璃的柜台前。他沉吟不语，像是在观察柜台里的物件。麦丽开靠住放收银机的桌子，一直望着他，努

----

① 马尔泰佩：拜占庭时期叫做贝勒卡侬，属于伊斯坦布尔郊区，与伊斯坦布尔隔海相望。

力让自己镇静下来。

这头粗犷迷人的年轻动物，这个不为人知的流浪汉——她舅舅曾给他取了这个可笑的绰号，对他掉以轻心——他这次来必有所图。她肯定，他必有隐情，绝不是来登门示好的。他双手插兜，一派目中无人的姿态，信步在店里闲逛；眼里还隐隐透出一丝邪恶。这可不是个好兆头。出于自卫的本能，麦丽开把目光转向店外的街道，细雨已变成了冻雨。天色转暗，路灯全都亮了；人行道的沙井盖上雾气缭绕。一直敞开的店门，在片刻之前微微掩上；一缕海绵蛋糕的香味，从虚掩的门缝里飘了进来。她感到哈亚利正盯着自己在看，便转过身子又望着他。

"你跟我有什么问题，伊达？"他嗓音温柔得似乎满含深情，"你想从我这儿得到些什么呢？"

"问题？有什么问题？你的问题问错了。"

"别这样。别装糊涂。你这样会让我发狂。这不是你的风格。"

"你怎就如此确定你很了解我呢？"

"你掩藏不了你的感情。只有傻瓜才不知道你要什么。"

"那么我要的是什么呢？你说来听听。"

"你疯狂地迷恋我，不是吗？"

麦丽开一听完，顿感全身僵硬；血涌到她的头上，脸上火辣辣得发烫。她狠狠地瞪着他，好像不相信自己刚听到的这句话是从他口里说出来的。这个仇敌对她步步紧逼，撕开了她童年时期因为温驯和顺从而留下的伤痕，让它鲜血淋漓，也激起了她的愤怒和反抗。这一次伤害她的并非她的继父而是这个混蛋。但他那双令人无法抗拒的眼睛和讥讽的嘴唇，又使她极其渴望能得到这个混蛋的身体。她竭尽全力地装出一副漫不经心的样子。

"我把你的话，视为你在我的私人领地里，对我发起的一次猖狂攻击，"她冷傲地说，"你来这里，就是为了跟我说这个吗？"

"其实，我是想建议我们化干戈为玉帛。让我们开诚布公地谈谈，结束这场纷争。这么斗下去，对我们谁都不好。我们得互相妥协。"

"干戈？我可没这种东西。况且我冷静得很呢。"

有个人正站在店外，仔细地端详着橱窗里的珠宝。然后她走了进来。这是个上了年纪的老妇人，手里拎着一个装着几棵生菜的塑料袋。她问麦丽开，能否让她看看摆放在橱窗里的银勺子。这时，哈亚利热情地迎了上去，耐心地给她介绍银勺子的渊源，告诉她这些勺子有多么珍贵。它们确实价格昂贵，可它们历史悠久，而且，跟它们相似的一些银勺子，现在可都陈列在托普卡普皇宫博物馆①内。

正当他语气温和地跟那位顾客说话时，麦丽开却暗自出神，若是他愿意，他可以多么和善啊；他的声音也是如此，可以温柔如水。他在滔滔不绝地说着，麦丽开听得入了迷，却并不关心他在说些什么，也不觉得有必要去听懂他在说些什么。她只是一个劲地痴迷热切地盯着他上下开合的嘴唇，看着他挥动的双手，在不可言喻的眩晕中，默默地感受着这一切。老妇人买下那些银勺子后就离开了。麦丽开关掉橱窗的灯，转动门上的钥匙锁住门。现在店里唯一亮着的，就是放在角落里那张桌子上方的一盏夜灯。她决定听哈亚利把话说完，弄清他的来意。

"要是你能讲点道理，我们可以谈一谈，"她说道，"我们坐下来说吧；我去给你泡杯茶来。"她转身走进厨房，按下电水壶的按键，又想起了他方才说的话。妥协？是哪种妥协？不，那不可能；与这个男人针锋相对，会让她更加畅快。她想起"冲突升级"这个词，这不是种进展吗？她往马克杯里放了个茶包，倒进热水。她端起杯子刚一转身，就跟哈亚利碰了个正着。她顿时感

---

①　托普卡普皇宫博物馆：象征了土耳其帝国的荣耀和威势，是土耳其最大的博物馆，也是世界最大规模的历史艺术类博物馆。

到一股尖利的恐惧。他紧紧地绷着脸，气势汹汹，紧闭的双唇像是马上要喊出声来，又像是要狠咬她一口一样。他直愣愣地盯着她，锐利的眼神仿佛看穿了她的心思。在这密不透风的狭小空间里，麦丽开试图往后退以躲开他。哈亚利则张开双臂，抓住门框，挡住了她出门的路。

"你挡了我的路，"麦丽开气恼地说，"我给你泡了点茶。走开，让我过去！"

"得了吧，别跟我耍花招了。要是你够强壮的，就从我身上跳过去吧，不是吗？"

"你这个同性恋，你这个骗子！你让我恶心，让我恶心！"

哈亚利愤怒地冲来，麦丽开把端在手里的茶杯，连同杯子里的茶水，一股脑儿地朝他脸上扔了过去。哈亚利的胸部被烫到了，他狂性大发，狠狠地向她扑过去。

麦丽开想推开他，两人竟扭成了一团。台面上的瓶瓶罐罐和干燥架子，全被他们撞翻了，轰然倒下。他们不为所动，只是狠狠地相互扭打、对视着，像是要勒死对方，并将对方的头拧断一样。哈亚利揪住麦丽开的头发，粗鲁地往后拉住她的头，一口咬住了她的脖子。麦丽开发出一声尖叫，像只逼入了绝境的猫，用手拼命去抓他的脸，却被他扭住了胳膊，动弹不得。与此同时，她感觉自己脸上被他狠狠地掴了一掌，她不由得一阵趔趄。

哈亚利用力将她推到墙边，一双粗壮的手臂紧紧地箍住了她。他合上嘴，将双唇覆在她的唇上，用力吻下去，力气大得像要将她的唇吻出血来。麦丽开像是被枪击中了一般，全身瘫软，颓然地放弃了挣扎。她突然失去了捍卫自己的意愿，取而代之的是股强烈的性爱冲动。

面对这个男人野兽般的猛烈进攻，她几乎放弃了反抗，她的反抗甚至更像是迎合。没有这种进攻，这段时间她只不过是空虚的存在。她想放声大喊，声音却被憋在喉咙里。哈亚利正在粗鲁地抚过她的每一寸肌肤，像是要将她撕碎一样；她身体的每一寸都不再属于她。她用力托起这男人的脸，再次迷乱地用双唇搜寻着他的双唇，就这么自然地吻在了一起。要发生的终究会发生；这总好过犹豫不定。而且怎么就不该发生呢？一个人，一个男人或一个女人，尽管性别不明，但没关系，因为这并不重要。

她用一只手环住他的腰。是她自己主动这么做的吗，她不敢肯定，她环住的这个他，是谁呢？她也不能确定。但现在就是这个样子。他们紧紧相拥的身体，穿过了一片阴影。曾几何时，当他们相互观望，相互渴求时，他们就知道这样的场景终有一天将会出现；他们也知道，两人之间的战争将会如此结束。他们都很清楚，像这种殊死一搏是不可避免的。

他们只是置若罔闻而已。

升腾的火焰照亮了他们的脸。尽管如此，世界依然美丽，特别美丽。黑暗、冬季、雨雪，这一切都让这个世界美丽动人。他们之间不再有矛盾，也不再有匆匆的顾盼。两人的手都在不停地游走，他们紧紧相拥，尔后又松开，弯曲膝盖，闭上眼睛。他们在一同沉沦。他们的吻经久热烈，两人的唇分开又覆上。黑暗是短暂的，然而它又是漫长的。此刻，他们终于明白了的和绝对不会明白的那一切，对他们来说，都已经不重要了。

潮湿的身体，相互摩擦的肌肤，她被他快速地推着在地面上不断滑动。在他的进攻面前，她节节败退，最终全面溃败了。就这样吧。再也没有什么逻辑可言。她不时吐出一个微弱的字眼，发出喃喃的低语。她的一只手停在空中，尔后双手紧握成拳，在一阵阵低声尖叫之后，迎来了猛烈的最后一击……这种感觉如同死亡降临一般，宏伟壮烈却又让人意识模糊。

他们双双倒在柜台前的地板上。什么也不用说。这一刻，即使最短的言语都显得多余。他们的吻密密麻麻地落在对方的脸上。像是害怕被她抛弃一般，哈亚利伸手将麦丽开拉近身旁，紧紧的箍住了她。麦丽开的嘴里喃喃吐出一声低语。许多简单而毫无关联的词语从她脑中滑过。罪恶，沉默，耻辱，我不害怕，爱情，童年，高潮，梦……

她躺在石头地板上，只觉得背上寒意刺骨，一片冰凉。她不知道他们是在何时、又是如何脱掉了衣衫的。她转身对着他。

"说句话吧。"她说。

"就是这样的，"哈亚利说，"这会我还有什么可说的呢？"

他起身飞快地穿好衣服，像是急着要奔回到其他人的身边一样。

麦丽开深感痛苦，她觉得既受伤又失望。她怎能犯下这样的错误，如此轻易地就向他缴械投降了呢？直到此刻，他们几乎还没有交谈。两人之间爆发了一场沉默的战争，可是他们的情感还未浮出水面，大白于天下。

不，他们是亲密的陌生人。在他们感知并读懂了对方的想法时，产生的是一种共有的认知和逃避；一种隐秘的欲望在此刻演变为寂寞、愤怒和憎恨。哈亚利是否一直有意摧毁这种欲望呢？他是否想要摆脱这一欲望，这个负担，将它撕成碎片扔在一旁呢？

"你干吗要来？"麦丽开愠怒地问道，"为什么是在出人意料的时刻呢？"

"我不知道。突然之间我发现自己已在这里了。或许我是想给你一个机会，又或者是为了让我们共享一个能使我们俩达成共识的机会。这并不是事先计划好的。"

"一个机会？真是个傲慢得令人可笑的……"

"我原以为我们俩能相处得更好的。"

"不要现在就走，你再陪我一会吧。"

"我做不到。"

等麦丽开穿好衣服，哈亚利已经走进店铺，正站在门口。现在差不多九点了。雨已经变成了雪，狭窄的街道上一片黑暗，空无一人。

"你为何总要隐藏真实的自我呢？"她望着他问道。

哈亚利神情专注地盯着麦丽开，他的双眼闪闪发亮。可这双眼看得见却猜不透。接着，他用手背轻轻地拂过她的脸颊。

"我一直隐藏在你所想象的那个人的背后，我也在认真地观察你，伊达。其实，你早就做好了充分的准备，因此，你才让自己变得如此遥不可及。努力去理解吧，我装得够久了，好戏马上就要上场。"

两人彼此凝望。第一次，哈亚利的脸上没有出现嘲弄的笑容。麦丽开再次发现自己的愤怒已找不到出口。假如她能给哈亚利一次机会，他将会永远利用她的仇恨。

"你只教会我仇恨之美，"麦丽开咬牙切齿地说，"别以为这次你赢了，想都别想。"

"我想，我才是那个输掉的人，"哈亚利说，"即便如此，我寻找的不是爱情。原谅我。从今往后，我们可能会更加疏远。别让自己再陷下去了，可以吗？"

他神情冷酷地盯着麦丽开看了一小会，眼中闪过一丝几乎不易察觉的迟疑。他猛地打开门，竖起大衣领子，走进轻轻飘落的大雪中，迈着坚定的步伐，沿着人行道，向前面的大街快步走去。

结束了，麦丽开无助地想着。他绝不会再踏足此地，什么都不会再有了。她试图在自己心中探寻对他的恨意，却做不到。当她想起片刻之前两人的亲密结合，一种快感缓缓地滑过她的下腹。她心急如焚，只想追在他身后苦苦哀求，让他留下来。

她想放声大哭，尖叫呐喊，但她做不到。

不，战事还未结束。所有迟迟未到的一切，只是随着一场盛大的仪式，被再次推迟。

15.

　　塔图拉的跨界餐吧，是伊斯坦布尔城内的一处时尚之地，因其风味迥异的各国美食、修葺一新的山区小木屋式的内部装潢，成了城内一家颇有名气、别具一格的潮店。

　　店内最引人瞩目的角落里，安放着一个大壁炉，此刻炉火烧得正旺。无数盏小台灯和蜡烛发出的点点光芒，和着壁炉里射出来的熊熊火光，将整个大厅映照得恍如梦境。所有的餐桌以及那张长长的吧台上都坐满了人。还有一些客人正坐在壁炉旁的单人沙发和长榻上，啜饮着温热的红酒。每周，店里都在楼下举办两次现场音乐会。此刻从楼下传来萨克斯管和钢琴的悠扬乐声，却仍然盖不住店内的喧哗笑语。送到宾客耳边的阵阵乐声，曲调忧郁，像是远远传来的低吟。

　　店里的每个宾客都怡然自得、沉醉其中。此间的一切都分毫不差地迎合着时代的脚步，紧跟社会发展的节奏，颇能体现这座大都市具有的国际风范。

　　女人们穿着时下正流行的前卫牛仔服，小气球似的鼓囊囊的小短裙，闪闪发光的低胸上衣，细高跟鞋或是马克·雅各布的靴子，看上去就像刚从某本外国时尚杂志或是安娜苏的秀场跳出来的模特，跟这里的时尚气息相得益彰。

　　菜单上充斥着稀奇古怪的字眼，在埃莱姆眼里如同巫婆的菜谱。她索性把菜单放在桌上，看着杰里。此前她们也出入过一些酒吧，但都比不上这家时髦，而她今天还是第一次来这种场合。

　　她们这一桌共有四个人；除了埃莱姆和杰里，另外还有两个女孩子。一个是考古学系的学生苏姆鲁；她是个长了张娃娃脸、看上去天真无邪的金发美女。她也可以被看作是个新人，前不久才拍过一个地毯广告。另一个叫阿耶图尔的女孩倒是见过一些世面。她是个身材高挑、令人心猿意马的黑发美人，毕业于一家贵族高中。虽然家境优渥，可她与父亲有诸多矛盾。大约十天前，有个男人要两个女孩去服务，埃莱姆被迫跟阿耶图尔一同赴约。杰里和迪代姆费了好一番唇舌，才说服埃莱姆去。她们一直劝她说，大多数男人会提这种要求，而且这样她还可以得到双倍酬劳，她要想在公司继续干下去，就得习惯这种方式。

这次的经历糟透了。客人是个文质彬彬的年轻人。可当阿耶图尔刚一触到她的身体，她顿时全身僵硬，不知所措。她在阿耶图尔的指点下，勉强才挨过了这个小时。尔后的数日里，她既不愿直视阿耶图尔，也不愿照镜子。

一个侍者走过来，问她们想要点什么。她们不饿，这会也差不多过了饭点。她们只想点些饮料。

杰里问那个侍者："哈耶多·贝伊在吗?"

"在的，女士。他马上就过来。"

于克塞尔·哈耶多拉是贝蒂的男朋友，也是这家餐厅的老板。不久，他就过来了。他站在她们的桌旁，不冷不热地跟杰里打了声招呼，飞快地瞥了那两个女孩一眼。对完全暴露在餐桌灯光下的埃莱姆的脸，他倒是多看了几眼——虽然他的眼神有点飘忽不定。随后他抿着嘴对她们挤出一丝微笑。他的皮肤晒得棕黑发亮，看上去身强体健，老于世故却又自命不凡。他飞快地扫了大厅里的餐桌和吧台一圈，快得就像他发现了自己的裤子前裆开了，想四下里看看有没有人注意到他一样。然后他转头看向杰里，乐观地点了点头，可能是对今夜酒吧的出场率很满意。

"好了，"他满意地说，"你带照片了吗?"

杰里从她的提包里掏出一个厚厚的信封，递给哈耶多。他接过后便转身离开了。

上个月，埃莱姆和苏姆鲁被安排在一个工作室拍了许多身穿不同服装的单人照。她们时而穿着整齐，时而身穿浴袍，时而半裸；照片有跪着的，躺着的，趴着的；有从背后拍的，俯身拍的，有直发的或鬈发的，撅着嘴的或是半张着嘴的……这些可以看成是带点艺术气息的色情照片，大多是黑白的，其中一些照片的姿势和氛围，让人想起二十一世纪初在伊斯坦布尔街头流传的明信片美人。

这些照片很可能起了广告宣传的作用。因为此前，埃莱姆每周常常只有两三个客人，可现在她每天都要接待两三个客人。阿耶图尔跟她说过，其中最漂亮的照片中会放在一个网站上，不过杰里坚决否认了这个说法。

埃莱姆到现在还没想过要换个地方住。有时，她会在切尼格柯伊的别墅里待上好些天。这个冬天很冷，而别墅里温暖宜人。况且，在这吃饭也不成问题；拉腊总会做好，有现成的。闲下来的时候，埃莱姆会看看书，要么翻翻时尚杂志或女性月刊，来打发时间。

自从上次"橘黄色"写信来坚持要求见她，已经过了三周之久，至今她还没给他回复。她总认为，从虚拟世界的角度而言，他似乎太过真实；而从真实世界的角度来说，他又似乎天真得令人难以置信。但他在网上对话中所说的那些事，又引起了埃莱姆强烈的好奇心。虽然她对自己的这种好奇心深感不安，可又没想清楚该如何应对才好。她最初想到的最切实可行的方法就是停止通信。当她真的停止了与"橘黄色"的通信以后，却又感到对他还有几分恋恋不舍的爱意。如果把他从自己的生活中强行推出去，她将会感到孤独空虚。

一个人需要爱情，才能以正确的方式来感知这个世界。如若孑然一身，你便无法从自己所处的位置，去观察生活的某些方面。你也会因此怀疑梦想的真实；因为你的梦想缺乏了目击证人。

然而，在她看来，一个生活优渥、成熟敏感的男子会跟一个他一无所知的人交流，以此来寻找如他说的已失去的内心的平静和自由，这件事本身就不太寻常。她甚至很难相信，他真的是在渴望有个真诚之人能让他倾吐心声。有时，埃莱姆想象他是个有点年纪却仍未长大的幼稚男人；有时，她又希望能见见这个男人，待在他身旁，躲在他怀中，由他保护她躲开这个黑暗肮脏的世界。只委身于他一人，摆脱她当前所处的这种奇怪的处境。就这样跟他待在一起，越久越好。但是，她又害怕在社交场合遇到他，害怕自己会情绪失控。从通信一开始，他们的关系便随着这些鸿雁传书日渐升温。这段浪漫的虚拟联系的影响可不容她小觑，它让埃莱姆能暂时从抑郁当中抽身，得到片刻喘息，并促使她继续写作下去。可是，"橘黄色"却拒绝将这种联系方式继续下去，现在他已沉默不语了。

曾经，他一度在信中告诉她，能帮她找一份合适的工作。他是在给她一个从头开始的机会。他承诺，她将会有一个新的生活。诺言……男人的诺言……感激之词和令人受宠受惊的幻觉……现在她已不再天真，早就过了相信男人英勇救美这类诱人幻想故事的年纪。她明白，男人只是幻想有一天自己能扮演这个角色。但现实中，他们并非如此。

寻找自我，发现自我；成为独立的人，或者依附他人而活……这些都是有关未来的观念。但对埃莱姆来说，这个未来绝不会来临。一切都太迟了，实在太迟了……

刚入行时，她身处的那些场景过去曾被她视为禁忌或罪恶，令她羞愧难当。慢慢地，她跨过了无地自容和恬不知耻之间的界线，不再将自己看成是一个受害者，她只是个苦力，干着不可推卸的工作。这世界还有许多远比利用自己的性事赚钱的行为更丑恶、沉重且不能宽恕的罪行。譬如种族屠杀、战争、冤狱、爆炸、酷刑、甚至更大的恶行。更何况，那些或遭受过，或反抗过，或至少谴责过这些恶行的人们，现在不也无路可逃吗？如果放弃自己过去的信仰和价值观，紧跟这个时代步伐的行为，被认为是自甘堕落的话——这个社会的某些人确实是这么认为的——那么，在今天这个社会里，堕落也许是人们的唯一出路。

不管怎样，自从跟塞伊特分手之后，除了经历不断变换的男人的脸和身体之外，她的生活并没有太大的改变。现在，唯一确认也让她无法忍受的一点就是，她并不是作为一个单纯的人而活着，而是靠她自身那点复杂的存在意识活着。若有必要，她会搁置自己的那种意识，凸显其不可穿透的自我。然而，她的伪装作秀仍未让她摆脱那种自我意识受到压制的感觉。

她耳边时不时地会响起以前她听塞伊特说过的那些污言秽语。有时，她甚至不得不跟着某些人大声重复这些粗话，因为，这些变态喜欢听她承认自己是个妓女。管他呢！只要他们付钱够大方，怎样做都没问题。而且，游戏一结束，她就能毫无羁绊地轻松离去。随后她会回归自我，麻木不仁地从外面关上自己的心门，就像自己从未卷入过也从未经历过这些龌龊事，从未说过一个低俗的词。即使这种自我安慰不过是种可悲的自我否定，但这么做仍能让她暂时摆脱心中的愧疚和罪恶感。尽管两情相悦听上去煞是诱人，可她并不需要这段感情，因为它会让她的情感与理智之间产生严重冲突，让两者渐行渐远。她不得不中止与"橘黄色"的联系。没理由让他这样一位监护人进入她的生活，平白无故地委身于他；然后总是试图在他面前隐藏这段秘密的人生往事，过着终日提心吊胆的生活，让恐惧麻痹自己的灵魂。最重要的是，她绝不能为了一段必将以心碎而告终的恋情，浪费自己的时间。

"得了，别胡思乱想了。好多人正看着你呢。"杰里打断了她的沉思。

"你想要嗨一下吗？到时记得跟我们说点趣事吧，姐姐。"

哈耶图尔跟她父母一起住，所以她常常在白天工作。至少埃莱姆是自由身。没人会跟踪她，要求她的解释，她也无需对谁进行自我辩护。

尽管她们置身于罪恶庸俗的污秽之所，处境可悲；可到了夜晚，身处欢腾的人群和音乐之中，她们总会强颜欢笑。有时埃莱姆猜想，他们说的一些话是种史前文明的语言；然而，她对此并不介意。只要伤口没有流血，它们看上去就不会置人于死地。

"我受够了最近常来找我的那单。前几晚他还试图穿上我的内衣呢！"

"我妈妈这些天四处打探，要帮我找个合适的人嫁了。"

"你欠我 180 美元，宝贝。"

她们不是朋友；她们是共处同一个黑暗世界的盟友。

"我会还你的，亲爱的。我记着呢。"

她们的谈话，全都围绕钱、客人的阳具、新鞋子、这家或那家店的特价活动。她们已抹去了从前的生活，变身为活生生的永动机。那些想让自己的幻想和性欲得到满足的男人，在到处寻找她们，并以绿色的钞票交换她们的身体，就像买卖一样东西，一件物品……她们就是脸上绘着笑容的瓷娃娃，属于一个男人的世界。这个世界里的男人喜欢购买一切东西和一切人，包括他人的痛苦和不幸，以此来大肆炫耀自己的权力。他们这么做，就为了炫耀他们拥有的金钱所产生的力量，然而交易时他们却故意装出满不在乎的样子。

"我觉得热了。我们要假装正在等老公一样继续在这坐着吗？我能再来一杯吗？"

"你干吗不去趟女更衣室呢，亲爱的？"

"我要去一会。"埃莱姆接过话头。她不得不站起身，让某些人好好看看她。她端起酒杯，浅酌一口，然后小心地四处看了看。哈耶多正跟一个看着有点邋遢、一脸放荡不羁的中年男人在说话。此时，男人转过身，向她所坐的那个角落看了过来。她明天有两单，这个人很可能是明天的第三单。

杰里朝埃莱姆眨了眨眼。从第一天起，她就一直在对埃莱姆说，要是她想甩掉这些男人，就得克服她对男人的迷恋。她说这话时，神情坚毅果决，却又无比乐观，让人无法抗拒。她为人严厉果敢却又不乏柔情；她的工作使她必须跟每个人和睦相处。她是老板的得力助手，而她常说，自己最在乎的就是保护这些女孩的安全。至于那个名叫哈桑维姆的女人，埃莱姆曾在健身房的咖啡厅里见过她一次，但两人并未交谈。尽管她用锐利的目光仔细地打量着埃莱姆，但她没有足够的兴趣来接近埃莱姆。按埃莱姆的理解，这个女人似乎宁愿置身于这个肮脏的行当之外。她是主谋，也是建立那些重要联系的人，但她不愿意多出风头。

"埃莱姆，去吧台那，亲爱的。哈耶多在招呼你过去。"

埃莱姆站起身。她踩着高跟鞋，小心翼翼，步履轻盈地走过去。为了这晚，她们已为她精心装扮过。她们从时装店给她挑选了一条火红色的紧身连衣裙，裙子的领口很低，上面镶有花边，露出大片酥胸。她不由得好奇地想，谁是这条裙子的前任主人。她们帮她化好妆，精心做好头发。镜子中的她看上去竟然艳光四射。有时她的美貌如同一个加在她身上的巫咒，让她苦恼，她希望自己能丢弃这副美丽的躯壳。

这种日子不会太久的，她一边小心翼翼地在哈耶多指给她的那个吧台边的高脚凳上坐定，一边自我安慰。她看着那个满脸胡楂，脑满肠肥的高个男人，对他微微一笑。

"你好吗？"

"很好！你呢？"

这三个月里她差不多存了一万四千美元。

"你想喝点什么吗？"

"谢谢，我什么也不用喝。"

她接济姐姐的生活，满足孩子们的小需求。她当然没告诉过姐姐自己现在做什么。姐姐还以为她在公司升职加薪了。

"我有一家广告公司。我叫塞兹金。你有张美丽天然的脸。"

"我叫艾雯。你好！"

要是她能在这一行里继续干下去，不出几年就能给自己买套小房子。然后她会回归正常生活，找份普通的工作来做。她的逃离计划早已准备就绪。

"我们正准备开始一段特殊的对话。我们可以谈谈你的照片。你觉得怎样！"

"哦，有何不可呢？它会起什么作用呢？"

"我们会聊聊照片。自然我想更好地了解你。今晚我们可以一起过吗？"

照片里的那个女人完全是另一个人，那绝对是个幻象，这再明显不过了。问题是他清醒后还记得埃莱姆不。眼下，他不是喝高了就是嗑药了。他闭着双眼，神情恍惚，信口开河。不，什么照片都没有。再也没有艺术、美丽或者爱情可言。一切都失去了自身的价值。即使幸福，也无非是得到满足的性欲，基于肉体欢愉和想象的激情的短暂爆发，一桩无情而随意的交易而已。

她想忘记所有的人和事，这样她就能更好地拥抱虚无。她想再次遗忘，又一次，无数次。她想抵达忘川，抵达它那绵延不尽、清洁纯净的彼岸。

在与塞兹金一同前往位于切尼格柯伊的别墅的路上，她裹紧大衣，默然无语地坐在汽车的后座上，转头望着窗外。此时已至午夜。那个男人握着她的手。他手上带着一枚婚戒，她摸到了。

"你在意吗，亲爱的？我的第三任老婆，她已经怀孕八个月了。我们不能再睡在一起。你会在意吗？"

"不，不会的……"

然而，她其实很在意。她暗自悲伤，就像个孩子。不被人爱是多么可怕啊！只有她的肉体被这个男人渴求，而她不得不耐心忍受。这个男人干吗要握着她的手，而不是那个马上要为他生孩子的女人的手呢？现在他的手掌很温热，人也规规矩矩；他随后也许会变得很粗鲁，她想。他几乎要醉倒了。突然之间，一切在她的脑海里都显得无比复杂。她在哪，她们要去哪？

他们正驶过大桥，一路穿过那些熟悉的街道，在冰冷、纯净的夜光中飞驰。静默的大海似乎正屏住呼吸，只待时机一到，便尽情地释放被它尽力按捺住的咆哮，让这呐喊响彻旷野。

这座城市，她心想，甚至它的土地和卵石之下都暗藏着不忠。这也许是座沦陷之城；在这里，最轻易的事情莫过于迷路、迷失。这也许是座迷途者和死亡者之城，令人悲叹的挽歌之城。当时空流转，回到过往，记忆仍在不停泣血。当我们袖手旁观，毁灭之势愈演愈烈；这座城市俨然一副与过往势不两立的姿态，但同时它摇身一变，又成了游乐场。

她抽回手。男人的手已是松弛无力，沉沉垂落；他的皮肤也渐渐发凉。片刻之前在他体内蠢蠢欲动的欲望，无奈地从他本能的兽性中退出，陷入了沉睡。他们到达别墅时，埃莱姆唤醒了他。

"我一定是打盹了，对不起。"

"没什么大不了，放松点。"

不管怎样她都得做完这笔生意，赶快甩掉这个僵尸一样的男人。

拉腊早就接到消息，正等着他们到来。她们俩一起架着这个烂醉如泥的男人上楼，进了房间。埃莱姆试图帮他脱掉衣服。"亲爱的，快来让我暖和点。你叫什么名字，你的屁股真漂亮，宝贝……"他喃喃自语。埃莱姆把他平躺在床上。"说吧，告诉我你想要什么？"她把他像个麻袋似的立在床畔。"你爱我吗？对我说你爱我。别撒谎。"他动也不动地靠在那。欲望只停留在他的脑中，在他的心里；他的身体已完全不听使唤。

埃莱姆把他推倒在床上，然后在他身旁躺下。他身体的每个毛孔都透出一丝酒味，这具躯体似乎是想用他艰难地吐出的、令人费解的词语来拥抱她。他伸出手想去摸埃莱姆的胸，却突然停了下来。这个笨蛋！他是要整夜都待在这，然后为这"一整夜"买单。埃莱姆嫌恶地拿开男人放在她胸前的手，放回他自己的身边，然后自己远远地挪到了床的另一端，闭上双眼静静地躺着。她走进了自己的童话世界。这是她喜欢的一个童话；是她唱给自己听的一首催眠曲。

每当她跟某个男人在一起时，只要她一合上双眼，就发觉自己似乎已进入了一个无名的国度，置身于一片灵魂聚集的森林里。在这里，她觉得自己既属于这个虚幻世界，也属于那个真实的世界。她有时躲藏在一个偏僻的角落里，有时又行走在蜿蜒起伏于群山之间的曲折小径上。她的身体以一种仰面朝天的姿势旅行。这样，她能看到从大树浓密交错的枝叶间露出的那一小片蓝天，就像一块蕾丝，她感到全身轻松舒泰。如此仰头往上看，天空与森林融合成一体。这里，五彩缤纷的颜色、不同的线条、蜿蜒曲折的小路、树叶瑟瑟的响声，一块石头落入水中的啪嗒声，树枝噼里啪啦的断裂声，微风轻拂的呢喃低语，一切都那么和谐自然。各种动植物既是独立存在的个体，保留着自我的本真，又相互依存，共同构成一个美丽而宏伟的整体。

这样的环境才有益于她的身心。此时此景，一切呢喃低语、大声喘息和恶言辱骂都不再存在。

只有当她置身于这片森林之中，她才觉得自己已迷失的身体不再被人触碰。唯有在这，她才会感觉到自己拥有一个归属；她才不会感到自己正呆滞地重复着自我或者另一人。有时她觉得，当自己沿着那些长满黑莓树、窄得仅容人步行的小径散步时，好像是在寻找某件未知之物。后来她才明白，她之所以将自己的灵魂带去森林，是为了让自己忘记她对现实毫无反抗之力。即使她是躺在一个陌生男人的怀中，气喘吁吁，无法呼吸，她心中也全无半点冲动，要满怀柔情地为这个男人全身心的投入，心甘情愿地跟随他共赴极乐。

她只感觉到体内快速膨胀的抽动，而她耐心地等待着那一刻的来临——一只低低掠过的飞鸟落下来，在水面扇动它的双翼。这种幻想让她觉得，现实中性爱这种不得已而为之的劳碌事并没有那么难受。

她喜欢像小鸟般在枝头跳跃，在林间荡秋千；累了就倚在篱笆上小憩，打量森林中的那些小昆虫；观察这混乱的生活，而她也是这混乱中的一分子。森林里当然还有好多其他的动物：鸟、蜜蜂、蜻蜓、蚊子、狐狸、水獭、豪猪、乌龟、长得像鱼的生物、松鸡……它们或安静，或喧闹，或不满，或心神不定……埃莱姆闭上眼睛。通常在那些四足动物交配时，她能看见所有的动物以及它们的普遍特征。她把自己想象成了一只巨大的黄色眼睛。

当她醒过来，所有的形象变成一段稍纵即逝的混乱回忆，而她自己的形象则飞快地旋转着坠入了一片黑暗，消失在眼睛的瞳孔之中。

第二天她又接待了两位客人，临近傍晚才回到家。这个地方她虽然待得不多，却是她最后的圣地，也是她的诗苑。她不再像最初时那样，对这里有诸多挑剔和抱怨。她付了燃料费，终于让房子暖和起来了。与往常一样，唯一为她粗粝的生活带来几缕温情的，便是阅读。书籍让她精神焕发，感到衷心的快乐。许多次，她裹着毯子一连看几个小时的书，或者整夜忙着写一首诗。

她不再给"橘黄色"写信，因为她不可能收到他的回音。因此她怀念过去那些给他写信的夜晚。

她跟沃尔坎说过自己的童年、她的父母、她的成长历程、看过的书，以及让她痛苦的一切。就算她没有跟他详细地描述自己全部的生活，她也已把自己生活中发生过的重大事件，她内心秘密角落中的那片阴暗世界，她对现状简短却动情的感悟，差不多全告诉了他。沃尔坎认为她是个贤惠、敏感的小女人，一个纯洁的人；她的世界既有习习微风，也有生活的焦虑和无足轻重的情感纠葛。

她觉得自己最好是保持沉默，因为她生来就罪孽加身，时刻会被人撕裂，被人利用；而且她已经被拖入了地狱，那就是这个世界。

不过，她还有水、光和食物，而最令她安慰的是，她有足够的钱能买下所有她想要的书。书籍能让她感觉到内心的平静和世界的温暖。

这个周末她不想工作。她要去看看姐姐，读读书，打扫房间。然后，她要用自己目前所获得的那些感悟，来写完她已写了好长一段时间的那首诗。

> 我是一只长满斑点的蝴蝶，
> 生来就带有自己的色彩。
> 在灵魂的森林里，
> 一寸一寸，我褪去了身上的茧衣。
> 我是一枚旋转的硬币，
> 害怕从一个人的手中，
> 滑落，
> 跌入黑暗的污槽；
> 我让自己躺在，

地狱的第一个站点，

在散发出火焰味道的灌木丛下，

等待吞食腐尸的秃鹫，来啄食我的身体。

　　她忽然看到邮箱里有一封沃尔坎的来信，竟喜出望外。好啦，他没能遵守承诺，又给她写信了。

埃莱姆：

　　你写信对我说，有些人用理智来处理他们与世界的关系，而有些人用的是他们的情感。一旦用理智和逻辑考虑问题，你便不可避免地会寻找万物之间的因果联系。然而，爱情若是无法战胜理性，就不可能变成现实。

　　我还是想见到你，但我不再将停止通信作为条件。我承认自己在你面前已经失败，我狼狈得收回前言。

　　当我辞去工作时，我最想做到的，就是从我当时所处之地出发，向前走，走得越远越好。你是这一过程中强大的驱动力。我带着孩子气的乐观和疯狂来接近你，而你的多愁善感也滋养了我。现在你沉默地退出了我的生活，留下的这片空白让我无法填补。

　　至今，我失业已有月余，可我一点也不觉得无聊。我做过一些愉快的短期旅行，也有过远足。我还去过影院、歌剧院、音乐厅。我看过好些录影带，那些最好的音乐演出、舞蹈表演和戏剧的录影带；也见过童年的好友。我满怀欢喜地去逛街，我无事就看书、睡觉。

　　尽管如此，我总感觉自己在怀念些什么。

　　我们共享过一段美好的时光，那时我们互吐心声。哪怕只是知道对方在那里，在电脑的彼端，就令人倍感欣慰，这就像一个恒久的承诺。我无可救药地爱着你，就如同我爱自己最爱的那些亲人那样。

你还会给我写信吗？

埃莱姆用颤抖的手滚动鼠标，一遍又一遍地看着这几行字。刹那间，她生起一股念头，想给他打个电话。她感到一阵揪心的痛，就像感觉自己失去了一件美好的东西。她走到窗前，希望能从窗外静立在黑暗的雨夜中那一幢幢的水泥大楼之外，寻到一些别的景象，给自己带来一丝慰藉。她掀起窗帘的一角，向外看去，却只见到楼下那一片为行色匆匆、艰难谋生的人遮风避雨的小窝，他们仍在那里继续着自己平凡、艰难而微不足道的生活；在冷冷的蓝色街灯映照下显得污浊黑暗的街道，他人家中闪烁着零星几点灯光，几家布满垃圾的阳台一片狼藉。

能有条路让她逃离此处吗？

她久久地伫立在电话机旁。要是她想，她是可以逃离这里的，哪怕是只有一天，甚至一个晚上。她为何还要放弃自己这一丝再渺茫不过的希望呢？直到现在，那些进入她生活的男人们，在她脑海中留下的记忆，只是那些一闪而过的情色画面，而沃尔坎能成为这片无情沙漠中美好的海市蜃楼。他的支持会帮她站起来；远远地带给她一些快乐……

已近午夜。不过没关系，她可以吵醒他。这一刻他们心意相通，近在咫尺。

她颤抖着打开一瓶红酒，坐在电话机旁喝了一杯，接着又喝了一杯。她凝视着捧在手中的杯子的托座，怔了半晌。她赞同沃尔坎的说法；只以通信的方式去告诉别人某些事，爱一个人却只停留在有限的通信范围内，这样的爱毫无价值；因为，通信在某种程度上就意味着这个人在隐藏自我。不去触摸、品尝，不去目睹、耳闻，一个人就不可能煅造出真正的自我。

她把电话拉近点，然后拨了熟记于心的那个号码。电话铃响了四声。她静静地等待着，心在怦怦地直跳；她既期望他接电话，又害怕他接电话。突然，她听到一个焦虑的声音，"你好"。

"我是埃莱姆。你写的信感动了我。"

电话那头先是短暂的静默；紧接着传来惊讶、激动的声音。

"我没想到，"沃尔坎惊喜地说，"不，我先前确实想过，只是没抱太大希望。你这么说我真是太开心了。"

"先前我只是没法作出决定。现在，我不想让你那么失望和无助。"她深深地吸了一口气。

我才是那个真正无助的人呢，她想。她叹了口气，换了只脚撑住身子。她就站在窗户旁，手里拿着话筒，心怦怦地跳个不停。霎时，她觉得有些事好像正在发生改变，她正在迈过门槛，进入到另一个空间。

"我不知道要说点什么，"她声音颤抖，"现在我想见你。"

"你怎么就这么难下决定呢，埃莱姆?"

"我不知道，或许是我害怕一切都会变得平庸无奇。"

"要是你不打电话，一切都会变成虚无。"

"今晚我意识到了。无论如何，我得听听你的声音，见见你的脸。"

"一定。我们何时能见面呢?"

"可以在下周初的某个下午。"

16.

晚上七点，沃尔坎在塔克西姆一家酒店的大堂里，等候埃莱姆。此时此境，他就好像身处一个无边无际的浩瀚时空，它是由他曾经去过的一切地方组成，涵盖了他生命中的所有时刻，甚至包括他早已遗忘的那些时空。这像是一段自动生成的、通透而连续的时空；又像一个晶莹剔透的易碎玻璃球，随时可能从他手中滑落，摔个粉碎。

他的心紧张得怦怦直跳，身子时轻时重；甚至隐隐萌生出反感之心。他想不到她竟然会同意跟自己见面。他们的关系瞬间到达了巅峰。他极力回忆自己在埃莱姆的信中所写的内容。那时，他微带醉意又无比伤感。不仅如此，他整个人都十分寂寞。可眼下他的感觉又稍有差别。

现在，他激动难耐地坐在这儿，等着一个他在网上遇到的、无足轻重的小女人。对一个男人而言，这种情景窘困难堪。难道他已是如此落魄了吗？要不他怎会如此迫切地要将这个幽灵般的女人纳入自己的生活呢？难道是他在饱经沧桑之后，对生活的期望和规划彻底改变，心灵几近崩溃？要不，他现在怎会像一个抑郁迷茫、缺乏自我的男人一样坐在这里呢？他为什么要走捷径，用这种方法让自己快速振作呢？

可这些问题都是谁的想法？他现在的处境有什么可羞愧的呢？羞愧，他心想，是我们逾越正常礼教成为众矢之的时，被教会要产生的一种情感。人们的羞愧来自于公众的审视和评判。

作为一个努力让自己不受他人的审视和评判所影响的人，他最终是自愿来到这里的，这是再自然不过的方式了。在一个崇尚性自由和滥交，却鄙视和嘲笑浪漫爱情的社会环境中，他体验到了生活各不相同的方方面面，形成了自己的人生感悟。他一直担心，以前的那种生活方式会将他的人生摧毁；他也决定，不再遵守已被他抛之脑后的种种规则。因而，在抛开所有这些观念之后，仍像以前那样看轻自己，继续过去的思维那就是种愚蠢的行为了。

恍如春天来临，埃莱姆唤醒了蛰伏了一冬的沃尔坎。三个月来，他在电脑上始终不停地向她倾诉心声。这片刻的疏远感必是因他此刻的紧张情绪引起的。他在想，在他面前出现将会是一个怎样的人？她会是一个不够成熟、只能以文字来表达自我的固执小女人吗？她会是个憔悴苍老、了无生趣的老处女，还是个热情奔放、渴望爱情的年轻女郎呢？梦想与现实几乎难以共存，而巧合也无法预先安排，来的这个女人很可能不是他所想象的样子。

当他把她的名字与她笔下的文字糅合在一起时，他联想到的是一个粗壮的女人，她多愁善感，女人味十足，但性情冷淡还有点神经质，总在不断地否定和挑战一切。她是与这个社会格格不入的叛逆者，手握着旗帜走在街头游行队伍的最前列；在床上时她嘴不饶人又喜欢逞强……然而，这幅图像中最重要的那些成分——颜色、光影、纹理和气味——统统一片空白，这幅图不过是个轮廓。

而黄点这个名字，让人联想到一个身材娇小的年轻女孩，和蔼、温顺、孤单，而且需要人保护。它像是点缀在尚未成形的梦境阴影中的一个甜美的希望，一颗闪烁着黄色光芒的星星。

他想看到的是这两幅画面的哪一幅呢？答案既非前一幅，也非后一幅。两者的融合才是他希望的理想画面。或许，他来这里，只是为了感受当下这拥有无限惊喜的片刻光景。

他坐在靠近大门的座位上，观察着进来的每一个人。突然，他觉得自己像掉进了一部黑白电影中。这样的画面，过去常出现在土耳其老电影里。毕竟，电影源于真实生活。或许，他很可能马上就会见到一个长相酷似他非常喜爱的女星——努日罕·努惹——的女人了。

这个小气的女孩不仅躲了起来，也从未给他发过一张照片，这确实让他完全蒙在鼓里。她是否担心如果她用自己的存在摧毁了两人之间宝贵的距离感，那沃尔坎的想象力就毫无用武之地了呢？他又想起电话里她羞怯、温柔还带点孩子气的声音。这个声音跟她叛逆的性格不太相符。

黄点说过："我会穿一件黑色大衣，戴一条黄色的围巾。"这描述太过笼统。尽管如此，他的想法确实没错，他肯定会从一个截然不同的角度去认出她来。这是个反映了他对她的疑虑和距离的角度。

但这并不代表他对她的态度，恰恰相反，他并不鄙视她。不言而喻，这几个月里，他是狠下决心才不露痕迹地按捺住心中的焦虑，并让两人之间建立起了一种必然的间接联系。现在他们真的已经到了彼此不知道要再给对方写些什么内容的地步了。她似乎在封闭自己，渐渐冷落他。她的这一举动，促使沃尔坎下决心越过界限，并在由她主导的游戏中打败她。

这是他生平第一次为一个素未谋面的女人而心驰神往，这是十足的性欲，他极想诱惑她并占有她。长久以来他浑浑噩噩地生活，从未真正了解自己；他身不由己地跟许多进入他生活中的漂亮女人做爱，立刻又将她们遗忘，不留下一丝痕迹。他并不渴求爱情。他和丰蒂曾在塞浦路斯厮混了四天，整夜泡在赌场取乐，恣情纵欲。可这次他对埃莱姆的感觉却不尽相同了，只是他目前还不太清楚这种感觉。这股狂热而揪心的渴望究竟是什么呢？是因为他们相遇在那纯真无邪却又肆无忌惮的文字世界中吗？是因为含义丰富、灵活多变而又富于想象的文字，让人可以毫不畏惧地面对被自己疏远的内心吗？

大堂里的人很少，只有一对勾肩搭背的中年人，一个忙着照顾自己小女儿的胖女人，还有一位上了年纪的老绅士。沃尔坎扫了一眼手表，黄点已经差不多晚了二十分钟。

他盯着那个身穿黑色大衣、身材苗条的年轻女子。从她站在大堂入口踌躇不前的模样，还有她系着的黄色围巾，他就认出了她。但他简直不敢相信自己的眼睛。

埃莱姆探询的目光落在了他身上，然后她向他款款走来。沃尔坎立即站起身，两人相互问候，略带尴尬地握了握手。

她脱下大衣放在身旁的椅子上，然后坐了下来。她里面穿着一条宽大的黑裙子，白色的薄背心上罩了一件敞领修身的黑色运动衫，越发显出她凹凸有致的窈窕身姿。

"就算有点周折，我们好歹还是见上面了，"沃尔坎笑着说，"不过你的围巾不是黄色的，那是橘黄色。"

"这样你就更容易认出我。"埃莱姆欢快地说，"这是我特意给你买的；我找了好久才找到。你知道，不管它是个名字还是种颜色，你的笔名都很诱人。它让我印象深刻！"

她抬起眼睛望着他。虽然她神情冷淡、沉闷而又拘谨，可她整个人却显得楚楚动人。她的美虽非摄人心魄，可与时下流行的如娃娃般乖巧可爱的美丽相比，却迥然不同。她的美散发出一种神秘而独特的气质；那双欲说还休的褐绿色大眼睛，又隐隐透出几分哀婉……沃尔坎接过埃莱姆递来的围巾，惊喜得竟有点眩晕，仿佛得到了一笔意想不到的财富。他把围巾绕在脖子上，得意地望着埃莱姆问道："我戴上好看吗？"

"好看，真漂亮。"

"你太贴心了，埃莱姆。我逼你来跟我见面。真是件好事啊。"沃尔坎颇为自得地说。

"我已别无选择。唯有死亡才能阻止我来见你。"

沃尔坎曾经想当然地认为，这个女孩不愿现身，可能是因为她的身体存在缺陷。对此，他也没有探究，只觉得她不会太过极端。他明白。一个人能吸引别人的东西，在于这个人的眼神、姿态以及行为举止中的深意。这些东西正是藏在此人心中、却不为其本人所见的真实自我。

"可你为什么躲了这么久呢？"他声音沉闷。

"我也许是在等我们能变得亲密无间，让我们的见面能水到渠成吧，"埃莱姆答道，"还有，就是我们见面的方式……"她叹了口气，这一刻，她似乎甩掉了天生的优雅和温柔；她的眼中闪现出智慧的光芒，但又滑过一丝犹疑。有一会，她焦虑而又略带苦涩的目光，落定在沃尔坎的身上，可她突然飞快地转过头去，扫视着整个大堂。

"你觉得，现在时机成熟了吗？"

"我不知道。这像个刚开始的游戏。我很吃惊，我们竟然能走到这一步。"她显得激动不安，但她在竭力地隐藏自己的情绪。沃尔坎盯着她，脸上露出温情而轻松的笑容。

"我们别老坐这里了。等一会我们去找个好点的地方，一起吃晚饭吧。"

"不行。今晚我得去我姐姐家。我只能跟你待一个小时。"

"可已经说好了，今晚要整夜待在一起啊！"

"我有点急事，很抱歉。"

"呀，太遗憾了。"

"我们约个别的时间吃晚餐吧，"埃莱姆略带歉意地说道，"随着时间的流逝，我们彼此会更熟悉的。"她似乎在寻找借口以掩饰自己的紧张。

"对我来说这次见面也是一次有趣的经历，"沃尔坎安慰她，"一次不同的体验。没想到你是这样子的人。我惊讶得像被人狠狠地揍了一拳。"两人都不约而同地大笑了起来。

"你想象中的我是哪样的呢？调皮，鲁莽，盲目……"沃尔坎问道。

"哦，不是的。至少我还有你的照片。我那时不相信你，真是错怪你了。"

沃尔坎凝视着埃莱姆的脸。因为羞怯和窘迫，她始终一副心不在焉的样子。他觉得她比刚见面时更迷人。他仿佛又回到了那个远去的下午，他热切地将双唇压在他所爱过的第一个女孩的嘴上。他现在好像又感受到了那种神秘的幸福，那种无知、天真带来的永无尽头的亢奋。他麻木的灵魂被唤醒了，似乎正在为他渴望已久的奇遇而祈福。

她的那些大胆的文章，曾让他把埃莱姆想象成一个无所畏惧的女人。然而，此刻他见到的却是这样一个无懈可击、令人印象深刻的天真女子，令他多少有点意外。当然，在别的场合，这份天真又会被她轻易地抛弃；她也会因此而变得更加动人。对他来说，遇到这个小女人，人生如同翻开了新的一页。他能借此机会，重新纠正他跟以前那些女人的感情纠葛，洗清他之前犯下的所有罪孽。他很开心能借机将所有的旧日情人，特别是他最近痴迷的麦丽开，统统埋葬在过去。

在追求麦丽开期间，他对埃莱姆的热情渐渐沉寂，几近消逝。可随着他们之间的通信越发频繁、亲密，他的激情又被再次点燃。沃尔坎清楚地确定，这种兴趣不是他对认识自我这一探索的投资，而是在自我重生的道路上，他必需的基本幸福感和获得他人认可的美好愿景。埃莱姆跟他说过她许多的趣事，以至于他对她生出的浓情厚谊之中还暗藏好奇；为了走进她的世界，他甘冒一切风险。

他们点了咖啡。一想到她可能很快就会成为自己的恋人，沃尔坎不由得满心欢喜。据他所知，目前她的生活中并无他人。她在信中写道，她住在安卡拉时，曾跟某人交往很久，但那并非爱情，这段感情早已彻底结束。当他们远远地从各自的世界里相互通信时，因为相距遥远，他们能够自信大胆地相互敞开心扉。现在，当他们面面相对时，彼此似已对对方有所了解，却又好像一无所知，倒觉得颇为尴尬。或许，让他们不安的真正原因是此刻一切都异乎寻常却又完美至极。

不过他们很快就彼此适应了。不管两人之间之前有何障碍，在喝咖啡时，一切问题都已遁于无形，他们的谈话也就变得自然流畅了。

"你住在哪呢，埃莱姆?"沃尔坎问道。不知为何，她从未提到过自己的住处。

她跟他解释说，自己就住在卡吉坦下面，靠近她姐姐的家，可她在那里住得并不开心。她曾跟他说过一点点关于她姐姐、两个孩子和瘫痪的姐夫的事情。这次，她又是言辞冷淡地草草地提及了他们。当她把自己的世界说成是一个狭窄的小地方时，显得诚恳而又羞怯。

"你提到的毁灭，还有你选择的新道路，这些指的是什么？"沃尔坎穷追不舍，"我一直在思考这个问题。"

"那不过是些抑郁而又空泛的文字……有时，我会过于情绪化，"埃莱姆面色微赧、略显尴尬，她试图避开这个话题。"人很难维持平衡。我来到这个城市已有半年，却仍然没能抓住它的精髓，我觉得有点寂寞。这里的生活节奏太快，有时，我觉得自己都跟不上时钟转动的速度了，总是落在时间后面。你能理解我的感受吗？"

"我在努力地理解。我知道你的一些事，可那只是你的观点。只有通过交谈，人们才能做到真正的相互了解。"沃尔坎解释道。

"你得先理解他人，才能了解他人。"

"你说得对。这句话很适合我们俩。其实，它也适合任何人。一旦一个人能理解并诠释自己的生活经历，那么，他对自己、这个世界以及他人的认知，就会发生根本的改变。"

"这或许就是现实之殇，或者说，它被认为是正确的观点。好了，我现在该走了。"

"不管你去哪，我都可以送你去。"

"谢谢，我还是打的走吧。"

"这次见面太匆忙了。明天我们一起吃晚饭吧。你有空吗？"

"我不知道。得看我姐姐和姐夫的情况。我们明天再说吧。"

"你找到工作了吗？我在信中说过的，我可以帮上你的忙。"

"没错，我马上就找到工作了。我在一家纺织品公司的财务部上班。我喜欢这份工作，对这份薪水也满意。"埃莱姆连忙作出解释，似乎要掩饰点什么。

"你就没想过要找一份更好的工作，让自己能开创一份事业吗？"沃尔坎问道。

"没有，毕竟经济专业并非我想学的专业。我的多次工作经历都以失望而告终，我知道自己缺乏这份天赋。现在，我只想挣点钱能养活自己，专心写作。"

他们并肩走出大堂，走进了灯火辉煌的喧嚣夜幕。埃莱姆招手唤来了一辆计程车；她似乎急着要走。

"很荣幸能见到你。我们下次再见。"她急急忙忙地对沃尔坎说完这句话，便逃也似的上了那辆计程车，绝尘而去。

她虽然很害羞，却很可爱，确实很可爱。现在，我可没心情再去思考什么是爱情，什么不是爱情，沃尔坎这么想着。爱就是爱，它能让一个人为之疯狂。尼罕曾说过，你终其一生都只是在门口等候，却从未迈入爱情，小家伙！你真是个懦夫啊！

第二天一早，他就迫不及待地给埃莱姆打电话，想跟她约个再见面的时间。可她家的电话始终没人接，她的手机也关机。或许是她没交电话费停机了吧，他不得不如此安慰自己。直到第二天下午，他才终于联系上她，并跟她约好了相见的时间。

第三天的晚上，他们在奥塔科伊①相见。随后，他们去了一家安静、舒适的餐厅。

侍者将他们领到了一个偏僻的角落，点亮了桌上的蜡烛。埃莱姆显得比前一天晚上要开心和活跃多了。几杯红酒下肚，她显得更为轻松自如、丰采照人。她脸上的紧张和伤感消失得无影无踪，双眸满含笑意，不时偷偷地瞥一下沃尔坎，显得激动难耐。说话时，她虽字斟句酌，竭力避免用些陈词滥调，然而听起来却毫不做作。见她举止自然、娇俏可爱，沃尔坎不由得松了一口

---

① 奥塔科伊：伊斯坦布尔的一个地区，临近博斯普鲁斯海峡。

气，如同刚通过一门严苛的测试一般。他迎住了埃莱姆投来的凝视的目光；四目相对时，他看到她的眼神中流露的，不是对性的渴求，而是孩子般的好奇和深情的关注。

"你喜欢这儿吗?"

"真高兴，你第一次给我写信时，我就回复了你；真高兴，此刻我们一起坐在这里。这才是真正的快乐。"埃莱姆激动地说。她用手掌托住头，身子依着撑在桌上的手肘；一头波浪似的黑色长发垂在脖子上。

"昨天你手机为什么关机了呢，埃莱姆?"

"我们要就此事达成共识。我讨厌被人控制，讨厌为自己辩解，因为我在那些逝去的最美好的年华里就是这么做的。我早就厌倦了这么做，"埃莱姆挺直了身子气愤地说，"你问了我太多的问题，都快把我累坏了。"

"对不起，我这么做，不过是出于对你的关注和一点好奇罢了。真没想到你的反应会如此强烈。"

"需要保护自己的自由时，我也会变得冷酷无情的。我对这个问题太敏感了，对不起。"

沃尔坎眼前顿时浮现出一幕舞台剧的场景。一座陋室的后室；这是个压抑的小世界；人们试图用盖在家具上的一块块绣花布、电视里播放的本地连续剧和一堆录有阿拉伯音乐的磁带来粉饰它，让人勉强能在这里待下去；此刻，一名女演员扮演的在一家纺织厂上班的一位年轻姑娘，正在一架包缝机前埋头苦干……

是哪里出错了？不知道是他哪一丝气息或是哪一个信号，让她燃起了如此熊熊怒火。但他俩的情感突然出现了一道细细的裂缝。

"我明白你的意思。可这三天来我一直在想念着你，我当然很焦虑。我不停地给你打电话，就想听听你的声音，想告诉你我的感受。一想到会突然失去你，我就痛苦不堪。"

"哦，沃尔坎……我懂。我本该给你打电话的，可我有……太多的工作要做。开不完的会，还有那些自负的笨蛋！"她端起酒杯猛地喝了一口，华丽的手镯随之在她手臂上晃个不停，叮当作响；然后，她心不在焉地盯着自己的大拇指。这一刻她像是穿越到了另一世界静止的时空中一般。

沃尔坎仔细地观察着她脸上的表情。不，没什么可担心的。一个人害怕对造就她自我的那些条件失去控制，这是再正常不过的事了。毕竟，对于像她这样的人来说，这个世界总是陌生。

他抬起头，发现埃莱姆正在认真地审视着他的脸，等着他开口说话。她神色超脱，一脸坦然。她深绿色的羊毛连衣裙的领口处，装饰着一圈宽宽的黑色丝带，衬得她的脸和脖子就像是从一株陌生的植物上长出来的叶子一般。

他们安静地等待着，两人都是一副欲言又止的样子。而后还是沃尔坎开口打破了沉默，"你长得像谁，像你母亲吗？"

"我不知道。很可能我谁也不像。我们在家从不说起我们的体形和相貌。这个话题完全不被重视。"

"你很耀眼诱人，埃莱姆。"

"谢谢。有很长一段时间，我都认为自己很丑。我是很丑。你能否想象，我从头到脚都裹在一件袍子里，看上去是什么样子吗？"

"不，我想象不出来。"

"我能在信中告诉你的事情，只是我经历过的一小部分。"

"你一定是下了很大的决心，想要忘掉一切。"

"我不知道我能否这么做。我的内心跟身体存在着许多的矛盾。我的心依然残破不堪……我很愤怒。"

"我懂。"

"因此我才要写作。在写作时，我就会更好地理解这一切，理解减轻了我的痛苦。"

"你对我来说，意义非比寻常。请让我帮你恢复正常吧。"

"我不值得你为之付出。我只是想要千方百计地独立生存下来的一个普通女人；一个可能轻易地就成了小偷、杀手或者妓女的人。"

她的声音苦涩而刺耳，像是她发出的嘶声呐喊。沃尔坎被她的话深深震撼了。这女孩像是挑战一般，仰起头直直地盯着他，眼神幽愤，面若冰霜；她双唇紧闭，满脸的凌厉。

"你说的都是些什么稀奇古怪的事啊！好了……"

他看着她。她似乎非常笃定自己的身份。一想到他们第一次见面那天，她一脸的吃惊、好奇和怜惜看上去是那样的纯真无邪，可今天她……他突然心生一丝恐惧。埃莱姆的脸色渐渐平和下来，她从沃尔坎的香烟盒里掏出一支烟，等着他给她点燃。她与他再次四目相接；沃尔坎看到她眼中的阴霾已一扫而空，取而代之的是明媚的光彩。

"这是我从自己的生活和我们生活的这个世界中得到的感觉，"她语气和缓地说道，"这是我说这话的真正含义，不管其他的话听上去有多不真实。"

她垂下睫毛，像个期待得到大人宽恕的调皮孩童一般，等待着他的谅解。此刻，她看上去十分温顺，沃尔坎却觉得她心里一定是暗流汹涌。

"我觉得你并未将你的愤怒引往正确的方向，"他语气平和地说，"对你所写的那些文章，我的理解是，你探寻自我的努力，是漫无目的、毫无约束的。"

"追逐幻想是毫无用处的。作为无名一族的成员，你不得不相信机遇，依赖机遇。我们并不拥有让自己的人生之路变得更好或更坏的自由。"

"你是想说，你相信命运吧？"

"不，我说的是现在的社会体制，而不是命运。现在的社会体制并未给予我们真正的自由，迫使你做出不被社会主流认可的决定。"

"在你的第一封邮件里，你是那么勇敢。可你现在为何又要屈服了呢？"

"我发现那种态度不再实际、合理了。如同某一天你来到一个十字路口，而一件完全出乎意料的事突然出现在你面前，你得随之做出选择。

"放弃自我的努力，任凭机遇做主，你只会一事无成。我并不否认一些小意外的价值，但是，毫无自制力的自由是非常危险的。"

她满脸惊恐地盯着他看了一会，然后转头望向窗外，像是在暗示，她不想再继续谈论这个话题。

"你写信跟我说，你从未堕入情网。但对我来说，这简直是难以置信的，埃莱姆。"沃尔坎识趣地转移了话题。

"我相信爱情是种真实的感情；但与此同时，它又是短暂而难以接近的。你们因为强烈的吸引力而走到一起，然后因受到伤害而又分手。我不喜欢爱情的本质和它的发展路径，即因需要而开始，以伤害而告终。"

"爱情并非总是这样。"

"我不会知道爱情会是怎样的了。在我看来，自己已经永远丧失了所有恋爱的机会。"

跟她在这个层面实在难以交流，沃尔坎心想。他很快又转移了话题，开始跟她聊起一些更有趣的日常话题。

他们谈笑风生地沿着餐厅外的台阶走下去。天气很冷，这是三月的一个沉闷、阴湿而寒冷的冬夜。沃尔坎环住埃莱姆的肩，将她拉到身旁。他觉得只有看到她赤裸的身体，让两人的身体紧密结合，自己才有机会进一步了解她。被人拥抱、被人爱慕，将会抚慰这个愤怒的生物，并让她回到最初那种美好的自我状态。一个人的内心深处不也隐藏着安谧吗？

"你去我那儿，好吗？"他问埃莱姆，"我就住在附近，再说现在还早着呢。过一会我再送你回家。"他略带醉意；今夜两人吃得并不多，喝得倒不少。

"我还是不去了，"埃莱姆语气迟疑，"我累了，我得回家。今晚就不去了吧。"

"你一定得去。我太想你去了。来吧，相信我。"

他的请求很简单。他们是一个男人和一个女人……尽管如此，他并不想让她仅仅只做一个女人。虽然他早已对麦丽开死心了，但他们的感情结束时他并未受伤。而此刻他脑中存下的埃莱姆的形象，就像一个永不结束的童话；一个能让他活下去并让他去探索的神秘世界……

"请你别再坚持了。"

"要是这样，我送你回家吧。"

"不，不。我就叫个计程车吧。"她不安地在街上张望着，只想能快点有辆的士从这经过。沃尔坎的车就停在他们面前，他的司机早已在车里等候了。

"不行，我们送你回家。你干吗非要这么做呢，埃莱姆？"

"我不想将你拖进狭窄脏乱的巷子里。这辆车是不能去那些地方的。"

"它哪儿都能去。来吧，亲爱的。"

沃尔坎几乎是将埃莱姆推进了车子的后座，他跟着钻进去，紧挨着她身旁坐下。车里温暖宜人，司机慢慢地将车启动了。

"我的手都冻木了。"埃莱姆嗔道。她看着沃尔坎，脸上全无笑意。沃尔坎迎住她的目光。她的存在令他如沐春风。虽然她性格复杂，难以捉摸，但她就像一缕清新的空气，让他心中舒畅，他在不知不觉中又重获了希望；他再次找回那首被遗忘的歌，他所怀念的温暖，还有他失去的梦。他握住她的手，用自己的手去温暖它们。埃莱姆合上双眼，向后躺了下去。

沃尔坎为她脸上的悲戚而动容。他要亲吻她、安抚她、照顾她，这个愿望就像一股强烈的电流，瞬间传遍了他的全身。他被套牢了，跟她纠缠不清。他有点害怕；可是，所有的爱情一开始不都是惊悚的吗？爱情就该如此。他感觉埃莱姆的手慢慢地有了热气；她的手变暖了，正紧紧地握住他的手。

"你是不是觉得我是个性格复杂的女人？"

"不，亲爱的，你是个孤儿。"

两人沉默了片刻。

"我们去你那吧，"埃莱姆突然开口，又以微弱得几乎听不见的声音说了句，"我需要你。"她睁开眼绝望地盯着他看了一会，然后，再次合上了她的双眼。

沃尔坎的起居室幽暗阴森。露台门口的灯光为房间映上了一层柔和的光影。埃莱姆依然神情萧索；她静静地坐在矮沙发上，出神地望着火炉里奋力跳动着的旺盛火苗。

沃尔坎端来一壶咖啡和两杯干邑白兰地，在埃莱姆对面的扶手椅上坐了下来。

"喝点这个，你会好受点。"

"你的家真漂亮，真安静，"埃莱姆浅酌了一口，把杯子放在咖啡桌上，向后靠去。"我的家真是一团糟。我老是住在这些鬼地方。虽然这是我第一次有了自己的窝，但它还是糟糕透顶；就连我那些家具都是从旧货店买回来的破烂货。"

"不管怎样，我都很想去看看。"

"我不想让你去。否则我会很尴尬的。我想告诉你的是……"她欲言又止。

沃尔坎看她坐直了身子，深吸一口气，拼命地想吐出她要说的话。他静静地等待着。

"我们的社会背景大不相同。"

"不，不是的。我们可以消除我们之间的小差别。"

"你不明白，我们所处的阶级不同，这是一条难以逾越的鸿沟。"

"不，我们是来自同一个阶层的，埃莱姆。"

"在我看来并非如此。"

"看着我，你想太多了。为什么你就不能试着让一切顺其自然呢？活在当下，这样难道不美好吗？不刺激吗？"

"这样很美好。我觉得，我好像已认识你多年了。我绝不想给你带来痛苦。"

"你怎么会给我痛苦呢？我们才刚认识。况且，我们都是成年人，都是自由的人。我们可以共同经历一些美好的事情。这对我们来说，或许是种幸运。你得积极地向它靠近。"

他起身放了一张唱片，又转身去了书房，抱来一头缺了只耳朵的大泰迪熊。这头熊是他母亲从老家给他带过来的，这曾是他的童年玩具呢。他把熊放在埃莱姆的膝上，两人相视而笑。

"这可是陪我从小到大睡觉的伙伴。我现在把它送给你。"

"我为什么没早点遇见你呢！"埃莱姆伤心地说，她已是泫然欲泣。

"现在还不晚嘛……"

"太晚了。相信我，实在太晚了。"

"不，不会的。而且，我并没有搞错自己对你的感觉。"

他凝神望着埃莱姆，只见她泪眼婆娑，整个人似已如醉如痴。她松开了一直抚摸熊的那只手。沃尔坎向她身边凑了过去，试探地给了她一个温柔的吻，而她立刻回以一个深深的热吻。他捧起她的脸颊，不停地狂吻起来，直到她娇喘吁吁。她的身体越来越软，也越来越热，最后她完全瘫倒在他怀里。突然，她像吃了一惊似的，猛地挣脱了他的怀抱，将脸埋在他的肩头，无声地哭泣起来。

沃尔坎明白，这是悲喜交加的泪水。他深情地亲吻着埃莱姆湿润的脸。这吻并非出于欲望，而是代表着他对她那令人心碎的经历的同情、她对未知将来的恐惧的理解，以及他对她许下的无尽承诺。他轻抚着她的双肩、她的背和她的长发。他一遍又一遍地吻着她。

"我害怕，抱紧我。"埃莱姆喃喃道。

"你害怕什么？"

"一切，特别是将来……"

蓦地，她站起身，轻轻地推开沃尔坎，走到火炉前的软榻上坐了下来。她抬起双腿贴紧腹部，双手环膝。火光映照在她的脸上和胸前。突然之间，她竟变得如此遥远。

沃尔坎走过去，紧挨着她坐下来。他们一同静静地看着炉火，对两人此际的境况虽感无可奈何，倒也心中了然，并无怨言。失去欲望是可悲的。他盯着埃莱姆的脸，希望能从她脸上寻找到哪怕一丝最细微的变化，从她恍惚的笑容中寻到他所期望的爱意，可他一无所获。

"这是个幻象，"过了一会她开口了，"黎明将会到来，一切都将结束。那时你会看到我皮肤上燃烧过的灰烬。"她转过身，悲伤而焦虑地看着沃尔坎。

"你在说什么呢，埃莱姆？怎么回事？"

"你能帮我叫辆计程车吗？"

"不。这个点我不能让你走。"

他抱起她，走进了卧室。

卧室里一片昏暗，他们坐在床上，为彼此褪去衣衫。扑入沃尔坎眼帘的是活色生香的一幕景象：饱满圆润的双乳上缀着粉嫩的乳头，腋窝处影影绰绰，圆圆的肚脐如同指环一般嵌入柔软的肌肤之中，还有她双腿之间那片引人遐思的禁地，他不由激动得浑身微微颤抖。她真是个美艳绝伦的尤物啊！她的头发融入这昏暗的光影之中；她眼中隐隐流动的光芒，如同一只漂亮的盲蟑螂震颤的双翼折射出的光彩。她就是娇美自然的化身。当她伸直那双纤细优美、莹润光泽的腿，用它们来支撑起自己的身子时，她看上去更加优雅迷人。沃尔坎心神激荡，生出一股想要爱恋她、保护她、获得她，将她据为己有的欲望，这欲望令他疯狂。

他抚摸着她丝缎般光滑的皮肤，领略她身体柔和起伏的曲线。当埃莱姆灵敏的双手滑过他的胸膛、下体和双肩时，他沉醉在她带给他的欢愉中。疯狂的欲望让他们紧紧地缠绕在一起。他们在温暖、神秘的感觉中，胸怀坦荡、放纵不羁地步入了爱河。他们的欲望交织着怜悯……两人既不失自我，亦能感受到对方的存在。他们想弄明白如果不做自己，他们会成为谁；他们想用全新的感情来让这个世界发生更迭……

激情过后，两人紧紧拥抱，相互依偎。埃莱姆突然蜷起身子，低声啜泣起来。沃尔坎紧紧地搂住她，感觉她柔弱的身子正在他的怀里轻轻颤抖。他一遍又一遍地念着她的名字，不停地亲吻着她的脸庞和泪水，直到她无法承受这炽热的吻而向后仰起了头。他把头靠在她肚子上，任由她的双手轻轻地摩挲着自己的头发。

他们俩一声不吭。此刻的浓情蜜意，令任何语言都显得苍白无力。两人沉默不语，此刻他们吐出的每个词，似乎都只会让人觉得多余、平淡而庸俗。他们的身体正在不断重复着每一个被遗忘的词语。

沃尔坎觉得他怀中的那具娇躯越来越沉重，也越来越遥远。他们热切急迫地相互爱抚，两人的手不时碰在一起。他们累了；他们的身子不顾他们想继续恩爱的强烈意愿，渐渐地分离。慢慢地，他们败给了时间这一爱情的敌人，被这黑夜吞噬，陷入沉睡之中。

第二天清晨，沃尔坎快到七点才醒，他发现埃莱姆已经不在床上了。他焦急地起身去浴室和厨房寻找，却没发现她的一丝踪迹。他既看不到她的身影，也找不到她的任何东西，只在床边的桌子上发现了她留下的那张纸条。

"我带走了你的熊。我会留下它，以此来纪念我们的偶遇。我会永远怀念你和这个夜晚。衷心感谢你的亲密无间和恻隐之心。谨此……"

17.

麦丽开被门"砰"的一声巨响惊醒。她发现自己躺在柔软洁净的被子里。房间里弥漫着一丝微弱的木材气味和家具上光剂的味道。最初她不知自己置身何处。随后，她辨出了漆成白色的木制天花板，样式老旧的橱柜门，还有空气中夹杂着海水的咸腥味，这才想起自己是在舅舅的海滨别墅里。

她脑海里匆匆闪过一些凌乱残破的画面。舅舅打来电话，让她前往别墅，她心生恐惧……前一夜她喝得酩酊大醉；这会儿她酒醉方醒，还没办法把整件事按顺序重新组合起来。

最近，她总是纵酒买醉、漫无目的地四处闲逛、无缘无故地放声哭泣。自斟自饮虽能缓解她的痛苦，带给她无忧无虑的轻松，让她变得无所事事；但这种解脱只能维持片刻时光。

自从那夜跟哈亚利在店里经历短暂的疯狂之后，她已经有六周没见到他了。有时她甚至怀疑那夜的激情是否发生过。他们之间为何会发生这一狎昵举动，这完全无法解释；更何况，最后她还屈辱地惨遭抛弃，这才是她唯一无法忍受的事情。不管她如何故作冷静地想努力清除掉这段回忆，却始终无法做到。那夜过后，第二天，她便打电话给哈桑维姆，试图谨慎地打探出她是否已经出手威胁哈亚利了。

"你别掺和进来，"哈桑维姆不耐烦地说，"我正在处理这件事。怎么了，发生什么事了？"

"不，我只是问问。前几天他给我打了个电话。"

这当然不是真的。他们之间压根儿就没有联系。

一旦两人在对方面前戴着的面具以最出人意料的方式脱落下来，他们俩彼此还能说点什么呢，他们还怎能相互对视呢？

接下来的日子里，麦丽开倍感迷惑。她像背上一个他人丢给她的包袱，这个满载悲伤的包袱让她无法承受。一想到哈亚利，爱情的痛苦就像盲目的欲望一样，在她心中涌动。她对自己受伤的自尊和遭人算计的愤怒置之不理，一心只想再次得到哈亚利。现在，她的仇恨已生机不复，她的愤怒也演变成了痛失爱人的哀恸。此刻，她梦寐以求的是纵身情海而非挑起战争，尽管她也在格外努力地维持着心中对哈亚利的恨意。

他们那夜的交媾，是毫无爱情可言的夸张举动，亦是一种毫无希望的冷漠无情的粗鲁行为，是一个短暂的狂喜。尽管如此，它仍然是美好的，美好得如同一个并不正当的伟大条约一样。

这正是她日日夜夜时刻渴盼之事。

她爬起身来，走出房间来到大厅，然后走进了洗漱间，刷完牙又洗好脸。做完这些，她才回到房间，穿戴整齐。

她是头天晚上来到别墅的。当时，舅舅在电话里的声音听上去有些冷漠，还带着一丝焦虑，他好像受了伤。他说，麦丽开，我们得谈谈。麦丽开猜想舅舅的冷漠，或许是因为哈亚利。她心中忧惧不定，心急如焚地赶了过去。当她在舅舅的对面坐下来时，突然意识到自己已遭人暗算，顿感心烦意乱，疲惫不堪。

尼牙孜·贝伊看上去也精神不佳。他面色苍白，身体虚弱，神情忧虑。

"事情的发展看来很不妙啊！伊达。哈亚利已经去伦敦两周了。我们得把他从英国救出来。现在好像有些人跟我们过不去。我们已接到了一些性命攸关的电话，有人不断发出威胁，不是说要告发哈亚利，就是说会要了他的命。"

听到这里，麦丽开如获大赦。哦，这就是他打电话的原因咯。

"这些人是谁，查到了吗？"她神色自若地问道。

"这件事涉及一个大有来头的人物。几个月之前，他想从我们这里买走一件无价之宝。可是，我们价格没谈妥。当哈亚利去跟他谈判时，他竟明目张胆地掏出枪放在桌子上，威胁哈亚利说，要是你不接受我开出的价码，就别想活着离开这个房间！当然，我们不可能接受他开的那个价码。因为他给出的价格才是那件宝物价值的十分之一啊。我们早就知道，这次谈判定会艰险异常。哈亚利还随身带了一位保镖，并让他等在外面；因此，哈亚利也就自信满满地扮起了英雄。他敞开衣服，露出胸膛，让那个人朝他开枪。难以置信的是，那个人却退缩了，但他也因此而变得十分愤怒。到现在他还满腹怨恨呢。"

"那现在将会发生什么呢？"

"我觉得我这次被他们彻底地打败了，伊达。我想寻求和解，想中途见见他。可现在这件事就不止是价格争端那么简单了。那个混蛋现在把价格压得更低了。他已经铁了心，决不肯就此善罢甘休，已把此事演变成了一场权利之争。那个王八蛋就是想借机发一笔横财。这段时间哈亚利还会待在伦敦。现在的形势很严峻，我们得花点时间才能办妥。因此，我们需要你出山了，我亲爱的外甥女。"

"舅舅，您知道我早就不……"

"我知道，可我现在既焦虑又孤单。再没有其他可依靠的人了。"

"那是要我去伦敦吗？"

"没错，亲爱的。哈亚利会在机场接你，并帮你打点一切。我们已经做好了所有的预防措施。我也警告过他，他会好好待你的。"

麦丽开为自己刚才欺骗了这个老人而感到有点羞愧，但很快这感觉就消失了，心中反倒升起了一股强烈的欢喜和激动。很简单，她想尽快见到哈亚利，她想他想得发疯，为此不惜赴汤蹈火。可哈亚利在这个计划中到底扮演了一个怎样的角色呢？是他在召唤她奔向那个能使两人得到自由的理想之地吗？她心里又开始犯起嘀咕。真是乐观啊！她决不敢肯定。她想，有一点倒是可以肯定，一旦她去了，他们的关系就会从当时中止的地方继续发展下去。它依旧会是两人之间的秘密。可这对舅舅会造成怎样的伤害呢？像是为了给自己开脱似的，她不由残忍地想着，我们还年轻呢，而他已经老了。

"哈亚利是和乌西克一块儿去的吗？"她小心翼翼地问道。

"当然不是了。她干吗要去，这跟她有什么关系呢？我这里需要她，她是那个帮我打理一切工作的人。"

那么，这趟冒险就值得去了，麦丽开满心喜悦地想着。一想到就快见到哈亚利并跟他单独相处了，她心中的那股欲望又开始躁动起来。

"我没法拒绝您，您知道的，舅舅。"

"我知道，亲爱的。谢谢你。你可以肯定，我所做的事，是为那部分热情激昂的人服务的，让他们得到绝无仅有的历史文物、并通过拥有这些珍品来重建历史，他们也因此得到快乐。这是种昂贵而危险的心理疾病；然而我正在渐渐变老，我感觉自己正一天天走向衰亡。即便如此，我到死都会继续这份工作，因为，如果生活中缺少能带给我愉悦快感的冒险，我将无法忍受。总之，我比任何时候都需要你的帮助，伊达。"

"要带什么去伦敦？"

"一些来自被人洗劫一空的巴格达博物馆的古亚述文物，体积虽小却价值连城。它们莫名其妙地落到了我们手中。当然，我们也为此付出了不小的代价。我们绝对不能把它们就放在这里，得想法子把它们尽快送到伦敦去。"

"您又将我置于险境了……"

"不会的。这事还没走漏风声；我们也没有冒险。那些小件的东西会缝进你的日常衣物里，其他那些需要藏起来的大件东西将被彻底伪装好。你会穿得像个普通的海外务工人员，带着一堆像垃圾一样的行李上飞机。这样就没人会怀疑你的。"

"何时动身？"

"两天之后，坐夜班飞机。你的座位已经订好了。哈亚利现在待在哈桑维姆过去住过的诺丁山的那栋房子里。你过去了也住在那里。"

麦丽开沉吟不语，心想，"他竟如此相信哈亚利，他甚至想都没想过我们之间发生了什么。"她凝视着舅舅，装出一副犹疑不决的样子。她敢肯定，这事绝无危险。可她心中蓦地一惊，那晚哈亚利突然造访，随后发生的那件事，这会不会是早已设计好的呢？不是她舅舅的计划，而是哈亚利策划的！如果真是这样，那么这件事必定不是件小事。是她的舅舅的主意吗？不，他绝不会牺牲她的。可哈亚利会这么做的。她脑海里浮现出惨遭掠劫的巴格达博物馆的影像。这一下她比之前更加迷惑了。

"我们去开瓶好酒，一起吃饭，再谈谈别的吧。"

她喝了很多酒，也在绞尽脑汁地思考着一连串的疑问。席间还出现了一个此前她从未见过的名叫阿齐兹的年轻伊拉克人，他会说点土耳其语。舅舅好像对他兴趣颇浓。他是谁？是做什么的？舅舅是否要用他来取代哈亚利的位置呢？她心中纳闷。

尼牙孜·贝伊告诉她此事因价格争端而起。为什么呢？是什么原因让双方无法根据平等交换的规则来完成这桩交易呢？难道这是哈桑维姆的计划？她一想到哈桑维姆所处的社会环境，还有她那些高层的人际圈，她明白这很可能是她干的。那些人在各方面都彼此亏欠着人情。她可能安排了一个能将哈亚利逼入困境的人物来插手此事。"告发"这样的威胁，可是走私界最令人恐惧的撒手锏。

晚餐时乌西克并未现身。舅舅说她去探望她阿姨了。这又是一个谜。为何一切都如此复杂？为何舅舅这里的事情就从未简单、公开、透明过呢？为何真相在她面前竟一步步演变成一个越发深不见底的黑洞了？就像其他任何并不愚钝的普通人一样，她生来也有那么点小聪明，况且她所受过的那些教育，也足以让她培养出相当的理解力。即便如此，她仍然弄不明白正在上演的这一幕幕究竟真相如何。

他们起身离席时，麦丽开已经烂醉如泥，无法回家了。萨旦·哈妮姆送她去客房歇息，她一进房间便一头栽倒在床上，不省人事。

她在舅舅家用完早餐后就回了家。电话答录机里有一则哈桑维姆给她的留言。她告诉麦丽开，自己今晚会来她家吃饭。她这么忙，今天怎会有这份闲情呢？麦丽开虽满腹狐疑，还是给自己的店里去了个电话，告诉那个店员，她今天有事不能过去，让那女孩锁好店门独自回家。她做了几道菜，看了一会报纸，又喂完了猫。过两天她就会把这猫留给她舅舅照料；不过，它也习惯了待在她舅舅的别墅里。

她在报纸的社会新闻版面看到一则消息，说是宇宙有限公司的总裁哈伦·巴伊兰与他的妻子在一场听证会上和平分手，并向他的妻子支付了一大笔赡养费。这则消息的配图是这对劳燕分飞的伴侣昔日恩爱时翩翩起舞的照片。

沃尔坎离开那家公司了吗？他们最后一次见面时，他告诉她自己打算辞职的。他很可能已经找到了宁静。"我给他的只有痛苦。"她闷闷地想着。无论如何，他都不该遭受这种痛苦。

她心中一片混乱，却又暗自高兴。两天，只要在两天以后，她就会看到那个日思夜想的哈亚利了。哪怕只是想到这一点，就足以勾起她心中蠢蠢欲动的情思。他们之间的结盟虽未形成，但激动人心的时刻却即将来临。真主啊，请保佑一切都顺利无碍吧！

她抬起双腿架在长榻之上，静静地坐了一会，竭力理清自己的思绪。有一会儿，她在考虑是否要关掉自己的商店。这个问题她已经想了好久。她从这里挣的那点钱并不值得她成天困守在店里。她可以把工作室搬到别的地方去，再把那两层楼租出去，租金都会比开店的利润多。她舅舅把那栋房产送给她还真是慷慨大方。可她想起了自己为此而付出的那些沉重的代价，她立刻硬下了心肠；你总不能为他的一次恩惠而终身感恩戴德吧！

快八点了哈桑维姆才到；她差不多有一年没有登过麦丽开的门了。她一脸欢快地拥抱了麦丽开。她还没吃午饭呢，麦丽开立即请她坐到饭桌前用餐。她们边吃边简单地聊了会日常琐事。

"你和哈亚利之间到底发生了什么事？"哈桑维姆出其不意地问道。

麦丽开吃惊地望着她，试图弄明白她想知道什么，可她又害怕暴露自己的秘密，便马上转移了视线。她面露赧色，神情尴尬，搜肠刮肚地想找个合适的说辞。

"没什么，"她嗓音沙哑，"你干吗这么问？你不是知道我并不喜欢他吗？"

"在我看来可并非如此，不过你也别介意。哈亚利·埃芬迪必须要逃跑。"

"我知道；昨天我去看了舅舅。"

"老人家心情还好吗?"

"看上去不怎么好。怎么了?"

"别墅的事已经办妥了。哈亚利已将他之前拿走的那部分股份还了回去，也就是说，他将房屋所有权又转回给了我叔叔。不用说，他这么做自然不是心甘情愿。他被迫签署了摆在他面前的那份文件。其实，就该把他那活儿也切掉，让他受点教训。"

"你在说什么啊!"麦丽开吃惊地叫出声来，"快跟我说说出什么事了。"

"没什么可说的。在我们手里，金钱能够改变它的形态，我们可以根据自己的利益需要和实际情况，或直接以现金交易，或以馈送消遣之物的方式，来达到自己的目的。我有不少权势熏天的朋友和保护者。礼法之外更有人情，若非如此，在这个国家就什么都做不成了，更何况还有人专长于此呢，亲爱的。有些人把我看成是一个前情报人员，甚至只是一个东游西荡的高级妓女，但他们真是太低估我的能耐了。"

麦丽开一言不发地靠在椅子上。她心神不安，仿佛靠的是一张带刺的铁丝网，反倒是哈桑维姆滔滔不绝地说个不停，显得兴致高昂。说到底，她成功地将她枯燥而庸俗的生活变得异常诱人。

"舅舅告诉我，那个生意人甚至冲哈亚利掏出了枪。"

"有可能。不过，这个代价已付清了。"

"我希望你为此没太过破费。"

"一点也没有。有些时候，最好的礼物就是个活嫩的雏儿；比水还便宜!"她纵声大笑起来。

"我又被卷进了舅舅的生意里。他要派我去伦敦。"

"听着，宝贝，恕我直言，你除了哈亚利就找不到别的人了吗?"

"我不明白你怎会如此妄下定论呢?"

"你既不对钱感兴趣,也不对别墅感兴趣。只有他才是你真正想要的。别忘了这次是我帮了你的忙,好吗?"

麦丽开浑身不自在地坐在椅子上。一切都越来越糟,失去了原貌,也超出了她理解的限度。或许她只是不愿去理解,故意对这一事实置之不理而已。装糊涂反倒更安全。她一直就是这样来看待问题的。哪怕她因此变成一个更加反复无常、贪得无厌、孑然一身的女人,她仍然觉得这种方式会让自己活得更轻松。

谁要是在机场看到正准备搭乘航班前往伦敦的麦丽开,一定会为她那身装扮摸不着头脑。跟平日里她整洁利落的打扮完全相反,今天她的身上松松垮垮地套了一大堆破破烂烂的衣服。她把头发漫不经心地用一个巨大的鹰形金属发夹束起来,穿着一件宽大的红色短外套和蓝色牛仔裤。当然,她的皮带扣可是价值不菲,她的两只手臂上也套满了手镯。她拖着一个大手提箱,一个脏兮兮的编织袋,还有一个硕大无比的包裹,上面缠着塑料纸还用胶带加固过。里面装满了各式各样的旧衣服、鞋子、毛巾和其他所有她能在家里找到的废品。那些文物被小心翼翼地放在一层层的旧衣服里、缝进外套的里衬里、藏在她的厕纸盒和鞋子里,这样它们就不会出现在机场安检的屏幕上。当她走过金属探测门时,警铃大作。她晃了晃两只手臂上的手镯,顽皮地笑了起来。工作人员仔细地搜查了她的全身,却没发现任何可疑的东西。

她可是干这行的老手。她知道最重要的就是保持镇定,充满自信。再说了,只要没人告密,就不会有太大风险。尽管如此,她还是一度变得情绪激动、气喘吁吁;因为她最害怕的是哈亚利。正是他,让她心跳加速。

飞机上挤满了人。假期即将开始,大部分乘客是海外劳工的家人。飞机抵达伦敦之后,她畅通无阻地过了安检。此时,她觉得十分轻松，也暗自承认自己其实也很享受这种冒险的刺激。她喜欢生活在危险的边缘，这并非她的天性，而是她的成长方式。从十一岁到十七岁那六年间，她的继父常常爬到她的床上来骚扰她，尽管她妈妈就睡在楼下，那是她就生活在如今天类似的恐惧之中，这种非人的折磨和恐惧，将她锻炼得像头猛兽。她在自己的成长过程中，已逐渐习惯了被人忽视和伤害。

哈亚利已在出口处等候多时，她一出来就见到了他。他们相互对视了好一阵。他看上去神色紧张，面容憔悴，消瘦了不少。他冷冷地吻了吻麦丽开的脸颊，神情严肃；在他脸上，过去那种傲慢讥讽的笑已了无踪迹。他们上了车，往诺丁山的那个家驶去。两人一路无言，彼此生疏得像什么都未发生过一般；可两人心神不定的样子，又像是在为之前的事而悔恨。商店里的那一夜，似乎是横亘在他们俩之间的一座山峰。此刻，哈亚利冷漠的神情，让她觉得，他好像已经知道是谁在设计陷害他了。

房前的草坪上荒草丛生，一片泥泞。门前的樱桃树还未开花，满树萧条。这栋狭小逼人的两层楼建筑，建于上世纪初。之前被刷成灰色的外墙，现在被漆成了浅蓝色，还刷上了条纹。房子内部的装潢与当时哈桑维姆在此居住时也大不相同。这里好久都没人打理过，窗帘都褪了色，有些家具也失去了踪影。

他们偶尔也说上几句。"你饿了吗？"

"不，我不饿。我在飞机上吃过了。"

"你冷吗，要不我帮你燃起炉火吧？"

"那挺好。"

我真希望我此前从未见过他，麦丽开满怀忧郁地想着。我正在寻找稳定，而现在他让我再次迷失了方向。

她冲完了澡回来，看见哈亚利正在小心翼翼地将那些古董从它们的藏身之处逐一取出。他在清理古董时的那副聚精会神的样子，像已忘记了自己身在何处。这些古董一共有九件，分别是两件非同凡响的牌匾，一尊小型的金属塑像，还有几件珠宝和几枚印章。

她看着他先用柔软的薄棉布将这些文物包好，然后用半透明的薄纸在外面裹上一层，或者将宝贝摆进装满泡沫塑料的大盒子里，最后将它们整整齐齐地放入了一个嵌进墙壁的橱柜的暗格里。她盯着他那双温柔的手；这双手在那夜曾扯伤了她的肌肤、撕碎了她的灵魂，现在却如此轻柔谨慎，如同在抚摸死亡的圣光。这些毫无生机的历史残迹，代表着人们对失去的世界的渴望；它们每一件都是一具尸体，满载着神话和逝去的生命。

从敞开的玻璃窗看出去，窗外夜色迷蒙。麦丽开想起房子对面有座公园。老式的壁炉上装了个煤气灶，透过煤炉的玻璃门，能看见里面跳动的火焰。哈亚利端来两个玻璃酒杯和一瓶酒，在靠近麦丽开的沙发上坐了下来，然后点燃了一支香烟。他若无其事的态度倒让麦丽开心中喟叹不已。他真像变色龙一样能适应任何环境。

"我们必须得庆祝你的成功，这太重要了。感谢你冒险走此一遭，伊达。"

两人端着酒杯在手，凝视良久，却均是纹丝未动。

"我肯定你会来的，"哈亚利突然冒出一句，"那夜你就给了我保证。"

"有吗？我怎么没意识到呢。你对自己的想法怎会如此确定呢？"

"我没有。恰恰相反，我很害怕。"

"我舅舅已经告诉了我有关这里发生的一切，我深感遗憾。"麦丽开岔开话题。

"不是因为这件事。让我感到伤心的是我的自尊受到了伤害。"

"你这副伤心的样子装得倒是挺不错。令人印象深刻啊。你真是个好演员。"

麦丽开点燃一支香烟，眼睛却定在他身上，良久未曾移开。

"我是听到宝剑出鞘的声音了吗?"哈亚利不无讽刺地说。

"我来找你，因为是你要我来的。"

"你怀念之前对我的恨意吗?"

"当然。因为仇恨让人完全失去控制，而我需要这样，就像你所做的。"

她低下头看着酒杯，像是想把从自己嘴里吐出来的话收回来，也想遮住她脸上飞起的一片潮红。有一会儿，她甚是怜悯自己内心深处那个发了疯的斗士。她说的全是废话。

"不管一个人是否喜欢这样，他/她只能以自己的方式来经历爱与恨。"哈亚利说完这句话，便陷入了沉默。这次他装得像菲尔·柯林斯①那样。

"你干吗不行医，反而入了这行呢?"

哈亚利看着她，不自然地笑了笑，并不答话。

"拜托，我很好奇。"

哈亚利又笑了。这次他的笑容僵硬而苦涩。有一会儿，她看到他眼中又闪现出那种讥讽、挑衅和愤怒的眼神。麦丽开没法把目光从他身上移开。她不明白他眼中的光芒是什么意思。是愤怒、欲望，还是绝望或者痛苦……到底是什么呢?

"你不打算回答，是吗?"

"不是现在。"

"好吧，那你说说，你现在的感觉是什么呢? 你在看着我时感觉是怎样的呢? 你看到了什么?"她说这话时，心里揪得紧紧的。

---

① 菲尔·柯林斯:著名的英格兰摇滚乐歌手。

"我总是努力地在自己身上塑造出一个能够让人喜爱的正面形象，"哈亚利淡淡地说，"因为我不是一个值得被爱的人。"

麦丽开默然饮下手中端着的那杯酒，静静聆听着音乐。她不再把自己视为已被爱情罚出场的局外人了。此刻，她觉得自己正身处一个黑暗而疯狂的梦境的尽头。

"可你那夜为何还要来找我呢？"她穷追不舍。她抬起手抚住胸前，像是想探出，他们那夜的欢情中带来的惊愕、互相冲突的激情、暴戾和满足感，是否还留存在她的心底。

"哪一夜？"哈亚利故作冷漠地反问道。

"我想知道，求你了，我需要答案。"麦丽开几乎带着恳求的语气在说。

这会儿屋里相当暖和，空气中带有一点烟味，灯光略显昏暗。哈亚利俯身向前，双肘支在膝盖上。

"这些事在生活中时有发生，不需要理由。也许，我这么做，是为了压制我心中的愤怒。"

"你是指你对我的愤怒吗？"

"你真蠢！我所做过的最蠢的一件事，就是对你一见钟情。你知道，以那样一种卑贱的方式来背叛我自己，背叛我无拘无束的、珍贵的自我，对我而言，意味着什么吗？你让我如鲠在喉。"

麦丽开起身走过去，坐在他身旁。她执起他的手，吻了下去。两人四目相对。

"你对我是个巨大的冲击，你是个危险分子，"哈亚利幽幽地说，"尽管如此，你还是让我无法抗拒。"他似乎对自己刚说的这句话也感到有点惊诧。

他粗鲁地一把揽过麦丽开，对着她的唇狠狠吻下去。两人的嘴狂热地纠缠在了一起。

这是一场渴盼已久的重逢。他们都想死于背叛的毒鸩，死在对方的手上，快乐地放弃自己的性命。他们明白，不管他们做什么，他们终其一生都将死死守住那夜的秘密，因为爱情是人类所创造的最绝望的秘密。

时间无休无止、珍贵无比，而他们之间的战争则不计后果、令人生畏。他们的肉欲之中不仅只有性；更有忌讳、罪恶、疯狂和野性。

夜色深沉，仿佛在静静地泣血；它默然无言，任凭两人在这夜幕中尽情发泄。

这是麦丽开将要离开伦敦的前一天清晨。他们躺在床上；方才他们已经用缱绻缠绵迎接了这个全新的一天。灰色的天光透过窗户，倾泻在他们身上，鸟儿动人的啁啾之声不绝于耳。他们踏上了一条怎样的绝路？迎接他们的又将会是什么呢？

"这一年我会尽量待在伦敦，"哈亚利说，"而你会来往于伊斯坦布尔和伦敦之间。"

"那我舅舅呢？"麦丽开问道。

"他已经感觉到我们俩之间的相互爱慕了。不管怎样，我与他的关系暂时不会太好。我心情不佳，而他也疲倦不堪。你舅舅必须要常常感到有新鲜的刺激。最近他似乎迷上了一个年轻的伊拉克人。"

"我在别墅见过他。"

"即便如此，你亲爱的舅舅绝不可能亲自去打理这些事情的。我才是那个帮他办事的人。他不会放弃我的。"

"别墅那件事是怎么回事？我舅舅只是稍稍提了一下。"

"我已经够有钱了，而且我也是个骄傲的人。这是你舅舅的主意。他欠了我的钱，所以提议用别墅的产权来偿还，我也没有拒绝。后来因为某种原因，他改变主意反悔了。他就是那个千方百计耍手段把我送到这里来的人。"

"好吧，可我不明白这是为什么。你们之间是哪种合作关系?"

"在我们这样的行当里，任何合作关系都是危险的，完全不值得信任。当你舅舅发现你对我有爱意时，他试图煽动你与我反目成仇。"

"他一定猜到派我来这里会发生什么了。"

"他肯定猜到了。我很肯定。他已经放弃我了。"

"这种情形难道不恶心吗？怎么这样复杂，这样不合情理……"

"什么情理？像我们这种人，如果没碰上出轨、没遇上稀奇古怪的事情、缺少享乐和金钱，怎能活得下去呢？我，你，你的那些亲戚，我们全是些土匪，一群强盗！"

"你这样说太无礼了。"

"别再装得像个傻子了，伊达！难道你没看见，我们正在一个烂泥潭里做无谓的挣扎吗？我们干的就是盗掘坟墓，从黑暗之中攫取宝物来谋取利益的罪恶勾当。"

他背转身子，攥紧拳头放在肚子上。麦丽开靠过去，贴着他的脸凝神细看。"我不会忘记这个早晨，"她心中暗忖，笑了起来。那么，她也是个小偷咯。或许她是……但当她大声说出这个词时，仍会觉得痛心。很久以前，她怀念能有机会过上平稳而高尚的生活。即便只是试一试，她也应该将自己与她爱的所有一切都隔开。现在，她和这个男人开始不顾一切地自由坠落。她无法舍弃这具健美的身体、这英俊的容颜、这如火的激情和复杂的纠葛。想到这里，她不由得放声大笑起来；她嘲笑她自己、她爱的这个男人、她的舅舅，还有那些微不足道的野心、愚蠢的行为和妄自尊大的心态。她也为那些今天已经被生活击败而不得不担心明天的人感到悲哀。

"你干吗要卷进这一行，你干吗放弃医生这个职业呢？告诉我吧，好吧？"她甜甜地恳求道。

"这是个伤心的故事。我为一名年轻女子进行堕胎手术时，却不慎使她送了命，因为我没法止住她的大出血。我觉得打那以后我再也不能行医了。"

"你因为这件事才讨厌女人的吗？"

"这次事故后，我便开始疏远女人了。"

"我深受感动。"麦丽开动情地说。

她轻轻地吻了吻他的唇，似乎想安慰他。

这个男人是她的。不管发生什么，她都会陪在他身旁，绝不会将他拱手让给任何人。她突然从心底里升起一股强烈的疑虑。对这个男人谈论的黑暗坟茔中的那些事，谁都没法确定，但她觉得自己还是得问个清楚。

"那个女孩，乌西克，我一直很想知道……"她转过身，看着他的眼睛，讷讷地说。

"乌西克？你想知道什么？"

"你们三人一起做爱，而她是你的性玩具，不是吗？"

"胡说八道！你怎么会编出这种话？那个女孩备受呵护是因为她弥补了你舅舅没有孩子的遗憾，就这样。你真的是想象力丰富啊；你似乎想到了不少多么有悖常理的情景！"他纵声大笑，"你真强！"

"难道这样的事全无可能吗？"

"也不是，只不过人物错了。一个小帅哥总是比那具骷髅更可人心意，也更容易找到。"

"那你现在怎么会喜欢我，一个女人？"

"我绝不会给自己设限。人类是双性恋的。"

除了他自己，他从不把别人当回事，麦丽开暗忖。他随时都不会爱我，从一开始就准备牺牲我。而现在他所做的就是将他的身体作为贿赂来收买我。她再一次感觉自己落入了一个她一无所知的游戏，一个邪恶的阴谋中。就这样吧，她满不在乎地想着。

她已经下定决心要一直走下去，而此刻的一切都妙不可言了。

不管你要什么，抓住它，扯开它，摆弄它，然后扔掉它，继续你自己的生活。她这么想着，因为不管你希望在哪里能找到它，其实都毫无意义。就算当你想到它就在那里，它也不一定是适合你的那个，或者它很快就会消失得无影无踪。不要考虑将来，因为这个世界的底部就是地狱，漆黑如墨……

18.

埃莱姆惊诧地凝视着刊登在一本男士杂志上的她半裸的艺术照，心中纳闷，这一切他们是怎么做到的，怎能把一个长相平凡的女人拍摄得如此美艳动人呢？这些照片是一名在塞兹金的广告公司工作的一名女性摄影师拍摄的。她是个温柔体贴的人，两人的合作毫无嫌隙。按照埃莱姆自己的意愿，这个女摄影师把她的脸隐藏在阴影里，每张照片只凸显她五官之中的某一个——嘴唇、眼睛、脖子——因此，使她蒙上了一层更为神秘的气息。照片中展现的美，是如此纯真却又如此性感而震撼人心，以至于这些照片似乎跟她毫无关系。

而它们确实跟她也没什么瓜葛。这些图像并未捕捉到她真正的自我。它们只是孤立地展现了她的外貌，让她的美貌成为人们盲目追崇的对象。

"你正在这个行业声名鹊起，"杰里说，"因为你与众不同，就会发生许多好事。"

"哪种不同？"

"你跟别的人都不一样。你身材比例非常匀称，而且你也很上镜。更何况你自然又聪明。这些照片会把你的价格抬得更高，宝贝。也许有一天，你会发现自己竟成了黑市中人们竞相追逐的目标了！哦，对了，今天早上一家广告公司打电话过来说，他们想让你出演一则饼干广告呢。你终于成功地引起了哈桑维姆·哈尼姆的注意。"

她们在服装店二楼的办公室里，等着哈桑维姆的出现，她想见见埃莱姆。杰里陪她下楼为她挑选了几套衣服，杰里很清楚哪件衣服适合埃莱姆，哪件不适合。我穿衣的品位正在提升，埃莱姆心想。她已经出落得落落大方、骄傲矜持。

过去十天她一直跟同一个商人待在一起。有两次他们一同共进晚餐，然后去了这个男人的单身公寓；还有一次他们在一家夜总会一直待到天亮。这个男人大约四十五岁左右，身形丰硕，无忧无虑；他是个享乐主义者，可他的性格再温和不过了。他喜欢聊天，讨论各种事务。当他发现埃莱姆写诗时，他竟兴致勃勃，坚持要看看她写的诗。他们共进晚餐的第一晚，两人不停地聊着生活是否有意义，单是金钱是否足以让人拥有美好的生活这类话题。第二次见面时，他坦率地告诉埃莱姆，他结束了之前那段维持了十五年之久的婚姻；因为当他和他的妻子在一起时没有任何激情。他将爱情和性饥渴区分开来，而在他的生活里也常常出现其他的女人；当然，光有这些自然还是不够的。一个人须得尝遍各种欢愉，试试新的口味，为空虚的生活添点色彩才行。只是不知为何，最近他总觉得自己的内心支离破碎，迷茫而孤独。

她跟他在夜总会度过了美妙的一晚。他们跳个没完，笑个不停。他虽然块头大，可是舞步却很轻盈。他们谈论着有趣的事情，话题渐渐转到了政治上。他说："政府对黑帮睁只眼闭只眼，因为正是政府创造了黑帮。"国家的权力不足以解决一切事务，而法律常常无法满足需求。重要的是接受社会的发展并具有灵敏应对的能力。

他生性乐观而大大咧咧，但说话时条理清晰，提出的问题聪敏睿智，特别是他看她时的眼神满含着柔情，对她赞不绝口。他身上的这一切都让埃莱姆感到吃惊。跟他在一起时，她觉得自己更像个女人了。她不再只是个供人玩乐的娃娃，一名妓女，而是一个智慧、成熟、阅历丰富的女人。最重要的是，她觉得自己几乎成了一名受人尊敬的女性，在他的身边，你想做什么人就能做什么人。

第三次，他提议两人一块去巴黎度周末，埃莱姆开心地接受了。她还从未出过国，对她来说，这次旅行将会充满着刺激。跟一个如此强壮稳重的男人在一起，一个女人会感到安全和满足。对她来说，这是件好事，要是他愿意将她完全纳入他的羽翼之下，那么她的大部分问题将会迎刃而解。

哈桑维姆穿着西裤套装，端着一副商界女强人的架子来了。她坐在自己的办公桌前，要了咖啡。她看上去美丽却冷酷，令人望而生畏，甚而胆战心惊。埃莱姆战战兢兢，觉得要是哪一天她惹恼了这个女人，可能会轻易地被她勒死。

"你看，亲爱的，现在你是我们公司里最受人欢迎的女孩之一，"哈桑维姆开口说道，"你有个美好的前途。"

埃莱姆小心翼翼地静候下文。

"你知道，你和我们签订了一份为期两年的合同。但这家公司的主要目的是让每个人都开心。同时，我们也建议公司的女孩子们，不要对任何人产生浪漫的爱情。"

"我知道，你说得没错。"

"她们会为此遭受痛苦，也没法集中精神工作。没必要让谁来挡住你的路，让你犯错误，难道不是这样吗？要是你知道有多少女孩正是因此而失去了一切就好了！"

"别担心。"

"好。不过这次的情况有点不同。我知道你跟哈伦·贝伊已经约会过好几次，显然他对你着了迷。坦白地说，他为你而神魂颠倒。恰好他又是我一位极好的朋友。昨天，当他从杂志上看到了你的照片，他嫉妒得简直快要发狂。我不知道这是因为嫉妒，还是因为现在他对你青眼有加；但他确实摆出了一副要将你独霸的姿态。他是个优秀的、慷慨的、和蔼的人。显然，他提出带你去巴黎，而你也接受了。"

"是的。我猜他会为此付钱的。"

"别提钱，我会来处理这件事，好吗，亲爱的？现在，他可能想让你只跟他一个人。他会在明天中午送你一辆车。你看怎样？"

"您怎么想呢？"

"到了你必须做出决定的时候了。他可能会提议你跟他一起生活。你当然不可能知道，你们能一起生活多久。也许你们能一起生活很久，也许会很快结束。这要看你，看你们俩如何相处。我觉得你不会有什么损失。你会有个更规律的生活。他会很大方的。如果你运用自己的聪明才智，可能以后你再也不用干这行了。"

"那我的合同怎么办呢？"

"我们会解决的。哈伦·贝伊和我很早以前就认识了，这个不是问题。我们经常彼此照应。有些人之间是金钱交易，可有些人之间是友谊。人们彼此需要。如果你能让他快乐，我会很开心的。"

"他是个风趣、亲切的人。我会努力的。"

埃莱姆沿着尼桑坦石一路逛了回来，快到傍晚时分才到家。她把沃尔坎的小熊放在桌上。这个可怜的小东西，毛茸茸的脸上一脸的凄凉无助。它的主人可能也是同样的情形。自从他们那夜的温存之后，她再也没见过他。她一回到家就切断了电话和网络，也换掉了她的手机卡。她下定决心，无论如何也不能让他找出她的职业和住址。

一想起那个晚上，她仍会激动不已。跟沃尔坎的一夜销魂，对她既是一种奖励，也是一种惩罚。她体会到了从未有过的幸福，也留下了更痛心的伤痕……她几乎了解这个年轻男子的一切；在她面前，他就像一本敞开的书。可是在过去的六个月里，他对她却一无所知，当然，他也绝不敢知道。这种状况打乱了两个如此亲密的人之间的平衡和相互敞开心灵的基本原则。埃莱姆明白，她无力维护他俩之间这个脆弱的不平等结构；只要轻轻一击，它就会彻底解体。

因此，她才会选择逃离。否则，她就会常常承受自责、羞愧所带来的绵绵痛苦。无疑，沃尔坎一定会觉得自己遭人抛弃了，被遗弃在半途。很可能会有很长一段时间，他将一遍一遍将那夜的喁喁情话、旖旎春光、款款深情和屈意温存拼缀在一起，又将它们一一销毁，来实现自身的转变，即从挫败感变成彻底的怀疑，从幻觉回到现实，正如她以前所做过的那样。

她觉得自己有点夸张。他很可能会痛苦一阵子，不过又会找到另一个新人。因为，在现实之中，人们痛苦的持续时间一般会很短。同时，他也已成功地让埃莱姆相信了他的真诚。她以她的血肉之躯深深地感受到了这一点。在那短暂的一夜，他们强烈的归属感，出于真情的欢爱，几乎相同的语言。因此，显而易见的是，他们不会仅仅只满足于情色之欲。正是这个感觉，才让她决意离开沃尔坎，不再回头。

在留给沃尔坎的字条里，她先是想说"我生命中最美好的一夜"，可是之后她改变了主意。她不能确定，沃尔坎能否明白两人水乳交融之时，她竟会悲从中来，甚而潸然泪下的心情。还在他们鸿雁传情之时，她已认定沃尔坎是个无法企及的人，一个只能被远远地爱慕和渴望的人。对他的爱慕，只能是个令人愉快但没有任何细节的幻想；是个令她精神愉悦的诱人的想法而已。

可是，在这个年轻人温暖的躯体下，这份虚无的爱慕改变了方向，潜入她的灵魂深处尽情燃烧，沉溺于他们无尽的亲吻之中。当时，她像个热烈的情人，一个手无寸铁的孩童一般，睡在他的胸膛上，可她的欢愉稍纵即逝，又变成了恐惧和痛苦。

有一阵子，她很思念他。她甚至不时地涌起一股冲动；她想跑去找他，向他倾吐一切，乞求他的原谅并在他的怀中寻求慰藉，与他相伴终身。可她能想到，就算一开始他会轻易原谅她，然而时间一长，宽恕绝不能驱散他心中的不快和厌恶。她明白，自己肮脏的过去将会像个可怕的幽灵，不断出现在他们中间。一个人怎能终其一生都活在他人的恩惠之中，并为自己的错误而无休无止地忏悔呢？而她对此将束手无策。就像她生命中许多其他美好的事物一样，爱情从一开始就已将她拒之于门外。她也曾私下里给沃尔坎写过好些信，可她觉得没有一封信能好到发给他。一个人没有飞翔的翅膀，或是说不出话，那么她笔下的文字都将不可避免地会流于虚妄。

跟沃尔坎一样，哈伦也跟钱打交道。但依她的理解，他比沃尔坎混得更好也更得势。哈桑维姆的立场很清楚，她同意他们在一起。最有可能的是，她从撮合这段关系中挣到的钱，远比她已从埃莱姆身上得到的多得多。或许她的开价并非以金钱来计量，而是哈伦对她的其他方式的帮助。跟哈桑维姆谈完之后，埃莱姆觉得很开心，她甚至欢欣雀跃。这是她一直在等待并期盼的，而这次幸运女神终于对她绽放出了笑容。她只用服侍一个人，然后会得到她应得的丰厚回报。她无须爱那个男人；她会遵从他的意愿行事，让他快乐，仅此而已。

一个不为她的过去困扰的强悍可靠的男人，能给予她目前生活中所缺少的坚强意志，并教会她对生活的全新领悟。他们的关系也会让她有机会进入一个高层次的社交圈子，并给她安全感。虽然有这么多好处，她也很有可能会因此而彻底毁灭，但她并不觉得害怕。无论如何，所有陈腐的逾规之举，所有平凡、庸俗、恶心的事，在金钱的魔手之下会重获新生，呈现出一派高贵宏伟的气象。

我必须乐观点，她一边想，一边把她刚买的新内衣铺在床上。它们多漂亮啊，轻薄精致、华丽高贵、令人想入非非！她也一样，妩媚冶艳而又清新动人。她受得起所有这些昂贵的东西。此刻，她满心欢喜充满欲望；等日后再去思考未来，会更符合她现在的生活逻辑。

她脑海中浮现出那些富丽堂皇的购物中心、陈列着价格高昂服装的商店橱窗、香气馥郁的高级商场；各大品牌沉甸甸的诱惑，美轮美奂的鞋子、披肩和头纱；高级的眼影、唇膏等等一切……它们全在那，在等待着去取代她必须遗忘的那一切。

当这个世界里的一切都改变了原有的意义、维度和品质时，你也不可能维持原状。因此，她也会随之改变。现在，她必须得抛掉她过去所有的焦虑和平庸，麻痹她的良知，转而用所有的幻想对现实发起反攻。

İlkyaz

初夏

19.

这天是五月底的一个周六下午。天气也煞是应景；和风拂面，明媚灿烂，美好的如海鸥洁白无瑕的翅膀。博斯普鲁斯海湾的海面，似一块深蓝色的缎子铺展在海峡之间。澄碧高远的天空中，飘拂着一团团柔软的白云；挺立于远处葱葱郁郁的层层山巅之上的参天大树，在这蓝天的衬映下，更显雄伟壮丽。大自然毫不理会人类世界混乱残酷的秩序；相反，它时时刻刻都在向人类馈赠各种奇观。

这一派生机勃勃的景象，让沃尔坎心情格外舒畅。他愉快地注视着卧室房内全身镜中照出的自己的影像。去年冬天他瘦了不少，现在又胖回来了一些。不过，他不再为此感到焦虑。每周他会去健身房锻炼三次，还会在证券交易所的泳池里游泳，现在他体型匀称。他会看书，聆听自己内心的声音，有时也去电影院、剧院、音乐厅走走。他正在重新发现生活中能让他开阔心境、感受幸福的小乐趣和小事物。现在，他的心情平和安宁，生活井然有序，安定自在。正处在一个成熟年龄的他，毫不犹豫地放弃了自己的事业，在此事上他表现出的诚实和勇气，甚至连他自己都感到吃惊。这也是他对自己目前的生活甚是满意的主要因素。他这么做并非一时的心血来潮或是命运使然，而是他经过认真思考后做出的一个自主选择，他也因此享受到了生活的乐趣。

　　他打算跟雅思敏一起去哈伦家赴宴。他心里清楚，这次哈伦肯定会再次提议，甚至会一再坚持，让他重返职场。自从他离职后，哈伦对他兴趣不减，仍频频致电给他。这一次，哈伦最初提议他们在一家俱乐部见面。不过他告诉哈伦，自己有个已在谈婚论嫁的女友，问他是否允许他带上她一起赴约。于是，哈伦换了个主意，转而邀请他们去他家。他说，他也开始了一段全新的恋情；因此，在他家里见面会更舒适惬意。这可以算是一场只有他们四人的特殊晚宴。

　　上周，他和雅思敏去参加了塞尔达在尼桑坦石的新画廊暨她的首场个人画展的开幕式。自从新年舞会之后，他们便再未见面。当哈伦揽着一位著名女星的照片被狗仔队曝光之后，塞尔达终于忍无可忍，提出了离婚申请。娱乐小报对这件事的大肆渲染让他们很快离了婚，倒也没闹得太难堪。

　　那时，沃尔坎因为自己的感情问题，对哈伦的风流韵事并未太过关注。那些天里，埃莱姆突然失去踪影，他正心急如焚、翻天覆地地在四处找她。在哈伦的离婚案件审理过程中，他们也曾在俱乐部里聚过一次。他的昔日上司不停地谈论着房子、车子、以及塞尔达要求用来做离婚补偿的钱等等内容，让沃尔坎无聊得要命。他烦得几乎想拿起烟灰缸去砸哈伦，好让他停止这个话题。他心里喊着，你有的是钱，就多拿点给那个女人吧！让她走，让你们俩都能归于安宁，不好吗！

　　哈伦必定给了她不少钱。毕竟，对他来说，钱去得快，来得也快。

　　塞尔达在离婚后好像也找到了自我。她丰腴了点，也变得妩媚动人了。但她的画作就着实让人不敢恭维。所有的作品要么是模仿名画的拙劣仿作，要么是毫无特色的速写，画布上乱七八糟地涂满了脏兮兮的颜料，全都不堪入目。给她上课的画家也出席了展览。很明显，这个粗壮的乡巴佬跟塞尔达的关系亲密，非同一般，他一定是想借助塞尔达之力，挤入上流社会。

自一开始，塞尔达就对沃尔坎表达出炽烈的热情。她急需一个善良男人的关心呵护，这份渴望在绝望中变成了病态的一厢情愿。这个可怜的女人四处向人寻求慰藉。沃尔坎只能像个慈爱的兄弟般给予她一些礼节性的安慰和问候。他为自己的态度感到心安理得。他绝不会跟自己老板的妻子眉来眼去，打得热火朝天，因为这么做并不值得。而且，他也总是小心翼翼地躲开已婚妇女，这是他的原则。他走进厨房，启动了咖啡机。春天生机盎然的气息穿过敞开的房门扑面而来，他顿时感到无忧无虑，轻松惬意。

埃莱姆留给他的回忆只有肉体的愉悦。他与她只有一晚缠绵，可这一晚，他感到自己的灵魂和肉体真正融为一体，这种真实而和谐的感觉，是他余生绝不会忘记的。

但是，那女孩的突然消失也给他带来了刻骨铭心的困惑和悲痛。他发疯似的四处寻找她，可这努力却只换来令他日日夜夜备受煎熬的痛苦。他无法找到埃莱姆，他的世界因此崩塌；他的生活如同刚刚经历一场狂风暴雨，一股突如其来的强烈飓风吹走了一切而后渐渐平息。在一片混乱之中，大地张开巨口，吞下了埃莱姆。

他苦苦寻找她失踪的原因，也曾想过她可能结婚了。不管她是否结婚，她肯定是背负着某种责任，这是个很重要的原因。因此，他对埃莱姆并不觉得愤恨。激情曾熊熊燃烧，然后化作星星点点的余光，慢慢熄灭，最终变成一团灰烬。因此，埃莱姆也教会了他如何平静地遗忘，不带一丝恨意。

值得庆幸的是，这次沉重的打击却让他更加成熟；不久之后他就重振精神。这段时间，他一直在观察雅思敏。他觉得，她虽算不上漂亮，却通情达理，聪明睿智，充满活力。片刻之前，他们还在翻云覆雨，卿卿我我，相互嬉戏。雅思敏这个女人能明白男人每时每刻对她的期望，也知道如何让她的男人开心。这会她正在淋浴，他能听到浴室里传来的"哗哗"的水声。

他打开电视机的音乐频道，电视里正在播放莫扎特的作品。一个人得敞开心胸去接纳生活必须给予他的一切快乐和不幸，尽可能地去接受这一切。反抗需要勇气和牺牲。音乐让他似乎有所感悟。

雅思敏似乎还要很久才能弄好，不过他们也不赶时间。太阳才开始下山。海潮正向马尔马拉海①的方向涌去，在靛蓝色的天空下闪烁着点点金光。海岸被落日的余晖镀上一层樱桃红。岸边的大树、遮阳篷，所有那一切都显得那样清新。这个夏天他注定不会孤单；他和雅思敏早就开始计划夏季的旅行了。

他想起刚过去不久的秋天和冬天。那时他是多么绝望、迷茫而颓废啊！现在，他竟难以理解自己在那几个月怎会那么多愁善感，悲痛难当。现在他的焦虑似乎已完全冷却，渐渐远去了。我当时心情压抑，他想着。他总觉得好像有件东西被人拿走了一样。因此，他才会相信巧合，以至于他的生活彻底崩溃。虽然麦丽开和埃莱姆都是迷人的女性，可他并未将跟她们的偶遇看成是以失望而告终的历险，他一点儿也不会因为失去她们而感到惋惜。埃莱姆就像傍晚的落日，在他脑海里留下了美好的形象和记忆。她还留给了他一条橘黄色的围巾……橘黄色……是他当时为了方便跟埃莱姆通信而给自己选择的昵称，可他对这个颜色的含义并未深思。但之后他常在潜意识里想起这个选择。它是个感性的选择；这个词蕴含着对一种温柔而甜蜜的光线的渴望。比起黄色发出的刺目光彩，这个颜色的色调和体现的形象则更加成熟。

---

① 马尔马拉海：土耳其内海，世界上最小的海。土耳其亚洲和欧洲部分分界线之一段。

以现在他的心境和他的成熟度来说，他已能看透当时笼罩在他生活之上的种种迷雾。但是，未来充满了人们想象不到的各种情势。

他还没打算马上去寻份适合自己的事业或工作。他想趁此机会，好好谋划他接下来要做的事。无论如何，他都不会接受哈伦提供给他的任何职位。他想在艺术或文化上做点投资。雅思敏目前任教于一家私立大学，她的研究领域是工商管理。她建议沃尔坎开办一家特色旅游公司，为那些特殊的人群服务，立足于一个封闭的圈子。他们俩可以在不同的项目上开展合作。

遇上雅思敏这个女人，他真是太幸运了！当时，他刚从埃莱姆失踪的打击中振作起来，又再次产生了要去非洲旅行的强烈冲动。于是，他开始了他的旅程，也为自己的生活开启了一扇新的大门。

他和雅思敏在同一个游猎团里。他们待的那个特殊营地藏于荒野之中，是个充满乐趣、奢侈浪漫的所在。雅思敏是个热情、健谈而又友善的女人。不管是艺术、哲学或神学，什么话题他们都能聊得起来。她来自黑海畔一个富裕的家庭，热爱大自然。她告诉沃尔坎自己的童年是在船上度过的。她在英国上的大学，在美国取得了工商管理的硕士学位。沃尔坎很喜欢她平易近人的性格，羡慕她无忧无虑的自由；她还是一个朴实无华的人。他对她的感情并非疯狂的激情，也不是令人心悸的爱情。绝不是这样，也不需要如此。爱情是短暂而具有破坏性的。两个疯狂相爱的人在一起的每时每刻，都会像燃烧的烈焰，然而烈火熄灭之后，留给他们的只有冰冷黑暗的灰烬。

他与雅思敏的友谊，让他受益匪浅。这个年逾三十的女人，生活的志趣非同常人。她想要好多孩子，如果可能，一个、两个，或三个都行。有时，沃尔坎觉得她长得丑极了，但他又觉得外表并不重要。作为一个曾被生活狠狠打击过的男人，他心中想要回归到传统主流的欲望正在日渐滋长；他希望自己的身份能够变成丈夫、父亲甚至祖父。他怀念家庭的温暖；憧憬着那种虽单调却幸福的从一而终的婚姻生活、和身为人父后令人疲倦的喜悦。雅思敏的大鼻子、深陷的双眼、粗短的身材和略有点弯的小腿，让她看上去更像个调皮的小孩，没人会说她是个漂亮的女人。可她有整齐的遮住她两条直直的眉毛的刘海，一口坚固的牙齿，前牙略有重叠；而且，她性格甜美，精明能干，是做母亲的理想人选。她身上也找不到一丝像许多女人那样的疏忽大意、隐秘的情感经历、心灵创伤等痕迹；她像个安全、开放的港口，让他能在此休憩。这一切足以让一个女人显得美丽动人。更何况，他们的性生活也非常和谐。

你能轻松地与她相处，并轻而易举地爱上她。

有时，埃莱姆的影像在他脑海中不停地闪过，如同一团魅影，一幅画面；其实，这是一种幼稚的悲伤，一个情感的火花。事实上，他已学会了将她忘记，但是并不意味着他必然已将她遗忘。他忘不了，因为她就像他的一个飞行的梦想，可他才刚起飞就悲剧般地坠毁了。

这当然是个重大的事故。他也因此而伤得不轻。一丝隐痛让他浑身颤抖。他有关埃莱姆的所有梦想，还未实现就已破灭。到现在他的创伤还未彻底治愈；他只是解开了绷带而已……

创伤虽未痊愈，但他知道，一切都将成为过去；即便会留下一个疤痕，也不过像其他的疤痕一样。

其实，时间让他生命中出现过的那些女人的形象在他的记忆中变得彼此相似，他没法区分她们的脸、腿、舌头和膝。她们留给他的只是一个负担，一大堆模糊不清的推断。现在，她们留给他的那些神秘感、迷惑、毫无用处的个人遗憾和支离破碎的回忆，已埋藏在最黑暗的记忆深处，变得混沌不清，难以理解了。

他走进房间。雅思敏正身穿浴袍，坐在床上擦脚，她这副样子无疑是甜美可爱的。她在奥塔科伊有个舒适的家，但自从春天开始，他们更喜欢周末腻在一起。有时，他感觉她的存在让他有点筋疲力尽，他时不时会觉得透不过气来，甚至还想恢复到原来的生活。毋庸置疑，这必定是因为自己独身一人生活得太久。他清楚，今后不管发生什么，他再也不能生活在反复无常的孤独之中。因为，在那种生活里，即便是纵情恣欲和琐碎的欢愉，常常也无法驱除一个人生活的凄凉孤独。

"好了，亲爱的夫人！你计划何时准备好呢？"

"我刚才没洗头发，不过也用不了太久。我很快就能收拾妥当了。嘿，马上熄掉你那支烟！"

"这可是我这三天里抽的第一支啊！再说了，门还敞着呢！"

"那你的肺呢？它们也有门吗？别吸烟，沃尔坎，一点都别吸，亲爱的。好吗？"

"我可什么都不能保证哦！"

"可我不想要一个吸烟的男人。"

"你真无趣，宝贝！"

快到九点时，他们才到哈伦家。坐落在茂密树林中的那座粉白相间的别墅，像极了一个树莓蛋糕。夜间的空气略显湿润清凉；窗户中射出的柔和灯光暖暖地铺泻于庭院的草地上。

他们刚踏进那间大理石装饰而成的金碧辉煌的大厅，一个老管家就领着他们进了起居室。这座房子丝毫未变。仍是一样的大肆铺张，一样的家具、画作、灯光………已成为噩梦的那日夜晚，如梦一般苍白柔和的纷繁景象，似乎——浮现在沃尔坎的眼前。显然，塞尔达只带走了几个皮箱。哈伦将凯梅尔布尔加兹的一栋别墅给了她，而他们的儿子也跟着妈妈离开了。

餐桌设在餐厅通向露台的那个位置，上面摆放着白色的蜡烛和鲜花，和几许深绿的盆栽烘托出一片和谐的气氛。露台上所有的门都敞开着，屋外刚割过的草地，散发出的清香，正缓缓地飘进了室内。今夜，雅思敏穿了一条漂亮的深棕色连衣裙，斜裁的裙子下摆并不对称，她的颈间戴了一串珍珠项链，看上去光彩照人。沃尔坎深情地望着她，一脸微笑。

哈伦走进来，急促而大声地欢呼着，"好啊，好啊！"他穿着家常便服，似乎也瘦了一些。他一脸疑惑地看着两人，像是觉得雅思敏不够漂亮一样。他跟雅思敏握了握手，又给了沃尔坎一个热烈的拥抱。

越过哈伦的肩头，沃尔克看到了那个正穿过后门走进餐厅的女人。他蓦地缩回身子，僵了似的立在那。那个女人抬起头凝视了他一会，才羞怯地移开了眼睛。

真是难以置信，可那的确是她，埃莱姆！

沃尔坎打了个寒战，像是遭遇袭击一般摇摇晃晃，站立不稳。他觉得现实真是跟他开了个大玩笑。他脑海里似乎有几股凌乱的光柱在不停地晃动，他想，这难道就是奇怪的巧合。他曾设想过在各种不同的场合和情况下再次与她相见，可他从未想到过会这么快，这么简单地在这么普通的场合里与她偶遇。

哈伦向他们介绍自己的新女友。他像那些热诚好客的主人一样，尽说些好听的话，为营造晚宴的和谐欢乐的气氛做足了铺垫。沃尔坎握了握埃莱姆软弱无力的手，向她投去询问的目光。可埃莱姆对此却视而不见。她一脸茫然，好似自己正身处一个全然不同的世界，而她并不属于这个奇怪的世界。她成了他不认识的一个陌生女人，再不是当初的那个埃莱姆了。至少，她的存在并不能解释她出现在这里的原因。她跟雅思敏握手时，脸上挂着尴尬的笑容，像个被人从藏身之处揪出来的孩子。尽管这个含蓄的微笑略显僵硬，却依然友好。

"你好吗？"

沃尔坎惊讶地看着她泰然自若的样子。她神色自若，举止得体，并未因沃尔坎的到来而受到影响。她摆出一副端庄优雅的模样，可她自己对此浑然不觉。她像是带了一副面具，面色沉静如水，波澜不惊；为了应付此刻的局面，她似乎早就将脸上的表情凝固了。

她穿了一件深 V 领的镶有亮片的橘黄色无袖上衣，下身穿着一条黑色的紧身裤；高跟鞋款式优雅，鞋跟极细极高，颈间的项链上缀着一颗惹人注目的大钻石，头发在脑后盘成一个圆髻。她这身打扮就像个美丽骄傲的淑女，贵气逼人，令人不敢接近。哈伦这会儿正问他们要喝点什么。

他们坐下来，端起酒杯。沃尔坎竭力掩饰心中的困惑，强打精神，专心跟哈伦说话，看也不看埃莱姆——哈伦说她名叫穆特娜。雅思敏一派的友好热情，很快就跟埃莱姆聊了起来。沃尔坎心怀期待，耐心地听着她们毫无意义的闲谈。他注意到，埃莱姆说的每句话都很简短，而她却希望能借此激起雅思敏滔滔不绝的回答。

音量不高不低的爵士乐恰如其分地烘托出现场宾主融洽的气氛。一时间，鲜花、烛影、危险的渴望与旧日的影像，在沃尔坎脑中似乎搅成了一团。此刻，唯有后退，才能抵抗像地下迷宫般错综复杂的回忆给他的身体带来的冲击，沃尔坎暗忖。他衷心希望能与埃莱姆在另一个时机与场合碰面。此刻，两人近在咫尺，却好似相隔遥远。尽管如此，他觉得自己像被卷入一股巨大的浪潮之中，身不由己地被推向了埃莱姆。他暗自思量，自己是否足够坚强，从而能冷静地度过这个夜晚，不捅一点娄子。

他在不知不觉中忆起两人共度的那些美妙的时刻。当他们并肩沉默地陷入了绝望时，那一夜是多么的不可思议。他突然妒火中烧。他瞪着哈伦，眼中的愤怒和不屑难以掩饰。那夜这个女人，曾在他怀中哭泣；此刻，因为她，他对哈伦心怀不忿，同时他也诅咒哈伦的权力。

他们坐下来用餐。沃尔坎行动迟缓，举止笨拙；他言辞艰涩，仿佛嗓子被堵住了一般。他们没完没了地谈论着一些普通的话题，什么艺术、商业和社会的八卦新闻，新开的夜总会和饭店等。哈伦兴致勃勃，与他相比，埃莱姆的表现就略显失色。她小心翼翼地观察着哈伦的一举一动，像是担心自己会说错话或做错事一般。大多数时间，她只是静静地听他们高谈阔论，如非必要不会开口。她身上那股拘谨劲儿，让人觉得她才刚踏入这个社交圈，参加这类聚会多少有点迫不得已。

过了一会，谈话转入了政治问题。沃尔坎的谈话势必体现了他的政治立场和观点。因此，在他看来，一切都在恶化。社会局势十分紧张；经济和社会状况如同海内外的那些消极变化一样，每况愈下，让人忧虑。哈伦则言辞激烈地反对他的悲观论调。他认为经济正在复苏。他们马上就会度过这个困难时期。

你不但是个骗子，还是个寄生虫，借人民的不幸来实现自身飞黄腾达的大嘴巴，沃尔坎愤怒地想着。雅思敏担心社会动荡；担心那些勉力维生、食不果腹的群众之中的动乱不安会愈演愈烈。那些看不到未来的民众，已安静地接受了他们苦难的命运，他们正在焦虑而无奈地等待着灾难来临。

"跟未来有关的见解，需要深谋远虑；而要做到这点，必须要有丰富的知识和经验。"哈伦斩钉截铁地说，"你别指望街头的那帮乌合之众能有什么远见卓识。他们大多数人都在得过且过。当你扔给他们几包食物，发给他们一点救济品时，他们就会安静下来，围在你的身边。"

"我有时倒觉得，不会选择合适的人去统治的那些人，就活该受罪。"雅思敏冷酷地说。她很快就放弃了自己的观点，但她的随性、活泼和健谈，让她每到一处都极易赢得他人的喜爱。她是拯救今夜聚会的人，沃尔坎对她感激不尽。哈伦也很喜欢她，他心情愉快，不停地插科打诨。

餐后甜点是烤苹果配冰激凌。冰激凌球上装饰着绿叶，而烤苹果上则淋着一圈圈的红色酱汁。沃尔坎觉得他像是滑上了另一架飞机。他好像身处此地，可又像不在这里。也许他的意识在这里，却正从上空俯瞰自己的身体。他对埃莱姆的激情以如此奇幻的方式画上了句号；即使现在他内心依然痛苦，他却觉得这段感情愚蠢可笑。

他很想把哈伦拖到一旁，问他是在哪里，又是如何认识埃莱姆的。他想不明白，当初她为何要离开他，现在又跟哈伦这种男人混在一起。他试图想象，他们的生活在哪里被截断了；他像是失了一只手臂般，全身发烫。

沃尔坎看得出来，埃莱姆也一样的战战兢兢。她不可能对受邀来此共进晚餐的客人会毫不知情。不过，她还是勉力支撑着来见他。她这么做，或许是不想在她的爱人、她的主人心中引起丝毫怀疑。或许是她一心想让沃尔坎看到她，以便彻底终结这段还未开始就已结束了的露水情缘。

他头晕目眩；他感到一股不可抗拒的冲动，他想要站起身，以沉重的步伐走过餐厅，静静地离开这里，不做任何解释。要是雅思敏没在这，他完全可以这么做。可他不能丢下她，或是向她解释这一切。

穆特娜这个名字从何而来？那是埃莱姆的真名吗？或者她选择这个名字，是因为它更适合她现在的社会地位吗？他突然像个喝醉了酒的人一样，闷闷不乐地说道，"你有个独特的名字啊，"他转头望向埃莱姆，"据我所知，你这个名字意为'精挑细选的'，是吗？"

"那是我父母给我取的名字。我的朋友们都叫我埃莱姆，"这个年轻女子答道，"但哈伦喜欢穆特娜这个名字。"

哈伦迅速地插了一句："这个名字还意味着'以爱和关心创造的'。我的爱人！她跟她的名字如此相似，不是吗？"

他似乎对她爱得发狂。仅是此刻……这种爱恋会持续多久呢？这个故事尚未结束。要想成为一段开局欣喜、结局完美的传奇，它得发生在别处，而不是在这里。这个国家仅存的人性迹象就是一段曾高度发达的文明存留的半焚毁、半腐烂的遗迹。在这里，除了肉欲，男女之间日渐不能形成其他关系，除非出现一群崭新的人类种群，由他们来再次探索和改造这个国家。

沃尔坎凝神地注视着深红色的丝质窗帘，窗框上的嵌线，还有埃莱姆脖子上的大钻石。事已至此，无法更改，他颓然地想。如果她连出卖自我都能接受，那还有什么问题呢？不过，她很快就会发现哈伦的品性，他数不尽的错误；不久她就会见识他的不忠，并彻底认清这一事实。很可能是他光鲜耀眼的外表吸引了她的目光；但时间一久，她就会明白，他在她心目中的这个形象，只不过是他身上毫无价值的金色装饰品、和她对他充满幻想的虚幻影像的产物。他清楚他老板的秘密，也曾是他隐蔽罪行的一个同谋。正因他看透了哈伦，他才如此肯定他会伤害这个女孩，令她心碎。他为埃莱姆的未来感到悲伤，仿佛她已不在人世了。

"你真是个可爱的人。你上班吗，你有工作吗？"雅思敏转头看着埃莱姆问道。

"我学的是经济学，我也曾做过模特，不过我后来放弃了。现在我没有工作。"埃莱姆回答道。

"生意场的生活太难，会弄得女人筋疲力尽的。"哈伦接着说道，"穆特娜是个诗人。她写过一些优美的诗；我们正考虑把这些诗编辑成书呢。"

即便是激情、抱负和悲伤，都已变成了可供选择和交易的有价商品，此时埃莱姆也一定能轻而易举地将她的另一种生活当成写作的素材。沃尔坎不无怨愤地想。这会萦绕在大厅里的伤感的古典音乐，突然间在他耳中听来竟显得那么尖锐刺耳。

"你能为我们读一首你写的诗吗？"雅思敏央求道。

"我想还是算了吧，我会很尴尬的。"埃莱姆难为情地说。她笑着摇摇头。像是碰到了某个隐秘的按钮，她的嘴唇在轻轻地抽搐。

"拜托，别拒绝我们。"雅思敏锲而不舍。

"或许等以后吧……"她低下头，把勺子戳进苹果里，然后猛地抬头盯着沃尔坎。她的双眼莹莹生辉，双唇轻轻地颤抖。它们是如此柔嫩鲜活，似乎在期待被人亲吻。有一会，沃尔坎几乎忘掉了他已粉碎的希望，忘掉了他已被她背叛抛弃的事实。他想把她推进一个黑暗静谧的角落，然后疯狂地吻她。

"过一会她会读点诗的，不是吗，亲爱的？"哈伦来打圆场，"我也想听你朗诵呢，求你了。"

沃尔坎从未见过哈伦对女人如此宠溺温柔的样子，他也从未在一个女人面前显得如此低声下气。沃尔坎突然觉得自己被人欺骗，被人从埃莱姆坚定不移的秘密盟友的位置上踢出来了。他想在这沉沉夜色、朗朗笑声还有四周闪烁的诱人微光中，大喊一声，"笨蛋！"可他又不太确定该冲谁喊出这个词。

此时，只听见"砰"的一声，哈伦神气十足、故弄玄虚地打开了侍者端来的那瓶香槟酒。他解释说，这瓶酒是在一个所谓的破产实业家的拍卖会上买的，是瓶四十年的陈酿。他们一同举杯，向在场的女士和他们的友谊致敬。此举还真是非同一般。

沃尔坎盯着埃莱姆端着酒杯的那只纤纤玉手，又一次偷偷地研究起她来。她看上去弱不禁风。她骄傲而温驯，被人圈禁，胆小羞怯……他怀念她细腻柔滑的肌肤，这股渴望永难满足。他心中暗暗地涌起一股疯狂的冲动，他要将这个美丽的尤物从哈伦身边带走，哄她在自己怀中安然入眠，将自己融化在她的身体里。他想象着自己掀翻桌子，跳到哈伦身上，将他打倒在地，当哈伦倒地后，他仍怒气冲冲地不停地踢他。他想要闹出一场丑闻。要是他独身前来就好了！

这个骗子是怎么买下了她的，他耍了什么阴谋诡计？沃尔坎想起了"模特"这个词。迷雾开始澄清。他努力将所有零碎的信息拼接起来。在他们的笑语喧阗和觥筹交错之间，发生的一切渐渐显露端倪。然而，这一猜想仍不足以驱散他如遭雷击般的震惊。

"好了，女士们！如果你们允许的话，我俩要去隔壁房间谈点事，你们就留在这继续聊天吧！"哈伦突然说道。

"你们大可以去聊你们的私事，别管我们。我真的很喜欢穆特娜·哈妮姆。"雅思敏兴奋地嚷着。

两个男人走到了起居室的另一头。

"你觉得我的女朋友如何？"他们刚坐下，哈伦就迫不及待地问道。

"我为那女孩感到遗憾。她似乎很脆弱。你很快就会厌倦她，然后甩掉她。"

"不，并不像你想的那样，我不只是跟她玩一玩。她非常聪明，很有修养，她跟以前的那些人都不一样。"

"你在哪认识她的？"

"有天晚上我带她出去吃饭，而后我们的关系突飞猛进。我必定是一直在寻找一个像她这样的女人。我为她在附近租了套公寓。你的女友也很聪明，很活泼。你们是怎么开始的？"

"我们在非洲碰上的。这种机会在伊斯坦布尔可不多啊！"

"没错，小家伙，你绝对猜不到会发生什么。对了，现在我对你有个提议。你愿不愿意去瑞士待几年？你知道，我们在苏黎世新开了家联络处。我想让你过去打理。"

"不可能。"

"你不用马上答复。"

"我不想回到过去。我会尝试干点别的。"

"听我说，朋友。我真的很需要一个你这样的人才。你会过上更平静的生活。只管告诉我你的条件，这份工作就是你的。"

"相信我，我完全不感兴趣。"

"你真是强硬，朋友。不要马上做决定，还有时间。考虑一下吧。"

"对不起，我办不到。"

"尽管如此，我仍希望你能回心转意。认真考虑考虑，好吗？"

沃尔坎想起他跟哈伦一起度过的那段岁月。他俩的关系已经结束了。过去和未来已经分离，绝不会再次重聚。它们并未完全消失，只是渐行渐远，在真实的时间和在生活中，过去和未来之间就是如此，这是分离的基本原则。星辰也在各自远离，永不停歇。从一开始，每个人的命运都是一样的。然后，根据他们各自的决定，选择的道路，发生的各种巧合，遭遇的人生暗流和社会趋势，人们各有归宿。但某些别离会留在一个人的记忆里，永远存在，仿佛它们并非离别。

两人站起身来，沃尔坎像是被针扎到一般猛地跳起来，径直冲向露台。他觉得恶心。他深深地吸了几口气，把目光投向室外那一片茫茫夜色。他仿佛觉得这座城市已是满目疮痍，如同遭到无数吨炸弹的狂轰滥炸一般。他想到了那些高悬在夏季深蓝色夜空中的星星，它们像针头一样不停地闪烁着银光，它们是如何漫无目的地在天空中漂移，没有梦想，也没有明天。

"怎么了，沃尔坎？"雅思敏远远地问道。

"我觉得有点头晕。不过没事，一会就会好的。"

"你喝得太多了，亲爱的。喝点矿泉水吧。如果你想走，那我们就走吧。"

"我没事。我现在好了。"

哈伦走过来，关切地用手揽住他的肩膀。沃尔坎打了个寒战，弯下身子，挣脱了他的手臂。他们一同走进屋内。埃莱姆正站在那，一脸忧虑地看着沃尔坎。他迎上她的目光。此刻，他已不再去仔细思考，该怎么做才能清除她在他心底里留下的一片狼藉。他深吸了几口气，似乎要将她的美丽、优雅、自信和她不知如何炼成的高贵气质，全部纳入心中，埋葬在他记忆的最深处，然后小心翼翼地掩盖所有的痕迹。

这时，哈伦因为提议被拒而颇为愠怒。他们俩各自点燃了一支香烟。雅思敏毫不客气地扭过头去，满目嗔怨地看着他，但他对她嗔怒的目光视而不见。为了避开刺鼻的烟味，这个年轻女子从座位上站起身，走到大厅的另一端，开始欣赏挂在墙上的那些画作来。

"你这些画真漂亮啊！"她冲哈伦惊呼。

"来吧，我带你四处看看，"哈伦得意地说，"我先领你看看楼上那些画吧。"哈伦领着雅思敏向楼梯走过去；此时，沃尔坎的心跳猛地加快了。他小心翼翼地左顾右盼，确认现在只剩他和埃莱姆在一起。他们能听见从二楼传来的欢笑声。现在大厅只剩他们两人了。他们怔怔地互相凝视了片刻。

"我实在很难接受现在的这种状况，埃莱姆。你为什么要从我身边逃走呢？"终于沃尔坎开口了，语气中全是探寻。

"我不是适合你的人。你不可以爱上我。"她低下头道。

"我觉得自己从头到尾都被你蒙在了鼓里。"

"不，请别这么想，"埃莱姆语气恳切，"这对我来说也并不容易。直到今天早上，我才知道我们今晚会在此见面。今天下午我抽空给你写了点东西，已发到你的邮箱。你回家之后，请看看这封邮件，你就会清楚了。"

"你认为这就够了吗?！这么久以来我一直在找你。"

"我很高兴，你终于找到了适合你的人了。"

"恐怕我不能对你说同样的话。为什么，埃莱姆，你为什么要这样做？"

"我肯定，当你看完我的信后，你一定会理解我的。"

"你的选择伤害了我。"

"我根本不知道你和哈伦如此亲密。而且，有些情况下，我们可能也没有选择。有时，我们被迫选择最佳的解决办法。"

她因悲伤而语不成声，一阵痉挛瞬间从她脸上掠过。然后，她毫无表情地望着沃尔坎，满脸倦意。沃尔坎默然不语。那天晚上，这个女子将自己毫无保留地献给他，这足以证明她的勇敢。他多想将她夺回来，重新将她拥入自己的怀抱。

"那晚我就告诉过你，我们相见太晚了，沃尔坎。"

"可你没有解释你的原因。"

"有些事是很难解释的。"

这时，雅思敏和哈伦谈笑风生地从楼上走了下来。

"你这些画真是太棒了，"雅思敏惊叹道，"真是了不起的收藏啊！"

"没错，我之前已经见识过了，"沃尔坎不无讥讽地说，"他不仅有名画；要是你知道……哈伦还收藏古董呢。"

"找个晚上我带你去看看那些古董。现在让我们来听点诗吧，你觉得如何呢？"哈伦说完，看向穆特娜。"来吧，亲爱的。我们洗耳恭听呢。求你了，穆特娜。"

屋内顿时出现了片刻的沉默。

"这让我觉得自己像个在客人面前哗众取宠的孩子。如果我不读可以吗？"埃莱姆恳求道，面色微赧。

"请别拒绝我们。我们真的很想听听你的诗。"

"我有一首诗叫《橘黄色》，"埃莱姆勉强道，"这是首新诗，还没写完呢……不过既然你们如此坚持……"

哈伦关掉边桌上的灯，众人的脸立刻陷入阴影中了。沃尔坎想说句鼓励的话，却开不了口。他也很好奇，埃莱姆虽然跟他谈起过自己写的诗，却从未给他看过。他们都不再说话，安静地等待着。

埃莱姆开始朗诵起来，她的声音缓慢、羞涩却动人。

夜在我双手之中滴血
带着橘黄色般的无尽悲愁
而我如同封印一般沉默
没有道别，切莫谈论分离
为时晚矣，我已学不会飞翔
当我在灌木丛中扇动双翼
我迎面碰上猎人无耻的双眼
我在你面前落入陷阱
反正，爱情总是绝望而无助
即便两情相悦，也时日无多
云彩亦无羽翼
无法承载一个灵魂

听完她的朗诵，大家都陷入了长久的沉寂。哈伦仰着头，靠在扶手椅的椅背上。雅思敏原本能够打破这片沉寂的，可她竟也默默无言，陷入了沉思。埃莱姆无力地靠在椅子上，似乎已筋疲力尽。沃尔坎开始感到一阵令人心悸的刺痛，这种感觉越来越强烈；而他的脑子也好似冷得发僵。

"就这样了。"埃莱姆幽幽地说，她似乎随时都会痛哭出声。

"写得真美，不是吗?"哈伦接口道，"妙极了!"他站起身，面带微笑，挑衅地看着沃尔坎。

"我深受感动，"雅思敏梦呓般吐出短短几个字，"一首凄美的情诗……"

哈伦再次打开灯。瞬间泻出的这束灯光，也点燃了沃尔坎心中的欲望和同情。他看到埃莱姆了无生气的脸上，也写满了无尽的悲伤。此刻，伤痛就是她的全部。可她的人好像并不在那，她藏起来了，藏在一个别人找不到她的地方，这个地方无人知晓也无人能去。她藏在她的文字里，藏在她的肌肤下，藏在她黯淡的双眸中，或是藏在盛满了痛苦不堪的回忆的未来里。

"有没有人要来一杯？"哈伦兴高采烈地问道。

然而，他的提议并未得到任何回应。沃尔坎只觉得自己的身子好像正在不停地旋转，在一片混沌中越升越高。他虽然头脑昏昏沉沉的，却仍然能看见，一首诗正从飘拂在他周围的星星上一行一行地飘落下来。他吃惊地发现，自己的头和脚离得那么遥远。一切都脱离了常轨，错误和混乱主宰了整个世界。这座处处都装饰着天鹅绒，被水晶灯映照得灯火通明，擦拭得如同镜子一般闪闪发亮的大房子里，此刻却悄无声息。可是，沃尔坎却听到了这寂静之下潜藏着的呜咽声，也听到耳边传来自己怦怦的心跳声。

他望向露台，望向那敞开的几扇门外的茫茫夜色。他已经彻底虚脱了，背上升起一丝隐隐的痛楚。他本想说点什么，却还是打消了这个念头。无论说什么都是徒劳无益的。过去已裂成了碎片；现在已不再存在；唯一可以确定的便是未来，但它也不过是一系列平淡无奇的可能性而已。

他们在午夜之前离开了哈伦的家。

"今晚你有点奇怪，"他们坐车回家时，雅思敏这么说，"是哈伦让你烦心了，还是你的胃痛呢？你吃得不多，可是喝了不少。"

"不要紧，我有点醉也很困，"沃尔坎轻描淡写地说，"我想尽快上床睡觉。我们先送你回家好吗？"

他握着雅思敏的手轻轻地捏了捏，她马上明白，他是想一个人待着。他爱这个女孩，也做出了正确的决定。他需要一个她这样的女人，这是肯定的。不，他承受不了埃莱姆，因为他没有翅膀。

"我们几时结婚？"他突然问雅思敏，可与此同时，他又意识到问这个问题真是多余。

"七月，这是我们决定好了的，你忘了吗？"雅思敏说完笑了。

"我们明天再商量吧，好吗？或许我们还可以挑个近一点的日子。"

车子在她家门口停了下来。"好的。"雅思敏一边下车一边说。

沃尔坎继续乘车前往贝贝克。他一直盯着司机的后脖颈。毫无疑问，这个人对一切都心知肚明。三月的那个晚上，当他和埃莱姆在一起时，司机见过了埃莱姆，而今夜埃莱姆为他们送别时，他又在哈伦家见到了埃莱姆。他会怎么想，沃尔坎暗暗思忖。他们已经打破了规矩，跨过了界限，他考虑跟这位忠心耿耿的老朋友道歉。他要说，我不是个混蛋，请别误会。

他醉了，没错，他在说胡话呢。

他沿着两侧灌木繁茂的花园小径往前走，一直走进了电梯。他扭过脸去躲开电梯中的镜子，因为他知道自己会在镜中看到一个什么样的影像。一进家门，他便快步走向电脑，迫不及待地等着电脑开机。没错，埃莱姆又给他写信了。

黄点，埃莱姆，穆特娜……是哪个名字呢？一个也不是！这次是个截然不同的名字。

橘黄色！

亲爱的沃尔坎：

我不会给你写下绝望的话语。我只想让你知道一点：我跟其他人并无两样。我是个没有机会变得与众不同的女人。

即使并非出于自愿，在我写下《未来》这篇文章并开始与你通信后不久，我便选择了一种耻辱的生活方式，或者说一条更轻松的解脱道路。当钱成为生存的关键时，你没有太多的选择。

我来到伊斯坦布尔已经有八个月了。当我认识到自己是为何而发生改变时，我明白，要想回头则为时已晚了。因为，我所经历的改变，跟我以向他人出卖自己的身体来维生无关，它是由我意识的改变所决定的。

有时，我会感觉到一股巨大、陈旧而沉重的哀痛，对此我不知该如何应对。我自身的改变才是引起这哀痛的唯一原因，我不能责怪其他任何人。可我不能说，你跟此事毫无干系。

我们，人类，通过与工作、家庭、朋友、爱人以及这个世界的联系来获得自身的意义，正如在一个句子里，词与词之间需要相互联系才有意义一样。你给予我的友谊和兴趣，让我备受抚慰。我曾以前所未有的自信躺在你的怀里，跟你在一起的感觉真好！

面对罪恶，人人都该负责任。但是，每个人都不得不承担起自己在生活中犯下的罪恶，因此，面对窘境，我们都无计可施。

我爱过你，同时，也避免了让你身涉其中而爱上我。

我不再担心未来。未来已经失去意义，抑或是我渴望的未来已不再存在。

我还留着你的童年玩伴——你给我的那只泰迪熊。我会永远记住它承载的回忆。

愿你幸福美满！

埃莱姆

沃尔坎只觉得一阵揪心。他郁郁不乐，垂头丧气地在房间里漫无目的地踱来踱去，突然，他像支离弦之箭一般冲出了大楼。很快，他就发现自己置身于大街上。他沿着海岸快步走着，挺直身子，眼睛死死地盯着前方。他似乎要一直走进这座城市如铁般冰冷坚硬的内心中去。

这个夏夜温柔平静，散发出咸味的大海，黑暗而孤寂。忽然，他似乎听到远远地传来一声沉闷的呼喊。他不由得浑身一颤，停下了脚步，盯着泛起阵阵涟漪的海面。只见一只苍白的小手消失在遥远的水中，一个淡黄色圆点颤颤巍巍地在水面上沉沉浮浮。天空中一轮残月洒下的微弱余晖，正映照着那片水域。随后，这暗黑的水面又再次恢复了平静。水面上泛起的那圈波纹，像个不祥的恶兆。

沃尔坎心中满是悲伤。他把手伸向大海，喃喃地轻声呼喊着她的名字。不知从哪儿传来了一阵小提琴奏出的辛酸悲戚的乐声。

生活仍将继续。生活并非整页整页的难解之谜；它是一个花里胡哨的大骰子，含有数不尽的伤痛和故事；这个巨大的骰子，会随着一个人的态度、选择和力量，不断地改变着颜色和幸运号码。

他用手背擦了擦湿润的脸。是他在哭呢？还是海水的湿气打湿了他的脸呢？他也不知道。

附录　名家评语

　　伊恩吉·阿拉尔是土耳其文坛近三十年中最赫赫有名的人物之一，她的作品涉及民生、女性话题和人权问题。……伊恩吉·阿拉尔写作绝不敷衍了事；她的作品扎根现实，内容详实，因此总是受人欢迎。她的小说和故事反映了社会的人事变迁，对人性的分析鞭辟入里，对人物的刻画深入人心，文字洗练优美，语言入木三分，引人入胜。……她超越了同侪。

　　——《激进》伊勒科努尔·厄兹代米尔（İLKNUR ÖZDEMİR）

　　伊恩吉·阿拉尔在 20 世纪 70 年代末跨入文坛，迄今已创作了包括故事、小说和散文在内的 18 部作品。她的文风独特，不落窠臼，其作品中不时闪现后现代主义文学的光彩；诚然，她可被视为一位现代主义作家。其小说不仅文字优美，且常常能一针见血地道出世事真相。有时她用睿智的语言在虚构的语境中反映出社会政治现象，这就是后现代主义文学的写作特点。

　　——古尔瑟仁·厄兹代米尔（GÜLSEREN ÖZDEMİR）

　　伊恩吉·阿拉尔作品中最知名之处在于，其作品对人表现出强烈而真诚的怜悯之心。你能看到，她的字里行间洋溢着对自己笔下人物的包容和同情。此时我们见证了一位作者是如何与她的读者心心相印。她急切地想打动自己的读者，以免浪费他们的时间；而她清晰流畅的语言也让读者乐在其中。

——《共和国杂志书》雷拉·沙欣（LEYLA ŞAHİN）

　　与那些以"女人"为创作主题的作家塑造的困顿萎靡的女性所表现的单一形象不同的是，伊恩吉·阿拉尔笔下的女性身陷重重烦扰。她的小说和故事的真实主线并非女人和女性问题。她很清楚，在描写女人的同时，也必须要关注她身边的那个男人；她也明白，人类在经历人生的风雨时，不可能独立于其生活的时空、社会而存在。因此，她自笔下人物相互之间错综复杂的人际关系之中发掘其个人特点；而这些失败的人际关系皆源于沟通不畅。问题的根源并非因为这些人缺少爱，而是因为历史或社会环境问题，这个以掠食者为主的社会，以及传统的道德价值观等。其中，婚姻制度最使人深受其害。

——《晚报杂志书》（Akşam Book Magazine）
奥米尔·图尔克舍（ÖMER TÜRKEŞ）

　　伊恩吉·阿拉尔关注的焦点是个体的诚信和对自由的渴望。在她最新的作品《橘黄色情人》一书中，她强调了个人想要脱离群体的念头。在浸淫文坛的第三十个年头，她的勇敢已非当年初涉文学的新人可比，但她的激情却依然不输当年。她的作品关注那些试图找到新存在方式的人，那是一种超越了重复自然的、形而上的和本体论的方式。这个故事讲述了一代人沦为一个毫无特色的群体，并在对未来的绝望之中消泯。

——《问题》（Mesele Magazine）
汉蒂·苏于特（HANDE SÖĞÜT）

伊恩吉·阿拉尔能捕捉到差异中的共性。即便阅毕掩卷，可她那些结局开放的故事仍然在我们心中挥之不去，它们留下的问题会让我们扪心自问。她的故事蕴意深广，其深度在于作品中苦涩的真诚如同一把手术刀，划破了浅表混乱的两性关系，抓住了潜意识产生的繁杂的梦显示的线索；其深度在于将个人融于社会和宇宙万物的关系之中。在伊恩吉的笔下，女性的灵魂淌下鲜血，落在通往死亡的大地上。她们的躯体惨遭这腐烂的社会的荼毒。

这些人物形象和她们身上深深的伤疤让她的故事更如诗歌般如泣如诉。她的语言一直激情澎湃，从个人指向社会，从具体上升至抽象，触及愤怒的尽头、徒劳的爱以及人心中的沉闷。

——厄仁迪兹·阿塔苏（ERENDİZ ATASÜ）

伊恩吉·阿拉尔用她的文字让读者获得了自由。她在描述人物的内心世界时，也让读者感受到了每一个人面临的所有冲突和矛盾。因此她的小说极具张力。性欲、性体验和性身份成为解放社会结构下的个体所需语境的重要部分，同时也成为她们所陷入的僵局中至关重要的部分。

——《激进杂志书》瑟玛·阿斯兰（SEMA ASLAN）